Ilusão
MORTAL

J. D. ROBB

SÉRIE MORTAL

Nudez Mortal
Glória Mortal
Eternidade Mortal
Êxtase Mortal
Cerimônia Mortal
Vingança Mortal
Natal Mortal
Conspiração Mortal
Lealdade Mortal
Testemunha Mortal
Julgamento Mortal
Traição Mortal
Sedução Mortal
Reencontro Mortal
Pureza Mortal
Retrato Mortal
Imitação Mortal
Dilema Mortal
Visão Mortal
Sobrevivência Mortal
Origem Mortal
Recordação Mortal
Nascimento Mortal
Inocência Mortal
Criação Mortal
Estranheza Mortal
Salvação Mortal
Promessa Mortal
Ligação Mortal
Fantasia Mortal
Prazer Mortal
Corrupção Mortal
Viagem Mortal
Celebridade Mortal
Ilusão Mortal

Nora Roberts
escrevendo como

J.D. ROBB

Ilusão MORTAL

Tradução
Renato Motta

1ª edição

Rio de Janeiro | 2022

EDITORA-EXECUTIVA
Renata Pettengill

SUBGERENTE EDITORIAL
Luiza Miranda

AUXILIARES EDITORIAIS
Beatriz Araújo
Georgia Kallenbach

REVISÃO
Renato Carvalho
Fábio Martins

CAPA
Leonardo Carvalho

DIAGRAMAÇÃO
Mayara Kelly (estagiária)

CIP-BRASIL. CATALOGAÇÃO NA PUBLICAÇÃO
SINDICATO NACIONAL DOS EDITORES DE LIVROS, RJ

R545i
Robb, J. D., 1950-
Ilusão mortal / J. D. Robb ; tradução Renato Motta. - 1. ed. - Rio de Janeiro : Bertrand Brasil, 2022.
(Mortal; 35)

Tradução de: Delusion in death
Sequência de: Celebridade Mortal
Continua com: Cálculo Mortal
ISBN 978-65-5838-049-8

1. Ficção americana. I. Motta, Renato. II. Título. III. Série.

22-76449

CDD: 813
CDU: 82-3(73)

Gabriela Faray Ferreira Lopes - Bibliotecária - CRB-7/6643

TÍTULO ORIGINAL
Delusion in Death

Copyright © Nora Roberts, 2012
Proibida a exportação para Portugal, Angola e Moçambique.

Texto revisado segundo o novo Acordo Ortográfico da Língua Portuguesa.

Todos os direitos reservados. Não é permitida a reprodução total ou parcial desta obra, por quaisquer meios, sem a prévia autorização por escrito da Editora.

Direitos exclusivos de publicação em língua portuguesa somente para o Brasil adquiridos pela:
EDITORA BERTRAND BRASIL LTDA.
Rua Argentina, 171 – 3º andar – São Cristóvão
20921-380 – Rio de Janeiro – RJ
Tel.: (21) 2585-2000

Atendimento e venda direta ao leitor:
sac@record.com.br

E olhei, e eis um cavalo amarelo,
e o que estava assentado sobre ele tinha por nome Morte;
E o inferno o seguia
E o inferno o seguiu.

— A BíBLIA

Gritem "Devastação!" e liberem os cães de guerra.

— WILLIAM SHAKESPEARE

Capítulo Um

Depois de um dia de cão no escritório, nada poderia acalmar mais os nervos eriçados do que um happy hour. O bar *On the Rocks*, no Lower West Side de Manhattan, atendia os colarinhos-brancos habituais que aproveitavam a promoção de bebidas e bolinhos de arroz com queijo que consumiam enquanto reclamavam dos chefes ou paqueravam alguma colega de trabalho.

O bar também atendia executivos que queriam beber alguns drinques perto do escritório antes de voltar para suas belas casas nos subúrbios.

Das quatro e meia às seis da tarde, as banquetas, o balcão do bar e as cadeiras baixas junto às mesas ficavam lotadas de executivos, gerentes, assistentes e secretárias que vinham aos montes das pequenas estações de trabalho, cubículos e salas minúsculas. Alguns chegavam ali derrotados, como se tivessem perdido o último resquício de esperança. Outros chegavam prontos para curtir um agito. Uns poucos preferiam ficar num canto bebendo sozinhos no exíguo espaço recém-conquistado, dispostos a entornar todas até esquecer os acontecimentos pesados do dia.

Por volta das cinco da tarde, o bar já zumbia como uma colmeia, enquanto os atendentes do balcão, garçons e garçonetes corriam sem parar para servir os que tinham acabado de sair do escritório. O segundo drinque, que custava a metade do preço, costumava melhorar o humor das pessoas, então o riso, o papo descontraído e os rituais de sedução ressaltavam o zumbido.

Arquivos, relatórios, humilhações e mensagens não respondidas eram esquecidos sob a acolhedora luz dourada, o tinir de copos e os amendoins que acompanhavam as cervejas.

De vez em quando, a porta que dava para a rua se abria para receber outro sobrevivente da intensa jornada de trabalho de Nova York. Uma rajada de ar frio do outono entrava junto com uma explosão de sons vindos da rua. E então, tudo ficava quente de novo, o tom dourado voltava e a colmeia zumbia mais uma vez.

Na metade daquelas que eram as horas mais felizes do dia (ou seja, noventa minutos na contagem horas-bar), alguns iam embora. Responsabilidades, família ou um encontro íntimo os arrastava porta afora, levando-os em direção ao metrô, aos bondes aéreos, aos maxiônibus ou aos táxis. Outros ficavam para curtir mais uma rodada, aproveitar o tempo com amigos e colegas de trabalho, banhando-se um pouco mais na cálida luz dourada que antecedia o clarão ofuscante ou a escuridão da noite.

Macie Snyder se espremia em uma mesa alta e bem pequena ao lado de Travis — o rapaz que namorava havia três meses e doze dias —, CiCi, sua melhor amiga do trabalho, e Bren, amigo de Travis. Macie arquitetou durante semanas o encontro de CiCi com Bren, já antevendo que ela e o namorado sairiam com o novo casal e que os rapazes bateriam altos papos. Os quatro formavam um grupo feliz e tagarela, e Macie talvez fosse a mais feliz entre eles.

Ilusão Mortal 9

CiCi e Bren definitivamente tinham se *entrosado* bem — dava para ver na linguagem corporal e na forma como eles mantinham contato visual. E como CiCi tinha colocado o celular embaixo da mesa para mandar algumas mensagens de texto para a amiga, Macie confirmara o que seus olhos já lhe haviam dito.

Quando todos pediram uma segunda rodada, os planos evoluíram de forma natural para um jantar a quatro.

Depois de fazer um gesto rápido para CiCi, Macie agarrou a bolsa.

— A gente já volta! — anunciou Macie, e serpenteou alegremente por entre as mesas, reclamando quando alguém se levantou de repente e esbarrou nela: — Ei, se liga! — berrou, em tom brincalhão, e pegou a mão de CiCi conforme as duas desciam depressa a escada estreita e entravam na fila, felizmente curta, do banheiro. — Eu não disse?!

— Tá, tá. Você falou que ele era um gato e me mostrou a foto, mas ele é *muito mais fofo* pessoalmente. E é engraçado, também! Encontros às cegas geralmente são um porre, mas esse foi supermag.

— O lance é o seguinte: vamos convencer os dois a jantar no Nino's. Depois de comer, nós vamos pra um lado e vocês vão ter que ir pro outro pra ir pra casa. Isso vai dar a Bren a chance de acompanhar você e, quando chegarem à sua casa, você chama ele pra subir.

— Não sei, não... — Sempre com o pé atrás quando saía com os homens... era por isso que não tinha um namorado havia três meses e doze dias. CiCi mordeu o lábio inferior. — Não quero apressar as coisas.

— Mas você não é obrigada a dormir com ele — lembrou Macie, revirando os olhos azuis bem redondos. — Oferece um café ou... sei lá, uma saideira. Quem sabe curtir uns amassos.

Ela correu para a primeira cabine que ficou livre. Estava *muito* apertada para fazer xixi.

— Quando ele for embora, você me manda uma mensagem contando *tudo*. Quero todos os detalhes!

Entrando na cabine ao lado, CiCi fez xixi em solidariedade à amiga.

— Pode ser. Vamos ver como vai ser no jantar. Talvez ele não queira me levar para casa.

— Claro que vai querer! Ele é um amorzinho, CiCi. Eu não iria apresentar você a um idiota. — Ela foi até a pia, cheirou o sabonete com aroma de pêssego e sorriu para a amiga quando CiCi se juntou a ela. — Se der certo, vai ser muito legal. Vamos poder sair sempre em casal.

— Eu gostei muito dele. Fico um pouco nervosa quando gosto de verdade de um cara.

— E ele gostou muito de você.

— Tem certeza?

— Absoluta! — garantiu Macie, escovando o cabelo loiro, curto e curvado para dentro, enquanto CiCi retocava sua tintura labial. Aff, pensou ela, subitamente irritada. Será que teria de paparicar a amiga a noite toda? — Você é bonita, inteligente e divertida, CiCi. — *Eu não saio com idiotas*, pensou Macie. — Por que ele não iria gostar de você? Por Deus, CiCi, relaxa e para de reclamar. Para de bancar a virgem nervosa.

— Eu não sou...

— Você quer transar ou não?! — explodiu Macie, e CiCi ficou atônita. — Tive um trabalhão para armar tudo isso e agora você vai estragar as coisas?

— Eu só...

— Merda! — Macie massageou as têmporas. — Estou ficando com dor de cabeça.

Ilusão Mortal   11

Devia ser uma dor de cabeça daquelas, presumiu CiCi, porque Macie nunca dizia coisas cruéis. Puxa, talvez ela estivesse mesmo bancando a virgem nervosa... pelo menos um pouco.

— Bren tem o sorriso mais lindo que eu já vi. — Os olhos de CiCi, num verde luminoso que contrastava com sua pele cor de caramelo, encontraram os de Macie no espelho estreito. — Se ele me acompanhar até em casa, eu vou convidá-lo para subir.

— Assim é que se fala!

Quando voltaram para a mesa, o barulho parecia ainda mais ruidoso do que antes, pensou Macie. Todas aquelas vozes altas, os pratos barulhentos e as cadeiras que rangiam fizeram sua dor de cabeça aumentar.

Ela resolveu, com certa amargura, pegar leve na bebida.

Alguém bloqueou seu caminho por um segundo quando elas passaram pelo bar. Irritada, ela se virou e empurrou o sujeito, mas ele já estava murmurando um pedido de desculpas e caminhando rumo à porta da rua.

— Babaca! — resmungou ela, mas pelo menos teve a chance de fazer uma expressão irritada de desdém quando ele olhou para trás e sorriu para ela, antes de sair.

— O que houve?

— Nada, só um idiota.

— Você está bem? Acho que eu tenho um analgésico, se a sua cabeça estiver doendo muito. Eu também estou com um pouco de dor de cabeça.

— Tudo sempre gira em torno de você — reclamou Macie, baixinho, mas respirou fundo para se acalmar. Somos boas amigas, lembrou a si mesma. Sempre nos divertimos.

Quando ela se sentou outra vez, Travis pegou sua mão do jeito que costumava fazer e deu uma piscadela.

— Queremos ir ao Nino's — anunciou ela.

— Estávamos pensando em ir ao Tortilla Flats. O Nino's só atende quem fez reserva — lembrou Travis.

— A gente não quer comer aquela merda de comida mexicana. Queremos ir a algum lugar legal. Sério, podemos dividir a conta se ficar muito caro, porra!

As sobrancelhas de Travis se juntaram, formando uma ruga fininha entre si, como acontecia quando ouvia algo agressivo vindo dela. Macie *odiava* quando ele fazia aquilo.

— O Nino's fica a doze quarteirões de distância. O restaurante mexicano é quase ali na esquina.

Sentindo uma raiva tão grande que suas mãos começaram a tremer, ela colou o rosto junto ao dele.

— Você está com pressa, porra? Por que é que a gente não pode fazer uma coisa que *eu quero*, só para variar?

— Agora mesmo nós estamos fazendo o que *você* quis fazer!

Suas vozes se transformaram em gritos, que se juntaram às vozes alteradas ao redor deles. Quando sua cabeça começou a latejar, CiCi olhou para Bren.

Ele estava sentado ali, com os dentes à mostra em um esgar, olhando para o copo e resmungando, resmungando sem parar.

Ele não era fofo. Era horrível, assim como Travis. Feio, muito feio. Ele só queria transar com ela. E a estupraria, se ela dissesse não. Iria bater nela e estuprá-la na primeira oportunidade. Macie sabia disso. Ela *sabia* disso, e depois iria rir de tudo.

— Fodam-se vocês dois — murmurou CiCi. — Fodam-se *todos* vocês.

— Para de olhar pra mim desse jeito! — gritou Macie. — Seu tarado!

Travis bateu com o punho na mesa.

— Cala essa boca, porra!

— Eu disse pra parar de me olhar assim! — Pegando um garfo da mesa, Macie soltou um grito e enfiou o garfo em um dos olhos de Travis.

Ilusão Mortal 13

Ele berrou bem alto e o som perfurou o cérebro de CiCi ao mesmo tempo que se jogava para cima de sua amiga.

E o banho de sangue começou.

A tenente Eve Dallas estava em meio a uma carnificina. Sempre tem uma novidade, pensou. Sempre acontece algo um pouco mais terrível do que até uma policial poderia imaginar.

Mesmo para uma policial veterana da divisão de homicídios circulando a atmosfera borbulhante de Nova York no último trimestre de 2060, sempre havia algo pior.

Corpos pareciam boiar em um mar de sangue, bebida e vômito. Alguns estavam pendurados como bonecos de pano sobre o longo balcão do bar ou enrolados como gatos macabros debaixo de mesas quebradas. Pedaços de vidro cobriam o chão, cintilando como diamantes mortais por cima do que restava de mesas e cadeiras. Outras pontas de vidro, emplastradas de sangue, se projetavam dos cadáveres.

O cheiro fétido que impregnava o ar fez Eve pensar em fotos antigas que vira de campos de batalha, onde nenhum dos lados poderia reivindicar a vitória.

Olhos arrancados, rostos rasgados, gargantas cortadas, cabeças golpeadas com tamanha violência que ela via pedaços de crânio e massa cinzenta, o que só aumentava a impressão de uma guerra travada e perdida. Algumas vítimas estavam nuas, ou quase nuas, a carne exposta pintada de sangue, como guerreiros antigos.

Ela se levantou e esperou até a primeira onda de choque passar. Não imaginava que ainda poderia ficar tão abalada assim. Virou-se, alta e magra, seus olhos castanhos colados no policial da ronda que fora o primeiro a chegar à cena do desastre.

— O que você sabe até agora?

Ela ouviu quando ele deixou escapar o ar por entre os dentes e lhe deu algum tempo.

— Meu parceiro e eu estávamos no intervalo da ronda, na lanchonete do outro lado da rua. Quando saí, vi uma mulher de quase trinta anos se afastando da porta deste local. Ela gritava como louca. Ainda estava gritando quando a alcancei.

— Que horas eram?

— Saímos para o intervalo às dezessete e quarenta e cinco. Acho que estávamos lá no máximo há cinco minutos, tenente.

— Ok. Continue.

— A mulher não conseguia falar de forma coerente, mas o tempo todo apontava para a porta. Enquanto meu parceiro tentava acalmá-la, eu entrei no bar.

Ele fez uma pausa e pigarreou, antes de prosseguir com o relato.

— Tenho vinte e dois anos de polícia, tenente, e nunca vi nada assim. Havia corpos por todos os lados. Algumas pessoas ainda estavam vivas. Rastejavam, choravam e gemiam. Liguei na mesma hora para a emergência e pedi ambulâncias. Não tive como manter a cena do incidente intacta, senhora. As pessoas estavam morrendo.

— Entendido.

— Vieram oito ou dez paramédicos, tenente. Desculpe, não sei o número exato. As vítimas estavam muito mal. Os paramédicos atenderam alguns deles aqui, e depois levaram os sobreviventes para o Centro de Saúde de Tribeca. Só depois conseguimos isolar a cena. Os médicos circularam por todos os lugares, tenente. Encontramos mais vítimas nos banheiros e lá nos fundos, na cozinha.

— Você conseguiu interrogar algum dos sobreviventes?

— Anotamos uns nomes. Dos que conseguiram falar, todos contaram basicamente a mesma coisa. As pessoas estavam tentando matá-los.

— Que pessoas?

— Que pessoas? Bem... todo mundo, senhora.

— Ok. Vamos manter todos fora daqui, por enquanto. — Ela o acompanhou até a porta.

Eve avistou sua parceira, que chegava. Tinha se separado de Peabody menos de uma hora antes. Eve tinha ficado na Central de Polícia para pôr a papelada em dia. Estava a caminho da garagem, pensando em ir direto para casa, quando recebeu o alerta da emergência.

Pelo menos, para variar, ela se lembrou de enviar uma mensagem de texto para o marido, e avisou a Roarke que chegaria em casa mais tarde do que o previsto.

De novo.

Avançou para bloquear a porta e interceptar a parceira.

Eve sabia que Peabody era forte e emocionalmente estável — apesar das botas cor-de-rosa em estilo cowboy, dos óculos de sol espelhados em arco-íris e do rabo de cavalo curto. Mas o que estava além da porta a deixara muito abalada, e também aquele policial com mais de vinte anos de profissão e que usava botas pretas, duras.

— Quase consegui chegar em casa — comentou Peabody. — Parei no mercado pelo caminho porque pensei em fazer uma surpresa pro McNab, eu ia cozinhar alguma coisa pra ele. — Ela sacudiu a pequena sacola do mercado. — Que bom que eu não tinha começado a preparar o jantar. O que temos aqui?

— A coisa foi feia.

A expressão alegre de Peabody se desmontou, e ela assumiu feições duras e frias.

— Feia em que nível?

— Peça a Deus para que você nunca veja algo pior. São muitos cadáveres. Estão desmembrados, fatiados, esmagados, pode escolher. Sele as mãos e as botas antes de entrar. Eve pegou o kit que carregava e jogou para a parceira uma lata de Seal-It, o spray selante. — Largue essa sacola e prepare o estômago. Se precisar vomitar, é melhor sair. Já tem muito vômito lá dentro, e não quero o seu misturado aos outros. A cena do crime está uma zona. Não deu para evitar. Os paramédicos e os policiais tiveram de mover os sobreviventes e prestar socorro a alguns deles ali mesmo, na cena do crime.

— Tudo bem, eu aguento.

— Ligue a filmadora. — Eve tornou a entrar.

Ouviu o suspiro estrangulado de Peabody e a respiração ofegante e ruidosa que se seguiu.

— Santa mãe de Deus. Meu Santo Cristo!

— Aguente firme, Peabody.

— O que diabos aconteceu aqui? Todas essas pessoas!

— É isso que vamos descobrir. Tem uma espécie de testemunha lá fora, dentro da viatura. Pegue a declaração inicial dela.

— Eu consigo aguentar isso, Dallas.

— Vai ter de aguentar. — Ela manteve a voz tão inexpressiva quanto os olhos. — Pegue o depoimento da sobrevivente e depois chame Baxter, Trueheart, Jenkinson e Reineke. Precisamos de mais mãos, de mais olhos. Por alto, temos mais de oitenta cadáveres e cerca de oito a dez sobreviventes que já foram pro hospital. Eu quero o Morris aqui — acrescentou, referindo-se ao legista-chefe. — Segure os peritos até conseguirmos processar os corpos. Encontre o dono desse estabelecimento e entre em contato com qualquer funcionário que não estava trabalhando aqui hoje. Organize uma equipe para interrogar a vizinhança. Depois volte pra cá e me ajude a cuidar dessa cena.

— Se você já falou com a testemunha, eu posso agitar o resto. — Sem ter certeza de que ia conseguir segurar o enjoo, Peabody deixou seu olhar vagar lentamente pelo salão. — Você não pode começar a examinar tudo isso sozinha.

— Vou examinar um cadáver de cada vez. Vá fazer o que falei. Ande logo!

Sozinha, Eve ficou ali em um silêncio horrível, envolta pelo ar viciado e doentio.

Era uma mulher esguia, calçava botas já gastas e vestia uma bela jaqueta de couro. Seu cabelo curto e meio despenteado tinha o mesmo tom castanho-dourado de seus olhos. Ela apertou de leve os lábios finos e esperou, só um instante, para tentar bloquear a sensação de pena e horror que tentava aflorar.

Os que estavam diante dela precisavam agora de mais do que sua pena e mereciam mais do que o horror que ela sentia.

— Aqui fala a tenente Eve Dallas — declarou, ao iniciar a filmagem. — A estimativa visual é de mais de oitenta vítimas, que apresentam lesões múltiplas e variadas. Homens e mulheres de várias raças e faixas etárias. A cena do incidente foi adulterada pela equipe médica que cuidou dos sobreviventes no local e os removeu em seguida. Os mortos e os sobreviventes foram descobertos pela polícia por volta das cinco horas e cinquenta minutos — declarou ela, agachando-se e abrindo o seu kit de serviço. — Vítima número um. Sexo masculino — continuou — com trauma severo no rosto e na cabeça, arranhões pequenos e outros mais profundos no rosto, no pescoço, nas mãos, nos braços e na barriga. — Ela pressionou os dedos dele no sensor de impressões digitais. — A vítima número um foi identificada como Joseph Cattery, miscigenado, 38 anos, casado, pai de um casal de crianças. Mora no Brooklyn. Trabalhava como diretor--assistente de marketing na empresa Stevenson & Reede, que fica a dois quarteirões daqui. Parou para tomar um drinque antes de voltar para casa, Joe? Há pele sob as unhas dele — prosseguiu. Então, recolheu uma pequena amostra e lacrou o material em um recipiente específico. — Usa uma aliança de ouro e um smartwatch também dourado. Carrega uma carteira com as iniciais gravadas, onde estão os cartões de crédito, uma pequena quantia em dinheiro e a carteira de identidade. Também há cartões-chave e um *tele-link* de bolso.

Ensacando todo o conteúdo, lacrando, rotulando e trabalhando com precisão, ela se concentrou em analisar Joseph Cattery com mais atenção.

Ergueu o lábio superior do morto.

— Os dentes estão quebrados. Ele levou um soco forte no rosto. Mas provavelmente foi o golpe que recebeu na cabeça que o matou. O médico-legista deve confirmar isso. — Ela pegou seus medidores. — Hora da morte: dezessete horas e quarenta e cinco minutos... Cinco minutos antes de o primeiro policial entrar na cena do incidente.

Cinco minutos?, refletiu. Cinco minutos antes de o policial da ronda abrir a porta e entrar no local. Qual a chance de algo assim acontecer tão depressa?

Ela só precisou se virar de lado para passar ao cadáver seguinte.

— Vítima número dois — começou.

Já tinha identificado e examinado cinco mortos quando Peabody voltou.

— A equipe está a caminho — anunciou Peabody, com a voz mais firme. — Consegui informações com a testemunha. De acordo com o depoimento, ela vinha se encontrar com alguns amigos aqui, mas acabou se atrasando. Ficou presa no trabalho. Falou com uma das amigas, Gwen Talbert, por volta das cinco e meia. Confirmei essa ligação pelo *tele-link* da testemunha. Tudo estava bem. Ela chegou aqui cerca de vinte minutos depois e deu de cara com esse horror. Tudo já tinha acabado quando ela abriu a porta, Dallas. Ela ficou desesperada, cambaleou pra trás, gritou e continuou gritando até que os policiais Franks e Riley a socorreram.

— Gwenneth Talbert, vítima número três. Um braço quebrado, parece que alguém pisou nele. Garganta cortada.

— Como é que isso pôde acontecer em vinte minutos? Menos, até? Como é que todas as pessoas em um bar podem ter sido atacadas e massacradas em menos de vinte minutos?

Ilusão Mortal 19

Eve ficou em pé.

— Olhe para essa cena, Peabody. Eu examinei cinco corpos, e na minha visão, cada um deles foi morto com a arma mais conveniente na ocasião. Cacos de vidro, uma garrafa, uma faca de cozinha, as próprias mãos... Tem um cara ali com um garfo espetado no olho esquerdo, uma mulher que ainda está segurando a perna da mesa quebrada e cheia de sangue. Parece que ela bateu com a perna da mesa no homem deitado ao lado dela até matá-lo.

— Mas...

Às vezes, a explicação mais simples, por mais terrível que fosse, era a verdadeira.

— Pastas de trabalho, bolsas, joias, dinheiro por toda parte. Também tem muitas bebidas caras atrás do balcão do bar. Será que foi um bando de viciados que surtou? Eles não iriam embora em vinte minutos, e pegariam objetos de valor para comprar mais drogas. Talvez uma gangue de assassinos em busca de adrenalina? Eles trancariam a porta e fariam uma festa depois de terminar tudo. Sem contar que seria preciso uma quantidade imensa de gente para massacrar mais de oitenta pessoas e ferir outras dez. Ninguém iria sair, nem se esconderia ou conseguiria usar o *tele-link* para pedir ajuda? — Eve fez que não com a cabeça. — E quando você faz esse tipo de ataque, fica coberto de sangue. Franks estava com sangue no uniforme, nos sapatos, um pouco nas mãos. E só prestou assistência aos paramédicos.

Eve olhou fixamente para Peabody, que se encontrava atordoada.

— Essas pessoas mataram umas às outras, Peabody. Travaram uma guerra em que *todos* perderam.

— Mas... como? Por quê?

— Não sei. — Mas ela iria descobrir com certeza. — Precisamos fazer um exame toxicológico em cada vítima. Temos que saber o que eles ingeriram. Quero que os peritos examinem cada centímetro deste lugar. Pode ser que tivesse alguma coisa na comida ou na bebida. Alguma coisa batizada, talvez. Precisamos investigar.

— Mas nem todo mundo estaria comendo ou bebendo a mesma coisa.

— Mas podem ter ingerido o bastante de uma mesma substância, ou mais de um produto foi batizado. Vamos começar com as vítimas... identidades, *causa mortis*, hora exata da morte, relacionamentos uns com os outros. Onde trabalham, onde moram. E vamos analisar todo o local em busca de qualquer vestígio. Vamos levar cada copo, garrafa, prato, o refrigerador, os AutoChefs, as grelhas, seja o que for, para o laboratório, ou trazer o pessoal do laboratório para cá. Verificamos a ventilação, a água, os materiais de limpeza.

— Se foi alguma coisa desse tipo, pode ser que ela ainda esteja aqui, no ar. E você ficou aqui dentro durante um tempo.

— Pois é, eu também pensei nisso, depois de examinar os primeiros corpos. Liguei para o hospital e falei com os paramédicos que cuidaram dos sobreviventes. Eles estão todos bem. O que quer que tenha acontecido, foi bem depressa. Tudo numa janela de tempo de vinte minutos. Eu já estou aqui há bem mais tempo que isso. Ingestão é o mais provável — considerou Eve. — Mesmo que só metade das pessoas tenha sido afetada, eles podem ter apanhado os outros clientes de surpresa. — E ao dizer isso, Eve olhou para suas mãos seladas, agora manchadas com sangue coagulado. — Não gosto muito da ideia, mas é uma teoria. Vamos investigar os corpos.

Enquanto dizia isso, a porta se abriu e ela viu Morris.

Como ele usava uma calça jeans e uma camisa de seda com gola careca da mesma cor de ameixas maduras — em vez de um de seus ternos elegantes —, ela presumiu que ele tinha acabado de largar o turno de trabalho. Seu cabelo, puxado para trás num rabo de cavalo impecável, deixava seu rosto interessante e anguloso em destaque. Ela observou seus olhos, escuros como o cabelo, esquadrinhando o salão. Por um instante, viu uma expressão tanto de choque quanto de pesar neles.

— Você me trouxe uma multidão.

— Quem fez isso é que trouxe. Eu só... — parou de falar ao ver Roarke entrar atrás de Morris.

Ele ainda usava o terno que vestira naquela manhã no quarto deles: sofisticado, preto executivo, com ajuste perfeito no seu corpo alto e esguio. Aquela juba espessa e negra que era seu cabelo roçava-lhe os ombros e parecia levemente despenteada, como se o vento tivesse dançado por ela.

O rosto de Morris era interessante e estranhamente sexy, mas o de Roarke era... único. Impossivelmente lindo, esculpido pela mão forte de algum deus inteligente e tornado esplêndido por olhos de um azul ousado e brilhante.

Os dois homens ficaram lado a lado. Por um instante, enquanto tudo permaneceu imóvel, ela viu a mesma expressão de choque e pesar no rosto de Roarke, seguida por uma raiva curta e mortífera.

Seus olhos se encontraram com os dela, e ele disse:

— Olá, tenente. — Mesmo com a raiva fervendo sob as palavras, seu sotaque irlandês parecia cantar.

Ela se moveu na direção dele, não para cumprimentá-lo, nem para bloquear sua visão — algo impossível, ainda mais porque ele já havia visto muitos horrores ao longo da vida. Mas ela era a policial responsável pelo caso, e ali não era lugar para civis ou maridos.

— Você não pode ficar aqui.

— Posso, sim — rebateu ele. — Eu sou dono do bar.

Ela já devia ter imaginado. Aquele homem era dono da maior parte do mundo, e mais da metade do universo lhe pertencia. Sem dizer nada, Eve lançou um olhar duro para Peabody.

— Desculpe, eu me esqueci de avisar que encontrei o nome de Roarke quando fui procurar quem era o proprietário do bar.

— Depois eu tenho que falar com você, mas antes preciso conversar com Morris. Você pode esperar lá fora.

O rosto do homem tinha ficado frio e duro de raiva.

— Não vou esperar lá fora.

Ela o entendeu e preferia não ter entendido. Nos dois anos e meio em que já estavam juntos, ele a fez entender mais coisas do que uma policial acharia confortável. Lutou contra o desejo de tocá-lo, pois isso era pouco profissional, e baixou a voz.

— Escuta, isso aqui está uma zona danada.

— Sim, estou vendo isso.

— Preciso que você não fique no caminho.

— Então, eu não vou ficar. — Obviamente, ele não considerava tocá-la um gesto pouco profissional, porque lhe pegou a mão por alguns instantes e apertou-a, apesar do sangue que havia nela. — Mas não vou ficar lá fora enquanto você atravessa este pesadelo dentro de um lugar que pertence a mim.

— Espere, então. — Ela se virou para Morris. — Eu... já rotulei os corpos com números, pelo menos os que já identificamos e examinamos. Você pode começar com o número Um, Morris. Já vou lá encontrar você.

— Tudo bem.

— Vai chegar mais gente a qualquer minuto. Teremos mais mãos e olhos para analisar a cena e as vítimas.

— Então, vou começar logo.

— Vou entregar você a Peabody — disse Eve para Roarke. — Você pode ajudá-la nas questões de segurança até a Divisão de Detecção Eletrônica chegar aqui.

— Posso adiantar que não existem câmeras instaladas aqui. Quando as pessoas param para tomar um drinque em um lugar como esse, não se sentem confortáveis com câmeras.

Não, pensou ele. *Elas querem relaxar e talvez ter um momento de intimidade com alguém. Não querem ser gravadas. Nem esperam ter uma morte sanguinolenta.*

Ilusão Mortal   23

— Temos uma câmera simples instalada na entrada — continuou ele — e outra que funciona quando o lugar está fechado. Mas você não vai ter nenhuma imagem interna, nada que mostre o que aconteceu aqui, nem como aconteceu.

Eve não tinha visto nenhuma câmera interna e já suspeitava disso, mas esfregou os olhos para clarear a mente.

— Precisamos da lista de funcionários do bar e dos turnos de trabalho.

— Já está aqui. Assim que me avisaram, eu fiz um levantamento. — Ele olhou em volta mais uma vez, tentando entender o que não poderia sequer ser imaginado, buscando aceitar o que não deveria ser real. Comprei esse estabelecimento há poucos meses, mas não fiz muitas mudanças. Tudo aqui funciona muito bem, sem problemas, até onde eu sei. Mas pretendo descobrir mais antes de isso tudo acabar.

— Muito bem. Entregue o que você trouxe pra Peabody. Preciso ajudar Morris.

— Eve. — Mais uma vez ele pegou a mão dela, mas quando ele a olhou nos olhos desta vez, havia ali mais tristeza do que raiva. — Pelo amor de Deus, me dê alguma tarefa. Por favor, me coloque pra fazer alguma coisa. Eu não conheço essas pessoas mais do que você, nem mesmo os que trabalhavam para mim, mas preciso fazer algo.

— Vai com a Peabody — indicou ela. — Comece a investigar os *tele-links* das vítimas. Veja se alguma transmissão foi feita depois que tudo começou, nós já temos a duração do incidente. Veja se há algum vídeo ou algum áudio durante essa janela de vinte minutos.

— Vinte minutos? Isso tudo aconteceu em vinte minutos?

— Sim, menos que isso, até. Manda a Peabody de volta quando a DDE chegar. Você vai poder trabalhar com eles. Agora eu tenho que resolver isso.

Quando chegou perto de Morris, Jenkinson e Reineke entraram. Ela foi até eles, contou o básico e fez o mesmo quando Baxter e Trueheart chegaram em seguida.

Quando se aproximou de Morris, ele já estava na terceira vítima.

— Preciso levá-los para o necrotério, Dallas. Existem feridas defensivas, ofensivas, uma mistura das duas, e *causas mortis* diferentes. A diferença entre os horários das mortes, nos primeiros três que examinei, foi de poucos minutos.

— Sim, tudo aconteceu muito depressa, em menos de vinte minutos. Uma das vítimas mandou uma mensagem avisando a uma amiga que estava atrasada, e corria tudo bem, tudo normal. A amiga chegou aqui vinte minutos depois e se deparou com isso.

— Eles agrediram uns aos outros. Pelo que posso ver daqui, eles se atacaram e se mataram.

— Eu também acho que foi isso. Será que foi algum tipo de veneno, alucinógeno, alguma droga nova que provoca raiva? Será que estava nas bebidas? Na comida? No sistema de ventilação? São mais de oitenta mortos, Morris, e os poucos que sobreviveram até agora já foram pro hospital.

— Eles usaram o que estava por perto: cacos de vidro, garfos, facas, pedaços da mobília, as próprias mãos...

— Tem mais gente no andar de baixo, na área do banheiro e lá nos fundos, na cozinha, então o acesso de loucura não ficou confinado a esse espaço. Mas nada indica que alguém saiu, porque não vi sinal de violência lá fora.

— Considere isso uma bênção. Vou mandar uma equipe transportar os corpos enquanto os examino aqui, e vamos apressar os exames toxicológicos.

— Estarei por perto quando você terminar, depois de falar com algum sobrevivente.

— Teremos uma longa noite pela frente.

Ilusão Mortal   25

— E a imprensa vai ficar em cima. Vou solicitar um Código Azul, mas não acho que um bloqueio da mídia vai impedir o vazamento de informações, não nesse caso. Vamos buscar algumas respostas!

Ela ficou em pé.

Tanta gente, pensou. *Tantos mortos e tantos policiais trabalhando em um espaço tão restrito.* Ela podia confiar na equipe que tinha formado, mas era mais fácil cometer um erro quando havia muitas mãos em ação.

A tenente viu Feeney chegar. Capitão da DDE e ex-parceiro, o seu cabelo ruivo e crespo parecia uma explosão sobre o rosto triste. Ele estava junto de Roarke. Eles certamente encontrariam tudo que pudesse ser encontrado.

Ela estava descendo para o andar de baixo quando viu McNab — especialista da DDE e amor da vida de Peabody — começar a subir a escada. Sua calça em um tom vivo de azul e com muitos bolsos cobertos por detalhes em prata contrastava intensamente com todo aquele horror. Ele devia ter meio milhão de argolas brilhantes penduradas ao longo da orelha, mas seu rosto bonito era forte e firme, o rosto de um policial.

— Achei uma coisa — anunciou ele, estendendo um *tele-link* e outros sacos selados na outra mão. — Essa vítima estava no banheiro feminino, Trueheart já fez a identificação. Wendy McMahon, vinte e três anos.

— Ela usou o *tele-link*?

— Isso mesmo. Às cinco e trinta e dois ela entrou em contato com a irmã e começou a contar de um cara que tinha conhecido no andar de cima aqui do bar, um tal de Chip. Estava empolgada e toda feliz nos trinta segundos da ligação. Então, reclamou que estava sentindo uma dor de cabeça forte e, um minuto depois, começou a reclamar com a irmã, dizendo que ela era uma puta. A irmã a interrompeu, mas ela continuou reclamando de tudo. É uma conversa maluca, Dallas, e quando outra mulher entrou no banheiro aos gritos, dá para ouvir as duas se atacando, e aparecem imagens confusas delas lutando, até que McMahon largou o *tele-link*. Não deu para ver a cara da segunda mulher que apareceu, então, ou ela matou McMahon e seguiu em frente ou fugiu. O *tele-link* se desligou sozinho depois de trinta segundos sem transmissão de dados, mas isso é normal.

Doze minutos, ela pensou. *Tinham se passado doze minutos desde o primeiro sinal de problemas até o horário da morte da Vítima Um.*

— Quero esse e qualquer outro *tele-link* na Central.

— Achei mais alguns. Vamos juntar as imagens, assim você não vai precisar analisar um por um. Isso é fácil de fazer e vamos ganhar tempo. Tenho muitos para verificar.

— Continue caçando.

Eve passou por cima do corpo ao pé da escada e reparou que ele já tinha sido identificado e etiquetado. Trueheart continuava a trabalhar na área. Ela imaginou que Baxter tinha dado a ele aquela missão para que o jovem policial se impressionasse o mínimo possível.

De volta ao andar de cima, ela foi até Roarke.

— Fique com a DDE.

— Estamos encontrando alguns trechos de vídeos nos *tele-links*.

— Sim, o McNab já me falou isso. Vou pra Central assim que terminar de falar com os sobreviventes. A equipe pode continuar aqui por enquanto. Mas vamos ter que fechar o bar por alguns dias, Roarke.

— Tudo bem.

— Peabody, venha comigo! — chamou ela. — Quanto ao resto de vocês, tratem de identificar e registrar cada corpo, cada *tele-link*, cada arma e todo e qualquer item pessoal dos mortos. Baxter, providencie para que eu tenha uma lista de todas as vítimas na minha mesa o mais rápido possível. Faremos as notificações hoje à

Ilusão Mortal

noite. Quero as gravações da câmera da porta. Jenkinson, amplie as buscas pela vizinhança para um raio de quatro quarteirões. Morris, mande todas as roupas das vítimas para o laboratório e peça que Harpo analise as fibras. Todos os alimentos e todas as bebidas precisam ser transportados para o laboratório e marcados como possível risco biológico.

Dallas parou por um momento e examinou o ambiente à sua volta. Sim, ela podia confiar em cada um deles.

— Reunião completa da equipe na Central... — falou e depois olhou o relógio e calculou o tempo — às dez e meia da noite. Vou pedir um Código Azul, então nada de conversa fiada. Considerem-se alocados neste caso até eu dispensá-los.

Lançou a Roarke um último olhar antes de sair no ar frio e no bendito rugido da cidade.

— Vamos para o hospital — anunciou a Peabody. — Precisamos ver se algum dos sobreviventes consegue falar com a gente. Você dirige.

Ela se sentou no banco do carona e respirou fundo. Em seguida, pegou o comunicador e entrou em contato com o comandante.

Capítulo Dois

Ela odiava hospitais, sempre odiou. Mesmo sabendo que aquela paranoia vinha de quando um dia ela acordou num hospital em Dallas, ainda criança, depois de ter sido espancada, estuprada e toda quebrada, aquilo não resolvia o seu problema com hospitais. Para ela, hospitais, centros de saúde, clínicas e até mesmo unidades móveis de atendimento de urgência tinham todos o mesmo cheiro: uma mistura de dor com medo rudimentar.

Eve convivia com essa aversão intensa e com o fato de que seu trabalho tantas vezes a levava a instalações médicas, de um jeito ou de outro.

Ela já imaginava que um pronto-socorro urbano nunca seria um lugar agradável, mas apostava que aquela noite poderia ser pior que a maioria dos dias, já que os médicos e paramédicos teriam de tratar mais de dez pessoas violentamente feridas ao mesmo tempo.

Ela foi passando por entre gemidos e manifestações de dor, olhos vidrados e exaustos, o odor de febre, suor e doença, até conseguir falar com uma enfermeira, cujos emojis sorridentes no jaleco estavam em total desacordo com o humor da mulher, que rosnou para Eve:

— Você tem que esperar nas cadeiras. Vamos atendê-la assim que possível.

Eve mostrou seu distintivo. Com o canto do olho, viu um homem esquelético, que tremia em busca de uma dose de droga, deixar sua cadeira de mansinho e sair nervoso porta afora.

— Vocês receberam dez feridos graves há cerca de noventa minutos. Preciso falar com eles.

— Espere aqui — ordenou a enfermeira, e se afastou com seu jaleco cheio de carinhas com sorrisos estranhos e petulantes.

Instantes depois, Eve se viu diante de um homem quase tão magro quanto o drogado que tinha ido embora. Ele estava com um jaleco branco e parecia extremamente cansado.

— Sou o dr. Tribido — apresentou-se. Sua voz levemente musical não disfarçou o cansaço.

— Tenente Dallas e detetive Peabody. Preciso ver minhas vítimas.

— Dez pessoas deram entrada aqui. Uma morreu assim que chegou e duas morreram devido aos ferimentos. Três estão em cirurgia agora, outra está em pré-operatório, e uma, em coma.

— Onde estão as outras duas?

— Fazendo exames nas salas Três e Quatro.

— Vou começar por elas.

— É por aqui. A vítima da sala Três tem uma tíbia quebrada, três dedos fraturados, uma concussão, lesões faciais e ferimentos múltiplos por facadas, que os paramédicos trataram no local. A maioria dos golpes foi relativamente leve. Ela é uma das sortudas.

— Sabemos o nome dela?

— CiCi Way. Está relativamente lúcida, conseguiu nos dizer nome, endereço, a data de hoje, mas não como foi ferida. Não temos nenhum detalhe, tenente. O que diabos aconteceu?

Ilusão Mortal   31

— Isso é o que eu vou descobrir.

Ela passou pelas portas duplas de vaivém com o médico e chegou ao local onde uma enfermeira verificava um dos tubos de soro conectados a CiCi Way.

A mulher na mesa de exames mantinha os olhos fechados. Provavelmente não conseguiria abrir o olho esquerdo, mesmo que quisesse, pensou Eve. Não com um inchaço daqueles. Eles tinham coberto o seu rosto com gel e adesivos regeneradores de pele Nu Skin, o que a fazia brilhar como se usasse uma máscara oleosa.

Isso só piorava sua aparência.

Um fino gesso envolvia o braço quebrado e a mão direita. Arranhões profundos e feridas recém-tratadas apareciam sobre o camisolão de hospital tristemente florido e ao longo do braço não fraturado.

Tribido sinalizou para a enfermeira ao se aproximar da paciente.

— CiCi? Eu sou o dr. Tribido. Você se lembra de mim?

— Eu... — Ela abriu o olho direito e olhou nervosamente para os lados, sob a pálpebra roxa. — Lembro. Acho que me lembro. Do hospital? Ainda estou no hospital?

— Isso mesmo, e está indo bem.

— E a Macie? A Macie está aqui?

— Vou ver isso para você. — A voz do médico, marcada pela exaustão, conseguia transmitir uma gentileza suave e constante.

— Tem uma policial aqui que quer falar com você. Pode ser?

— Policial? A polícia está aqui? É por causa do acidente? Um policial já veio aqui, ou talvez eu tenha sonhado isso. Ele disse que eu ficaria bem.

— Isso mesmo, você vai ficar bem. Estarei lá fora se precisar de mim.

— E a Macie? — A voz dela ficou mais alta, parecia embargada.

— Macie vai ficar bem, também? E... e o Travis? E quanto ao... eu não consigo me lembrar.

— Está tudo bem. Você tem que ficar calma. — Tribido se voltou para Eve e falou baixinho: — Ela pergunta por Macie toda vez que acorda. Também mencionou Travis, e citou alguém chamado Bren. Acordou gritando algumas vezes. Nós a colocamos sob uma sedação leve para ajudar com a dor, e para deixá-la o mais calma possível. Está lúcida, como eu disse, mas parece confusa sobre tudo o que aconteceu depois que entrou naquele bar. Ela se sentiria melhor se conseguíssemos localizar essa tal de Macie.

Não, pensou Eve, duvidando muito de que aquela jovem se sentiria melhor ao saber que Macie Snyder estava a caminho do necrotério.

— Nós vamos pegar leve com ela. — Foi tudo o que Eve disse. — Deu um passo adiante e se colocou ao lado da cama alta. — Sou a tenente Dallas e essa é a minha parceira, detetive Peabody. O que aconteceu com você, CiCi?

— Eu me machuquei.

— Eu sei. Quem machucou você?

O olho aberto recomeçou a olhar em torno, com pavor.

— Eu não sei. Vocês têm que encontrar a Macie.

— Ela é sua amiga — afirmou Peabody, com sua voz calma.

— É. A gente trabalha na Stuben-Barnes. A gente sai juntas.

— Você foi ao On the Rocks com a Macie? — quis saber Eve. — Depois do trabalho?

— Ahn... — Seu olho bom girou novamente e, enfim, focou em Eve. — Fui, sim. Trabalhamos juntas e saímos às vezes, eu e a Macie. Ela tá namorando o Travis. Eles estão numa boa. Macie acha que eles vão morar juntos.

— Então você e Macie foram tomar uns drinques depois do trabalho. Saíram juntas?

— Acho que sim... foi. Eu e a Macie saímos e fomos tomar uns drinques. Aquele lugar é legal, eles têm um happy hour supermag. Gosto muito dos nachos que servem lá. Mas você tem que usar um garfo, porque os nachos são muito... — A voz da mulher estremeceu e um brilho de terror surgiu em seus olhos. — O bar é perto do trabalho. A Macie tá bem?

— É bom termos uma amiga com quem sair — comentou Peabody.

— A Macie é divertida. Às vezes a gente sai pra fazer compras, no nosso dia de folga.

— Mas hoje à noite vocês foram tomar um drinque no On the Rocks — incentivou Eve.

— O Travis foi encontrar a gente lá e levou um amigo. Era tipo um encontro às cegas pra mim.

— Você pode nos informar os sobrenomes de Macie e Travis?

— Oh. Oh. Eu não pensei nisso. Vocês têm que saber os nomes completos deles pra encontrá-los. Macie Snyder e Travis Greenspan. Eu tenho fotos deles no meu *tele-link*! Posso mostrar as fotos, mas não sei onde o meu *tele-link* está.

— Não se preocupe com isso agora. Quer dizer que vocês quatro ficaram algum tempo lá e tomaram alguns drinques.

— Já estávamos na segunda rodada. Bren é muito fofo. Bren! — Seu olho bom se arregalou e tornou a fechar. Uma lágrima fina e solitária escorreu pelo rosto. — Eu me lembrei. Brendon Wang, ele trabalha com o Travis. O Travis e a Macie estavam meio que armando pra nós dois. Não consigo visualizar o Bren muito bem na minha cabeça agora. — Ela lançou para Eve um olhar cansado e triste. — Desculpa. Minha cabeça está doendo. Estou enjoada. — Ela tornou a fechar os olhos.

Eve se inclinou.

— CiCi, olha pra mim. Olha pra mim um minutinho. Do que você tem medo?

— Não sei. Estou com dor.

— Quem machucou você?

— Não sei! Nós fomos jantar? — Seus dedos tentaram mexer nos lençóis, torcê-los. — Nós íamos jantar. A Macie queria ir ao Nino's, mas... Nós fomos jantar?

— Não. Vocês estavam no bar.

— Eu não quero estar no bar. Quero ir pra casa.

— O que foi que aconteceu no bar?

— Não faz o menor sentido.

— Não precisa fazer sentido — disse Peabody, mais uma vez acalmando-a com sua voz tranquila enquanto levava a mão de CiCi para junto das suas. — Conte pra gente o que você acha que aconteceu, porque isso já vai ser útil. Estamos aqui pra te ajudar.

— Ela é um monstro. Tinha sangue escorrendo dos olhos e seus dentes são pontudos.

— Quem é um monstro?

— Parece a Macie, mas ela não é um monstro. Está tudo misturado na minha cabeça.

— O que o monstro fez?

— Ela furou o rosto do Travis. Pegou o garfo da Macie e enfiou no olho dele... Ai, Deus, meu Deus! Ela gritou e tudo ficou uma loucura. Eu tinha um caco de vidro na mão, um bem afiado. Eu golpeei e apunhalei o monstro, e ela gritou e bateu em mim. Isso dói! Eu tinha que machucar ela, e depois atacar as outras pessoas, todas as pessoas, mas caí no chão e meu braço doía! Todo mundo gritando ao mesmo tempo e sangue por todos os lados. Então, eu acordei e alguém estava me levando pra algum lugar. Pra cá. Era uma ambulância. Eu não sei direito. — Lágrimas escorreram de seus olhos. — Eu não sei. Eu acho que eu matei alguém, mas isso não faz sentido. Por favor, encontrem a Macie. Ela é muito inteligente. Ela vai saber o que aconteceu.

— Vamos tentar de outro jeito. O que você estava fazendo antes de ver o monstro?

— Não existem monstros, não de verdade. Certo?

Ah, pensou Eve, *existem muitos monstros, mais do que você consegue contar. Mais do que pode imaginar.*

— Não se preocupe com isso. Simplesmente tente se lembrar do que aconteceu antes. Você e Macie, Travis e Bren. Você estavam numa mesa, no bar?

— Em uma mesa. Sim. A gente estava numa mesa. Perto do balcão do bar. Quero dizer... do bar que fica dentro do bar.

— Ok, muito bem. Todos vocês beberam? Era um happy hour. O que vocês pediram pra beber?

— Ah, eu pedi um *house white*. É bem gostoso. A Macie pediu um *pink passion*. Os rapazes beberam cerveja. E pedimos nachos gigantes pra acompanhar. Mas eu estava com medo de comer muito porque eles eram bem grandes e fazem a maior sujeira. Eu não queria me sujar por causa do encontro.

— Ótimo. Vocês estavam se divertindo e relaxando depois do trabalho. Vocês beberam juntos. E depois?

— Hum. Ahn... Ok. A gente estava conversando e ia pedir mais uma rodada. Ah, foi nessa hora que eu e a Macie fomos ao banheiro das meninas. Não tinha fila, isso foi ótimo. Conversamos sobre ir jantar, e como depois eu devia convidar o Bren pra minha casa se ele fosse andando comigo na volta. — Os dedos no lençol se moviam cada vez mais depressa, acompanhando o ritmo da sua respiração acelerada. — Eu estava com dúvidas se queria chamar ele, mas a Macie insistiu e de repente ficou... bem, ficou meio irritada comigo. Ela não costuma ficar irritada, mas ela falou que estava sentindo dor de cabeça. Voltamos pro andar de cima. Ela devia estar com muita dor de cabeça, porque empurrou um cara que estava na frente dela. Acho que era um cara. Ele já tinha esbarrado nela quando a gente desceu pro banheiro feminino.

— Foi o mesmo cara? — perguntou Eve.

— Acho que foi. Não sei. Fiquei assustada quando ela empurrou o cara, porque ela fez isso com muita força. Tudo estava alto demais, as luzes estavam fortes demais e ela estava sendo má. Daí a gente se sentou de novo, e eu pensei em ver se eu tinha um analgésico na bolsa, mas ela e o Travis começaram a gritar. Eles quase nunca brigam, e nunca gritam. Minha cabeça começou a doer também. Eles estavam gritando, a minha cabeça estava martelando e o Bren parecia irado. Parecia uma pessoa má. Sei lá. E, do nada, tudo virou uma loucura.

Eve tentou fazer mais algumas perguntas, recapitulando tudo desde o início. Perguntou se alguém havia entrado ou saído do bar pouco antes do "monstro".

Só que a memória de CiCi circulava apenas em torno de monstros e sangue. Elas a deixaram, chorando novamente, com a enfermeira.

O sobrevivente que Eve entrevistou em seguida permaneceu calmo, de um jeito bem estranho. James L. Brewster, um contador, tinha levado várias facadas e estava com algumas costelas quebradas. Um corte profundo e feio lhe descia pelo lado esquerdo do rosto, desde o olho, em uma rota irregular até o queixo; uma contusão muito inchada parecia um vulcão em sua grande testa.

Ele falou baixinho, abraçando o corpo, os nós dos dedos muito machucados e revestidos com um gel espesso.

— Eu vou naquele bar pelo menos uma vez por semana. Geralmente eu me encontro com algum cliente lá, depois do expediente. Trabalho na Strongfield & Klein, no departamento de contabilidade. Oficialmente, não podemos fazer isso, mas vários de nós temos clientes externos. Contas pequenas. Eu fui me encontrar com uma cliente nova. Cheguei cerca de meia hora mais cedo, então deu para revisar umas coisas do trabalho e analisar as informações dela. Vocês precisam desse material?

— Ajudaria se tivéssemos o nome da sua cliente e as informações de contato.

— Claro. MaryEllyn... uma palavra só, com E maiúsculo e dois Y. Geraldi. Eu não me lembro das informações de contato dela de cabeça, mas estão na minha agenda. Não sei onde ela foi parar.

— Tudo bem, sr. Brewster, não se preocupe com isso — tranquilizou-o Peabody.

— Acho que eu cheguei no bar por volta das cinco e meia, talvez um pouco antes. Todos me conhecem por lá, e a garçonete, Katrina... não sei o sobrenome dela... ela me reservou a mesinha alta que fica perto da parede, porque eu já tinha ligado antes pra avisar que ia levar uma cliente. Aquela é a minha mesa de costume.

Ele fechou os olhos pálidos, azuis e injetados de sangue por alguns momentos.

— De costume. Nada parece um costume mais... Pedi um café com leite de soja e comecei a revisar o material. Gosto de ter o máximo de informações pertinentes frescas na minha cabeça antes de encontrar um cliente. O bar estava cheio. Não é um lugar grande, entende? Mas é simpático e muito bem administrado. É por isso que eu gosto de ir lá e gosto da mesinha perto da parede. Katrina trouxe o meu café com leite e eu estava prestes a pedir uma água, porque senti uma dor de cabeça repentina e quis tomar um analgésico. Foi quando as vespas chegaram.

— Vespas? — repetiu Eve.

— É, vespas amarelas muito grandes. — Seu peito subiu e desceu com a respiração ofegante. — Eram incrivelmente grandes. Quando era pequeno, eu fui atacado por vespas na fazenda do meu avô, na Pensilvânia. As vespas me cercaram; ainda me lembro delas em cima do meu corpo, picando, zumbindo e picando mais enquanto eu corria. Tenho um medo mortal delas. Isso parece uma bobagem, mas...

— Não — interrompeu Peabody. — Não parece.

Ele lançou-lhe um sorriso de gratidão, mas seu peito continuou a subir e a descer, cada vez mais depressa.

— Acho que pulei da cadeira na mesma hora. Quando eu vi as abelhas gigantes, levei um susto tão grande que saí correndo dando tapas pra fugir delas. As abelhas estavam em cima da Katrina, e eu dei muitos tapas nela, para tirá-las de cima dela. Foi então que... eu devo ter tido uma alucinação. Minha fobia deve ter me feito alucinar, porque Katrina abriu a boca e um enxame de abelhas saiu voando lá de dentro. Isso é loucura. Acho que entrei em pânico. O enxame saiu de dentro de Katrina e os olhos dela mudaram, o corpo se transformou. Foi como... sei que isso é uma maluquice... foi como se ela própria se transformasse numa abelha gigante. Como num filme de terror. Isso com certeza não vai ajudar vocês.

— Tudo o que você lembrar ajuda — disse Eve. — Não importa a forma como a lembrança vier, será de grande ajuda.

— Garçonetes bonitas não viram abelhas gigantes. Mas tudo pareceu real, terrivelmente real. Eu escutei gritos, muitos zumbidos, e tudo enlouqueceu. Acho... não tenho certeza, mas acho que usei a minha cadeira para bater na Katrina. Eu nunca bati em ninguém na minha vida, mas acho que bati nela com a cadeira e tentei correr, mas as abelhas continuavam me picando. Parecia que elas estavam me apunhalando, e uma delas rasgou o meu rosto com o ferrão. Eu caí no chão. Elas foram todas para cima de mim, mas eu devo ter desmaiado. Quando acordei, tinha gente caída por todos os cantos e sangue em todos os lugares. Alguma coisa... alguém... estava em cima de mim. Fiz força e o empurrei de lado. Ele estava morto. Dava para ver que ele estava morto. As pessoas estavam todas mortas. Então a polícia chegou e encontrou a gente. Não sei o que aconteceu com a Katrina. Ela é muito jovem. Quer ser atriz.

Quando Eve saiu do quarto, parou por um instante e avaliou as opções.

— Quero que você veja se consegue falar com qualquer um dos outros sobreviventes — falou com Peabody. — Se conseguir conversar com eles, faça relatórios detalhados. Quero uma linha do tempo. Vou para o necrotério agora, ver o que Morris pode nos dizer.

— Não vi nenhuma abelha, gigante ou não, na cena do crime. Nem monstros. O que pode ter feito todas essas pessoas alucinarem dessa forma tão intensa em um espaço de tempo tão curto?

— É melhor descobrirmos. Quero relatórios detalhados — repetiu Eve. — De tudo que temos até agora, e tudo mais que você conseguir. Ele ainda não tinha sido servido — murmurou ela.

— Quem? Brewster?

— Isso. Ele contou que a garçonete trouxe o café com leite e as abelhas apareceram. Logo, ele começou a alucinar antes de beber ou comer qualquer coisa. Nada foi ingerido. Vou procurar você assim que voltar pra Central.

Ela contatou Feeney ao sair do hospital.

— Alguma coisa até agora?

— Pessoas entrando e saindo nas imagens da câmera externa. Tudo normal, como era de esperar. Uma mulher de terninho, com trinta e poucos anos, saiu do bar às cinco e vinte e dois. Duas mulheres entraram cerca de dez segundos depois. Logo em seguida, temos um homem e uma mulher, eu diria que com vinte e tantos anos, que saíram lá de dentro discutindo, parecia uma briga feia. Ela foi embora furiosa. Ele a chamou e fez menção de voltar para dentro do bar. Mas acabou mudando de ideia e seguiu na mesma direção da mulher. Isso foi registrado às cinco e vinte e nove. Às cinco e trinta e dois, dois homens de terno saíram e se separaram. Um foi para o norte e o outro foi para o sul.

— Quero uma busca por reconhecimento facial de todos eles.

— Vou providenciar isso. Nos *tele-links* que estamos analisando, muitas pessoas parecem ter ficado loucas: algumas começaram a falar com tranquilidade, e de repente começaram a gritar e xingar. Temos uns trechos de áudio gravados no local, mas não são nada bonitos. E não explicam muita coisa.

— Estou indo agora mesmo pro necrotério, talvez Morris tenha alguma pista. Traga tudo que você encontrar pra reunião. Vamos trocar ideias e tentar entender tudo.

— O caso já chegou à imprensa, Dallas. Tinha muita gente envolvida: policiais, socorristas e pessoas que passavam pelo local. Não deu pra evitar o vazamento. Ninguém tem detalhes reais. Por enquanto, a versão é que o ataque foi, possivelmente, obra de uma gangue ou uma briga de bar que ficou muito feia.

— Vamos ficar no "sem comentários" até sabermos ao certo que direção tomar. Precisamos conter todos os vazamentos dentro da DDE e com o pessoal da Divisão de Homicídios.

— Pode deixar. Seu marido entregou a lista dos funcionários e de quem estava trabalhando pra gente. Ele até está fazendo buscas nos aparelhos eletrônicos. — Feeney fez uma pausa e olhou por cima do ombro, como se verificasse se alguém estava ouvindo. — Até agora ninguém disse a única palavra que está na cabeça de todo mundo.

Terrorismo.

Ela fez que sim com a cabeça.

— Então, não vamos usar essa palavra por enquanto. Vou verificar tudo novamente.

Fatos antes de qualquer coisa, disse Eve a si mesma enquanto dirigia. *Provas, linhas do tempo, nomes, motivos. É só trabalhar o caso, um passo de cada vez.*

CiCi Way e amigos, um grupo de quatro pessoas que estava bebendo coquetéis e pediu uma comida do bar. As mulheres foram ao banheiro e voltaram. A colega de trabalho de CiCi se transformou em um demônio e enfiou um garfo no rosto do namorado.

Brewster estava sozinho. Entrou, foi para a mesa de sempre e não consumiu nada, mas a garçonete que costumava servi-lo se transformou em uma abelha gigante.

Um bar cheio de funcionários de escritório, a maioria de terno, acaba se transformando em um campo de batalha com armas

Ilusão Mortal

improvisadas durante... segundo os dados atualizados... aproximadamente doze minutos. Resultado: mais de oitenta mortos.

Os dois sobreviventes entrevistados relataram uma dor de cabeça forte e repentina; ambos recobraram a consciência com memórias confusas, mas nenhum mostrou sinal de ficar preso no estado de delírio...

Por enquanto, decidiu. Não havia como saber se o que tinha provocado tudo aquilo poderia voltar a acontecer.

Ela entrou no necrotério. O longo túnel branco, geralmente silencioso, zumbia e ecoava com a atividade. Ela viu jalecos e equipamentos de proteção, rostos atormentados, pés apressados. Conseguiu sentir o cheiro da morte, ainda fresco e sangrento, enquanto seguia seu caminho até a sala de autópsia de Morris.

Lá dentro, Morris tinha três cadáveres sobre as mesas, e ela presumiu que havia outros, guardados numa pilha em algum lugar por ali. Ele vestia uma capa de proteção transparente sobre o suéter e a calça, e um som suave e triste tocava pelos alto-falantes da sala. Suas mãos seladas estavam cobertas de sangue.

— Noite movimentada — comentou ele. — Amamos nosso trabalho, você e eu, cada um à nossa maneira estranha e distorcida. Mas isso aqui?! Testes como estes desafiam até mesmo a nossa dedicação.

Com delicadeza, ele colocou um cérebro sobre o prato de uma balança programada para análise.

— Tantos mortos — continuou ele —, e por quem? Por que alguém iria querer que tantas pessoas estranhas... certamente muitos deles sequer se conheciam... matassem uns aos outros?

— Foi isso que aconteceu? Você pode confirmar isso?

— A mulher ali, nossa vítima Dois — disse ele, apontando. — Ela tem carne sob as unhas e nos dentes, e não é carne dela. O Um; nem todo o sangue que está espalhado pelo corpo é dele. E o número Três? Ele tem cortes profundos na palma da mão e nos dedos da mão direita. Os cortes foram feitos por um caco de vidro grosso que ele segurou assim. — Morris fechou a própria mão como se segurasse uma faca. — A mão está cortada até o osso. Tenho pessoas cuidando dos outros corpos, e os relatórios que estão fazendo têm o mesmo tipo de informação. Feridas ofensivas e defensivas, marcas de garras, carne e sangue sob as unhas, nos dentes, marcas de mordidas, algumas delas quase selvagens. Já encontramos carne humana dentro de alguns esôfagos.

— Jesus Cristo!

— Ou qualquer divindade que você consegue nomear. — Ele foi até uma pia para enxaguar o sangue e só Deus sabia o que mais poderia haver em suas mãos seladas. — Suas especulações na cena do incidente sobre a *causa mortis* e o momento exato da morte que você estabeleceu no local foram muito precisos. Quer a minha opinião?

— Por favor.

— A *causa mortis* específica nesses casos não importa tanto quanto aquilo que transformou pessoas provavelmente comuns em selvagens enlouquecidos. Temos esfaqueamentos, espancamentos, estrangulamentos, cortes profundos, ossos e crânios quebrados ou esmagados. É um pacote variado e terrível, Dallas.

— Ainda precisamos do resultado individual de todos eles.

— Entendido.

Curiosa, ela ergueu a mão direita do número Três e estudou o corte largo e profundo.

— Um corte como esse deve ter feito ele gritar feito um bebê e largar o copo.

— Deve mesmo.

— Preciso dos relatórios toxicológicos, a maior quantidade deles que você conseguir e o mais rápido possível.

— Tudo será providenciado. Estamos liberando os resultados à medida que avançamos. O laboratório não está nada satisfeito com a gente, nem com você.

— Eu quero mais é que o Dick Cabeção se foda, ele e a autoridade dele — reagiu Eve.

Ilusão Mortal **43**

Os lábios de Morris se abriram em uma combinação de diversão e empatia.

— Dizem que ele está com o coração partido.

— Ele está é com merda na cabeça, quase sempre — rebateu ela.

— Infelizmente, isso é verdade. De qualquer modo, ele e vários dos seus funcionários mais importantes chegaram para trabalhar nisso e já temos os relatórios iniciais de alguns casos, e eles complementam tudo o que já fui capaz de processar até agora. — Morris fez uma pausa antes de perguntar: — Você quer que eu seja curto e grosso? Ou prefere uma versão científica e complexa?

— Pode ser curto e grosso, por enquanto.

— As amostras de cada vítima processadas até agora mostram traços de um coquetel de substâncias químicas bastante elaborado. Ele foi encontrado nas vias nasais, na pele, na boca, na garganta e no sangue das pessoas.

— Então, foi algo que eles respiraram. Algo que estava no ar.

— Sim, eles inalaram a substância — concordou Morris. — Temos um coquetel pesado: uma intensificação de *zeus* adulterado com LSD de ação amplificada, algo que eu nunca vi. Acrescente *poppers* nessa mistura, peiote, adrenalina sintética, testosterona e mais um ou dois elementos que ainda não conseguimos isolar e identificar, pelo menos não com certeza.

— Isso não é um coquetel. É uma receita mortífera.

— Sim, exatamente. Receita é o termo mais preciso. Algo que foi medido, misturado e processado para virar uma espécie de vírus de ação rápida — murmurou. — Eu acho que essa mistura estranha pode causar alucinações com reações fortes e violentas.

Eve se voltou para a vítima Um: Joseph Cattery, lembrou ela. Ou para o que tinha restado dele.

— Você acha?

O legista abriu um sorrisinho.

— Posso ser curto e grosso de novo? Uma exposição a tal combinação de substâncias deixaria qualquer pessoa louca de pedra. Tendo a pensar que os elementos que ainda não conseguimos identificar são os responsáveis, pelo menos parcialmente, pela rapidez com que a pessoa é afetada.

— O efeito não dura muito tempo. A linha do tempo nos diz que tudo aconteceu em cerca de doze minutos.

— É tempo suficiente. Mas como a substância foi lançada, como a pessoa que a liberou conseguiu escapar dos resultados... se é que escapou... e por que os sintomas se dissiparam num período de tempo relativamente curto? Isso está além da minha capacidade de compreensão, pelo menos por enquanto.

— Foi algo lançado no ar? — *Para dentro do bar*, refletiu ela. *Pessoas entraram e saíram do bar, e um casal discutiu no momento em que deixavam o lugar.*

Infectados?

— Ninguém relatou ter visto uma nuvem esquisita e perigosa descendo do teto de forma súbita — disse Eve a Morris. — Foi algo lançado no ar e distribuído por inalação e pelo toque? Fez efeito em dois andares e em áreas fechadas, como a cozinha e os banheiros. Mas não afetou o espaço externo do lugar, pelo que sabemos. Quem pensa numa merda desse tipo?

— Isso aí já é mais a sua área de atuação... ou a de Mira. O que eu posso dizer é que essas três pessoas estavam razoavelmente saudáveis quando acordaram hoje de manhã. Todos tinham consumido álcool e comido alguma coisa até vinte minutos antes de morrer. Não existem sinais de uso de drogas ilegais em momento anterior ao evento em nenhum deles. Todos têm feridas ofensivas e defensivas.

— E quanto aos cérebros? — Ela indicou com o queixo na direção do terceiro morto, que ainda esperava pacientemente. — Quando lidamos com aqueles suicídios por meio do controle da mente, todas as vítimas tinham uma espécie de queimadura no cérebro.

— Não tem nada desse tipo aqui. — Ele foi até o computador e trouxe as análises já concluídas. — Pelo menos, não nessas três vítimas, nem em nenhum dos cadáveres sobre os quais eu recebi relatórios. Vamos fazer mais exames, mas por enquanto, parece que a substância não deixou qualquer dano permanente, além da morte violenta.

— A morte já é mais do que permanente. — Ela colocou as mãos nos bolsos e observou os corpos mais uma vez. — Preciso de qualquer coisa que você conseguir assim que surgir alguma novidade.

— Você acha que esse é o primeiro ataque, mas não o último?

— A menos que isso tenha sido uma forma distorcida de autodestruição, e quem quer que tenha feito isso esteja em uma das suas mesas de autópsia, eu acho, sim. E se funcionou tão bem, por que parar agora?

— Então, vamos torcer para que ele esteja aqui no necrotério. Caso contrário, pode ser qualquer pessoa, em qualquer lugar e a qualquer hora.

Um assassinato poderia acontecer, pensou Eve enquanto dirigia para a Central de Polícia, *a qualquer pessoa, em qualquer lugar, e a qualquer hora.* Ela já tinha visto o pior que as pessoas eram capazes de fazer por amor, por dinheiro, por poder, por vingança. Ou só porque tiveram vontade. Mas assassinato em massa como aquele era pesado, sem falar no uso de vítimas como armas, tudo elaborado por uma mente totalmente distorcida.

Morris tinha razão. Esse era o território de Mira, e ela precisava trazer para o caso a melhor psiquiatra do departamento da polícia, o mais depressa possível. Verificou a hora e ligou para a casa da dra. Charlotte Mira.

— Eve. — O rosto bonito e calmo de Mira preencheu a tela. — Em que eu posso ajudar?

— Houve um incidente — começou Eve.

— Sim, vimos vários boletins de notícias. Diversas mortes num bar no centro, certo?

— Esse foi o incidente. Sinto muito perturbar a sua noite, mas preciso da doutora na Central. Marcaram uma reunião. Código Azul. Não vamos conseguir segurar isso tudo por muito tempo, mas vamos tentar. Preciso da senhora no caso, e logo.

— Vou pra lá agora mesmo.

— Está bem. — Eve pensou em Dennis Mira, com suas meias que não combinavam e seus olhos amáveis e gentis. — Ah, o sr. Mira está em casa?

— Sim, ele está bem aqui.

— Pede para ele ficar em casa à noite? Só uma precaução.

— Eve, qual é o tamanho dessa desgraça?

— Eu ainda não sei, esse é o problema. Hoje, na reunião, vou deixá-la a par de tudo.

Ela desligou e, logo depois, outro pensamento surgiu em sua cabeça. Sua amiga Mavis, Leonardo e a bebê. Ela poderia falar com Mavis, pedir para ela ficar com a família em casa. Mas por quanto tempo?

Para se acalmar, enviou uma mensagem rápida assim que estacionou a viatura na garagem da Central.

Não posso falar nem explicar. Só fique em casa até eu falar com você de novo.

Em seguida, ela pensou em sua cidade, nos milhões de pessoas que moravam ali. Todos em bares, restaurantes, lojas, museus, teatros. Usando o metrô, os maxiônibus, os trens.

Não era possível proteger a todos ao mesmo tempo, nunca foi. No entanto, a menos que um dos corpos no necrotério de Morris tivesse provocado mais de oitenta mortes, muitas outras pessoas ainda morreriam.

Em qualquer lugar. A qualquer momento.

Capítulo Três

Ela subiu direto para sua sala, ignorando todo o restante, e fez o que raramente fazia: fechou a porta.

Dentro do pequeno espaço com uma única janela estreita, ela se deixou cair diante da mesa. Ignorou a luz de mensagem que piscava sem parar no *tele-link* sobre a mesa.

Pelos quinze minutos seguintes, se conseguisse, ela queria se concentrar em colocar tudo o que sabia, tudo o que tinha visto e confirmado, cada detalhe, cada conversa, cada especulação, em palavras.

Focada, começou a trabalhar. Retrocedeu vários passos, mudou os ângulos de abordagem, verificou mais uma vez quando tudo aconteceu. Em seguida, deu uma olhada na mensagem de texto que Peabody lhe enviara — sua parceira estava a caminho.

Não havia tempo para se livrar do trabalho pesado, por isso imprimiu fotos a partir da gravação de vídeo que fez da cena do crime e de vítimas individuais. Verificou mensagens que chegaram para adicionar à sua lista os nomes das vítimas e dos sobreviventes.

A notificação dos parentes próximos seria um pesadelo, pensou por um breve momento. Um pesadelo que, devido à quantidade de pessoas, ela teria de ter ajuda.

Não olhou para cima quando ouviu baterem na porta e ficou irritada ao notar que a porta se abriu. No entanto, engoliu as palavras. Era Roarke.

Ele parecia tão tenso e irritado quanto ela.

— Disseram que você tinha voltado — começou ele, falando depressa. — Preciso de um café forte, não aquela porcaria que eles bebem na DDE. — Ele foi direto para o AutoChef e programou duas canecas, já que Eve não tinha nenhuma sobre a mesa.

Ele sabia que ela mantinha em estoque o café especial que ele lhe fornecia. E que o ajudara a conquistá-la.

— Você está ocupada, eu sei. — Ele pousou a caneca ao lado do computador.

— Todos nós estamos.

— Não tenho muito para te dizer fora o que você já sabe. — Ele olhou para as fotos que ela começava a organizar e suspirou. — Estamos confirmando a hora exata em que tudo começou, o tempo de duração, e já delimitamos o espaço em que se concentrou o incidente dentro do bar. Dá pra ouvir algumas pessoas gritando — disse ele, com voz calma. — Dá pra ouvir muitas delas gritando.

— Eu poderia avisar que você não tem obrigação de fazer isso... nada disso.

— Sim, você poderia.

— Mas não vou fazer isso.

— É melhor assim. O fato de eu ser o dono do lugar é um pequeno detalhe. Tão pequeno que não importa.

— Ainda não tenho certeza quanto a isso. De repente *você* era o alvo, por causa de algum tipo de vingança ou ressentimento antigo.

Ele passou a mão pelo cabelo dela com delicadeza.

— Você não acredita nisso. Se fosse esse o caso, por que não escolher um lugar onde eu pudesse estar? Um restaurante onde eu me encontre com as pessoas ou até mesmo o saguão da minha empresa? — Ele foi até a janela e olhou para a agitação de Nova York. — Não sou o alvo. Isso não tem nada a ver comigo.

— As chances são mínimas, mas ainda não posso descartá-las. E não posso descartar que qualquer uma das vítimas possa ter motivado tudo isso. Também não posso garantir que nenhuma delas fosse o alvo do ataque. Tudo aconteceu há pouco tempo. Pode ser que alguém, ou algum grupo, ainda assuma a autoria do atentado. Talvez enviem uma mensagem para nós ou, mais provavelmente, para a imprensa.

— Você está torcendo por isso. — Ele se virou para ela. — Assim que o crédito for assumido, você terá uma linha pra puxar, uma direção pra seguir.

— Isso. Vai ser ainda melhor se encontrarmos algum bilhete de suicídio no bolso de uma das vítimas, na sua casa ou no seu trabalho.

Ele conhecia seu rosto, seus tons, suas inflexões.

— Mas você acha isso improvável.

— Ainda não posso descartar essa hipótese. Seria a melhor solução.

— E você e eu, céticos que somos, não acreditamos em soluções entregues de bandeja.

Ela poderia comunicar a ele o que diria a poucos.

— Ainda não acabou. Senti isso assim que entendi o que aconteceu naquele lugar. Talvez até antes, quando conversei com alguns sobreviventes. Os que viveram esse trauma vão carregá-lo para sempre, todos os dias. É muito provável que eles tenham matado um conhecido, uma pessoa de quem gostavam. Talvez alguém que amavam. Se e quando eles entenderem isso por completo, como vão lidar com esse peso? — A crueldade daquilo, pensou, era imensa e medonha. — Matar alguém porque você tem que fazer isso, para proteger uma vida, salvar a sua ou a de outros, já é algo difícil com que conviver. Temos que começar a notificar os familiares logo depois da reunião. Muitas famílias estarão de luto ao amanhecer. Diante disso, acho que para o responsável pelo ataque, seja quem for, o resultado foi um sucesso estrondoso.

Ele voltou a se aproximar de Eve porque ela precisava disso, mesmo que não soubesse de sua necessidade.

— O Feeney já deu início à pesquisa por reconhecimento facial das pessoas que entraram e saíram do bar?

— Ele tinha colocado alguém pra fazer isso quando eu saí. Não deve ser difícil identificar as duas mulheres que entraram; os rostos estavam bem nítidos. Quanto aos que saíram, acho que vai demorar um pouco mais; a câmera só capturou imagens parciais.

— As mulheres que entraram não saíram. Estão mortas ou no hospital. Então não será difícil identificá-las.

Ele tocou a mão dela, um contato muito leve.

— Você já sabe como foi feito?

— Tenho indícios. Vou falar disso na reunião.

— Tudo bem. — Ele voltou à janela, olhou para o tráfego aéreo, para os prédios e para a rua. — Quando eu era criança em Dublin, ainda existiam uns focos de luta, remanescentes das Guerras Urbanas. Eram pessoas que ainda estavam muito revoltadas ou entrincheiradas para parar. De vez em quando alguém jogava bombas caseiras, que, para dizer o mínimo, não eram confiáveis. Elas eram atiradas em um carro, em uma loja, ou para dentro da janela de alguém. Foi um medo com o qual as pessoas aprenderam a conviver para poder seguir em suas rotinas. — Ele se voltou para ela e completou: — Isso é pior. Foi um lugar maior, com mais pessoas e uma ameaça ainda mais terrível do que uma bomba bem posicionada.

— Não estamos chamando de terrorismo. Ainda.

A raiva que ela vira estampada em suas feições voltou a inundar-
-lhe o rosto, como uma sombra.

— Mas é óbvio que isso é terrorismo. Mesmo que, no fim das contas, seja um caso isolado, é terrorismo. Se acontecer outro incidente, ou mesmo que não aconteça, provavelmente você vai ter o Departamento de Segurança Interna batendo à sua porta.

Ela encontrou os olhos dele e pensou que ali havia dois níveis de raiva.

— Vou lidar com isso quando chegar a hora. Eu não estou preocupada com eles.

Ele veio até ela e pegou em sua mão.

— Então, também não se preocupe comigo antes da hora.

Ela pensou no que ele tinha feito por ela, só por ela, ao abafar o desejo que ele sentia de se vingar dos homens do Departamento de Segurança Interna. Os mesmos agentes que tinham ignorado seus gritos quando ela ainda era uma menina em Dallas, os mesmos que não atenderam aos seus pedidos de ajuda enquanto seu pai a espancava e a estuprava. Ele tinha desistido de se vingar porque ela precisava que ele fizesse isso.

— Eu não vou me preocupar. Não estava pensando nisso. — Ela segurou a mão dele com força. — Não se preocupe comigo também.

— Você ainda sofre por ter voltado lá, e por tudo que aconteceu há poucas semanas. Talvez eles não apareçam, minha querida Eve, mas eu os vejo muito bem. Faz parte do meu trabalho me preocupar um pouco. Pode procurar nas suas famosas Regras do Casamento.

— Então, vamos lidar com isso também. Mas agora eu tenho que ir para a sala de reuniões. Esse caos generalizado caiu bem no nosso colo.

— Vou ajudar você a preparar tudo.

Quando eles chegaram à sala de reuniões, Peabody já tinha começado.

— Sua porta estava fechada — justificou-se Peabody —, então eu comecei as coisas por aqui. Tenho a cronologia de tudo. E a lista de vítimas. Falta só pegar as fotos das identidades e imprimir as imagens da cena do crime.

— Já fiz isso.

— Ah. — Por um instante, Peabody pareceu ligeiramente aborrecida. — Ok, vou casar as imagens. Eles perderam mais uma vítima. Um dos que estavam em cirurgia não sobreviveu. Uma delas parece estar bem, outra mal se aguenta, tanto que eles não acreditam que ela vá sobreviver. Estão trabalhando naquele que preparavam para o pré-operatório quando você esteve lá. O que está em coma ainda não recobrou a consciência. Mas eu consegui falar com um dos rapazes, Dennis Sherman. Ele perdeu um olho. Trabalha na Copley Dynamics. É o mesmo prédio onde a CiCi Way trabalha, só que num andar diferente.

— Mundo pequeno — murmurou Eve.

— Cidade grande, mas cheia de distritos e bairros que ficam muito juntos. Sim, mundo pequeno.

— Aposto que ele frequentava muito aquele bar.

— Acertou — confirmou Peabody. — Ele sempre vai lá. Hoje ele tinha ido depois do trabalho com alguns colegas. Os companheiros já tinham ido embora e ele estava esperando um pouco mais, conversando com o barman. É cliente regular, então eles se conhecem e conversam muito sobre esportes. Em um minuto, pelo que ele se lembra, eles estavam jogando conversa fora sobre os jogos da pós-temporada, então, logo depois, o barman quebrou uma garrafa no balcão e enfiou a ponta afiada do vidro na bochecha de Sherman. Ele não se lembra de muita coisa depois disso, mas eu deixei registrado. Ele falou que o lugar se encheu de água e de tubarões, que começaram a nadar ao redor dele, atraídos pelo sangue de seu rosto. Ele também contou que teve de espancá-los e esfaqueá-los.

— Você conseguiu os nomes dos colegas de trabalho?

— Sim, senhora. Já anotei tudo que consegui, mas o pessoal do hospital não me deixou conversar com ele por muito tempo. Sabe o outro homem, aquele que não sobreviveu? Era o barman. — Ela olhou com tristeza para Roarke. — Sinto muito.

— Eu também.

— Vamos preparar essas imagens, quero ter tudo acessível, seja o que imprimi do disco, seja para colocar na tela.

— Eu faço isso — ofereceu-se Roarke.

— Você conseguiu alguma novidade com o Morris? — quis saber Peabody, enquanto ela e Eve terminavam de preparar os quadros.

— Eles respiraram uma mistura horrorosa de drogas psicóticas e substâncias ilegais.

As mãos de Peabody pararam de trabalhar.

— Estava no ar?

— Isso, mas também houve contaminação por superfície de contato, foram encontrados alguns traços na pele das vítimas. Ainda não temos todos os detalhes, o laboratório está trabalhando nas análises. Vamos pra lá quando terminarmos aqui.

Foi um processo demorado, colocar os rostos junto de cada nome com os dados e cobrir o quadro principal com cenas de sangue e morte. Elas estavam quase terminando quando a porta se abriu.

Eve se perfilou para receber seu comandante.

— Senhor! Estamos quase terminando de configurar o material.

— Olá, tenente. Seu relatório foi curto, mas impactante.

— Quis transmitir ao senhor o máximo de dados relevantes no menor tempo possível. Nós ainda temos...

Ele ergueu a mão para silenciá-la e seguiu para os quadros.

Ela reparou na tensão em sua postura, ele era um homem grande com uma constituição robusta. E captou o estresse controlado em seu rosto largo e escuro. O prateado se enredava em seu cabelo curto. Enquanto ele examinava as fotos dos quadros, as linhas em torno da boca pareceram se aprofundar mais e mais.

Cada centímetro do comandante Jack Whitney expressava comando e cada centímetro dele carregava o peso disso.

— Isso... tudo isso aconteceu em menos de quinze minutos?

— Perto de doze minutos, senhor. Isso mesmo.

— Oitenta e dois mortos confirmados.

— Oitenta e três. Uma vítima acabou de falecer na mesa de cirurgia, comandante.

Ele continuava a estudar o quadro principal em silêncio quando Mira entrou. Perfeitamente arrumada em um terno azul discreto, ela atravessou a sala para se juntar a Whitney em frente ao quadro.

— Obrigada por ter vindo, dra. Mira.

Mira simplesmente balançou a cabeça, em negativa.

— Li seu breve relatório preliminar. — Ela pousou os olhos sobre Eve. — Agradeço por ter me chamado.

Agora estavam começando a encher a sala. Feeney, McNab e a detetive Callendar, da DDE; Trueheart, Baxter e o restante da equipe. Todos examinaram o quadro com atenção, antes de se sentar. Pela primeira vez, uma sala cheia de policiais permaneceu quase silenciosa.

Vamos logo com isso, disse Eve para si mesma, e foi para a frente da sala.

— Pouco depois das cinco e meia da tarde de hoje, oitenta e nove pessoas foram infectadas por uma substância conduzida no ar que acreditamos ter sido propositalmente liberada dentro do bar On the Rocks, no Lower West Side. Os dados e os relatórios das testemunhas nos forneceram uma linha do tempo que nos permitiu calcular a duração completa do incidente, que foi mais ou menos das cinco e trinta e três até, aproximadamente, cinco e quarenta e cinco. Este foi o momento da última morte registrada na cena, entre as mortes de todas as vítimas que processamos até agora.

Os policiais fizeram as contas e houve murmúrios quando perceberam que a janela de tempo era muito estreita.

— Até agora não temos qualquer confirmação sobre o momento em que a substância foi lançada no ar — continuou Eve. — Sabemos apenas que tal substância causou alucinações àquelas oitenta e nove pessoas; isso as levou a um comportamento violento e sanguinário. Sob influência dessa droga ainda desconhecida, essas oitenta e nove pessoas se atacaram. Oitenta e três delas morreram. Dos seis sobreviventes, conseguimos interrogar três. Todas as declarações apresentam certas semelhanças. Uma súbita dor de cabeça seguida de ilusões fortíssimas. Os relatórios preliminares do médico legista já concluíram que a maior parte da substância provavelmente foi inalada.

Ela descreveu a mistura, usando os nomes populares de várias delas, e reparou que os rostos dos seus policiais ficaram sombrios.

— A maioria de vocês já viu o resultado da exposição à substância na própria cena do incidente. Mesmo assim, para deixar todos a par do que aconteceu, vamos rever algumas imagens. Ligar telão Um! Exibir em sequência as imagens de um a oito.

Ela esperou e observou enquanto cada imagem piscava, mantendo-se por alguns segundos e piscava novamente para dar lugar à foto seguinte.

— A DDE já levantou as transmissões recolhidas em alguns dos *tele-links* de bolso recuperados na cena. Capitão Feeney?

Ele estufou as bochechas e se levantou.

— Algumas das vítimas estavam se comunicando com outras pessoas pelos seus *tele-links*, antes da exposição à substância. Obtivemos onze *tele-links* que foram usados para alguma forma de transmissão nessa janela de tempo, e sete deles continuaram a transmitir vídeo ou áudio durante o incidente. Em todos os casos, exceto em dois deles, o interlocutor já tinha desligado, ou a transmissão foi direto para a caixa de mensagens. Uma transmissão foi feita para Freeport e entramos em contato com a outra pessoa, para solicitar uma cópia da transmissão recebida. Como a pessoa do outro lado da linha estava totalmente chapada durante e depois da transmissão, estamos trabalhando com o Departamento da Polícia local de Freeport para obter o material. Outra ligação foi feita para um indivíduo no Brooklyn. A detetive Callendar foi enviada para procurar o indivíduo e acaba de obter o *tele-link* dele.

Ele deu uma rápida olhada para ela.

Callendar, com calça justa de couro vermelha e uma blusa amarela muito decotada que exibia seus consideráveis dotes, remexeu-se em sua cadeira.

— Jacob J. Schultz, vinte e quatro anos. Solteiro. Ele se mostrou disposto a colaborar, mas, se não estava fora de si por completo, pareceu-me estar sob forte influência de alguma substância. Ele acreditou que a transmissão recebida, que ele reproduziu para mim em sua residência, tinha sido apenas uma brincadeira do amigo. Eu não desmenti.

Ela se remexeu novamente e o seu cabelo preto, penteado em uma nuvem de cachos em forma de cogumelo, balançou de leve.

— Ele estava doidão, tenente. A pessoa só pode estar muito doidona para ouvir e ver o que estava naquele *tele-link* e achar que tudo era uma pegadinha.

— Você pode reproduzir o arquivo? — perguntou Eve.

Ela fez que sim com a cabeça e se levantou.

— Fizemos uma cópia. O *tele-link* foi lacrado e está registrado. — Ela foi até o computador e inseriu o disco no aparelho. — Devo passar no telão, tenente?

— Sim, no telão.

Ilusão Mortal

— A vítima que aparece na tela é Lance Abrams, de vinte e quatro anos. Ele é a vítima de número vinte e nove.

Callendar recuou quando um rosto jovem e bonito apareceu na tela.

"E aí, Jake?! Qual é?"

"Estou curtindo um tempo à toa. Poderia ter aproveitado meu dia de folga, só que o filho da puta demorou um dia e meio. Mas o bagulho está rolando fácil por aqui."

"Eu tô ligado. Parei aqui para tomar uns drinques e conversei com a loura maravilhosa de quem já te falei."

"Aquela dos peitões? Nos seus sonhos, seu punheteiro."

"Estou falando sério, e ela tem uma amiga. E aí? Eu disse que a gente podia ir a algum lugar, comer alguma coisa. Ela dispensou o namorado, cara, e está pronta pra fazer a fila andar."

Ouviu-se um longo barulho de deglutição. Um gole de cerveja descendo, Eve imaginou.

"E você quer que eu vá até aí pra você transar?"

"Ela tem uma amiga."

"Qual o tamanho dos peitos dela?"

Abrams fez uma careta e pressionou os dedos na têmpora.

"Porra, preciso de um bagulho pra dor de cabeça. E aí, você quer vir curtir uma ou não?"

"Eu tenho cerveja aqui, fumo de primeira e eu vou ficar doidão até o dia do pagamento. Por que você não traz as duas pra cá? Vou te mostrar o que é uma festa."

"Seu babaca!" O rosto atraente tornou-se uma máscara de raiva horrível. "Seu punheteiro de merda!"

"Meu pau tá aqui também — rebateu Jake, com um tom plácido —, e minha mão esquerda é mesmo ótima."

"Foda-se, foda-se, foda-se tudo. Vou até aí acabar com *você*."

"É, tá bom, você e qual exército ninja? Manda uma foto da sua amiga. Deixa eu ver se quero trepar com ela. Que porra de gritaria é essa, cara? Você está em algum clube de sexo?"

"Eles estão chegando!"

Atrás de Abrams, viu-se um jorro. Alguém passou correndo com os dedos curvados como garras e sangue escorrendo pelo rosto.

"Eles estão chegando!" repetiu Abrams, com um grito. "Vieram pra pegar todo mundo!"

"Eles quem? Ei!" Houve um momento de preocupação na voz de Jake quando a tela se inclinou e passaram algumas imagens parciais de pessoas, quase sempre os pés delas aparecendo ou as pessoas rastejando, entrando e saindo da frente do *tele-link*. "Ei, cara, isso é arte performática? Que máximo! Cadê você, mano? Talvez eu vá para aí. Ei, Lance, que nojento!" Ele riu quando uma mulher surgiu segurando um corte profundo em sua garganta. Alguém tropeçou nela e foi espancado violentamente com a perna de uma cadeira quebrada. "Merda, cara, preciso mijar, liga pra mim depois!"

Jake desligou e a tela ficou em branco.

Feeney pigarreou e disse:

— Temos a mesma transmissão no *tele-link* da vítima, mas essa nos mostra as imagens. Reunimos outras mensagens antes de elas serem apagadas. O que vamos fazer é analisar o áudio, buscar palavras-chave e padrões. Mas, do que temos agora, vocês acabaram de ver o principal. Posso cuidar do restante imediatamente, se você quiser.

— Dá para esperar, Feeney. Quero uma cópia dos dois arquivos. Por enquanto, ainda não sabemos o método usado para a dispersão da substância, nem o motivo. Não sabemos se o indivíduo ou os indivíduos que liberaram a substância sobreviveram, ou se sobreviver era a intenção.

— Você acha que isso pode ter sido um suicídio coletivo? — perguntou Baxter.

— Algumas pessoas não querem morrer sozinhas nem de forma tranquila. Mas essa possibilidade está no fim da lista. Pensem na reação de Schultz a isso tudo. Que máximo, foi o que ele disse. Pensou que fosse um show, uma piada, acha que ver pessoas se matando é divertido. E quanto à pessoa que aprontou isso? Acho que quem fez gostou, curtiu a adrenalina de provocar tamanho estrago. Possivelmente uma ou mais das vítimas eram o alvo específico, mas destruir um bar cheio de gente em poucos minutos? Deve ter sido um barato. Doutora Mira, a senhora concorda com isso ou tem outra perspectiva?

— Eu concordo. Matar tantas pessoas e tão depressa tem a ver com a emoção de manipulá-las, como fantoches. E, muito provavelmente, também tem a ver com não querer sujar as próprias mãos. — Seus olhos azuis ficaram calmos enquanto ela estudava a morte afixada no quadro do caso. — Pessoas comuns — acrescentou ela —, seguindo a sua rotina de coisas comuns depois de um dia de trabalho. Isso é querer brincar de Deus... um Deus cruel e vingativo. Inteligente, organizado, sociopata. Provavelmente, ele tem, ou eles têm, tendências violentas ocultas. Isso foi uma peça. Sim, uma peça de arte performática... o jovem que disse isso não chegou muito longe da verdade. Quem fez isso observa, mas não consegue se conectar. Não consegue criar ligações, exceto na superfície. Ele, ou talvez ela, planeja e considera, mas gosta de correr certos riscos. Pode ter inveja das pessoas que se reúnem para desfrutar de uma hora de convívio social depois de um dia de trabalho. Ele pode, certamente, ter um alvo específico, uma ligação particular ou algum rancor contra o bar.

— E deve conhecer a rotina e o movimento do happy hour naquele local.

— Isso. — Confirmando com a cabeça, Mira cruzou as pernas. — Ele não é um estranho ali. A menos que o incidente tenha sido uma forma elaborada de autodestruição, e concordo que essa probabilidade é remota, ele também é muito controlado. Provavelmente se afastou do lugar. Não conseguiria ficar e assistir ao que criou, ao que provocou, ao que havia conquistado. E deve ter sido difícil, para ele, não assistir. Ele acompanhará a história religiosamente pela imprensa. E se tiver uma chance de se inserir nela, fará isso. Ele vai querer essa conexão... com o poder, não com as vítimas.

— Ele vai fazer de novo.

— Vai, sim. E provavelmente vai crescer, vai tentar atingir grupos maiores. Ele deve ter um lugar, um laboratório pequeno, onde consegue produzir a substância. Ele deve ter cobaias, provavelmente animais. Se tivesse feito com pessoas antes, já teríamos ouvido falar. Acredito que esse tenha sido o seu grande teste. O primeiro em um grupo de humanos.

— Pode ser um ato político — sugeriu Whitney.

— Pode ser — concordou Mira com o comandante. — O perfil básico é mantido, caso esse seja o trabalho de um grupo ou de uma organização. Se for assim, eles certamente assumirão o crédito e não vão demorar a fazer isso. Estão ávidos por atenção e por essa plataforma para qualquer causa em que acreditem. O fato de já terem se passado várias horas sem nenhum grupo reivindicar crédito pelo ato reduz essa probabilidade, na minha opinião. Quanto mais tempo sem contato, maior a probabilidade de que esse seja o trabalho de um indivíduo ou de um pequeno grupo sem uma agenda específica. — Ela fez uma pausa para estudar o quadro outra vez. — Ele está tentando provar um ponto. Um lugar público, um lugar onde a sociedade se reúne. E ele mata de longe. Não precisa ver, tocar, sentir.

— Ele se julga melhor do que eles — sugeriu Eve. — Mantém-se distante.

— Isso. Os alvos foram principalmente colarinhos-brancos. Executivos ou aspirantes ao cargo... administradores, assistentes. Ele trabalha com eles ou para eles. Ele conhece essas pessoas. É mais provável que trabalhe ou já tenha trabalhado nessa região...

que fornece ao bar a clientela depois do expediente, ou até mesmo pode trabalhar ou ter trabalhado no bar. Pode ter sido demitido ou preterido em uma promoção.

— Eu fui ver as demissões que o bar teve — interpôs Roarke.

— Não houve nenhuma desde que eu o adquiri. Eu mantive a equipe completa quando comprei o estabelecimento. O gerente administra bem o lugar há dois anos e já estava lá quando eu adquiri o bar. Não estava trabalhando hoje. O barman que estava entre as vítimas também atuava como gerente-assistente.

— Vamos interrogar todos os funcionários do bar — anunciou Eve. — Todos os que não estavam no turno, principalmente quem pediu folga hoje, não apareceu entre as vítimas ou estava fora naquele horário. Também vamos interrogar as três pessoas que a DDE viu saindo do local um pouco antes do incidente, assim que as tivermos identificado. E vamos interrogar colegas de trabalho, familiares e amigos de todas as vítimas. Vai ser um processo longo. Vou atribuir um grupo de vítimas para cada um de vocês. Quero que trabalhem no caso individualmente e em equipe. Vocês vão fazer a notificação de morte aos parentes mais próximos das vítimas que lhes forem atribuídas. Farão os interrogatórios necessários e trabalharão no histórico de cada vítima. Todos os interrogatórios, relatórios, palpites, etapas, passos, avanços, tosses e espirros que alguém deu devem ser documentados e copiados para mim, para o comandante e para a doutora Mira. Vamos voltar a nos reunir aqui amanhã cedo, às oito horas. Vou liberar todas as horas extras que forem necessárias.

— Baxter e Trueheart! — chamou ela, para começar, e passou a distribuir a todos as atribuições específicas.

Quando terminou, Whitney se levantou.

— Tenente, se e quando você precisar de mais gente, isso será concedido. Embora você já tenha solicitado, de forma acertada, um Código Azul para esse caso, isso não vai bastar. Já existem vazamentos substanciais porque temos muitas pessoas envolvidas, incluindo civis, pra gente controlar. O departamento de Polícia e o prefeito farão declarações. Estarei lá com eles.

— Sim, senhor. Pela análise feita pela dra. Mira, a atenção da mídia é tudo que ele deseja. Isso poderá satisfazê-lo, pelo menos durante o tempo suficiente para que a investigação identifique algum suspeito. Pode ser também que isso o deixe energizado, então ele vai atacar de novo... e será um ataque maior.

— Concordo com essa avaliação — afirmou Mira, fazendo que sim com a cabeça. — Eu gostaria de trabalhar com o senhor e com o porta-voz da polícia na declaração oficial, comandante. A forma como ela será redigida e apresentada pode nos dar algum tempo antes de termos outro ataque.

— Vamos começar agora mesmo, então. O que você precisar, pode me pedir — ofereceu ele a Eve, então se voltou rapidamente para os outros: — Boa caçada a todos! — disse, e saiu da sala.

— Vamos ao trabalho! Quero todos os inquéritos prontos ainda hoje. — Eve determinou para si mesma que ninguém iria saber da perda do marido ou da mulher, filho ou filha, pai ou mãe, irmã ou irmão pela porcaria da televisão. — Peçam ajuda, se precisarem, mas quero que os interrogatórios comecem nesse exato instante. Estejam todos preparados para apresentar relatórios detalhados amanhã, às oito em ponto. Dispensados!

Ela se virou para Peabody:

— Essa vai ser a nossa sala oficial de instruções até encerrarmos o caso. Ela deve ficar trancada quando não estivermos aqui. Cuide disso. Vamos dividir os inquéritos. Leva um colega com você. Alguém que você conheça e que sabe segurar a própria onda nas crises. Listei as vinte e cinco primeiras vítimas em ordem numérica. Pegue as doze últimas. Quando terminar essa tarefa, gostaria que analisasse os relatórios: da cena do crime; do médico-legista; do que quer que tenhamos recebido do laboratório; e qualquer coisa

Ilusão Mortal

que chegue da DDE. Redija o seu próprio relatório e encaminhe-o para mim.

— Sim, senhora.

— Depois de tudo isso, durma um pouco e esteja aqui, de volta, às oito da manhã.

— Vou levar o policial Carmichael, se ele ainda estiver por aqui. Caso eu não consiga achá-lo...

— Se quiser trabalhar com o Carmichael, leve-o. Se o turno dele já tiver acabado, é só avisar que ele está convocado pra voltar.

— Eu vou buscá-lo.

Ela se virou para Feeney quando ele se aproximou:

— Conseguimos identificar as duas mulheres que entraram no bar. — Ele olhou para o quadro e Eve soube que elas estavam ali.

— Quem são?

— Números sessenta e quarenta e dois. Hilly e Cate Simpson, irmãs. Hilly Simpson mora na Virgínia, a outra trabalha na City Girl, uma loja de roupa feminina que fica pouco depois do bar.

— A irmã veio de visita, provavelmente. Elas entraram para tomar uma bebida, quem sabe encontrar os amigos da irmã de Nova York. Jesus amado!

— Tinham vinte e três e vinte e seis anos — lamentou Feeney, e esfregou o rosto. — Alguns casos cansam antes mesmo de a investigação começar.

— Vai até a minha sala e toma um pouco de café de verdade.

— Talvez eu faça isso. — Ele atendeu ao comunicador que tocava. — Temos novidades. Conseguimos outra identificação, do casal que saiu do bar às cinco e vinte e nove. Quer dizer, consegui identificar a mulher. Shelby Carstein, trabalha na Strongfield & Klein.

— É a mesma empresa de Brewster, um dos sobreviventes.

— Também consegui o endereço dela.

— Pode me mandar os dados, quero conversar com ela.

— Já mandei. Escuta, não temos como ficar repassando outras informações sobre os dados dos *tele-links* até termos mais material para trabalhar — avisou Feeney. — Se você conseguir recolher os outros aparelhos eletrônicos das vítimas, poderemos examiná--los. Vamos começar com as agendas eletrônicas, digitalizar tudo e ver o que encontramos. Mas, a menos que um deles seja um alvo específico ou esteja envolvido com o incidente, estaremos atirando no escuro.

— Entendi. Vou dar uma passada no laboratório e ver o que consigo por lá. Depois vou visitar essa Shelby Carstein.

— Se eu não for necessário na DDE, irei com você, tenente — ofereceu Roarke.

— Tenente! Desculpe. — Trueheart entrou na sala correndo. — Acabaram de chegar algumas pessoas. Duas delas disseram que estiveram no bar e deixaram um colega de trabalho lá dentro. Outro homem afirma que é o gerente do bar.

— Onde eles estão?

— O sargento encaminhou o gerente para a Sala de Entrevistas A e os dois para a sala de espera e... Ele achou que a senhora não ia querer todos juntos.

— Ele fez bem. Vou conversar com as duas pessoas primeiro. Depois com o que está sozinho.

— Vou começar a notificar os familiares, Dallas — avisou Peabody. — Vou seguir a lista de baixo pra cima. Se as suas conversas com esses três demorarem muito, eu continuo até você ficar liberada ou eles acabarem de contar o que viram.

— Tudo bem. — Com os olhos no quadro, ela se virou para Roarke: — Você pode vir até a sala de espera, mas não entra comigo. Fica por perto. Os seus olhos e instintos são bons. Dê uma olhada nos dois com quem eu vou falar antes e, depois, faça o mesmo da Sala de Observação, quando eu for conversar com o gerente do bar. Você o conhece bem?

Ilusão Mortal 65

— Nem um pouco, sendo sincero — admitiu Roarke. — Falei muito com ele durante o período de transição. Fizemos verificações rotineiras de antecedentes criminais, verificação de segurança dos hábitos, essas coisas. Também conversei muito com alguns funcionários para formar uma ideia geral sobre esse gerente, e também sobre os outros colegas de trabalho. Ele passou em tudo, e muito bem. Desde então, não tive mais qualquer ligação pessoal nem contato com ele. Não precisei disso porque ele se reporta diretamente ao coordenador designado para aquela propriedade.

— Talvez eu queira falar com esse coordenador também, dependendo do que surgir.

— Posso providenciar, se você precisar.

— Entra na frente. Pega um pouco de café na máquina e...

— O café da máquina da polícia eu não quero. — Ele conseguiu esboçar um leve sorriso. — Mas pode deixar que eu me viro.

— Tudo bem. Eu entro daqui a um minuto.

Ela deu a Roarke três minutos e, então, foi até a sala de espera.

Um punhado de policiais arriscava beber o café dali ou comer um dos produtos da máquina de venda automática. Roarke estava sentado com uma inocente garrafa de água mineral e o tablet em uma mesa próxima aos dois civis que esperavam Eve.

Ambos pareciam muito cansados e preocupados. Os cabelos louros cacheados da mulher lhe caíam em cascata sobre os ombros. Seus tênis combinavam com a calça casual e o suéter. O homem usava calça escura, camisa azul e botas velhas.

Ela avaliou que ambos estavam na casa dos trinta anos. O homem com trinta e poucos, a mulher com quase quarenta.

Eles não vestiam ternos nem carregavam pastas, mas Eve os reconheceu das imagens da câmera na parte externa do bar. A visita deles tinha lhe economizado o trabalho de levantar mais duas identificações.

— Sou a tenente Dallas. — Ela se sentou ao lado deles e viu quando os dois se endireitaram nas cadeiras de plástico duro.

— Sou Nancy Weaver e esse é o meu sócio, Lewis Callaway. Entrei em contato com Lew assim que soube dos relatos sobre as mortes no On the Rocks. Nós estivemos lá, demos uma passada depois do trabalho. Estávamos com Joe, quer dizer, Joseph Cattery, e também com Stevenson Vann. Consegui falar com o Lew e com o Steve, que saiu do bar antes de mim, porque ele tinha que pegar um jatinho para Baltimore, onde vai participar de uma reunião amanhã de manhã. Mas não consegui falar com o Joe. Lew me disse que o Joe ainda estava no bar quando ele saiu de lá.

Eve deixou a mulher divagar, sem interrompê-la. Ela descreveu tudo de forma bem concisa, como alguém muito acostumado a fazer apresentações e a recitar dados, mas sua respiração estava ofegante, e a voz, abalada.

Eve olhou deliberadamente para o homem. Ele tinha o rosto bem barbeado e cabelos castanhos curtos e lisos.

— Vocês trabalham juntos.

— Isso. Na seção de Marketing e Promoção de Eventos da Stevenson & Reede. Tínhamos acabado de terminar uma grande campanha. Fomos fazer um apanhado geral, conversar um pouco sobre a apresentação final e espairecer. Steve não pôde ficar muito tempo, porque tinha a reunião em Baltimore de manhã.

— A que horas vocês chegaram?

— Mais ou menos às quatro e quarenta e cinco — respondeu o rapaz. — Não sei exatamente. — Ele olhou para Nancy em busca de confirmação.

— Saímos do escritório juntos, mais ou menos às quatro e quarenta, e são cinco minutos a pé até o bar. Talvez menos que isso, uns três minutos. Steve foi embora do bar uns quinze minutos depois. Eu saí por volta das cinco e vinte, eu acho. Eu tinha um encontro às oito da noite e queria passar em casa pra trocar de roupa e descansar um pouco antes de sair de novo.

— Joe e eu pedimos outra rodada — acrescentou Callaway. — A esposa e os filhos não estão na cidade, então eu fiquei fazendo companhia a ele por mais algum tempo. Ele sugeriu de a gente jantar juntos, mas, pra falar a verdade, eu queria ir pra casa. — Ele ergueu as mãos da mesa e as deixou cair novamente. — A gente trabalhou muitas horas extras nessa campanha. Eu estava bem cansado. Na verdade, estava praticamente dormindo no sofá quando a Nance me ligou. Achei que o Joe tinha desligado o *tele-link* dele, ou talvez tenha ido a alguma boate depois que saiu de lá, sabe?

— Ah, fala sério, Lew?

— A mulher dele está viajando, e você sabe que ela leva ele na rédea curta. — Ele disse isso com um leve sorriso e uma piscadela de cumplicidade. — Ele devia querer relaxar um pouco. Mas Nance ficou preocupada, e quando terminou de falar comigo, eu também fiquei.

— Todas as notícias que conseguimos são muito vagas, o que torna tudo ainda mais assustador — insistiu Weaver. — Nós estávamos *lá*, bem no bar. Vimos em uma das notícias que podem ser mais de setenta pessoas mortas.

— Calma. — Callaway colocou a mão sobre a dela por breves instantes. — Você sabe como a imprensa exagera.

— Pessoas morreram! — Seu rosto suave endureceu. — Isso não é exagero. Como é que uma coisa assim aconteceu? Aquele é um bom lugar. Não é um buraco nem uma casa suspeita. Cacete, eu já levei a minha mãe lá! Ninguém quer falar nada — continuou ela. — Todos eles disseram que tínhamos que esperar aqui por você, tenente. Sei quem você é. Assisto às reportagens da TV com a voracidade de uma criança que come doces. Você é uma tenente da Divisão de Homicídios. Essas pessoas foram assassinadas?

— Vou lhes contar tudo que eu puder. Houve um incidente grave no On the Rocks na noite de hoje, que resultou em várias mortes.

— Ai, meu Deus. E o Joe?

— Lamento informar que Joseph Cattery foi identificado como uma das vítimas.

— Caramba! — Callaway simplesmente ficou encarando Eve. Seus olhos, tão escuros que pareciam pretos, parados olhando para o vazio por um momento. — Meu Deus. Minha Nossa! Joe morreu? Ele está realmente morto? Como assim? Ele estava sentado no bar, bebendo com a gente. A gente estava só tomando umas.

— Não posso compartilhar mais detalhes nesse momento. Algum de vocês notou algo fora do comum enquanto estavam lá?

— Nada — murmurou Weaver, com lágrimas que ameaçavam transbordar dos olhos. — Não vi nada. Era um happy hour e a maioria das mesas estava cheia, então nós simplesmente ficamos no balcão do bar. Eu não queria comer nada mesmo. Simplesmente sentamos lá e ficamos falando sobre a apresentação e a campanha. Só conversa de trabalho.

— Vocês dois saíram sozinhos de lá?

— Saímos.

— Isso mesmo — concordou Callaway. — Na verdade, eu saí com outra pessoa da empresa, que não é do nosso departamento. Whistler — disse ele a Weaver. — Eu não sabia que ele também estava lá, e chegamos na porta de saída praticamente na mesma hora. Nós nos cumprimentamos, perguntamos como iam as coisas e seguimos, cada um para o seu lado.

— Como foi que ele morreu?

— Sinto muito, sra. Weaver, não posso contar mais nada a vocês, por enquanto.

— Mas a mulher dele, os filhos! Eles têm um menino e uma menina.

— Vamos falar com ela. Peço que não entrem em contato com ela até amanhã, para termos tempo de fazer a notificação oficial.

Ilusão Mortal

— Deve ter alguma coisa que você possa nos contar — insistiu Callaway. — Alguma coisa que nós possamos fazer. Joe... Nós estávamos todos lá com ele.

— O que posso dizer é que estamos investigando ativamente e indo atrás de toda e qualquer pista. Divulgaremos um comunicado para a imprensa o mais rápido possível. Podem me contar se algum de vocês conhece alguém que quisesse prejudicar o sr. Cattery?

— Não, nem de longe. — Weaver respirou longa e profundamente. — Ele é o clássico Senhor Bonzinho. Ele treina um time de futebol. É o primeiro a ajudar quando alguém precisa. Ele é casado... primeiro e único casamento... há uns, sei lá, doze anos, talvez mais. E nunca esquece o dia do aniversário das pessoas.

— Todo mundo gosta do Joe — confirmou Callaway. — Não tem como não gostar.

— Há quanto tempo vocês trabalham com ele?

— Vou completar nove anos na empresa em janeiro — disse Weaver. — Ele entrou uns meses depois de mim.

— Eu estou lá há quase dez anos. Nem sempre trabalhamos juntos — explicou Callaway. — Temos projetos solo e projetos em equipe.

— E Stevenson Vann, tem alguma relação?

— Ele é sobrinho do Executivo Chefe de Operações — informou Weaver. — Entrou uns cinco anos atrás. Ele é bom, leva jeito. Ele e o Joe são muito amigos, na verdade. Os filhos têm quase a mesma idade. Steve é divorciado, mas pega o filho semana sim, semana não. Eles conversam muito sobre os garotos. Lá no bar, mesmo, falaram um pouco sobre as crianças. Ai, meu Deus, quem vai contar ao Steve?

— Eu faço isso. — Callaway respirou fundo. — Eu conto a ele. — Quando Weaver cobriu as mãos de Callaway com as suas, ele deu um tapinha nelas. — Vou ligar para ele ainda hoje.

— Vocês conheciam mais alguém no bar?

Callaway piscou ao olhar para ela.

— Como assim?

— Você disse que saiu com um conhecido. Além dele, você conhecia mais alguém no bar?

— Eu... Não sei ao certo, sendo sincero. Quer dizer... a gente sempre vê rostos conhecidos, porque aquele é um lugar popular pras pessoas que trabalham na S&R e em outras empresas ali perto.

— Ficamos de costas para o salão durante a maior parte do tempo. — Weaver fechou os olhos com força. — Pode ser que tivessem outras pessoas que eu conheço lá e eu nem tenha percebido. E pode ser que elas também tenham morrido.

Depois de anotar as suas informações de contato, Eve os acompanhou até a saída e esperou por Roarke.

— Sua opinião? — indagou ela.

— A mulher é muito emotiva, mas na maioria das situações sabe como se conter.

— É controlada.

— Sim, ele também é.

— O que é S&R?

— É uma empresa de produtos de limpeza. Industriais, domésticos e produtos para o corpo. Está no mercado há mais de um século. É muito sólida. E pra adiantar o seu lado, a Weaver é a vice-presidente encarregada do marketing. Vann, Callaway e a vítima são subordinados a ela. Vann é o chefe da campanha atual, mas age sob a supervisão dela. Callaway e a vítima carregam o título de executivos de marketing. Weaver está solteira, mas já morou com duas pessoas, e Vann é divorciado. Callaway é solteiro. E a vítima, como eles relataram, é casado e tem filhos. Vann tem um filho de oito anos, assim como a vítima... e uma menina de cinco. Weaver e Callaway não têm filhos.

— Você é um bom assistente.

— Posso conseguir mais, se e quando você precisar.

— Já está bom para uma primeira impressão. Rola alguma coisa entre Callaway e Weaver?

— Em termos sexuais ou românticos? Não.

— Eu também não senti nada rolando, mas ele veio assim que ela ligou. Isso é obedecer à chefe ou ser amigo dela? Vamos ver isso.

Ela parou do lado de fora da Sala de Entrevistas A.

— Fale um pouco sobre esse cara.

— Devon Lester, quarenta e três anos. Segundo casamento... homoafetivo, sem filhos. Ele trabalha com alimentos e bebidas há mais de vinte anos. Já foi bartender, garçom e foi subindo os degraus até chegar à gerência. Administra aquele bar há mais de dois anos. Tem um histórico de delitos leves. Algumas apreensões de zoner no fim da adolescência e aos vinte e poucos anos. Uma acusação por agressão, retirada quando ficou provado que ele tentou interromper uma luta, em vez de incitar ou participar dela. Ele fabrica a própria cerveja que, na verdade, nós servimos no bar.

— Então ele tem alguns conhecimentos sobre como preparar uma receita, por assim dizer.

— Pode-se dizer que sim.

— Vamos ver o que *ele* tem a dizer. Você, siga pra Sala de Observação.

— Como quiser, tenente.

Capítulo Quatro

Devon Lester tinha o cabelo ruivo de duende, pelo menos era o que Eve achava: cheio de dreads em estilo rastafári. O penteado se avolumava ao redor de um rosto da cor de juta desbotada, redondo como uma bola inflável e posto sobre um pescoço grosso feito um tronco de árvore.

Seus olhos da cor de passas quase saltavam daquelas feições.

Ele tamborilava os dedos na mesa e acompanhava algum ritmo que soava dentro dele com as batidas rápidas dos pés sobre o chão. Eve poderia tê-lo confundido com um viciado fissurado pela próxima dose, mas ele ficou subitamente quieto quando seu olhar fixou-se no dela.

— Você é a policial de Roarke.

— Sou a policial de Nova York.

— Eu quis dizer... ah, deixa pra lá. Sou o gerente. Roarke entrou em contato comigo e disse que teve um problema no bar. Que pessoas morreram. Eu entreguei a ele uma lista da equipe completa.

— Tirou a lista do bolso, colocou-a sobre a mesa e alisou-a com cuidado, para desamassá-la. — Talvez você nem precise disso, já que é a mulher dele.

— Eu não sou propriedade de ninguém.

— Eu quis dizer... ah, não estou indo muito bem. — Ele esfregou as mãos grandes e largas sobre o rosto de bola. — Não consigo entender o que houve. Ele... Roarke... não foi muito específico. Só falou que era um problema, contou que pessoas tinham morrido e mandou que eu lhe enviasse os nomes e os contatos de toda a minha equipe, especificando quem estava trabalhando hoje e quem não estava. Achei que tivesse sido uma briga, ou uma coisa assim. Normalmente, não temos muitos problemas, o On the Rocks não é esse tipo de lugar. Mas só soube da gravidade quando comecei a ouvir as notícias. Então, eu entrei em contato com o Bidot.

Eve se sentou

— Quem é Bidot?

— Ah, achei que você fosse saber de tudo. É o cara que cuida dos negócios do bar para o Roarke.

— Pensei que fosse você que cuidasse disso.

— Sou só o gerente. Ele é o cara a quem eu me reporto. Eu não posso chamar o Roarke toda vez que preciso resolver um probleminha, certo? Um homem como ele mantém um monte de bolas no ar ao mesmo tempo, sabe como é?

— Claro.

— Existe uma hierarquia. Eu me reporto a Bidot e ele repassa pro Roarke só o que é muito importante. É assim que rola.

— Ok.

— Ok... — Devon assobiou baixinho, como se estivesse aliviado por ter esclarecido esse ponto. — Bidot me disse que a polícia já estava cuidando do caso e que a situação era feia. Muito feia. Disse que talvez... — Fez uma pausa e engoliu em seco antes de continuar: — Que talvez sejam oitenta mortos, ou mais. Mortos!

Ilusão Mortal 75

No meu bar! Gente da minha equipe! Ele não soube me dizer nada sobre a minha equipe. Vim até aqui porque preciso saber. Não consegui falar com ninguém que estava no turno da noite. Preciso saber sobre minha equipe e o que... Meu Deus, dona... senhora... tenente, sei lá o quê. Afinal, que porra aconteceu?

Ele atropelava as palavras, pensou Eve, mas ela reconheceu que o homem se comunicava bem.

— Pode me chamar de tenente. Tenente Dallas. Você estava de folga hoje. É sua noite de folga habitual?

— É. Eu faço a escala dos turnos a cada duas semanas. Procuro ser flexível, caso alguém tenha algum problema e queira trocar de turno. Nós administramos um lugar bom e tranquilo, tenho uma equipe muito boa. D.B. estava no comando hoje. Ele é o gerente assistente. Ainda não consegui falar com ele. Passei lá no bar, mas está tudo lacrado e tem uns guardas na porta. Eles não me disseram porra nenhuma, nem quando eu disse que aquele era o meu bar. Tipo...

— Eu entendi. Houve um incidente no On the Rocks hoje à noite, que resultou na morte de oitenta e três pessoas.

— Minha Nossa Senhora! — Seu rosto desbotado assumiu um tom de verde doentio. — Santa Maria, Mãe de Deus. Explodiu uma bomba lá dentro? Ou alguma...

— Estamos investigando, sr. Lester.

— E a minha equipe? Tenho todos os nomes aí na lista. D. B. Graham no comando; Evie Hydelburg é a cozinheira; Marylee Birkston é a garçonete chefe...

— Sim, já tenho todos os nomes. A sra. Birkston estava passando por uma cirurgia na última vez que eu falei com o hospital. Andrew Johnson...

— Drew. Ele atende por Drew. É auxiliar de garçom.

— Ele está em coma. Ambos estão no Centro de Saúde de Tribeca.

Lester esperou um segundo, depois mais um, e por fim perguntou:

— E os outros? E quanto aos demais? Eram nove pessoas naquele turno.

— Sinto muito, sr. Lester, esses são os únicos da sua equipe que sobreviveram.

— Ah, isso está errado. — Ele ergueu os dedos, mas manteve as bases das mãos firmemente plantadas na mesa, como se precisasse de uma âncora. Sua voz trazia o tom de quem tem certeza. — Isso só pode estar errado. Não quero ser desrespeitoso, sra. Roarke, mas...

— Tenente Dallas.

— Dá no mesmo. — De repente, como um raio, um fulgor lhe surgiu nos olhos e por trás dele rastejou o medo. — Sete pessoas da minha equipe não podem ter morrido. Isso não acontece assim...

— Sinto muito pela sua perda, sr. Lester, e entendo que seja difícil aceitar.

— Pois é, eu não aceito. — Ele ficou em pé. — Entendeu o que eu disse? Isso não é aceitável. Quero falar com o seu superior.

Eve se levantou também.

— Acabei de encerrar uma reunião com o meu comandante e toda a força-tarefa designada para esta investigação. Da qual eu sou a responsável. Estou dizendo a você que sete dos seus funcionários estão mortos. Dois estão no hospital, e pode acreditar que **eu** estou torcendo tanto quanto você para que eles sobrevivam.

— Isso é mentira.

Ao ouvir uma batida à porta, Eve a abriu alguns centímetros. Não ficou surpresa ao ver Roarke.

— Eu posso ajudar — anunciou ele, antes de ela ter a chance de falar.

Ela fez um considerável esforço para não dizer nada, e recuou. No instante em que Roarke entrou na sala, viu que ele tinha razão.

Ilusão Mortal

O calor nos olhos de Lester apagou na mesma hora e o medo se transformou em tristeza.

— Não. Não!

— Sente-se, Devon. Sente-se!

Ele obedeceu, mas Eve concluiu que só fez isso porque suas pernas simplesmente cederam.

— Só Marylee e Drew escaparam? E todos os outros, *todos*?! Nós os perdemos?

— Isso mesmo. Preciso que você ajude a tenente, Devon. Ela vai fazer o melhor por eles, por todos eles. Você pode ajudá-la.

— O D.B. está noivo. Ele e a mulher estão juntos há três anos e iam se casar em maio. Evie... ela acabou de ter seu primeiro neto. A Katrina foi chamada pra uma audição. Eu mudei o horário pra ela sair às oito da noite e poder ir pra casa decorar o texto. Ela tinha se programado pra ir embora mais cedo hoje.

Roarke não disse nada, apenas deixou Lester falar sobre cada um dos mortos, pessoas que ele mesmo não conhecia pessoalmente, mas que eram seus funcionários. Seus olhos se voltaram para os de Eve e repousaram ali por um instante, cheios de tristeza, quando ela colocou água na frente de Lester.

— O que aconteceu com eles? Por favor. Deus, por favor. Vocês precisam me contar o que aconteceu — pediu Lester.

— Ainda não estou autorizada a fazer isso. — Eve voltou a se sentar. — Tenho que lhe fazer umas perguntas.

— Tudo bem. Tudo bem.

— Você disse que tinha uma boa equipe, mas mesmo assim, às vezes, existem atritos ou alguém se irrita. Você já precisou repreender alguém? Ou apartar alguma discussão?

— Olha... — Ele enxugou os olhos com o antebraço e lutou para respirar algumas vezes até se acalmar. — Ok, sempre rola algum drama. Alguém briga com a mulher, com o namorado, por seja lá o que for. Ou um cliente fica incomodando. Quem trabalha com pessoas passa por isso. Mas meu pessoal se dava bem. Lá é um bom lugar para trabalhar. O salário é bom, as gorjetas, também. Quando alguém precisa trocar de turno, nós trocamos. Quando alguém precisa de uma ajuda extra, alguém ajuda.

— Você não foi lá hoje hora nenhuma, então?

— Não. Dormi até mais tarde, depois eu e meu marido fomos a uma galeria no SoHo. Ele gosta de galerias de arte. Almoçamos tarde e fizemos umas compras.

— Alguém do bar entrou em contato com você hoje?

— Não. E isso acontece de vez em quando, claro. Mas não hoje. A primeira vez que meu *tele-link* tocou foi com a chamada de Roarke. Quirk e eu tivemos um dia tranquilo.

— Você teve problemas com alguém? Em sua vida pessoal ou no bar?

— Não... Quer dizer, nosso vizinho me pentelhou umas semanas atrás. Nós demos uma festa e ele reclamou que estávamos fazendo muito barulho. É um idiota. Nem a mulher dele suporta o cara.

— Qual o nome dele?

— Ah, dona, ele é só um vizinho idiota.

— Preciso cuidar das pessoas que morreram hoje, sr. Lester. Então, eu tenho que conversar com vizinhos idiotas.

Ele informou a Eve o nome e o endereço do vizinho, depois olhou para as próprias mãos.

— Sinto muito pelo que aconteceu agora há pouco, tenente. Eu não tratei você com respeito.

— Você perdeu amigos hoje. Vamos ambos respeitá-los, e isso é o bastante.

— O que devo fazer agora? — Ele olhou de Eve para Roarke. — Preciso contar à equipe. Devo falar com eles pessoalmente? Isso não é algo que eu possa contar ao resto do meu pessoal pelo *tele-link*. E tem também as famílias! Vou ter de contar aos... Meu Deus, Drew ainda mora na casa dos pais. Ele ainda é um garoto.

— Estamos notificando todas as famílias — explicou Eve. — Deixe isso com a gente.

— Você devia ir pra casa agora, Devon. — O tom calmo da voz de Roarke atraiu novamente o olhar de Devon. — Você pode conversar com o seu pessoal amanhã. Quer que eu peça a Bidot que te acompanhe?

— Não, eu vou com o Quirk. Todos o conhecem, e não conhecem Bidot tão bem. Se isso não for um problema.

— Faça o que você achar melhor. Se precisar de qualquer coisa de mim, pode me contatar diretamente — ofereceu Roarke. — Como você veio até aqui?

— O quê? Como assim?

— Como você veio até a Central?

— De metrô.

— Vou mandar um carro levar você pra casa. Vai ter um carro à sua espera na entrada principal — insistiu Roarke, antes que Devon pudesse protestar. — E, amanhã vai ter outro, para levá-lo aonde você e Quirk precisarem ir.

— Obrigado.

— Eles também eram o meu pessoal.

— Sim, senhor. Acho que sim.

Eve liberou Devon e não disse nada enquanto Roarke providenciava um carro para levá-lo. Simplesmente ficou sentada na frente dele, esperando.

— Não preciso pedir sua opinião sobre ele — disse ela.

— Então, vou perguntar a sua.

— Pode ser que você não goste do que vai ouvir.

— Não seria a primeira vez.

— Ele conhece todo mundo lá. Nós dois sabemos que gerenciar pessoas significa que essas pessoas podem ser irritantes, podem te estressar de uma forma específica e ser frustrante.

— Então, a solução para isso é envenenar todo mundo e provocar um assassinato em massa? Isso é papo furado, Eve.

— Puxei a ficha dele. É casado com Quirk McBane, um professor de arte. Parece limpo e certinho.

— E isso é suspeito? O cara limpo e certinho é suspeito?

— Ele também tem um irmão. Christopher Lester. O irmão é químico, tem um monte de títulos depois do nome e é responsável por um laboratório particular chique. O incidente aconteceu no dia de folga de Devon. Ele conhece a rotina do lugar e pode ter plantado a substância a qualquer momento. Talvez exista algum tipo de gatilho, ou cronômetro, não sabemos ainda. Devon vai notificar pessoalmente o resto da equipe e vai receber muita atenção. Ele está no centro de tudo.

— Jesus Cristo!

— Olha, é horrível dar uma notícia dessa às pessoas. A menos que você esteja querendo saber a reação delas. Ele passou o dia com o professor de arte. Belo álibi. Aposto que poderemos confirmar isso com as galerias do SoHo e com o restaurante onde almoçaram. Tudo muito limpo e certinho, mais uma vez.

— Você o vê como um potencial assassino em massa? Que matou pessoas com quem trabalhava todos os dias? Só porque o seu irmão é químico e ele tem um álibi?

— Você escutou o que a Mira disse? Eu concordo com o perfil que ela estabeleceu. O assassino conhece aquele bar, trabalha nele ou gosta do lugar. Ele vai tentar se inserir na investigação, o que Devon Lester acabou de fazer. Suas reações certamente foram as corretas, nessa circunstância, e não me pareceram falsas. Mas quem fez isso sabia que iria conversar com policiais, com outras pessoas, e teria se preparado bem. Tenho que levar tudo isso em consideração.

— Você está certa. — Ele se levantou e circulou pela sala. — Não gosto da ideia, mas saber que tantas pessoas foram mortas dá mais peso a isso. E agora, o que vamos fazer?

— Quero ir ao laboratório para ver se tem alguma novidade e, se for preciso, dar um incentivo para o Dick Cabeção.

— Um suborno, você quer dizer?

— Espero não precisar suborná-lo pra isso. Mas se for preciso, é bom ter os bolsos preparados. — Ela se levantou. — Quero conversar com Shelby Carstein porque vou ficar de olho em todo mundo que saiu daquele bar um pouco antes do ataque. Depois eu preciso pensar. Quero falar com o Morris no caminho.

— Eu dirijo.

— Já imaginava. — Ela pegou o *tele-link* para entrar em contato com Morris enquanto eles iam para a garagem.

D ick Berenski, chefe do laboratório de análises, estava curvado como uma gárgula sobre sua estação de trabalho, onde havia vários monitores de computador. Sua cabeça em forma de ovo surgia dos ombros do jaleco que ele vestira por cima de uma camisa laranja berrante e uma calça cor de ameixa bem justa. Eve preferia, do fundo do coração, não ter visto aquele idiota de calça justa.

Ele usava ainda uma argola de ouro na orelha — novidade — e sapatos elegantes com relevos estranhos que combinavam com a calça.

O homem lançou para Eve um olhar aborrecido.

— Eu estava em uma boate, dançando salsa.

Eve fez uma anotação mental: que nunca em sua vida o visse dançando salsa.

— Puxa, desculpe o transtorno. Aposto que as oitenta e três pessoas mortas também estão um pouco sem graça.

— Eu só estou explicando por que estou vestido assim. Eu já estive naquele bar, sabia? Eles têm um bom happy hour.

— O de hoje não foi tão bom.

— Acho que não. O nível de toxinas que encontramos nas pessoas é altíssimo, em todas as amostras que examinamos. Mas você já sabe disso.

— Sim, só que eu quero mais detalhes.

— Pedi a um ajudante para pegar amostras do sangue dos sobreviventes, para termos um grupo heterogêneo. Tenho que considerar que quem sobreviveu reagiu à substância de um jeito diferente ou que, talvez, a reação à substância seja diferente se o cérebro ainda estiver funcionando, se o coração ainda está batendo e coisas assim.

— Ok. E aí?

— O resultado foi o mesmo. A ação é rápida, mas dura pouco tempo. Mal entra no corpo e já sai. A maioria das drogas tem um efeito mais prolongado. Afinal, qual o sentido de ter uma viagem de só doze minutos?

— Foram doze minutos mesmo? Isso está confirmado?

— Sim, esse é o tempo que os efeitos duram: doze minutos. Um minuto a mais ou a menos, dependendo do tamanho, do peso, da idade da vítima e da quantidade de álcool, remédios ou drogas ilegais que ela consumiu. Portanto, temos uma janela de onze a quinze minutos, mas o tempo médio é doze.

Ele se mexeu no banquinho e passou os dedos longos e magros sobre uma tela.

— O que eu fiz foi simular a substância. Cheguei bem perto. Estou tentando sintetizar alguns elementos com mais precisão, mas já temos a base.

— Você consegue criar a substância?

Ele sorriu, com malícia.

— Não existe muita coisa que eu não consiga fazer. Tentei a reconstrução via computador, mas a substância verdadeira poderá nos dar mais informações. Sintetizei quatro microgramas e infectei

Ilusão Mortal

uns ratos. Os bichos enlouqueceram, não foi nada bonito. Foi engraçado por um ou dois segundos, e então... perdeu a graça.

— Eles se mataram.

— Eles se massacraram. A assistente que estava me ajudando teve de sair pra vomitar. Em outras circunstâncias, eu ia dar um esporro nela, mas... porra. Essa merda é pesada, Dallas.

— Explique a merda pesada pra mim.

— Você tem a dietilamida do ácido lisérgico, o LSD, como base. Esse é o alucinógeno. Geralmente, as pessoas consomem por vias orais ou injetam a droga.

— Eu sei como se usa LSD, Dickie.

— É, pois é, mas veja só... essa aqui não é a droga típica. O LSD é uma parada muito potente, mas essa aqui é megacondensada. O cara que a fabricou a destilou, por assim dizer. Por um lado, é coisa de gênio. Tipo um uísque destilado em casa. Depois ele adicionou um dos produtos sintéticos que ainda estamos tentando identificar. Se adicionarmos zeus à mistura, a coisa fica mais feia ainda, porque aí o resultado é alucinação, delírio, energia descontrolada e violência. Depois ele colocou o ácido ibotênico, encontrado em alguns cogumelos, de novo com alta concentração. Temos agora um duplo alucinógeno. Adicione um toque de adrenalina sintética para intensificar o efeito do zeus, testosterona também condensada... está vendo, tudo concentrado para aumentar a potência. Por fim, um traço de arsênico.

— Veneno?

— A Harpo, minha ajudante, ainda não tinha começado a analisar o cabelo quando enviamos o laudo das toxinas para vocês. Ela encontrou arsênico nos testes que fez nos fios de cabelo. Em pequenas doses, mas somado aos outros elementos, ele pode provocar delírios. Misture tudo e você tem uma porra absurdamente enlouquecedora e muito potente. O usuário fica desorientado, revoltado, tem a força potencializada, tudo isso durante mais ou menos doze minutos. Calculamos a média do tempo de ação nos humanos a partir dos ratos. Demora uns três ou quatro minutos para a pessoa começar a sentir os efeitos, que duram doze minutos e depois começam a desaparecer.

— Isso é muito tempo — murmurou Eve.

— A boa notícia é que, se você sobreviver à droga, não vai sofrer danos cerebrais, cardíacos ou renais permanentes. A má notícia é que depois que você é exposto ao troço, absorve tudo até o fim, a menos que saia e respire ar puro.

— Como assim?

— A substância é concentrada, certo? Então se você conseguir tomar ar... ar novo e fresco... se der o fora do lugar onde você está, a coisa se dissipa mais depressa. Estou trabalhando para saber em quanto tempo o efeito se dissipa e a quantidade.

— Pode existir algo que sirva como antídoto, ou que bloqueie o efeito?

— Ainda não sei como bloquear a ação da droga.

— Achei que você conseguisse fazer quase qualquer coisa.

Ele franziu o cenho, fez uma careta e considerou o desafio.

— Pode ser que eu consiga.

— Aposto que o cara que inventou isso tem um bloqueador. — Havia subornos de vários tipos, pensou Eve. E uma cutucada no ego geralmente funcionava. — O filho da puta que criou essa droga com certeza teria um jeito de impedir que ele mesmo esfaqueasse a própria garganta, inalasse a droga ou tivesse contato com ela. Mas ele precisaria de um laboratório.

— Um laboratório ajudaria, mas bastam algumas provetas, tubos de ensaio e uma fonte de calor. Porra, eu conseguiria fabricar isso na cozinha da minha casa, se não me incomodasse com o risco de explodir tudo. O LSD é uma escolha arriscada. Encontrar as combinações e as quantidades certas... a receita, digamos assim... que é a parte difícil e complicada. A genialidade está *nisso*.

Juntar os ingredientes é moleza, uma vez que você tem a fórmula. Eu isolei e criptografei essa fórmula, só eu consigo decifrá-la. É melhor mantê-la sob controle, senão será perigoso até mesmo ir ao café da esquina.

—Ele tem razão — disse Eve, ao voltar para a viatura. — Se a receita dessa mistura maluca vazar, outra pessoa, ou outras pessoas... vão poder prepará-la.

— Existem vírus guardados em instalações governamentais dentro e fora do planeta. Muitos deles têm o poder de exterminar a maior parte da humanidade.

— Isso não me faz me sentir melhor.

— A questão é que o mundo nunca é seguro. Nenhum lugar do planeta é, para ser realista. Ninguém está seguro, como você sabe melhor do que a maioria das pessoas. Mesmo assim, vivemos, um dia de cada vez. Comemos, vamos às compras, dormimos, fazemos amor, fazemos bebês e assim por diante. É o que temos.

— E, às vezes, o que temos não presta muito. Vamos espalhar a alegria e falar com Shelby Carstein.

O terceiro andar do prédio de Shelby Carstein tinha um saguão claustrofóbico e uma escada que exalava um cheiro de alho tostado, um cheiro que até era bom. Ao subir, Eve ouviu o choro agitado de um bebê, a risada comum em séries cômicas de TV e notas tristes que pareciam vir de um violino.

Ela reparou que a luz de segurança estava piscando em vermelho no apartamento 3-C. Não havia câmera de vigilância, nem placa de biometria.

— A segurança não é uma prioridade por aqui — comentou Eve.

— Mas é um bairro relativamente decente.

— Sim, mas havia uma transação ilegal rolando na esquina.

— Eu disse "relativamente". — Ele sorriu para ela. — Você não mostrou interesse em estragar a noite do traficante.

— Acabar com um traficante de zoner não é minha prioridade agora. — Ela bateu com força e estava prestes a bater de novo quando viu a sombra passar diante do olho mágico da porta. — Polícia de Nova York! — anunciou, mostrando o distintivo.

As trancas clicaram e estalaram antes de a porta se abrir.

Shelby Carstein parecia uma mulher que acabara de levantar de uma cama aparentemente muito utilizada. O robe que ela ainda estava amarrando ia só até a coxa e seus pés descalços exibiam dedos com unhas pintadas de cor de abóbora. Seu cabelo, quase da mesma cor, caía em torno de um rosto relaxado pelo efeito do sexo.

Ela ergueu um pouco a gola do robe, mas não conseguiu esconder a marca vermelha que cobria a lateral do seu pescoço.

— Algum problema, policial? — Sua voz saiu rouca e espessa quando ela olhou de Eve para Roarke com uma mistura de aborrecimento e curiosidade nos olhos verdes sonolentos.

— Srta. Carstein?

— Isso mesmo. Do que se trata?

— Sou a tenente Dallas e esse é meu consultor civil. Gostaríamos de falar com você.

— Sobre o quê?

— O incidente que aconteceu hoje à noite no On the Rocks.

— O... ah, pelo amor... escuta, é, a gente brigou, mas não atiramos coisas um no outro, nem destruímos o lugar. E eu não dei um soco naquela vaca idiota, por mais que eu quisesse. Eu só disse pra ela dar o fora dali antes que eu enchesse a cara dela de porrada. Usei palavras ofensivas, mas eu nem toquei nela.

— Que vaca idiota foi essa, sra. Carstein?

— Não conheço a mulher, só sei que tinha peitos grandes. Rocky disse que ela só estava bêbada e era sem noção, mas ela deu em cima dele, e bem na minha cara. — Shelby apontou dois dedos para o próprio rosto, para o caso de Eve não estar vendo. — Não sou obrigada a aturar desaforo de nenhuma vagabunda peituda e bêbada.

— Sra. Carstein, será que poderíamos entrar?

— Ah, pelo amor de Deus. — Ela recuou, e a raiva arrancou a névoa de sexo que lhe cobria o rosto. — Rocky! Rocky, venha aqui na sala. Estou com uns policiais na porta por causa daquela loira sem vergonha de ontem, no bar.

— Ah, qual é?! — Um ar de exasperação preencheu a voz que veio do quarto até a sala de estar elegantemente decorada. Roupas... uma calça masculina, uma camisa, uma saia e sapatos jogados formavam uma trilha até o quarto.

Eve decidiu que não precisava ser policial para entender aquele cenário.

Um homem com cabelo escuro e todo espetado e um chupão no ombro nu, saiu arrastando os pés, ainda fechando as calças largas de algodão.

Rocky tinha roupas extras em um armário ali, deduziu Eve.

— Que porra é essa, Shel?

— Vamos direto ao ponto — decidiu Eve. — Qual é o seu nome? — perguntou a Rocky.

— Rockwell Detweiler.

Rockwell?, pensou Eve. *Sério?*

— Você e a sra. Carstein estiveram no On the Rocks no início dessa noite. Saíram do bar às cinco e vinte e nove.

— Uau, cinco e vinte e nove? Caraca! — Shelby jogou as mãos para o alto. — Que porra é essa? Esse é um estado militar agora, e estamos sendo vigiados? Eu não fiz nada!

— Ela não fez nada! — repetiu Rocky.

— Você achou aquilo engraçado. — Ela se virou para ele e o cutucou com o dedo. — Aquela piranha se jogou toda pra cima dele quando Rocky foi até o bar, e ele achou graça. Mesmo quando ela veio rebolando pra nossa mesa, anotou a porra do telefone dela em um papel e deixou sobre a mesa, ele achou engraçado.

— Os homens têm um senso de humor muito juvenil — atalhou Eve.

— Temos mesmo — concordou Roarke. — Faz parte do nosso charme.

— Charme é o cacete — murmurou Shelby.

— Eu não peguei o papel! — Rocky estendeu as mãos, em um apelo. — Eu não peguei o número dela.

— Mas deu um sorriso imenso e todo espertinho, não foi? Na minha cara! — Dois dedos novamente mostraram a todos a localização da tal cara. — Certo, eu disse àquela vagabunda onde é que eu ia enfiar o papel com o telefone se ela não desse o fora dali; talvez eu tenha derrubado o meu drinque sem querer, e a bebida acabou molhando o sapato dela. Mas, porra, eu não agredi ninguém. Nem a ele! — Ela apontou o polegar para Rocky. — Eu só saí do bar!

— Nós saímos, ok, Shel? Ok, eu fui um idiota. — Ele apelou a todos na sala. — Achei engraçado, sim. A garota estava muito bêbada e eu confesso... tudo bem, eu confesso, Shel, aquilo massageou o meu ego. Mas foi engraçado porque você estava lá. Mas eu também não fiz nada. Eu te amo, tá? Eu já não te disse isso? Quando saímos e você me mandou pastar e...bem, todo o resto, eu fui atrás de você, não fui? Não é verdade que eu te persegui por três quarteirões pra pedir desculpas? E pra dizer que te amo? Minha ficha caiu bem ali, na Carmine Street. Eu amo a Shelby.

— Ah, Rocky! — O ar de raiva se tornou um sorriso meloso.

— Para onde vocês foram depois que saíram do bar? — quis saber Eve.

— A gente veio pra cá. — O sorriso pegajoso se manteve no lugar. — Voltamos aqui pra casa.

Ilusão Mortal

— Imagino que vocês tenham ficado em casa pelo restante da noite. Não assistiram aos noticiários, nem usaram os *tele-links*?

— A gente estava meio ocupado. — O sorriso de Rocky combinava com a risada melada de Shelby. — Escuta, se tiver alguma multa pelo que aconteceu, ou algo assim, eu pago.

— Não tem multa alguma. Acho que vocês deveriam se sentar — sugeriu Eve. Porque o que ela tinha a lhes dizer iria arrancar aquele sorriso feliz do rosto deles.

Nada, pensou Eve, colocando seu tablet e o relatório de notificações de Peabody de lado, enquanto eles entravam pelos portões de casa. Ela não havia conseguido nada com os que tinham ficado para trás, exceto tristeza e confusão pelo que acontecera. Analisou a casa enquanto se aproximavam. Todas aquelas luzes acolhedoras e convidativas, pensou, naquelas janelas imensas. A fortaleza de Roarke, uma construção imponente de pedra, estilo e segurança.

Lar. Muitas pessoas não tinham voltado para o seu lar naquela noite.

— Ficou tarde demais para interrogar outras pessoas depois do show do Rocky e da Shelby — murmurou ela.

— Mas aquilo foi divertido. Um alívio cômico depois de um dia horrível e sanguinolento.

— Talvez... tudo bem, foi engraçado, e necessário. Mas perdemos um tempo precioso. Não tivemos mais tempo para interrogar amigos e colegas das vítimas hoje.

— Quanto tempo você acha que ainda tem?

Ela entendeu o que ele quis dizer.

— Eu não tenho como dizer, isso é o pior. Espero que uma semana, duas seria melhor. Mas se eu fosse ele... ou ela, ou eles... eu atacaria de novo em poucos dias. Só para deixar as pessoas atentas e deixar a cidade em estado de pânico total. Não é essa a ideia? Pânico, medo, violência, morte. Eu não esperaria muito mais para um novo ataque. Preciso pensar a respeito.

Ela saltou do carro grata por estar de jaqueta, porque o céu claro e frio tinha sugado todo o calor do dia. *Outono... dias mais curtos agora*, refletiu.

Noites mais longas e mais escuras.

— Tenho coisas para resolver — anunciou Roarke, pegando a mão dela. Quando a sentiu gelada, roçou os lábios sobre os dedos da mulher. — Vou conversar com Feeney depois que acabar com as minhas pendências.

Assim que eles entraram, o espantalho de preto, o homem de Roarke que resolvia tudo na casa e que era a pedra no sapato de Eve, estava à espera do casal no amplo saguão. A seus pés, o gato gordo estava sentado. Ao vê-los entrar, Galahad se aproximou, serpenteou por entre as pernas dela e depois entre as de Roarke, antes de voltar ao seu posto anterior.

— Ouvi o noticiário noturno — anunciou Summerset, sem preâmbulos. — Eve se preparou para o insulto inteligente que viria em seguida, e franziu o cenho quando o mordomo permaneceu calado. — Eles não deram detalhes ainda, mas essa quantidade de mortes em um só lugar, restrita a só esse lugar e um lugar que pertence a você — disse a Roarke —, é algo perturbador.

— Sim, estamos perturbados — respondeu Eve e, em seguida, se virou para subir a escada.

Summerset manteve o olhar fixou em Roarke.

— Você era o alvo?

— Não.

— A tenente discorda.

Eve sentiu os olhos dos dois colados nela. E notou um aviso claro na postura de Roarke.

— Eu não discordo. Mas diria que essa possibilidade é muito improvável.

— Não tentem me acalmar — pediu Summerset. — Nenhum dos dois.

— O ataque não teve nada a ver comigo — assegurou-lhe Roarke, passando os dedos pelo cabelo, um sinal claro de que estava agitado. — Eve diz que isso é muito improvável só porque é policial, não é? Precisa considerar todas as possibilidades, por mais remotas que sejam.

— Como as pessoas morreram? Vou acabar sabendo de qualquer jeito — lembrou Summerset, olhando para Eve. — Os jornalistas já começaram a especular sobre um veneno, um agente químico ou um vírus. Fontes anônimas afirmam que o bar parecia um campo de batalha lotado de cadáveres.

— Merda! — Foi o que Eve disse.

— Essa descrição é precisa. — Roarke rodeou Eve quando ela tornou a praguejar. — Não seja boba, logo, logo, o Summerset vai saber de tudo, como acabou de nos lembrar. E ele tem todo o direito de saber.

— Eu decido quem tem o direito de saber o quê a respeito do meu caso.

— E o seu maldito caso aconteceu no meu bar; vários dos meus funcionários estão na porra do necrotério, então eu também tenho algum envolvimento no caso.

— Você...

— Considerando essa troca maravilhosa de gentilezas, suponho que vocês ainda não jantaram — interrompeu Summerset, com a voz fria e calma. — Vocês dois, vão para a sala de jantar e sentem-se à mesa como pessoas normais.

Ele se afastou e, após um lampejo de hesitação, Galahad foi atrás dele.

— Vou subir — anunciou Eve.

— Nada disso! Você vai se sentar na sala de jantar — determinou Roarke, pegando-a pelo braço para tentar conduzi-la.

Ela se manteve parada.

— Eu tenho que trabalhar. Mas que droga, o mordomo não manda na minha vida. Nem você!

— Vamos sentar e comer, porque ele pediu isso. Quando foi a última vez que ele pediu alguma coisa pra você? Qualquer coisa?

Ela pensou em responder, mas percebeu que não tinha resposta para aquilo.

— Eu também não peço nada a ele.

— Mas você tem comida para colocar na barriga quando se lembra de comer, roupas limpas e uma casa que funciona bem para que nenhum de nós tenha que pensar nisso.

— Por que você ficou tão *revoltado* de repente? Dois segundos atrás você estava beijando a minha mão e agora está pegando no meu pé.

— Porque ele estava aqui à espera pra saber mais desde que ouviu o primeiro relato; em momento algum eu avisei a ele onde eu estava, nem o que estava acontecendo. Isso nem passou pela minha cabeça, porque estava envolvido com a crise que o ataque provocou, e com você. — Essa negligência o envergonhava. — Ele teria feito perguntas, é claro, mas pelo menos saberia que nenhum de nós estava ferido. Eu mesmo devia ter falado com ele — lamentou Roarke. — Então, eu fiquei muito chateado comigo mesmo, e acabou sobrando pra você. Agora, nós dois vamos fazer o que ele pediu, vamos sentar à mesa e comer. E vamos dizer a ele o que pode ser divulgado porque, quer você goste ou não, ele é família.

— Ok. Tudo bem. Mas é melhor que seja rápido.

Ela entrou na sala de jantar onde o fogo já crepitava; as velas emprestavam ao ambiente um brilho suave e bonito. Já havia uma cesta com pão que cheirava muitíssimo bem, um recipiente com manteiga e uma tábua de queijos. Cálices de vinho cintilavam e grandes tigelas de sopa brilhavam sobre *sousplats* de prata.

Um momento depois, Summerset entrou com uma terrina em uma bandeja.

— Eu deveria ter ligado para falar com você muito antes — começou Roarke.

— Sei que você tinha muito em que pensar.

— Mesmo assim, fui insensível e burro.

Summerset apenas levantou as sobrancelhas.

— Sim, as duas coisas.

— Me desculpa.

— Você está perdoado. — Depois de levantar a tampa da terrina, Summerset serviu a sopa. — Aproveitem o jantar.

— Esse prato é pra você. Vou pegar outro conjunto de pratos e talheres pra mim. Por favor.

O que quer que tivesse passado entre eles naquele momento, pensou Eve, fez com que Summerset concordasse com Roarke e assentisse com a cabeça.

— Como o único na casa que comeu foi o gato, não seria ruim tomar um pouco de sopa.

Ele sentou-se à mesa; Roarke saiu em silêncio.

— Eu o mantive muito ocupado — começou Eve.

— Não precisa explicar, tenente. Ele costuma me manter informado. Hoje ele não fez isso, e como as notícias eram, conforme eu disse, perturbadoras, fiquei muito preocupado. Tome a sopa antes que ela esfrie.

Nossa, era muito estranho, realmente esquisito, estar ali sentada, à mesa, junto com Summerset. Mas a sopa estava ótima: quente, cremosa e reconfortante.

Quando Roarke voltou, sentou-se em seu lugar e encheu sua tigela com sopa, não pareceu tão estranho assim.

— Faça suas compras, ou o que quer que você for fazer, on-line pelos próximos dois dias — aconselhou Eve a Summerset. — Pelo menos até eu controlar isso. — Enquanto falava, estendeu o braço para pegar o pão. A mão de Roarke encontrou a dela, cobriu-a e se manteve ali durante alguns segundos. E seus olhos exibiram um ar de gratidão singela.

— Foi terrorismo? — perguntou Summerset.

— Acho que não... pelo menos não no sentido tradicional, mas não posso descartar essa hipótese. Uma substância foi liberada por uma pessoa ou grupo desconhecido naquele bar durante o happy hour. Vamos chamar a arma de um superalucinógeno propagado pelo ar. As pessoas que o inalaram em poucos minutos ficaram delirantes e violentas. O incidente durou aproximadamente doze minutos. Havia oitenta e nove pessoas no bar, incluindo funcionários. Temos apenas seis sobreviventes.

— Você está dizendo que eles se mataram, então.

— Sim, uns aos outros. O médico legista ainda não declarou suicídio em nenhuma das vítimas.

Ele não disse nada por um momento, enquanto Roarke servia vinho para todos.

— Tivemos dois incidentes muito parecidos com este, durante as Guerras Urbanas.

Tudo na sala ficou imóvel.

— Isso já aconteceu antes? — quis saber Eve.

— Não posso dizer que é a mesma situação. Eu não estava lá, mas conheço uma pessoa que estava no primeiro ataque. Ele me disse que ia a um café onde alguns dos clandestinos costumavam se encontrar, e onde ele pretendia aproveitar para ficar um tempo especial a sós com uma mulher de quem gostava. Ele era jovem, não passava dos dezoito anos, acho. Isto aconteceu em Londres, South Kensington. Naquela época, a maior parte das principais lutas de guerras acontecia lá. Ele estava a meio quarteirão de distância quando ouviu os gritos, o estrondo e um tiroteio. Correu na direção dos sons. Muitos estavam mortos. A janela do café explodiu quando ele correu para lá — foi destruída por balas e pelos corpos que eram arremessados para fora. Tinham talvez apenas vinte pessoas no café àquela hora do dia. Todos estavam mortos ou agonizando quando ele finalmente conseguiu entrar. Ele presumiu, como os outros que chegaram depois, que tinha sido um ataque inimigo, mas todos os mortos e moribundos se conheciam.

— O que provocou esse incidente?

Ele fez que não com a cabeça.

— Os militares chegaram, fecharam as portas e isolaram o lugar. A mesma coisa aconteceu de novo em Roma, umas semanas depois. Estávamos atentos, buscando quaisquer informações sobre as causas, e já esperávamos que o ataque se repetisse. "A substância estava no vinho" foi o que nos disseram. Quem não tomou vinho claramente teria sido morto pelos que tinham ingerido a substância e ficaram enlouquecidos por causa dela.

— O que tinha no vinho?

— Nunca conseguimos descobrir. Isso nunca mais aconteceu, pelo menos que a gente saiba. E todos acabávamos sabendo de tudo, mais cedo ou mais tarde. Os militares e os políticos encerraram o assunto e mantiveram os dados sob sigilo. Nem mesmo as nossas unidades de inteligência, que eram muito competentes, conseguiram descobrir a verdadeira causa. Na época, eu achei que foi melhor assim.

Eve pegou seu vinho.

— Aposto que você vai conseguir descobrir a causa agora, se voltar a procurar.

Capítulo Cinco

uando eles começaram a subir a escada, Roarke tomou a mão de Eve mais uma vez.

— Isso foi legal da sua parte.

— O quê?

— Tudo isso. Sei o quanto custou a você, em termos de tempo.

— Acontece que ele tinha informações úteis, então não me custou tempo algum.

Roarke se deteve no patamar e simplesmente olhou para sua mulher. Eve tentou se esquivar da situação, mas então suspirou.

— Olha, gostando ou não, eu sei que ele é a sua família. Não vou reclamar quando ele estiver abalado e preocupado com você. Vou esperar até ele ficar numa boa e aí eu pego no pé dele.

Isso o fez rir e dar um pequeno aperto carinhoso na mão que ainda segurava.

— Justo. E você deu a ele uma tarefa. Ele é o tipo de homem que se sai melhor quando tem uma tarefa.

Num impulso, ela se dirigiu para o quarto, em vez de ir ao escritório. Era melhor ficar confortável, antes de voltar a mergulhar no trabalho.

— Ele ainda tem o contato de algumas pessoas da época das Guerras Urbanas. Quero saber o que ele vai conseguir desenterrar. Não sei se o que aconteceu no centro da cidade está relacionado aos dois ataques na Europa décadas atrás, mas vai ser bom termos os dados. Não sou muito fã das Guerras Urbanas, mas tivemos que estudar o assunto na escola preparatória. Na Academia de Polícia, tivemos palestras sobre táticas, controle de tumultos, ameaças químicas e biológicas tendo as Guerras Urbanas como cenário. Nunca ouvi falar do que Summerset contou.

— Nem eu, até agora. Parece que os militares fecharam todos os acessos a esse assunto. Se algo relacionado a isso tivesse vindo para esse país ou o ameaçasse, a Agência Homeland com certeza estaria envolvida no assunto — acrescentou. — Fechando os acessos à verdade e escondendo os fatos. Eles são muito bons nisso.

— Não estamos lidando com eles... por enquanto. — Ela soltou seu coldre e o colocou de lado. — Se isso acontecer, ou quando acontecer, quanto mais nós soubermos, melhor. — Sentando-se na cama, ela tirou as botas. — E se descobrirmos que eles sabiam desde aquela época que havia uma fórmula, que o que aconteceu hoje era uma possibilidade... e eles não deram um pio sobre o assunto? Ah, eu vou acabar com eles. Já podem ir abrindo a cova.

— Você vai precisar de duas pás, porque eu quero uma só pra mim.

Se fosse necessário, ela cuidaria para que ele tivesse um papel ativo em expor quem na agência tinha desempenhado aquele papel. E havia grandes probabilidades, ela refletiu, de que não precisaria cuidar de nada, pois ele mesmo trataria disso.

Eles tinham motivos diferentes para agir assim, e o que o motivava era o desejo de vingança. Porque essa se tornaria a sua própria maneira de fazer justiça.

Ilusão Mortal 99

— Quero tomar um banho antes de voltar a trabalhar. — Ela foi andando em direção ao banheiro, olhou para trás e indicou com o dedo para que Roarke fosse com ela.

Ele ergueu as sobrancelhas.

— Sério?

— Você é quem sabe, garotão, mas daqui a uns trinta segundos eu vou estar quente e toda molhada. Aposto que você vai querer arrancar esse terno.

Uma rodada de esportes aquáticos poderia ser a coisa certa para aquele momento, ele decidiu. Isso serviria para afastar ambos dos horrores daquele dia, pelo menos durante algum tempo.

A vida precisava ser vivida.

Como ele suspeitava, o vapor já passava pela ampla porta do chuveiro com paredes de vidro, se espalhando pelo ambiente. Eve programara os jatos para força máxima e ajustara a água para uma temperatura absurdamente quente. Roarke se perguntava como era possível que ela não ficasse com bolhas depois do banho.

Mas lá estava Eve, alta, elegante e brilhando nas brumas sob a água com o rosto erguido, o cabelo curto brilhante e sedoso como o pelo de uma foca.

Ele entrou junto dela e estremeceu ao sentir o impacto daquela cachoeira fervente. *Um pequeno preço a pagar*, pensou, envolvendo-a com os braços e roçando os lábios na curvatura do seu pescoço.

— Eu sabia que podia contar com você. — Ela enganchou o braço em volta do pescoço dele e recostou-se ali. — Que coisa gostosa.

— Muito gostosa. — Para provar isso, ele passou as mãos pelo seu corpo, deslizando-as sobre os seios. — Não vou reclamar dessa temperatura boa pra ferver lagostas.

— Estamos eliminando toxinas.

— É assim que funciona?

— Pra mim, sim. — Ela se virou, escorregadia e rápida, colou-se ao corpo de Roarke e fixou sua boca na dele, afogando os dois em uma crescente onda de desejo.

Ele não pensava em mais nada, só nela, em sua boca faminta e na pressão urgente do seu corpo contra o dele. O vapor subiu e rodopiou ao redor de ambos, enquanto ele deslizava as mãos sobre todos aqueles lugares familiares e adoráveis. Isso a fez suspirar, gemer e se empinar um pouco mais.

Ele a girou, pressionando-a contra a parede, e deu a si mesmo o prazer de roçar contra aquela bunda maravilhosa. Sentiu as curvas dela e seus músculos firmes sob a pele muito macia.

Ele tocou em um ladrilho e um sabonete líquido muito perfumado caiu em suas mãos. Começando bem devagar, deslizou a mão sobre ela, cobrindo-a com uma espuma suave. Costas e ombros, quadris e coxas, barriga e seios, até que a respiração de Eve ficou mais pesada, mais irregular, e o perfume os envolveu junto com o vapor.

Mãos e boca... apenas mãos e boca... num ritmo lento, acalmando e seduzindo, até que a sua policial, a sua guerreira, a sua mulher estremecesse sob suas mãos.

No mesmo ritmo do coração dele.

Seus dedos a encontraram e a excitaram, provocando-lhe uma leve tortura.

Ela se sentiu perdida nele. Suas mãos se fecharam contra a parede onde a água escorria, enquanto seu corpo todo se agitava e ansiava por mais. Ela quis se virar de frente para ele, para poder recebê-lo e acolhê-lo dentro de si. Mas ele a aprisionou com mais força, usando a própria resistência dela para excitá-la além da sanidade.

Centímetro por centímetro, ele a ergueu e a segurou com mais força, levando-a a sentir outro espasmo, de modo que ela estremeceu e se contorceu, mergulhada no prazer que antecedia o orgasmo.

Ilusão Mortal

— Eu não consigo assim.

— Consegue, sim! — Mais uma vez, ele pressionou os lábios na curva de seu pescoço.

O ápice daquilo tudo a fez chegar aos limites da loucura sensorial. Ela não conseguia nem respirar sem sentir fisgadas de prazer. Mais, mais, cada vez mais. O orgasmo circulou por dentro dela em uma onda que cresceu e se ampliou enquanto aumentava de intensidade. Prazer e alívio misturados, vertiginosos, gloriosos.

Ele a virou de modo que ficaram frente a frente. Ela viu apenas o azul selvagem dos olhos dele, e então sua boca estava sobre a dela mais uma vez, devastando e destruindo tudo ao mesmo tempo que ele se lançava dentro dela.

Ouvia-se apenas o som de corpos molhados se chocando, e o som se misturava ao tamborilar incessante da água, à glória do sexo apenas pelo sexo. Ele a tomou com mais força a cada nova e poderosa estocada que lhe roubava os pensamentos de forma avassaladora, preenchendo cada pedacinho vazio que havia nela.

Eve cerrou os punhos no cabelo dele e puxou a cabeça de Roarke para trás. Ela queria ver o rosto dele, queria gravá-lo em sua mente.

— Você. Só você! — arfou ela.

A magia daquelas palavras atingiu o coração dele. Então, por uma última vez, ele pressionou os lábios sobre a curva do seu pescoço e, respirando fundo, deixou-se esvaziar em espasmos dentro dela.

Eles se abraçaram com força. Eve percebeu que só recuperaria o fôlego dali a um ou dois dias. Talvez levasse até uma semana antes de conseguir recuperar a força das pernas.

Tirando isso, estava tudo bem.

Ela imaginou que eles iriam curtir apenas uma transa rápida para reduzir o estresse. Em vez disso, porém, eles se uniram de um jeito que a deixou relaxada e, ao mesmo tempo, com mais energia. Embora não estivesse levando em conta os joelhos, que ainda estavam muito fracos.

— Acho que precisamos sair daqui! — Ela conseguiu balbuciar.

— Ainda não.

— Tenho certeza de que consigo sair, se engatinhar.

— Faremos melhor do que isso. Baixar a temperatura da água para trinta graus!

— Peraí! — A água lhe pareceu fria, perto do que estava antes. Ela gritou, praguejou e se debateu, mas ele a segurou firme contra a parede.

Rindo, ele a aconchegou mais para perto dele.

— Isso vai te acordar, e a água está na mesma temperatura da piscina. Não é um banho gelado.

Para ela, parecia um banho gelado.

— Desligar jatos! Desligar tudo agora, porra!

Quando o fluxo de água foi interrompido, ela afastou dos olhos o cabelo que escorria e fulminou-o com o olhar.

Ele simplesmente ofereceu em troca o mais agradável dos seus sorrisos.

Aquilo confirmou o que ela dissera naquele mesmo dia sobre o senso de humor juvenil dos homens.

— Você achou isso engraçado?

— Achei, sim. E refrescante. Aposto que você consegue andar por conta própria agora.

Porque ela certamente podia andar, e não para provar nada a ele, ela foi direto para o tubo de secagem de corpo, deixando escapar um suspiro aliviado quando o ar quente circulou em torno de si.

Através do vidro, ela o viu pegar uma toalha. Ele sorriu enquanto se secava, e então prendeu a toalha na cintura e voltou para o quarto.

Ele já tinha vestido um jeans e uma camiseta quando ela saiu do banheiro, então ela fez o mesmo.

Por alguns instantes, Eve refletiu que a maioria das pessoas já estava na cama, ou pelo menos já pensavam em ir se deitar, àquela hora da noite.

Ilusão Mortal 103

Mas policiais não eram como a maioria das pessoas.

— Vou começar a trabalhar — anunciou ela.

— Eu também. — Ele saiu do quarto com ela. — Vou te ajudar como puder, mas só depois de resolver umas pendências do trabalho.

Eles se separaram e cada um entrou em seu próprio escritório, que eram adjacentes.

A primeira coisa que fez foi montar seu quadro, alinhando os rostos dos mortos, as fotos dos que sobreviveram e das pessoas ligadas a eles.

Em sua pequena cozinha, ela programou uma caneca de café e a levou para a mesa de trabalho. Lá, ficou sentada por alguns minutos com os pés para cima e os olhos no quadro principal. E deixou que seus pensamentos vagassem.

Ele era controlado. E insensível. Não se importava com quem matava. Mesmo que o ataque tivesse um alvo específico e fosse uma ou duas daquelas vítimas, os danos colaterais não o incomodavam... ou os incomodavam.

Potencialmente, essa era a ideia: matar o maior número possível de pessoas.

Era improvável que a motivação fosse política. Se fosse algo nessa linha, alguém já teria reivindicado a autoria do atentado. Isso tornava tudo pessoal, mas não íntimo.

Também não tinha uma motivação sexual. Não houve qualquer ganho financeiro... pelo menos não que fosse óbvio, ressaltou para si mesma.

Brincar de Deus. Foi isso que Mira tinha dito, e se encaixava melhor.

Ela se virou para o computador e colocou para rodar os programas de probabilidades. Redigiu um relatório sobre a entrevista com Carstein e Detweiler. Verificou sua caixa de mensagens e acrescentou ao relatório o que as equipes sob seu comando tinham apresentado.

Até que ela soubesse mais sobre aquela conexão com as Guerras Urbanas — se é que realmente houvesse alguma, deixaria essa possibilidade fora dos relatórios. Se os agentes secretos federais ou a Agência Homeland a procurassem, eles exigiriam cópias de todos os arquivos.

Quando Roarke entrou, ela já tinha se servido de mais café e estava em pé, circulando diante do quadro.

— Como eu posso ajudar? — perguntou ele.

— As notificações estão completas, foram feitas pessoalmente ou via *tele-link* pros que estão fora de Nova York. As conversas com os parentes mais próximos das vítimas nos trouxeram algumas coisas que precisam ser verificadas. Términos complicados, casamentos ou relacionamentos conturbados, tensões na família ou no trabalho. Temos duas vítimas que recentemente conseguiram ordens de restrição na justiça... ambas são para os cônjuges, acusados de abuso, e em um dos casos o que houve foi estupro conjugal.

— Mas você não acha que o motivo seja algo desse tipo: um namorado ciumento, um marido violento, uma irmã ou uma filha com raiva.

— A probabilidade é pequena, mas todo mundo precisa ser investigado. O ataque pode ter sido apenas um disfarce para um único alvo.

Quem faria isso?, perguntou ela a si mesma. *Matar dezenas de pessoas por causa de uma pessoa?*

Então, fazendo que não com a cabeça, respondeu à própria pergunta em voz alta.

— As pessoas são fodidas da cabeça, Roarke. Uma mulher te dá o pé na bunda ou manda você pra cadeia por espancá-la? Pense grande! Mate essa mulher, mate os amigos dela e o novo amante junto. Tire um monte de pessoas de cena, e até mais gente, se possível, já que você descobriu um jeito de fazer com que eles matem uns aos outros.

— Uma pessoa que agride ou estupra o companheiro não me parece ser uma pessoa controlada.

— Pode ser, sim. Meu pai era controlado, do jeito dele. E me deixou isolada e com medo durante os primeiros oito anos da minha vida. Sempre fez o que quis comigo.

— Você era uma criança.

— Isso não vem ao caso. Não mesmo — insistiu Eve. — Ele controlou a Stella também, do jeito dele. Convenceu-a a engravidar, a dar à luz e a lidar comigo depois que eu nasci. Se Mira fosse traçar o perfil do meu pai, ele se encaixaria muito bem no que ela descreveu. Só que não houve vingança no caso dele, pelo menos não que eu enxergue, e era essa força que o movia.

— Você não tira ele da cabeça — afirmou Roarke. — Ele, McQueen, Stella.

— Não é bem assim. Eles destruíram vidas, e nesse caso também temos muitas vidas destruídas. Então... Eu também pensei no grupo Cassandra, lembrei que eles atacavam os pontos turísticos de Nova York, ao mesmo tempo que tiravam vidas de pessoas inocentes. Aquilo foi uma mistura de obsessão com terrorismo. Nesse caso, a coisa me parece diferente.

Sabendo como a mente dela trabalhava, Roarke estimulou-a.

— Diferente em que sentido?

— Ele quer sangue, mas não quer sujar as próprias mãos. Quer a morte, mas não quer matar, não diretamente. Ele não precisa assistir às luzes se apagarem para sentir o cheiro do medo, para sentir o gosto da dor. Ele brinca de Deus, sim, mas brinca de Deus usando a ciência.

— Os dois não são mutuamente exclusivos.

— Não, mas alguns insistem que são. Acham que Deus fez tudo desse jeito: pá, pum, abracadabra... e criou um orangotango do nada.

— Eu amo muito o seu jeito de pensar.

— Bem, isso é o resumo de um dos lados; o outro lado diz que não foi nada disso porque não existe nenhum poder superior lá fora. O que aconteceu foi apenas um peido gigante no espaço e bum!, o mundo surgiu.

— Eu realmente adoro o seu jeito de pensar — repetiu Roarke. — Um peido cósmico criou os orangotangos?

— Depois de algum tempo. Mas tem muita gente no meio-termo, gente que acredita que Deus e a ciência podem coexistir numa boa. Como se talvez ele mesmo as tivesse criado assim. Então, é divertido brincar de Deus usando a ciência. Uma fórmula é exatamente isso, né? Ciência. Foi assim que eles criaram coisas como o LSD. Por meio da ciência. Então...

Ela circulou pelo escritório mais uma vez, diante do quadro.

— Será que ele tem alguma formação acadêmica em biologia, química ou alguma conexão com alguém que tenha? Qual foi o gatilho para o ataque? Por que aquele lugar, naquele momento? Por que agora? Essa foi uma declaração poderosa. Portanto, deve ter uma razão para ele fazer isso agora e no bar.

— Se o ataque tiver alguma ligação com os incidentes ocorridos nas Guerras Urbanas, pode ser que ele seja ou tenha sido do exército. Pode ser que trabalhe ou tenha trabalhado nas agências que guardam todos esses arquivos.

— É, pode ser, mas isso não me *parece* uma ação militar. O Cassandra, aquilo, sim, parecia militar... ou paramilitar. Alvos grandes, ameaças, reconhecimento da autoria, emissão de avisos. No caso de agora, o alvo é pessoal. São pessoas, não coisas. Não são símbolos. Tem alguma coisa pessoal aqui, e é isso que eu preciso descobrir.

Ela balançou o corpo para a frente e para trás, apoiada nos calcanhares.

— Primeiro passo: descarte o dinheiro como motivação principal, ou não. Verificamos as finanças, vemos se alguma das vítimas tinha uma apólice de seguro grande ou uma conta bancária recheada. E em caso afirmativo, quem iria receber o dinheiro? Outro tipo de ganho é poder ou posição. Muitas das vítimas tinham carreiras bem-sucedidas, estavam subindo na hierarquia corporativa ou trabalhavam para aqueles que têm poder e/ou são poderosos. Então, quem vai subir um ou dois degraus se o sócio ou o concorrente cair da escada? — Ela se virou para ele. — Você pode começar a pesquisar dinheiro, poder e posição, já que esse é o seu negócio.

— Tudo bem.

— Eu fico com ciúmes, ressentimentos pessoais e o restante.

— Porque essa é a sua especialidade?

Ela deu de ombros.

— Se você me traísse, eu não iria matar um bar cheio de gente. Só você — garantiu ela, com um grande sorriso. — E faria isso pessoalmente, para mostrar quanto eu me importo.

— Estou emocionado. — Ele foi até onde ela estava e segurou seu rosto. — Não fique trabalhando até se cansar. Você tem que mostrar seu próprio poder e posição na reunião das oito da manhã.

— Eu estou bem.

— Ótimo, continue assim. — Ele a beijou de leve antes de voltar ao seu escritório.

Energizada com mais café, ela investigou cônjuges, colegas de casa, amantes — antigos e atuais. Debruçou-se sobre membros da família. Buscou queixas oficiais ou processos civis, analisou registros criminais, cruzou referências das pessoas com qualquer tipo de formação militar, experiência ou emprego no exército ou aquelas que tinham ligação com drogas, laboratórios, acrescentou ainda atividades médicas, fossem elas práticas ou de pesquisa.

Aquilo era como caminhar com lama pelos joelhos, pensou, alinhando e realinhando muitos bytes de dados.

Como queria favorecer o aspecto visual para enxergar melhor, montou outro quadro e colocou nele os seus possíveis suspeitos, ligando-os à sua vítima ou vítimas específicas.

Encontrou um divórcio litigioso com uma batalha igualmente aguerrida pela custódia dos filhos. Descobriu um ex-namorado acusado de agressão e que já tinha cumprido pena. Confirmou o caso de uma vítima que trabalhava com planos de saúde corporativos e outra cujo irmão era clínico geral; descobriu até que a mãe de alguém era coronel do exército aposentada. Desenterrou seis ações cíveis movidas por vários motivos e uma porção de parentes, companheiros, cônjuges, ex-namorados e colegas de trabalho que tinham antecedentes criminais.

Não eram tantos quanto ela receava encontrar, pensou, mas, mesmo assim, eram muitos. Ela se sentou novamente, colocou os pés para cima mais uma vez e analisou os rostos dos possíveis agressores. Havia outras vidas para explorar, perguntas a fazer, linhas para puxar.

Algumas delas poderiam — ou deveriam — se conectar com nomes que Roarke certamente encontraria. Esses, ela colocaria no topo da lista. Dois motivos eram sempre melhores do que um.

Isso tudo daria à investigação, ou pelo menos a um braço dela, uma direção definida. E se essa direção estivesse correta, um daqueles rostos escondia uma natureza calculista e psicótica.

A maioria das pessoas, por mais inteligente e controlada que fosse, nunca conseguia esconder isso por completo. Havia brechas, pistas, hábitos. Em algum momento, a pessoa por trás da bela fachada mostrava de fato quem era.

Quase todas as pessoas assim costumavam morar sozinhas, sem muitos programas, sem pessoas por perto e mantinham-se isoladas. Era isso que vizinhos e colegas de trabalho geralmente afirmavam *depois* que o assassino entre eles era revelado.

Mas não naquele caso. Não, Eve não achava que aquele ali era de ficar recluso em seu espaço.

Ele frequentava aquele bar ou trabalhava lá. Sabia como se socializar, como se tornar parte do tecido social pelo qual circulava. Tinha um ego inflado demais para levar uma vida tranquila e despretensiosa.

Era isso que seu pai tinha feito, embora vivesse viajando de cidade em cidade, nunca se fixando muito tempo no mesmo lugar. Mas ele socializava com as pessoas, enquanto a deixava trancada. Fazia seus negócios, executava seus golpes, planejava suas jogadas.

Stella fazia a mesma coisa. Ela se metamorfoseava e absorvia o papel que desempenhava como se fosse parte de si mesma. Mas existiam brechas, além daquelas que a pequena Eve tinha percebido muito antes de a pior parte do pesadelo ter início. Stella tinha um fraco por drogas ilegais, sexo e dinheiro. E uma paixão por destruir as pessoas que se colocavam em seu caminho.

Irritada, Eve endireitou o corpo na cadeira. Por que estava pensando neles? Eles não tinham nada a ver com o caso, nenhuma conexão ou correlação com o que tinha acontecido no bar. No entanto, seus pensamentos continuavam voltando para os dois, para Dallas, para toda aquela dor.

Reprima essas lembranças, guarde-as bem longe daqui, ordenou a si mesma.

Embora entendesse que aquilo provavelmente era uma perda de tempo, rodou um novo programa de probabilidades e escolheu três possibilidades ao acaso. Fez investigações mais completas dessa vez, aprofundando-se mais, ultrapassando camadas, procurando gatilhos, anormalidades ou associações estranhas.

Para mudar o foco e manter a mente aguçada, dividiu o telão ao meio, colocando de um lado as imagens da cena do crime, e do outro, a foto promocional de como o bar era antes de ser banhado com sangue.

Tentou imaginar o assassino. Ele servia drinques ou era um cliente do bar? Tinha entrado no estabelecimento com um sorriso no rosto? Entrou sozinho ou acompanhado? Será que foi lá para iniciar seu turno?

Sentou-se no bar ou trabalhava atrás dele?

O sistema de ventilação estava ligado, circulando o ar. E foi o responsável por espalhar a substância por toda parte.

Era o bar, pensou novamente, ou algo perto dele. O bar era o centro de tudo. Não era um lugar grande e todo mundo ali estava circulando, conversando, pegando comida e pedindo drinques enquanto tudo ainda está na promoção do happy hour.

Se você se senta no bar, fica de costas para o salão, visualizou Eve. Mas dá para girar a banqueta ou usar o espelho atrás do balcão para ficar de olho no movimento.

Ela colocou os pés em cima da mesa novamente, era a posição mais confortável para pensar. E tentou se imaginar dentro daquela bagunça, em meio ao movimento aos cheiros e aos sons.

Conforme o longo dia que enfrentara ficava cada vez mais cheio de problemas, ela começou a divagar e conseguiu imaginar tudo com muita clareza.

Vozes ricocheteavam nas paredes, talheres tiniam nas mesas enquanto as pessoas devoravam nachos, batatas recheadas, bolinhos de arroz e bebiam para esquecer os problemas de mais um dia de trabalho.

Ela os reconheceu sentados ali. CiCi Way, Macie Snyder e o namorado, o rapaz do encontro às cegas, todos riam em volta da mesa.

Joe Cattery estava no bar com Nancy Weaver, Lewis Callaway e Stevenson Vann. O contador sentava sozinho com o seu trabalho enquanto esperava pelo café com leite que ele nunca beberia.

O barman, servindo o chope enquanto conversava sobre esportes com um homem que em breve ele tentaria matar.

Ilusão Mortal

Joe Cattery foi o primeiro a se virar para ela.

— Eu vou morrer daqui a alguns minutos. Já que você está aqui, por que não faz alguma coisa para impedir isso? Eu gostaria muito de ver minha esposa e meus filhos mais uma vez.

— Desculpe, tudo isso já é fato consumado. Estou aqui só para investigar.

— Tudo que eu queria era beber um pouco. Não vim aqui para machucar ninguém.

— Não, mas você vai fazer isso.

Ela viu Macie e CiCi se levantarem da mesa e seguirem em direção à escada que levava ao andar de baixo.

— Nós íamos jantar — disse Macie a Eve. — Eu tenho um namorado legal e um trabalho legal. Estou feliz. Mesmo assim, não sou ninguém. Eu simplesmente não sou muito importante, sabe?

— Você é importante para mim agora.

— Mas eu tive que morrer para isso.

— Todos eles precisam morrer para isso, não é? — Stella girou em um banquinho de bar com um drinque na mão e sangue jorrando do corte fundo em sua garganta. — Você só dá a mínima para alguém depois que a pessoa está sangrando no chão.

— Eu tenho um homem que amo. Tenho uma parceira e bons amigos. Eu tenho um gato.

— Você não tem nada, porque não tem nada dentro de si. Você está destruída por dentro, então nada dura muito tempo sem escorrer e se perder. — Erguendo o copo num brinde, Stella ajeitou o cabelo emaranhado de sangue. — Você, na verdade, é uma assassina.

— Não, eu sou uma policial.

— O distintivo é só uma desculpa para matar. É a porra do seu passe livre. Você o matou, não matou? Não foi? Ei, Richie!

Seu pai girou no seu banquinho, ao lado do de Stella. O sangue jorrava de incontáveis buracos de seu corpo. Buracos que Eve tinha feito quando era uma criança de apenas oito anos, toda machucada e destruída.

— Oi, garotinha. Vire o copo! Isso é uma reunião de família.

Ele tinha sido bonito no passado, recordou ela, era forte e bonito antes das muitas bebidas e dos muitos golpes que o amoleceram e o fizeram se desgastar. Eles já tinham sido um casal atraente algum dia, imaginou ela. Mas o que vivia dentro de cada um deles os tinha destruído. Eles tinham apodrecido de dentro para fora.

Ela não poderia ter sido deles. Ela não seria deles.

— Vocês não são a minha família.

— Quer fazer aquele exame de DNA de novo? — O pai piscou para ela, tomou mais um gole da bebida fermentada e espumosa. — Você é sangue do meu sangue, garotinha. Estou nos seus ossos, nas suas entranhas, assim como a Stella aqui. E você me matou.

— Você estava me estuprando. De novo! Estava me espancando. De novo! Você quebrou o meu braço. Você me sufocou. Você se forçou para dentro de mim e me rasgou toda. Eu era só uma criança.

— Eu cuidei de você! — Ele terminou a bebida numa golada só, mas ninguém parou de falar, nem parou de rir. — Eu ainda posso cuidar de você. Não se esqueça disso.

— Você não pode mais me machucar.

Ele sorriu, com os dentes brilhantes e afiados.

— Quer apostar?

— Ela me matou também — lembrou Stella, dirigindo-se a Ritchie. — Que tipo de vagabunda é tão doente a ponto de matar a própria mãe?

— Eu não matei você. O McQueen que te matou.

— Você o levou a fazer isso. Você me enganou, você me usou. Acha que pode escapar do que fez? Acha que pode simplesmente voltar a viver a sua vidinha, depois disso?

Ela percebeu que eles ainda conseguiam machucá-la. Algo doeu dentro dela naquele momento. Bem no centro dela.

— Posso, sim. Vou voltar.

— Você está destruída por dentro, e eu estou dentro de você assim como você estava dentro de mim. Viva com isso, sua piranha.

— Ei, Stella. O show está começando.

Ao seu redor, as pessoas gritavam, se esfaqueavam, se arranhavam e se mordiam. Alguns caíram sangrando e foram esmagados ou espancados logo em seguida. Uma risada ensandecida se juntou aos gritos quando uma mulher girou em piruetas loucas enquanto o sangue jorrava de sua garganta e respingava em rostos, paredes e móveis.

— Quer brincar? — perguntou Richie a Stella.

— Temos doze minutos.

— Por que esperar?

Ela deu de ombros e bebeu de uma só vez o restante do drinque. Juntos, eles se voltaram para Eve.

— É hora da vingança — anunciou Stella.

Eve puxou sua arma e os atordoou; deu uma nova rajada, mas eles continuaram vindo.

— Não dá para matar o que já está morto. Você tem que conviver com isso. — Stella, com as mãos encurvadas como se fossem garras, saltou primeiro.

Ela lutou pela sua vida, pela sua sanidade. Escorregando no chão ensanguentado, chutando, gritando quando o seu braço se torceu debaixo dela. A dor aumentou. Ela quase conseguiu ouvir o osso estalar, da mesma forma como quando era criança.

Sua mente gritou:

Acorde! Acorde!

Então ela o ouviu, chamando por ela. Sentiu-o ali, acalmando-a.

Girou o rosto e se viu colada ao peito de Roarke.

— Volta agora. Acorda e volta, Eve. Está tudo bem. Estou aqui.

— Estou bem. Está tudo bem.

— Você não está nada bem, mas eu estou aqui com você.

Ela ficou com os olhos fechados. Queria apenas cheirá-lo, em vez de sentir o cheiro de sangue e do perfume pesado de Stella. Ele estava limpo e era dela. Roarke.

— Foi tudo um pouco confuso, só isso. Eu deixei as coisas se misturarem.

O gato deitou com a cabeça em sua cintura, para consolá-la e lhe oferecer conforto. Ela se obrigou a inspirar até que a respiração não pesasse tanto em seus pulmões. Abrindo os olhos, percebeu que eles dois estavam no chão de seu escritório e que Roarke a embalava no colo.

— Meu Deus! Eu machuquei você? — Ela recuou um pouco, em pânico, ao pensar em como ela o tinha agarrado com força em Dallas, no meio de um pesadelo violento.

— Não. Não se preocupa. Estou aqui agora, só descansa um minuto.

— Eu deixei eles entrarem. Eu deixei acontecer. — Isso a deixou enfurecida, enojada e aterrorizada. — Eu não deveria estar pensando neles.

— Que se dane o que aconteceu. — Agora ele a puxou de volta para junto dele e ela viu que havia mais do que preocupação em seu rosto. Havia uma raiva intensa, madura, pronta para explodir.

— Dá pra contar nos dedos o número de noites tranquilas que você teve desde que nós voltamos de Dallas. E está ficando cada vez pior, não melhor.

— É que foi um dia difícil e...

— Porra nenhuma, Eve! Já chega. Isso é mais do que suficiente. Já passou da hora de você conversar com a Mira sobre esses pesadelos, e conversar a sério.

— Eu consigo lidar com isso.

— Como? E, pelo amor de Deus, por quê?

Ilusão Mortal   115

— Não sei como. — Ela se afastou dele porque sentiu as lágrimas lhe queimando os olhos. Ela não iria se permitir chorar naquele momento. Como os fracos, os indefesos. — Já consegui isso antes, com ele. Isso tudo já tinha parado. Eu fiz isso parar. Posso fazer de novo.

— E até lá você vai sofrer desse jeito? A troco de quê?

— É a minha cabeça, o meu problema. Eu disse que ia falar com ela, mas ainda não estou pronta pra isso. Não me força.

— Então, eu vou pedir. Se não vai fazer isso por você, faça por mim.

— Não use os meus sentimentos pra me manipular.

— É o que eu tenho, e esses sentimentos também são meus. Eu estou sendo honesto e verdadeiro, como sempre, Eve, quando digo que isso está me matando.

A barriga de Eve, já sensível, estremeceu. Porque ela viu, muito claramente, que ele estava sendo sincero.

— Eu disse que ia falar com ela. E vou!

— Quando?

— Não posso pensar nisso agora. — Deixe isso pra lá. Esqueça o problema. — Por Deus, Roarke, olhe para esses quadros, para esses rostos.

Ele a segurou pelos ombros.

— Olha pra mim. Eu vou dizer o que estou vendo. Você está pálida e abatida. Ainda está tremendo. Então, olha pra mim, Eve, e entenda que eu amo você mais do que tudo e qualquer coisa que existe. Eu preciso que você faça isso por mim.

Ela preferia lidar com a raiva. Com isso conseguia lidar. Mas ele a derrotou com aquele jeito contido... embora quase forçado, mas calmo. Ele a derrotou com o sofrimento absoluto estampado nos olhos.

— Vou falar com ela.

— Amanhã.

— Eu tenho que...

— Amanhã, Eve! Quero sua palavra! Por mim. — Ele pousou os lábios na testa dela. — E por eles — acrescentou, virando-a para encarar o quadro das vítimas.

Ele sabia sacar uma arma e usá-la com tanta habilidade que a pessoa mal sentia os tiros. Ela conseguira vencer as lágrimas, mas não conseguia vencê-lo, não nessa questão.

— Tudo bem. Vou conversar com ela amanhã. Prometo.

— Obrigado.

— Não me agradeça. Estou um pouco chateada por você ter me forçado a fazer isso.

— Tudo bem, então eu não vou agradecer. Eu também estou um pouco chateado por ter me sentido forçado a impor isso a você. Vamos dormir porque amanhã vai ser um novo dia. Vou acordar você bem cedo, a tempo de se preparar — prometeu ele, quando ela começou a protestar. — Você vai ter bastante tempo para repassar o que já tem e o que eu descobri antes da reunião de amanhã. Vai precisar de um estimulante forte se não descansar pelo menos durante algumas horas. E você odeia tomar estimulantes quase tanto quanto odeia perder esse... vamos chamar de debate comigo.

Ele tinha razão.

— Cinco e meia deve ser o suficiente.

— Eu acordo você às cinco e meia, então.

Sem mais discussão, os dois foram para o quarto. Em silêncio, prepararam-se para dormir. Ela se deitou na cama e fechou os olhos. Viu o rosto dele... a preocupação, a raiva, a tristeza profunda. E ouviu tudo o que conversaram enquanto ela repetia mentalmente as palavras que ele dissera.

— Eu sei que isso é difícil pra você — comentou ela baixinho, no escuro. — Me desculpa.

Ele a abraçou.

Ilusão Mortal

— Sei que é difícil pra você falar sobre isso, mesmo para alguém em quem você confia, como é o caso de Mira. Desculpa, também.

— Ok. Mas eu ainda estou um pouco chateada.

— Tudo bem. Eu também estou.

Ela se virou para ele, se enroscou em seus braços e embalou no sono.

Capítulo Seis

Ela acordou com o aroma do café e se perguntou se era esse o cheiro das manhãs no paraíso. Abriu os olhos e viu uma luz suave, então, Roarke sentado ao seu lado, na beirada da cama.

Definitivamente aquilo se parecia com o paraíso.

— Está na hora de acordar, tenente.

Ela grunhiu, levantou-se e tentou pegar o café que ele segurava, mas ele o afastou.

— Por que você acha que isso aqui é seu?

— Porque você é desse jeito.

— Sou mesmo. — Ele acariciou o cabelo dela com um toque leve e tranquilo, mas seus olhos fizeram um estudo profundo e completo do seu rosto. — Você dormiu bem, me parece.

— Dormi, sim. — Tomando o café, ela inspirou o cheiro como se fosse ar puro, e só então bebeu. Em seguida, esperou um instante para dar à sua mente a chance de acordar.

Ele já estava vestido, embora ainda não tivesse colocado o paletó e a gravata. O gato ignorou os dois e permaneceu esparramado aos pés da cama, como um cobertor largado ali.

Uma olhada no relógio mostrou a Eve que eram exatamente cinco e meia.

Ela não sabia como ele conseguia.

Ele ficou olhando enquanto ela despertava lentamente e viu o restante do sono desvanecer-se até que seus olhos ficaram mais alertas e focados.

— Pronto, agora está parecendo você — decidiu ele.

— Se não existisse café, as pessoas do mundo inteiro se arrastariam pelas ruas como zumbis.

Ela se apressou, e quando acabou de se vestir, ele já tinha preparado o café da manhã na saleta de estar da suíte. Ela olhou para o mingau de aveia com desconfiança.

— É disso que você precisa — decretou ele, antes que ela tivesse chance de reclamar. Em seguida, passou o polegar pela covinha rasa no queixo dela. — Não seja uma bebezinha por causa disso.

— Já sou adulta. Sempre achei que quando a gente se tornasse adulto poderia comer o que quisesse.

— Você pode fazer isso, assim que o seu estômago também atingir a maturidade.

Discutir por causa daquilo seria uma perda de tempo, e ela não tinha tempo de sobra, por isso Eve se sentou e comeu um pouco do mingau. Como ele estava cheio de pedaços de maçã e polvilhado com canela, ela tentou imaginar o mingau como uma estranha torta de maçã dinamarquesa.

— Eu copiei os dados que compilei e já enviei tudo pro seu computador — avisou ele —, mas posso resumir pra você.

— Resuma, então.

— Existem algumas apólices de seguro de vida valiosas o bastante para se tornarem tentadoras.

Ela passou uma quantidade abundante de geleia em uma torrada. Se colocasse bastante geleia, pensou, poderia disfarçar o gosto estranho da "torta de maçã dinamarquesa".

— Você tem uma percepção muito diferente do que é tentador, em termos monetários, do restante da população.

— Mas eu nem sempre fui assim, certo? — Ele comeu o mingau de aveia com aparente contentamento. Tinha grandes chances de ele achar que aquilo era, de fato, um mingau de aveia. — Embora seja verdade que um certo tipo de pessoa mate por uns trocados, não é exatamente isso que você está procurando aqui. Temos umas vítimas que esperavam herdar algum dinheiro da família, e algumas delas esperavam herdar muito. Temos também a questão dos salários, tabelas de pagamento, cargos e bônus. Uma grande porcentagem das vítimas eram executivos e executivos juniores, o que significa que certamente estavam à frente de alguém, ou de várias pessoas na escada corporativa.

Enquanto falava, ele simplesmente ergueu um dedo e o gato — que já se curvava como se fosse um combatente peludo — parou.

De repente, Galahad simplesmente se espreguiçou, como se não tivesse mais nada em mente.

— Administradores, assistentes, até os auxiliares estão em algum degrau dessa escada — continuou Roarke. — E todos esses cargos podem ter um bônus... muitas vezes polpudos... se a pessoa fechar uma conta nova, ou clientes novos, atingir ou superar metas de vendas ou ser responsável por uma campanha de sucesso. Mas existe uma quantidade limitada de dinheiro de bônus pra distribuir, então, quando alguém é recompensado por seu sucesso...

— Outra pessoa vai receber só um aperto de mão entusiasmado.

— Basicamente, sim. Ou pode perder uma promoção desejada quando outra pessoa consegue aquele grande cliente ou conta e tem um bom resultado de vendas.

— As pessoas ficam irritadas quando são preteridas ou se outra pessoa fica com a ameixa do topo do bolo.

— Cereja. É a cereja que fica no topo do bolo. A ameixa fica no manjar.

— Às vezes você quer a ameixa, a cereja e todo o manjar. Não me parece ganância, nem mesmo a do tipo "eu quero ter tudo". Mas pode ser um fator, sim. Ambição, cobiça, inveja... é isso que dá início às guerras. Você quer o que o outro cara tem e luta para tirar isso dele. Parece uma guerra. É por isso que a conexão com as Guerras Urbanas de Summerset me parece plausível.

— Não no estilo antigo, corpo a corpo ou arma contra arma — acrescentou Roarke. — É mais um estilo sem paixão e distante de lançar uma bomba de uma grande altura, um míssil ou... mais especificamente... a fria ciência da guerra química e biológica.

— Mas o nome é esse: guerra. Fria, sem paixão e distante. Mas para começar uma guerra ou travar uma batalha, você precisa *querer* algo.

— Pode ser que tudo que ele quisesse fosse simplesmente matar para ver se o método funcionava e determinar qual o alcance.

— Esse é outro fator, mas se fosse só isso, acho que ele iria querer o crédito ou se gabaria da façanha. *Olhem só como eu sou esperto e inteligente. Vejam o que eu fiz.* Em vez disso, já estamos no segundo dia e não houve contato de nenhum tipo. A sensação que eu tenho é que existe uma conexão com o bar e/ou com alguém de lá que o atacante não quer que se volte contra ele.

Ela ficou em pé e caminhou a passos largos para prender o coldre no cinto.

— Outra grande probabilidade, de acordo com os programas de busca, é que isso foi um ataque contra uma empresa ou corporação cujos funcionários frequentam o local. Talvez ele não tenha recebido o bônus ou a promoção que esperava; ou, mais provavelmente, foi rebaixado ou demitido.

— Eu também fiz um levantamento desses dados e vou pegar tudo agora, porque deixei a pesquisa em andamento antes de

Ilusão Mortal

dormir. Quando todos esses nomes forem catalogados e registrados, você e sua equipe terão mais suspeitos...

— São apenas pessoas de interesse para a investigação... por enquanto.

— Como você quiser chamá-las. Vai levar uma semana pra processar tudo, entrevistar todo mundo e analisar os resultados.

— Vou cruzar os seus dados com os meus. Qualquer pessoa que aparecer nas duas listas é prioridade. Vamos eliminar algumas e seguir as que têm mais probabilidade. Vou conseguir mão de obra extra para o trabalho burocrático. Whitney vai divulgar o que aconteceu e vamos ter malucos e idiotas buzinando na nossa cabeça. Mas pode surgir algo bom disso. Vamos ter que examinar e acompanhar cada caso.

Fez uma pausa e vestiu a jaqueta.

— Preciso ver os dados e preciso dos meus quadros. Dá tempo de filtrar umas informações antes da reunião.

— Vou dar a Feeney e a você, se quiser, o tempo que eu tiver, quando puder. — Ele colocou a mão sobre o ombro dela enquanto caminhavam lado a lado. — Você vai ligar pra Mira e marcar uma hora pra conversar com ela.

Eve sentiu sua raiva aumentar.

— Eu já disse que vou fazer isso.

— Então, eu acredito em você.

Quando Eve estava entrando em seu escritório, Summerset saiu do escritório de Roarke. Aquele homem tinha algum tipo de radar sinistro ou tinha descoberto um jeito de rastrear seus movimentos.

De qualquer modo, era assustador.

— Tenho algumas informações que talvez te interessem, tenente. — Ele entregou um disco de dados para ela. — Aí tem nomes de pessoas que confiam em mim, cujas identidades precisam ser protegidas.

— Combinado.

— Algumas das informações não têm como ser confirmadas oficialmente porque os arquivos foram lacrados, se é que não foram destruídos.

Ela ergueu o disco.

— Isso aqui são especulações ou fatos?

— Os ataques são fatos. Houve testemunhas, incluindo o jovem de quem falei na noite passada... embora ele já não seja mais tão jovem. Aí você tem o nome dele e sua declaração, conforme ele me relatou. Outras pessoas com quem falei e que tinham condições de saber ou descobrir, falaram que na investigação inicial foi possível identificar a maioria dos componentes da substância utilizada. A base foi a dietilamida do ácido lisérgico, comumente conhecida como...

— LSD. Eu sei.

— Os outros componentes estão no disco. Mas, como eu já disse, não podem ser confirmados. Tenho um contato que estava, na época, no Exército do Rei. Não nos conhecemos durante a guerra, só uns anos depois. Ele disse que um suspeito foi detido depois do segundo ataque e levado sob custódia. Posteriormente, a investigação foi encerrada e tudo foi considerado um acidente.

— Acidente?

— Oficialmente, sim. Mas, segundo especulações e boatos que se espalharam pelos soldados, o suspeito foi levado para um local desconhecido. Meu conhecido acredita que ele foi executado, mas isso não pode ser provado. Outros acreditam que ele foi preso e usado como fonte de um antídoto; outros afirmam que os militares o usaram para sintetizar mais daquela substância, e talvez criar outras.

— Não existe identificação alguma do suspeito, então?

— A teoria era, e continua sendo, que ele, ou eles, faziam parte de um grupo marginal que acreditava que a sociedade precisava ser

Ilusão Mortal

destruída antes de poder ser reconstruída. Chamavam isso de "A Purgação". Formavam grupos, felizmente, pequenos, que usavam qualquer meio para destruir casas, edifícios e veículos. Hospitais eram o alvo favorito, crianças, também.

— Crianças?

— É, eles as sequestravam. Depois, eles as doutrinavam, ou pelo menos tentavam, ensinando a ideologia deles. Depois de "purificar" as pessoas, a cultura, a tecnologia e as finanças do mundo, essas crianças repovoariam e reconstruiriam tudo.

— Por que eu nunca ouvi falar disso?

— A Purgação está documentada, embora seus princípios tenham sido encobertos e amenizados. Estude a história, tenente. Vá além do prólogo.

— Merda! — Ela se virou para o quadro. — Talvez seja algum grupo periférico de terroristas e eu esteja indo na direção errada.

— Houve algum contato com autoridades? Alguma reivindicação de crédito pelo incidente?

— Não. E grupos desse tipo sempre querem levar o crédito.

— Concordo. Depois de qualquer ataque durante as Guerras Urbanas iniciado por esses grupos periféricos logo vinha uma mensagem enviada à autoridade militar ou policial mais próxima. A mensagem era sempre a mesma: "Contemplem um Cavalo Vermelho."

— Cavalo? O que é que um cavalo tem a ver com tudo isso?

— Eu me lembro disso — disse Roarke. — Já li sobre essa mensagem, e também sobre o grupo. Eles não tinham um líder específico e eram, em sua maioria, dispersos e desorganizados. Mas muito fervorosos. Acreditavam que as guerras e a turbulência social e econômica em que o mundo tinha mergulhado assinalava o fim dos tempos. E eles não só acreditavam nisso, mas também provocavam o caos para alcançar seus próprios fins.

— Que ótimo. — Ela enfiou o disco no bolso e passou a mão pelo cabelo. — Vamos adicionar possíveis fanáticos religiosos malucos a essa mistura. Que lance é esse com o cavalo?

— O Segundo Cavaleiro do Apocalipse — explicou Summerset. — "Quando abriu o segundo selo, ouvi o segundo vivente dizer: 'Venha e veja.' Então, saiu outro cavalo, e este era vermelho; e foi lhe dado o poder de tirar a paz da terra, para que os homens matassem uns aos outros; foi-lhe dada também uma grande espada."

— Jesus Cristo!

— Não o culpe — disse Roarke. — Não foi ele que escreveu o Apocalipse.

— O Cavalo Vermelho é frequentemente interpretado como uma representação da guerra — acrescentou Summerset. — Eles também usaram essa imagem e essa passagem para simbolizar crenças e justificar o assassinato de inocentes. — Summerset estudou os quadros que Eve organizara. — Não sei se é isso que você tem aí.

— É um tempo muito grande de espera entre os ataques, mas eu preciso investigar essas pistas. Obrigada pela informação.

— De nada.

Roarke encarou Summerset enquanto ele se retirava do cômodo.

— Essas são lembranças difíceis pra ele. Você entende bem de lembranças difíceis.

— E como entendo. O pior é se eles decidirem repetir tudo aquilo. Esse lance de cavalo está na Bíblia?

— Está, no Livro do Apocalipse.

— Vou precisar dar uma olhada nisso e nos dados que você conseguiu. Talvez possa ter outra conexão, alguma queixa pessoal, ganância e ideias religiosas distorcidas. Mas crianças raptadas? Nós não temos isso. Talvez o assassino *tenha sido* uma dessas crianças que foi sequestrada. A criança foi raptada ainda bem pequena,

Ilusão Mortal

criada na Cidade dos Malucos, cresceu e decidiu selar o Cavalo Vermelho.

Ela fez que não com a cabeça.

— Preciso investigar tudo mais a fundo.

— Vou deixar você cuidar disso. — Ele a segurou pelos ombros e a puxou para um beijo. — Vou até a Central mais tarde, se der.

Ela foi até a mesa e buscou os dados de Roarke. Calculou o tempo que ainda tinha, marcou os destaques, ordenou que pesquisas cruzadas fossem executadas e os resultados, enviados para os computadores de casa e da sua sala na Central.

Enquanto os programas rodavam, ela leu com cuidado os dados que Summerset trouxera; escolheu alguns que lhe pareceram mais importantes e fez várias anotações. Em algum lugar, refletiu, certamente havia um arquivo com os nomes dos membros dessa tal seita do Cavalo Vermelho. Lacrados e escondidos, talvez, mas estavam em algum lugar.

Depois de se organizar para a reunião, ela decidiu que programaria o audiolivro do Apocalipse para ouvir no computador instalado em seu carro, enquanto dirigia. Isso lhe faria economizar tempo.

Reuniu tudo o que precisava e pegou a jaqueta ao sair.

Eve pretendia ir direto para a sala de conferências, sem nem parar na sua sala. Queria atualizar o quadro e programar as novas imagens. De repente, avistou Nadine Furst, a principal repórter do Canal 75, autora de best-sellers e investigadora criminal obstinada. Ela andava calmamente pelo corredor, de um lado para o outro, diante de sua sala.

Por mais que tivessem sido amigas no passado, no momento, Nadine, que estava sempre pronta para entrar no ar e tinha o olhar atento, era a última pessoa com quem Eve queria lidar.

Os saltos agulha em um tom vermelho-vivo dos sapatos de Nadine faziam barulho ao bater no piso, e a caixa rosa e brilhante com docinhos de confeitaria que carregava balançava para a frente e para trás conforme ela andava. Eve perguntou a si mesma por que, especificamente naquele dia, sua equipe não tinha recolhido as guloseimas da caixa e dado passe livre para Nadine esperar em sua sala.

Não seria possível passar por ela e entrar na sala de conferências sem ser vista, calculou Eve. Lá dentro, nem mesmo Nadine tinha coragem de se intrometer.

Eve foi em frente e percebeu, pelo ritmo dos passos da mulher — e pela caixa que balançava com exagero —, que Nadine estava fumegando de raiva.

— Começando mais cedo hoje, hein — comentou Eve, quando Nadine virou no corredor e foi em sua direção.

Aqueles olhos verdes de gato dispararam faíscas.

— Você não retorna nenhuma das minhas ligações e Jenkinson... logo *Jenkinson*, pelo amor de Deus!... recusou três dúzias de doces artesanais e falou que eu teria de esperar por você aqui no corredor ou no saguão do prédio. Tudo que eu consegui do porta-voz da polícia foram rodeios e papo-furado. Eu mereço mais do que isso, Dallas. Que droga!

— Eu não respondi às suas chamadas nem às de ninguém da imprensa. Estamos em Código Azul até a entrevista coletiva de hoje. — Eve ergueu a mão para acalmá-la antes que Nadine rosnasse uma resposta. — Meus homens, incluindo Jenkinson, têm mais coisa na cabeça do que doces artesanais. Mesmo que você ache que merece atenção especial, Nadine, existem momentos em que você simplesmente precisa esperar.

— Se você ainda não confia em mim depois de tudo que eu...

— Não se trata de confiança. É uma questão de tempo e prioridades. Posso lhe dar cinco minutos, não mais que isso. — Ela

Ilusão Mortal

entrou na sala de ocorrências e estendeu a mão para a caixa de doces. Com a mandíbula apertada de raiva e um gesto brusco, Nadine a empurrou para Eve. — Vá para a minha sala. Eu chego lá já, já.

Deixando para Nadine a escolha entre ficar ou ir embora, Eve foi até a mesa de Jenkinson.

— Desculpe, tenente. Eu não podia pedir para tirarem ela do prédio, mas...

— Não tem problema. — Ela largou a bolsa em cima da mesa dele. — Assim que Peabody chegar, entregue esse material a ela e peça que comece a preparar a reunião na sala de conferências. Ela vai saber como se virar.

— Pode deixar, tenente.

Eve deixou cair a grande caixa rosa ao lado da bolsa.

— Comam. Hoje vai ser um longo dia.

Seu rosto cansado se iluminou.

— Sim, senhora!

Ao se encaminhar para sua sala, Eve ouviu a debandada de detetives e policiais sobre Jenkinson.

Em vez de se sentar na cadeira de visitantes, que era muito desconfortável, Nadine ficou de pé diante da janela estreita de Eve, de braços cruzados.

— Qual foi o grupo responsável pelo ataque àquele bar? O Departamento de Segurança Interna ou outra agência antiterrorista do governo já se juntou a essa investigação? Quantas pessoas vocês tinham infiltradas naquele bar? Você já tem algum suspeito sob custódia? Você confirma que um misterioso agente biológico foi usado nesse ataque? Fontes afirmam que as vítimas foram induzidas a atacar, ferir e até mesmo matar umas às outras. Você pode confirmar isso?

Enquanto Nadine desfiava seu rosário de perguntas, Eve encostou o quadril no canto da mesa e a esperou parar de falar.

— Você acabou de desperdiçar boa parte dos seus cinco minutos. Agora pode calar a boca e ouvir o que eu posso e vou lhe dizer, ou pode continuar perdendo seu tempo.

— Isso é enrolação, Dallas.

— Não, não se trata de enrolação quando mais de oitenta pessoas estão mortas. Não se trata de enrolação quando famílias, amigos e vizinhos estão sofrendo com o choque dessas perdas. Não é enrolação quando um punhado de sobreviventes está lutando contra intensos traumas físicos e emocionais.

— Ontem eu passei algum tempo com algumas dessas famílias e desses amigos. Sei exatamente pelo o que eles estão passando. E você não está dando nenhuma resposta a eles.

— Não posso fazer isso. Pelo menos não por enquanto. Você não está na minha sala e nós não estamos conversando porque somos amigas. Nós duas temos que fazer o nosso trabalho e somos muito boas no que fazemos. Você está aqui porque é a melhor repórter que eu conheço, e porque sei que tudo que eu mandar você manter em sigilo, você vai manter. Não tenho dúvidas sobre isso e não preciso pedir que você me dê a sua palavra. Receber você não tem nada a ver com amizade, e sim com saber que, pra você, é mais do que só trabalho, da mesma forma que o que eu faço é muito mais que trabalho pra mim. Então, para de falar e me escuta, ou então eu vou voltar ao que eu tenho que fazer.

Nadine respirou fundo, endireitou os ombros e balançou o cabelo louro com mechas, ajeitando-o atrás da orelha. Em seguida, foi até a cadeira dos visitantes e se sentou.

— Ok. Estou ouvindo.

— Eu não sei o que o Whitney pretende divulgar na coletiva e não tive tempo de entrar em contato com o porta-voz. O que quer que eu fale agora que não esteja na declaração que será divulgada ou que não seja informado publicamente pelo Departamento de Polícia de Nova York deverá ser mantido em sigilo.

Ilusão Mortal

— Tudo bem. Eu quero gravar...

— Nada de gravações. Se precisar, anota naquele seu código esquisito. O que eu vou contar é confidencial.

— Você está começando a me assustar — disse Nadine, pegando um caderno.

— Eu nem comecei. Identificamos uma substância química que foi liberada naquele bar. A base dela é um composto alucinógeno que provoca delírios paranoicos e comportamento violento. A substância age bem rápido e dura pouco tempo, mas faz um estrago. Ela é dissipada pelo ar e, até onde sabemos, os efeitos também são restritos a uma determinada área.

"Como no bar, com as portas e janelas fechadas. A circulação do ar ajuda a dispersar a substância."

Pelo menos ela não precisava explicar tudo detalhadamente para Nadine. Eve informou à jornalista o que podia e o que lhe pareceu suficiente para provocar os instintos de repórter da mulher.

— Ninguém ainda assumiu a responsabilidade por esse atentado, nem emitiu uma declaração política. Por isso você acredita que só um indivíduo ou um grupo pequeno está por trás disso.

— É o mais provável — confirmou Eve. — Acontece que uma fonte me deu algumas informações. — Era nisso, pensou Eve, que Nadine e sua equipe poderiam ser úteis. Ela descreveu, brevemente, o conceito de Cavalo Vermelho e de Purgação. — Eu ainda nem comecei a me aprofundar nessa possibilidade — continuou. — Vou designar uma equipe para acompanhar essa linha de investigação. Você pode investigar isso e ir mais a fundo no assunto, mas quem quer que você use para levantar os dados não pode saber que isso pode estar conectado a essa investigação.

— Entendi. Não sei muito sobre esse grupo de que você fala e já faz muito tempo que tive aulas de história. Mas eles raptavam crianças para fazer... lavagem cerebral, não era isso? Eu ainda não ouvi nada sobre crianças sequestradas.

— Não. Isso é só uma pista, uma possibilidade, com semelhanças demais dignas de uma pesquisa mais aprofundada e cuidadosa da sua parte. Isso é tudo que posso dar a você agora, e eu tenho que ir pra uma reunião.

Nadine se levantou.

— Eu vou querer mais do que isso.

— O que eu puder informar quando eu estiver liberada pra dizer. Não posso prometer nada.

— Você não precisou da minha palavra, eu não preciso da sua promessa. Trata-se de respeito profissional, sim, mas você está errada em uma coisa, Dallas: também é amizade. — Ela se virou para sair da sala, mas parou, olhou para trás e sorriu. — Odeio admitir isso, Dallas, mas o Jenkinson me deixou magoada quando recusou os meus doces.

— Foi mais difícil para ele do que pra você, pode acreditar em mim.

— Gosto muito dele, gosto de todos eles. Boa caçada, Dallas — acrescentou, antes de sair da sala com seus poderosos saltos altos.

Já que estava em sua sala, Eve programou uma caneca de café e a levou para a sala de conferências.

Peabody, com quem sempre podia contar, já estava atualizando os dados do quadro.

— Coloquei a nova leva de suspeitos nesse caso em um quadro separado — comunicou ela. — Antes estava mais difícil de acompanhar.

Como Peabody fez exatamente o mesmo que Eve fizera no seu escritório em casa, a tenente fez que sim com a cabeça.

— Vamos precisar de um terceiro quadro. Apareceu mais uma pista que recebi depois de reunir o material que entreguei a Jenkinson. O que você sabe sobre o Cavalo Vermelho, uma seita da época das Guerras Urbanas?

Ilusão Mortal 133

— Sei que era uma seita religiosa bem severa. Uma doutrina baseada em interpretações específicas do Apocalipse. Eram fanáticos, muito dedicados em se preparar para o fim dos tempos, que acreditavam ter começado com a revolta que deu origem às Guerras Urbanas. Na visão distorcida deles, achavam que eram servos ou seguidores do Segundo Cavalo, que é o Cavalo Vermelho dos Quatro Cavaleiros do Apocalipse. O cavalo que representa a guerra ou a violência em geral. Grupos pequenos e espalhados atacaram, bombardearam e incendiaram lugares como parte de sua missão, e raptavam crianças também, sempre as que tinham menos de oito anos, porque acreditavam que as mentes e almas delas ainda eram puras para serem doutrinadas. Quando a população em geral fosse destruída por completo, eles iriam herdar a terra e a repovoariam com crentes verdadeiros. Eles chamaram isso de Purgação.

Eve olhou para Peabody e estreitou os olhos.

— Caramba, como é que você sabe de tudo isso?

Fingindo-se de convencida, Peabody lustrou as unhas em sua jaqueta cor de acerola.

— Aprendemos tudo isso na escola.

— Eu achava que os partidários da Família Livre estudassem só ervas, flores, criaturas fofas da floresta. E aprendessem a tecer mantas.

— Aprendemos isso e mais um monte de coisas. Eles também nos ensinam sobre guerras, história e intolerância religiosa. Você sabe, males da sociedade em geral e outros temas. Assim, todos nós passamos a ter um conhecimento amplo, um panorama geral do mundo e ficamos livres para escolher o nosso próprio caminho.

— Ah... Você já leu o Apocalipse?

— Um pouco. É realmente assustador. — O ar de convencimento desapareceu e foi substituído por um súbito tremor. — Tive pesadelos depois de ler.

— Anjos assassinos, pestes, inferno e morte. Não consigo imaginar por que você teve pesadelos. Quando a gente chegar a essa parte da reunião, você resume tudo isso para todos, como acabou de fazer para mim.

— Isso foi obra do Cavalo Vermelho?

— Você estava indo tão bem, mas já saiu tirando conclusões precipitadas. Detetives investigam, eles não pulam direto para as conclusões. Além disso, esse é um nome idiota para uma seita assassina. A gente imagina cavalinhos brincando em uma campina.

— Talvez essa fosse a ideia.

— Pode ser.

— Eles matavam famílias inteiras, Dallas, pessoas doentes, idosos, médicos. Eles capturavam crianças, a não ser que elas tivessem mais de nove anos ou já fossem adolescentes. Nesse caso, elas eram mortas também. Não tinha nenhuma criança naquele bar.

— Vou explicar como eles podem estar conectados. Por enquanto, monta o terceiro quadro. — Ela entregou a Peabody uma pasta com o disco dentro. — Preciso de mais alguns minutos. Nadine me pegou de surpresa.

Ela se sentou à mesa de conferência e pegou o tablet para revisar suas anotações. Logo depois, Mira entrou.

— Cheguei cedo, eu sei, mas queria dar uma olhada no... — Ela parou quando viu os quadros. — Puxa, isso é um progresso considerável.

— Está um caos de nomes, rostos, possibilidades e ângulos. Não sei dizer se isso é progresso.

— São motivos. Dinheiro, poder, ciúme, vingança.

— Os de sempre.

— E fanatismo religioso — acrescentou Mira, com um novo interesse. — A seita do Cavalo Vermelho? O grupo foi desmantelado antes do fim das Guerras Urbanas. Você acha que eles se reconfiguraram?

— Duvido, mas os fanáticos encontram mentes semelhantes às suas.

— Não entendo qual seria a conexão.

— Vou explicar.

— Eles foram muito temidos durante os poucos anos em que atuaram. Eu tinha alguns amigos na Europa, onde eles eram mais comuns.

— Eu gostaria de ouvir a sua opinião sobre essa possibilidade assim que eu inteirar toda a equipe. — A promessa que tinha feito a Roarke a corroeu. — Eu gostaria de conversar uns minutinhos com a senhora depois da reunião, se você estiver livre.

— Já cancelei os outros compromissos de hoje para focar só nisso. Tenho todo o tempo de que você precisar.

— Ah, é que é um assunto pessoal, então...

— Claro. — Os olhos de Mira encontraram os dela. — Estarei disponível na hora em que você precisar de mim.

Acabe logo com isso, disse Eve a si mesma, *como se fosse tomar uma dose de um remédio ruim.*

— Talvez pudéssemos conversar por alguns minutos depois da reunião. Assim, já ficamos livre disso.

— Tudo bem.

Eles foram chegando aos poucos: detetives, policiais, os *geeks* da tecnologia. A sala zumbia com vozes, cadeiras sendo arrastadas, barulho de passos.

Eve tomou o seu lugar e esperou um pouco.

— Antes de cada um apresentar o seu relatório, vou lhes dar uma nova visão geral sobre em que pé estamos. Como podem ver, adicionamos uma seleção de suspeitos para a investigação.

Ela os colocou a par de tudo que estava apresentado ali, concentrando-se nas doze pessoas que tinham aparecido nas pesquisas cruzadas.

— Vamos adicionar outro fator às nossa varreduras: possíveis ligações com a seita Cavalo Vermelho, do tempo das Guerras

Urbanas, ou qualquer conexão com seitas, grupos religiosos e políticos que sejam periféricos. Peabody, conte um pouco sobre a seita do Cavalo Vermelho.

— Não tínhamos muito deles aqui em Nova York — anunciou Feeney quando Peabody terminou a apresentação. — Houve alguns atentados, e eu me lembro de que eles assumiram a autoria. Mas o grupo não durou muito tempo por aqui. As pessoas revidam e lutam com mais força quando você vai atrás dos seus filhos.

— Minha fonte verificou que aconteceram dois incidentes graves na Europa que foram creditados ao Cavalo Vermelho. Na ocasião, foram atacados cafés e foi empregada a mesma substância com que estamos lidando. Ou algo com elementos semelhantes aos já identificados, e que provocam os mesmos danos. Em um dos casos, foi empregada a mesma substância que nossos investigadores já identificaram. A mesma substância — repetiu ela. — Isso foi antes de o governo encerrar oficialmente a investigação, depois a cancelaram e esconderam tudo. O encobrimento incluiu a prisão de um suspeito cuja identidade é desconhecida. O local para onde ele foi levado é desconhecido. Se ele foi executado, preso ou usado para desenvolver a substância ou outras armas químicas e biológicas, nós não sabemos.

Ela deixou que as conversas sobre política, acobertamentos e protestos contra os agentes federais seguissem o seu curso natural.

— Existe uma conexão — continuou Eve —, e precisamos encontrá-la. Eu confio plenamente no perfil montado pela dra. Mira. Não se trata de política ou de planos delirantes. Mas o culpado ainda não identificado tem alguma ligação com o Cavalo Vermelho, com o encobrimento do caso antigo ou com o criador do produto químico original. Feeney, eu gostaria da detetive Callendar, e quem mais você julgar útil para investigar essa área e descobrir essa conexão. Precisamos de habilidades tecnológicas confiáveis nesse caso. Os registros sobre esses casos foram mantidos de forma irregular durante as Guerras Urbanas.

— Você fica com o Nickson — disse Feeney, dirigindo-se a Callendar.

— Pode deixar.

— Algo a acrescentar sobre o que veio da DDE, Feeney?

— Não temos muita coisa, não, nada que acrescente ao caso, nesse momento.

— E você, Baxter?

— Adam Stewart. Você tem a foto dele bem ali em cima. A irmã dele, Amie Stewart, é uma das vítimas.

— São herdeiros que possuem fundos fiduciários — declarou Eve, folheando a lista de vítimas. — Ela trabalhava como auxiliar jurídica contratada para a Dynamo. E ele está desempregado atualmente e recorrendo muito ao dinheiro do fundo.

— Sim, também descobrimos isso — continuou Baxter. — Além disso, ele está muito nervoso, tem alguma coisa acontecendo. Ele está estranho, Dallas. Parecia nervoso, tentando bancar o irmão enlutado e confortar os pais. Não funcionou. Nós o marcamos também.

— Traga-o aqui e pressione-o um pouco.

Ele deu a ela mais dois nomes, um dos quais batia com um dos dela.

Ela chamou Jenkinson e Reineke, conseguiu mais quatro nomes que surgiram nos cruzamentos de dados.

— Priorize o que está no quadro, Peabody. Adam Stewart... conecte-o a Amie Stewart; Ivan Berkowitz deve ser ligado a Cherie Quinz; Lewis Callaway deve ser conectado a Joseph Cattery; Analise Burke, a John Burke; Sean McBride com o Paul Garrison. Acrescente Devon Lester, gerente do bar, e seu irmão Christopher Lester, um químico. Essa é a próxima onda de interrogatórios.

Trabalhem com eles. Procurem uma conexão de qualquer um com a seita do Cavalo Vermelho e o acobertamento do que aconteceu. Quero que as finanças e os aparelhos eletrônicos de todos sejam examinados em detalhes. Peabody e eu vamos interrogar os Lester.

Ela distribuiu outras tarefas, trabalho de campo, trabalho burocrático, tarefas para guardas e policiais. Por fim, agendou uma reunião para as quatro da tarde.

Whitney se levantou.

— Faremos um comunicado à imprensa hoje de manhã e daremos uma entrevista coletiva à uma da tarde. Preciso que você se encontre com o porta-voz da Polícia daqui a uma hora, tenente.

— Sim, senhor.

— Escolha a dedo mais dois policiais ou detetives para ajudar na busca por fontes de todos os produtos químicos e substâncias ilegais. Você está liberada pra isso.

— Eu gostaria de contar com a detetive Strong da Divisão de Drogas Ilegais, comandante, se ela estiver disposta a me atender.

— Tudo bem. Você também vai precisar de mais gente para atender no disque-denúncia depois que o caso for oficialmente divulgado. Esteja lá à uma da tarde, tenente.

— Sim, senhor. Vamos ao trabalho — disse ela à equipe. — Peabody, entre em contato com Devon Lester. Peça a ele que venha até aqui para fazermos um acompanhamento e conferirmos alguns dados.

— E o irmão?

— Não o chame até Devon estar aqui. Vamos enviar alguns guardas intimidadores para trazê-lo. Preciso falar com o Morris e com o Dick Cabeção de novo. E quero voltar à cena do crime.. Traga Devon aqui o mais rápido possível. Vamos interrogá-lo assim que eu me encontrar com o porta-voz da polícia. Depois, passe para o irmão e então vá fazer seu trabalho de campo.

— Deixa comigo.

Ilusão Mortal 139

Eve voltou-se para o quadro e foi em sua direção.

— Eve. — Mira foi até ela. — Você tem uma hora disponível agora. Por que não vamos até a minha sala?

— Doutora, antes eu deveria... — *Resolva isso de uma vez*, lembrou a si mesma. — Tudo bem. Estarei em sua sala daqui a cinco minutos.

Capítulo Sete

Eve se aproximou da mulher de postura severa que guardava o escritório de Mira, esperando que ela bufasse com ar de desaprovação e a mandasse esperar. Em vez disso, a mulher apenas acenou com a cabeça para Eve.

— A doutora já está à sua espera. Pode entrar direto.

Sem escolha e sem desculpa razoável para dar, Eve entrou no consultório ensolarado e cheio de conforto.

— Você é muito pontual, Eve. — Mira estava de pé, ao lado de seu pequeno AutoChef. — Vou só preparar um chá. Sente-se e relaxe um pouco.

— Estou me sentindo um pouco pressionada, doutora.

— Eu sei. Vou examinar os dados que você me enviou e as suas anotações para ver se posso ajudar mais. Mas enquanto isso...

Com seu jeito tranquilo e relaxado, Mira entregou a Eve um chá com aroma floral em uma delicada xícara de porcelana; em seguida, pegou uma para si mesma. Acomodou-se em uma de suas confortáveis poltronas azuis e bebericou em silêncio, até que Eve se sentiu obrigada a sentar.

Os psiquiatras, pensou Eve, assim como policiais num interrogatório, sabiam do valor do silêncio.

— Você parece bem — comentou Mira, como se estivesse batendo papo. — Como está o seu braço?

— Está ótimo. — Ela movimentou o ombro e sentiu uma fisgada, uma memória da dor. — Eu me recupero depressa.

— Você está em excelente forma física.

— Por isso que o meu corpo cura rápido.

Mira apenas a observou com seus silenciosos olhos azuis.

— Como você se sente quanto ao restante?

— Estou bem. Na maior parte do tempo, estou bem, e acho que tudo bem. Ninguém vive na perfeição. Sempre tem alguma coisa, um problema, tempo ruim, alguma merda. E os policiais passam por situações desse tipo mais do que a maioria das pessoas. Então...

— Mas você disse que essa nossa conversa seria pessoal, e não relacionada ao trabalho.

— Não tem muita diferença entre essas duas coisas, pra mim. Às vezes, nenhuma. Lido bem com isso. Já aceitei.

Ela está me enrolando, pensou Mira. *Sente-se muito relutante por estar aqui.*

— Você encontrou um jeito de misturar as coisas muito bem. E então, você vai me dizer o que está te incomodando?

— Não sou eu. É o Roarke.

— Entendi.

— Olha, eu sempre tive sonhos vívidos. — Eve deixou o chá de lado. Não estava com vontade de fingir que iria bebê-lo. — Sou assim desde que me entendo por gente. E eles nem sempre são bonitos, esses sonhos. Por que seriam? Se considerarmos o lugar de onde eu vim, o que eu faço e o que vejo todos os dias. Talvez eles tenham sido uma fuga, quando eu era criança. Nos sonhos, eu conseguia ir pra outro lugar, se me esforçasse; mesmo que não fosse tão acolhedor e aconchegante, era melhor do que a realidade. E os pesadelos e flashbacks com meu pai, eu superei tudo isso. Consegui compreendê-los e eles acabaram.

Mira esperou pela pausa e por fim perguntou:

— E agora?

— Eles não são tão ruins quanto antes, mas é, tudo bem, estou tendo alguns problemas desde que voltei de Dallas.

Não é de admirar, pensou Mira, mas apenas fez que sim com a cabeça.

— Isso se manifesta em pesadelos?

— Eles não são tão ruins — insistiu Eve. — E eu sei que estou sonhando. Estou no sonho, mas eu sei que nada daquilo é real. Não se compara ao que eu tive, que foi tão horrível que eu não consegui sair dele e machuquei Roarke. Nunca mais vou deixar isso acontecer.

Eve percebeu que não conseguiria ficar sentada. Como era possível as pessoas falarem sobre seus conflitos internos sentadas? Levantando-se da poltrona, ela começou a circular livremente pelo consultório.

— Talvez o sonho da noite passada tenha sido um pouco mais intenso, mas eu tive um dia péssimo. Não me surprende que eu tenha misturado tudo.

— Misturado o quê?

— O bar, as vítimas, aquela bagunça toda. — Eve disse a si mesma para manter a calma e se limitar ao relato. Para manter a porra da calma. — Eu consigo me colocar dentro de uma cena. Isso faz parte da formação de um policial. Ver o que aconteceu e como aconteceu. Isso, às vezes, me leva a descobrir o motivo e o culpado. Consigo ver, cheirar, quase tocar. E, meu Deus, isso tudo estava na minha cabeça, não estava? — Ela percebeu a irritação no seu tom de voz e trabalhou para suavizá-lo. — Então, eu voltei pro bar dentro da minha cabeça, no sonho. Mas eles também estavam lá. Stella, sentada no balcão do bar. A garganta dela estava aberta, como no dia em que McQueen a matou. Quando eu a encontrei no chão da casa dele. Ela volta quando eu sonho agora, às vezes sem ele. Ela joga a culpa em mim, todas as vezes, como sempre fez.

— E você se sente culpada?

— Eu não a matei.

— Não foi isso que eu perguntei.

— Ele a teria matado, em algum momento. Esse era o padrão de McQueen. Talvez eu tenha acelerado as coisas.

— De que forma?

— De que forma? — Eve parou, confusa. — Eu a encontrei, eu a prendi. Droga, eu a coloquei no hospital e coloquei muito medo nela, para que ela entregasse o McQueen.

— Vamos organizar as coisas. — Com sua xícara elegante de chá perfumado perfeitamente equilibrada no colo, Mira estudou Eve. — Você a encontrou e a prendeu. Fez isso quando ela fugiu, e isso acabou numa perseguição de carros durante a qual ela destruiu a van... o mesmo veículo que ela e McQueen tinham usado para sequestrar Melinda Jones e Darlie Morgansten, de treze anos. Então, ela foi internada no hospital e você fez o seu trabalho, mais uma vez, quando a pressionou a contar onde McQueen estava mantendo a mulher e a criança presas. Está tudo certo?

— Sim.

— Você ajudou na fuga dela do hospital? A matar o guarda e ferir a enfermeira? Você a ajudou a roubar um carro para ela poder correr para McQueen e avisá-lo de que você estava perto dele?

— Claro que não, mas...

— Então, de que forma você acelerou a morte dela?

Eve se sentou novamente.

— Parece que eu fiz isso. Talvez não seja precisamente o que aconteceu, mas eu tive a sensação de que foi assim.

— Você sente isso aqui e agora?

Ilusão Mortal

— A senhora quer saber se eu me sinto culpada ou responsável? Não me sinto culpada — declarou Eve. — Não quando eu analiso tudo passo a passo. Responsável, sim, até certo ponto. Da mesma forma que eu me sentiria se ela fosse qualquer outra pessoa. Eu estava no comando. Eu a prendi e a pressionei. Mas ela era o que era, fazia o que fazia. Não tenho responsabilidade sobre isso.

— Ela não era "qualquer outra pessoa". Era sua mãe biológica.

— Também não é minha responsabilidade.

— Não. — Mira sorriu com gentileza, pela primeira vez. — Não é.

— Ela não sabia quem eu era, na verdade. Quando ainda estava viva e olhava diretamente para mim, ela não sabia quem eu era. Para ela, eu era só uma policial pentelha que estragou tudo. Só que nos meus sonhos ela sabe de tudo.

— Você queria que ela a reconhecesse, antes de morrer?

— Não.

— Tem certeza?

— Absoluta. — Dizer isso e saber que era verdade, acalmou-a um pouco. — Eu não tive muito tempo para pensar sobre isso enquanto tudo acontecia. As coisas se atropelaram de tal forma que eu fiquei abalada, admito, quando a vi cara a cara. E naquele momento eu soube. Se ela me reconhecesse, de algum modo, isso teria sido um pesadelo na minha vida. Ela poderia fazer, e eu sei que teria feito, de tudo para acabar comigo e com o Roarke. Iria tentar extorquir dinheiro. Minha vida teria sido um inferno se ela me reconhecesse e tivesse sobrevivido.

Ela respirou bem fundo enquanto entendia de forma mais abrangente o que se passava em sua própria cabeça.

— Mas a verdade é que ela não me reconheceu. Ela me carregou dentro da barriga e talvez me odiasse por isso, mas ela me gerou e, pelo menos durante alguns anos, morou comigo. Imagino que deva ter me alimentado e trocado a minha fralda, pelo menos algumas vezes. E não me reconheceu. Eu não sei como poderia me reconhecer depois de tanto tempo, e agradeço a Deus ela não ter chegado nem perto disso. Então, ao mesmo tempo que estou muito feliz por ela não ter me reconhecido, acho que pensei que seria obrigação dela. Não faz muito sentido.

— Claro que faz. Nos seus sonhos, você faz com que ela reconheça quem você é; e lida com a culpa que ela atribui a você, com a raiva que ela sente e com o jeito cáustico dela.

— Por quê? Ela morreu. Acabou. Ela não pode *fazer* mais nada comigo agora.

— Ela te abandonou. Você nunca teve a chance de confrontá-la, como a criança de quem ela abusou e que deixou com outro agressor. Nem como essa mulher que sobreviveu a tudo isso. O que você faria e o que diria a ela, se pudesse?

— Eu gostaria de saber de onde ela veio e o que a fez ser como era. Ela nasceu assim ou algo a transformou, do mesmo jeito que eles queriam me transformar, em algo miserável? Eu queria saber como ela podia sentir tanto desprezo pela filha que gerou, uma criança inocente e indefesa. As respostas dela não importam — acrescentou Eve.

— Não? — Mira franziu o cenho. — Por que não importam?

— Porque tudo nela era mentira. Tudo nela era egoísmo, então não importa o que eu perguntasse, as respostas viriam sempre manchadas pela mentira. Por que eu acreditaria nela?

— E, mesmo assim...?

— Ok, e, mesmo assim, parte de mim, talvez uma grande parte de mim, lamenta que eu não tenha tido a chance de olhar no olho dela e fazer essas perguntas, mesmo que as respostas não importassem. Para depois falar que ela não representava nada. Que não era *nada*. — *Que se dane a calma*, decidiu Eve, num acesso de fúria. *Que se dane tudo isso.* — Eles tentaram me transformar em nada... eu não tinha nome, casa, conforto, nem amigos. Era só medo e dor. Tudo frio e escuro. Queria olhar no olho dela e dizer que não importa o que ela fez, não importa quanto ela me machucou e quanto me degradou; ela não conseguiu me transformar em nada. Ela não conseguiu me fazer ser como ela foi. — Sua respiração saiu estremecida e ela sentiu as lágrimas pelo rosto. — Merda. — Impaciente, ela as enxugou. — É burrice. Dói pensar nisso. Por que pensar nisso?

— Porque quando você tenta bloquear essa questão, ela surge nos seus sonhos, quando você está vulnerável.

Eve se levantou de novo, ainda inquieta.

— Consigo conviver com os pesadelos. Consigo vencê-los. Já fiz isso antes, e eles eram muito piores. Só que Roarke... não sei por que, mas acho que é mais difícil pra ele agora. Mais difícil lidar com eles e comigo.

— Ele também não conseguiu confrontá-la. E viveu toda essa experiência em Dallas com você. Ele ama você, Eve, e aqueles que amam também sofrem quando a pessoa que eles amam sofre.

— Eu sei. Eu entendo. Estou aqui porque sei disso e estou vendo isso. E eu fico muito irritada por ela me causar mais problemas depois de morta do que quando era viva. Tenho rostos de muitos mortos na minha cabeça, e consigo conviver com eles. Fiz o melhor que pude para cada um, quando eles vieram até mim. Eu também consigo conviver com ela. Mas não quero que ela tenha esse poder de me deixar fraca.

Aí estava o xis da questão, pensou Mira.

— Você acha que ter pesadelos te faz fraca?

— Acho. A senhora mesma disse.

— Eu disse vulnerável. Existe uma grande diferença. Sem vulnerabilidades, você seria frágil, inflexível e fria. Você não é nada disso. Você é humana.

— Eu não quero ser vulnerável a ela.

— Ela está morta, Eve.

— Meu Deus! — Um pouco enjoada, ela pressionou as mãos no rosto. — Eu sei disso. Eu sei disso. Eu fiquei ali, do lado do corpo dela. Eu o examinei, determinei a causa e a hora da morte. Trabalhei nisso. E sim, ela ainda é... — Hesitou, procurando o termo. — Viável. Tanto que quando eu sonho com ela, sinto medo e raiva. No sonho, ela olha pra mim, ela sabe quem eu sou, e eu sinto todas as minhas entranhas se revirarem. Sou parte dela. É assim que funciona, não é? O que uma mulher come, tudo o que ela coloca pra dentro do corpo vai pro bebê que está crescendo nela. O que corre em seu sangue. Eles estão ligados até o corte do cordão umbilical. Ela estava despedaçada, então como é que alguma coisa não estaria despedaçada em mim?

— Você acha que a criança que nasce herda todos os defeitos e virtudes da mãe?

— Não. Não sei.

— Sente-se um pouquinho. Sente-se.

Quando ela se sentou, Mira estendeu o braço e segurou a mão de Eve, nivelando o seu olhar com o dela.

— Você não está despedaçada, Eve. Você só está machucada e em processo de cura ainda, mas não está despedaçada. Eu sou uma profissional. Você pode confiar em mim.

As palavras fizeram Eve esboçar um leve sorriso, mas, mesmo assim, ela fez que não com a cabeça.

— Eles acabaram com você, todos aqueles anos no passado, quando você não passava de uma criança inocente e, como você disse, indefesa. Mas você pegou o que estava despedaçado e consertou, ficou mais forte e deu a si mesma um propósito. E você se deixa amar. Você é uma mulher construída pela própria força, mais do que qualquer outra que eu já conheci. Essa é uma observação pessoal e profissional.

Ilusão Mortal

— Eu preciso acabar com isso. Sei que preciso parar de pensar nela. Não vou mais aceitar a Stella na minha cabeça, e não vou mais aceitar que ela traga o meu pai de volta.

— Ao vir aqui você tomou as medidas certas para fazer exatamente isso. Diga-me uma coisa: eu perguntei se você sabia por que a chamava de Stella, e se referia a ele como "pai". Você já sabe a resposta?

— Pensei bastante nisso, depois que você me perguntou. Eu nem percebia que eu fazia isso. Mas eu acho que... Depois de ver o que ele fez comigo, o que ele fez com uma criança, com a própria filha? Acho que ele era um homem maligno. Não gosto de usar essa palavra porque me parece meio clichê, mas ele era maligno. Só que... — Como sua garganta estava seca, Eve cedeu, pegou o chá e tomou um gole. — Eu passava muita fome, mas nunca morri de fome. Eu sentia muito frio, mas sempre tive roupas. Aprendi a andar, a falar... não me lembro de nada, mas ele deve ter feito isso. Não porque se importasse. Não acho que ele era capaz de ter sentimentos genuínos. Mas ele não me odiava. Eu era uma mercadoria pra ele, ele podia usar e abusar de mim, eu era alguém que ele esperava treinar para que trouxesse dinheiro pra casa. Eu morei com ele até matá-lo. Ele me estuprava e me dava comida, ele me batia e colocava roupas nas minhas costas. Ele me aterrorizava e me dava um teto, ou algo do tipo. Ele não era meu pai da forma que Leonardo é pra Belle, ou o sr. Mira é pros seus filhos, ou Feeney, ou qualquer homem normal é. Mas ele era o meu pai, e eu aceito isso.

— Você já aceitou essa realidade.

— Acho que sim. Ela foi embora e me deixou com ele, sem pensar duas vezes. E as memórias que eu tenho dela são menos detalhadas, mais confusas. Mas me lembro dela me machucando de formas pequenas e mesquinhas. De formas terríveis, me dando bofetadas e beliscões, me empurrando pra dentro de um armário no escuro, sem me dar comida e dizendo pra ele que já tinha feito isso. Eu me lembro dela olhando pra mim com ódio. Ela era capaz de sentir. Eles podem ter sido egoístas e distorcidos, mas ela tinha sentimentos e emoções. E o que sentia por mim era ódio. — Eve hesita e continua: — Se tivesse sido o meu pai a ir embora, ela teria me matado. Teria me sufocado ou talvez me trancado até eu morrer de fome. Ela era capaz disso porque tinha sentimentos. Era minha mãe, isso é um fato, mas não vou chamá-la assim. Talvez esse seja um pequeno jeito, um pequeno passo pra tentar acabar com ela.

— Bom — assegurou-lhe Mira. — Isso é bom.

— Tenho pensado muito neles dois, nesses últimos dias. Eu devia saber que algo de estranho estava acontecendo comigo. Eu só queria tentar resolver isso por conta própria durante mais um tempo, mas eu devia ter vindo procurar a senhora antes.

— Você veio quando estava pronta.

— Roarke é que estava pronto — respondeu Eve, e isso fez Mira rir.

— Você pode ter vindo por causa dele, mas não teria falado comigo do jeito que falou se você também não estivesse pronta.

— Odeio estar me sentindo melhor. Porque ele forçou a barra pra eu vir aqui — explicou. — Isso mostra que ele tinha razão. E agora eu preciso fazer o meu relatório sobre o novo caso pro comandante Whitney.

— Você ainda tem um tempinho.

— Acho que o tempo vai ser um problema. Duvido que esse louco espere até a minha cabeça estar no lugar e em paz.

— A sua cabeça nunca esteve em paz. Quem for o responsável por todas essas mortes vai achar sua cabeça ótima. Você sabe que pode entrar em contato comigo aqui ou em casa, a qualquer hora, quando precisar conversar de novo. Você não vai resolver tudo em uma hora ou em um dia. Mas prometo que vai resolver o problema.

— E a senhora é uma profissional, então posso confiar nisso.

— Exatamente.

— Obrigada — agradeceu Eve, tornando a se levantar.

— Tenho uma sugestão, Eve. Uma espécie de experiência.

— Essa ideia envolve seringas de pressão ou ouvir a frase "você está ficando com sono"?

— Não. Você tem uma mente forte, um subconsciente flexível. Eu queria que você tentasse, da próxima vez que você sonhar com Stella, pensar em mim.

— Por quê?

— Como eu disse, é uma experiência. — Mira levantou uma das mãos e levemente fez um carinho na bochecha de Eve. — Eu ficarei muito interessada nos resultados.

— Ok, posso tentar. E espero ter tirado um pouco do peso dela das minhas costas. Tenho um assassino para pôr atrás das grades.

— Enviarei as minhas ideias assim que revisar tudo.

— Obrigada. — Eve parou na porta e olhou para trás. — Agradeço de verdade, doutora.

Ela passou em sua sala antes. Depois de verificar suas mensagens, decidiu que não fazia sentido falar com Morris. Ele tinha enviado outro lote de relatórios e, após uma rápida leitura, ela não encontrou nada de novo, nem nos relatórios dele nem nos do laboratório.

Ela se aprofundou mais nos relatórios dos irmãos Lester para se familiarizar mais com eles antes dos interrogatórios, e então foi até o gabinete de Whitney.

Ela odiava o circo midiático e ficou aliviada e até um pouco satisfeita ao encontrar Kyung com Whitney. Porta-voz da polícia e principal auxiliar do secretário de Segurança Tibble, Kyung não era — como ela mesmo tinha lhe dito depois que o conheceu — um idiota.

Kyung vestia um terno cinza-claro com uma camisa cinza mais escura e um toque de vermelho na gravata. Ela notou que a roupa tinha um caimento perfeito em seu corpo alto e em boa forma. Seu sorriso adicionava charme a um rosto discretamente bonito.

— Tenente, é um prazer encontrá-la mais uma vez. Parece que temos outra situação difícil.

— Sim, mais de oitenta pessoas mortas é uma situação difícil.

— E também é uma situação que deve ser tratada com cuidado, ao lidarmos com a imprensa. As pessoas já estão especulando sobre um ataque terrorista. Queremos desmentir essa ideia e neutralizá-la.

— Mas talvez tenha sido um ataque terrorista.

— *Talvez* não é uma palavra que gostamos de usar ao falar de ataques e terrorismo.

— Tudo bem, eu concordo.

— O comandante Whitney vai ler uma declaração e responderá a algumas perguntas por uns minutos. O secretário Tibble optou por não comparecer, e ao fazer isso, conseguiu convencer o prefeito a deixar isso nas mãos do Departamento de Polícia de Nova York... por enquanto.

Deixar a política de fora.

— Que bom.

— Você não vai responder a perguntas.

— Melhor ainda.

— O comandante simplesmente vai declarar que você lidera uma equipe de investigação experiente e que todos estão dando prioridade a esse incidente. Vocês já estão trabalhando em várias pistas, fazendo interrogatórios, examinando evidências... e assim por diante.

— O que vamos dizer a eles sobre a "situação difícil"?

Ele sorriu de novo, com ar sereno.

— A Polícia de Nova York recuperou e identificou uma substância que foi dispersa por um ou mais indivíduos. O contato com essa substância resultou em um comportamento violento.

Ilusão Mortal 153

— Essa é uma resposta bem direta.

— Já tivemos muitos vazamentos sobre a substância e o efeito dela. O seu trabalho vai ser reforçar essa declaração quando e se for questionada por qualquer repórter.

— Sem problema. Só que eu já falei com a Nadine Furst, usando o meu próprio discernimento. — Ela notou o olhar de dor de Kyung e completou: Ela manterá em sigilo todas as informações que eu compartilhei com ela, até que eu libere a divulgação. Ela também vai conseguir reunir informações sobre a seita do Cavalo Vermelho, que poderão ser relevantes para qualquer conexão possível com essa investigação.

— Quanto de informação você repassou para ela? — quis saber Whitney.

— O suficiente para que ela investigue... confidencialmente... a seita e qualquer pessoa que tenha feito parte dela, ou que seja suspeita de fazer parte dela.

— Sei que você e Nadine têm uma dinâmica pessoal própria — comentou Kyung.

— Não se trata de dinâmica pessoal, é uma questão da ética que ela tem. Nadine concordou em não usar as informações que eu lhe dei até que eu liberasse a divulgação. E não as usará. Temos uma conexão — afirmou Eve, dirigindo-se aos dois homens. — Ela vai continuar cavando até encontrar o que precisamos... a menos que eu encontre primeiro.

— Nadine nunca me deu razão para eu duvidar da palavra nem da ética dela — comentou Whitney. — Mas se essa hipótese do Cavalo Vermelho vazar...

— Não será por ela, nem pela minha equipe. Se alguma informação vazar, pode apostar que será por meio do assassino, senhor.

— Prossiga, tenente.

— Vamos lidar com isso, em termos de mídia, de forma objetiva. Poucos detalhes, mas não vamos esconder que algo foi feito a essas pessoas. Acho que esse é o caminho certo a seguir. Segundo a teoria, temos um cara sozinho agindo com um parceiro, ou um grupo. Ele vai gostar da atenção, das perguntas rápidas e das respostas cuidadosas. Mas não será o suficiente. O comandante tem presença e sabe se impor. Embora nosso assassino aprecie o fato de ter o comandante da polícia de Nova York à frente de tudo, provavelmente vai ficar irritado por não ter feito o prefeito entrar na dança. Então, ele vai curtir um pouco a fama enquanto os repórteres contam o que descobriram. Mas isso não vai ser suficiente — ressaltou ela.

— Você está dizendo que ele vai se sentir compelido a repetir a experiência?

— Kyung, ele certamente vai atacar de novo, a menos que o peguemos antes, não importa de que forma. Ninguém tem todo esse trabalho e planejamento, todo esse sucesso, e aí lava as mãos e segue sua vida.

— Isso é... — Kyung procurou a palavra adequada. — Perturbador.

— Ah, é. E se seguirmos a outra teoria, a seita religiosa maluca que tenta retomar de onde parou durante as Guerras Urbanas, o cenário é o mesmo. Esse tipo de gente precisa se alimentar, e seu apetite é voraz. Ele adora a emoção e a satisfação de matar, gosta do brilho e do ego inflado pelo resultado. Todo mundo está comentando sobre ele. Todos falarão disso em todas as cerimônias fúnebres para as vítimas. Toda essa dor é como calda de chocolate para ele. Só adoça a refeição.

— Você está dizendo que eu devo me preparar para outra declaração e outras reuniões?

— Não planeje tirar férias. Senhor, preciso conduzir um interrogatório.

— Vá. Se você ainda estiver no interrogatório ou seguindo uma pista interessante, não precisa participar da entrevista coletiva.

Ilusão Mortal

A mídia e o público — continuou Whitney, antes de Kyung ter chance de protestar — ficarão satisfeitos de saber que a investigadora principal está trabalhando no caso.

— Obrigada, senhor. — Ela se levantou antes que ele mudasse de ideia.

Eve foi andando em meio ao zumbido da Divisão de Homicídios. Policiais que não estavam em trabalho de campo ou fazendo interrogatórios cumpriam suas tarefas em seus *tele-links* e computadores. O cheiro de café ruim estava tão forte que Eve sentiu-se envolvida por uma névoa.

— Dallas — chamou Peabody, ao vê-la. — Estou com o Devon Lester na Sala de Interrogatório B. Ele veio assim que foi chamado.

— Parece que quer cooperar.

— Baxter e Trueheart vão levar Adam Stewart para a Sala de Interrogatório A. Não sei se já chegaram. Vou chamar Christopher Lester; reservei a Sala de Interrogatório C para ele. Os guardas vão me avisar assim que ele entrar.

— Ok, vamos fazer uma recapitulação. Os irmãos Lester são muito unidos. Christopher é cinco anos mais velho, tem um QI elevado e se formou cedo na escola. Tem diplomas de instituições importantes em química, biologia e nanotecnologia. Chefia o próprio departamento na Amalgom, onde desenvolve e testa novas vacinas.

— Uma figura feita sob medida para preparar uma receita psicodélica.

— Sim, ele saberia sintetizar a substância ou inventá-la. Não encontrei nenhuma ligação dele com a seita do Cavalo Vermelho. Nenhum dos dois irmãos tem qualquer vínculo religioso. Devon foi um estudante mediano, formou-se em negócios e administração de empresas. O Christopher é casado há doze anos e tem dois filhos. Devon se divorciou uma vez e está em um casamento homoafetivo há três anos.

— Pesquisei a ficha criminal de Christopher — disse Peabody. — Só algumas infrações de trânsito. Ele gosta de dirigir bem rápido, mas só encontrei isso.

— Suas finanças são tão impressionantes quanto sua formação — continuou Eve. — Chris ganha cerca de quatro vezes mais que o irmão. Mas Devon foi padrinho de casamento e é padrinho de um dos filhos do irmão. Tem uma coisa interessante aqui: antes de o Roarke comprar o bar, Devon estava tentando conseguir um empréstimo para ele comprar o lugar.

— "Já que eu não consegui comprar o bar, vou matar todo mundo dentro de um jeito espetacular. Quem sabe assim eu consiga comprar o lugar depois, bem mais barato." Será que foi isso? — Peabody franziu os lábios. — Talvez seja uma boa abordagem.

— Vamos experimentar. Finja que está muito ocupada — acrescentou Eve —, e demonstre um pouco de pressa.

— Eu sempre estou assim.

— Mas seja delicada e simpática.

Peabody suspirou.

— Também sou sempre assim.

Eve entrou na Sala de Interrogatório onde Devon já estava, sentado à mesa, com as mãos entrelaçadas. Vestia uma camiseta preta de mangas compridas muito justa no corpo.

— Ligar filmadora! Aqui falam a tenente Eve Dallas e a detetive Delia Peabody, dando início ao interrogatório de Devon Lester, no curso da investigação do caso de código H-3597-D. Sr. Lester, obrigado por vir até aqui.

— Fico feliz por vir dar o meu depoimento. Quero fazer qualquer coisa que possa ajudar.

— Vamos gravar essa conversa. Como deve imaginar, estamos recolhendo declarações e fazendo novos acompanhamentos com muitas pessoas. — Ela se sentou e esfregou a nuca como se isso a incomodasse. — Quando recebemos pessoas nessas circunstâncias, geralmente lemos seus direitos. É rotina, serve para a sua proteção e mantém tudo dentro do regulamento.

Ele empalideceu um pouco sob a explosão de dreads vermelhos, mas assentiu.

— Claro. Ok.

Eve recitou o Aviso de Miranda.

— Então, você entendeu seus direitos e deveres?

— Sim, entendi. Eu não consigo parar de pensar nos meus amigos. D.B., Evie, todos eles. Drew ainda está em coma. Tem mais alguma coisa que você possa me contar? Alguma novidade?

— Estamos investigando muitas evidências, sr. Lester.

— Pode me chamar de Devon, ok? Sei que você está fazendo tudo o que pode, mas todas aquelas pessoas... Fomos ver o restante da equipe, Quirk e eu. Ele tem sido firme como uma rocha, mas foi a pior coisa que já fiz, porque eu não pude contar a eles por que isso aconteceu, nem como. Na verdade, eu não pude dizer nada a eles.

— É difícil perder alguém — murmurou Peabody, suavemente.

— E depois ainda ser o único responsável por contar aos outros que eles perderam alguém também...

— Eu não sabia quanto isso seria difícil. Cada vez que contávamos a um deles era como se tudo acontecesse de novo.

— Vamos tentar resolver isso — declarou Eve. — Você conhece a configuração do lugar melhor do que ninguém.

— Conheço. Quer dizer, D.B. também conhece. Na verdade, toda a equipe.

— Mesmo assim, você é o gerente.

— Não sei como vou conseguir voltar lá. Não sei como alguém vai conseguir isso. Não sei o que o Roarke vai fazer com o lugar agora. — Ele fechou os olhos. — Não sei o que todos nós vamos fazer.

— Por que você não me fala da rotina do bar? Quem abre o estabelecimento, quem fecha, quem tem acesso a quê.

— Ok. — Ele respirou fundo. — Qualquer um de nós dois, D.B. ou eu, está sempre lá. Um de nós sempre abre ou fecha, às vezes nós dois juntos, dependendo da situação.

— Mais ninguém?

— Éramos os únicos que tinham as senhas. Isto é, Roarke com certeza tem, e Bidot também. Mas, no dia a dia, só eu e D.B. Um de nós era sempre o primeiro a entrar e o último a sair. A primeira coisa é conferir o caixa. Não mexemos muito com dinheiro vivo, mas temos que ter sempre alguns trocados. Depois é preciso conferir os recibos da noite. O escritório não fica trancado, mas ninguém entra lá, exceto eu ou D.B. O computador e a gaveta ficam trancados e têm senha. Esses são os cuidados normais no comércio. Depois, temos que verificar os suprimentos — continuou, e em seguida esmiuçou o passo a passo para abrir o bar e fechá-lo.

— D.B. poderia ter informado as senhas dele para alguém?

— De jeito nenhum. Ele jamais faria isso.

— E você?

— Tenente... Dona... Um gerente tem que ser responsável e de confiança. É impossível alguém ser descuidado e irresponsável e continuar empregado. Eu confio na minha equipe, mas ninguém além de mim e D.B. conseguiria abrir ou fechar o caixa e o bar nem ter acesso aos recibos.

— Você nunca compartilhou essa informação, nem com seu marido, nem com seu irmão?

— Não. Pra que eles iriam querer saber isso? — Ele se inclinou para a frente. — Você acha que alguém entrou e plantou alguma coisa lá? Eu não sei como isso poderia acontecer. Teria aparecido nas gravações da segurança externa. E algo desse tipo teria soado o alarme.

Ilusão Mortal

— Não se eles tivessem os códigos. Seria fácil passar pelo alarme, e depois bastava trocar os discos do sistema de segurança. Você tem certeza do que me contou, Devon? Sem dúvida alguma?

— Sem dúvida! — Ele voltou a se recostar na cadeira e balançou a mão no ar. — Mas, espera aí, eles podem ter misturado os sinais dos equipamentos eletrônicos, clonado os códigos e senhas, ou algo assim. Você vê essas coisas nos filmes, isso pode ser feito. Eles podem ter instalado um cronômetro ou algo parecido, e o ligaram a um dispositivo. Acho que eles fizeram isso para atingir Roarke.

— Você acha?

— Estive pensando. Não consigo imaginar outra coisa. Não faz sentido matar todas aquelas pessoas... gente que você nem conhecia. Mas todo mundo conhece Roarke, certo? Aquele lugar é dele. Isso aconteceu em um bar dele, e talvez ele nem queira reabri-lo. Ele vai assumir esse prejuízo. E vai sentir o golpe, porque ele era o dono. Algumas pessoas são só doentes da cabeça. Tem gente que seria maluca e mataria todas aquelas pessoas só pra atingir o Roarke.

— Sim, isso é algo a ser considerado. De qualquer modo, ele não é dono do lugar há muito tempo, e aquele bar é um dos seus negócios menores. Você estava pensando em comprar o bar, não estava, Devon?

Ele corou um pouco e se ajeitou na cadeira.

— Bem, eu cheguei a pensar nisso, mas não era pro meu bico. Eu precisaria de um capital grande, sem falar nos impostos e tudo mais. Por algum tempo eu achei que seria legal ter meu próprio negócio. Agora, acho que estou feliz por não ter tentado. Se acontecesse algo assim? Não sei como conseguiria aguentar.

— Sim, seria difícil. Pensando a respeito, pode ser que alguém quisesse ter o seu próprio negócio e o considerasse fora do seu alcance, mas talvez tenha conseguido um jeito de reduzir o preço a uma pechincha. Não seria difícil fazer isso se a pessoa conhecesse o lugar, se soubesse como ele como funciona e como está estruturado. Poderia ser alguém que tivesse acesso a tudo, e a qualquer hora. Alguém, digamos, cujo irmão seja químico. Como o seu irmão, Devon.

Capítulo Oito

Ele a encarou com olhos sombrios e cheios de sangue, mas não disse nada.

— Seu irmão é um químico renomado, não é mesmo, Devon? Dr. Christopher Lester, e um monte de títulos depois do nome. Um cara muito inteligente — alfinetou Eve, abrindo um arquivo e acenando com a cabeça enquanto o lia. — Um cientista.

— O quê?

— O seu irmão é químico especializado em desenvolvimento e teste de medicamentos e drogas?

— Ele... É, sim. O que isso tem a ver com o que aconteceu?

— Junte as peças. Você não tinha dinheiro para comprar o lugar, então tem que trabalhar para outra pessoa. Alguém com mais dinheiro, mais conexões. Alguém, como você mesmo disse, que todo mundo conhece. Aposto que isso é chato.

— Não... é que...

— Seu irmão tem acesso a todos os tipos de drogas, produtos químicos e sabe como combiná-los. — Com os olhos em Devon, ela fechou o arquivo com força, o que produziu um baque alto.

— Uma substância foi liberada no bar que você gerencia, Devon, justamente no seu dia de folga. Puxa, isso veio bem a calhar! Pessoas morrem, é um massacre. E um escândalo. O valor da propriedade despenca. Como você disse, talvez Roarke nem reabra o bar. Talvez até o venda. Talvez, e mais uma vez, como você mesmo disse, alguém tenha feito isso para atingir Roarke e reduzir o valor da propriedade.

— Você... você acha que eu fiz isso? Com os meus próprios amigos? No meu próprio bar?

— No bar de Roarke.

A fúria surgiu até a cor do seu rosto se igualar à de seu cabelo.

— Ele é o dono; eu administro o bar. — Devon bateu com o punho no peito. — Eu gerencio! Conheço cada funcionário que trabalha lá, e também todos os clientes regulares. Conhecia muitas das pessoas que morreram ontem. Elas eram *importantes* pra mim. Vim aqui tentar ajudar porque quero saber o que aconteceu e quem fez isso. E você me acusa?!

— Ninguém está te acusando, Devon. É um cenário possível.

— Até parece! Você está dizendo que eu poderia ter cometido esse crime. Pior que isso, meu Deus, você está tentando arrastar o meu irmão pra isso? Chris é um herói, entendeu? Um herói! Ele trabalha pra salvar vidas, pra torná-las melhor, para *ajudar* as pessoas. Você não tem o direito de falar mal do meu irmão.

— Precisamos fazer perguntas — acudiu Peabody, com a voz calma, quando a indignação de Devon girou pelo ambiente, afiada como lâminas giratórias. — É importante considerar possibilidades diferentes antes de eliminá-las e continuar com a investigação.

— Se vocês querem me investigar, investiguem. Por dentro, por fora, pelo avesso, por trás e pela frente. Eu me submeto ao detector de mentiras, podem até enfiar a porra de um inquérito policial no meu rabo. Não tenho nada a esconder. Mas deixem o meu irmão fora disso, está bem? Larguem do pé do Chris!

— Deixe-me perguntar uma coisa, Devon. — Eve se recostou um pouco. — Se Roarke vendesse o bar e o preço coubesse no seu orçamento, você o compraria?

— Na mesma hora. — Ele cruzou os braços sobre o peito. — E o transformaria num lugar bom outra vez.

— Mas se você queria o lugar, e ainda o quer, por que não pediu um empréstimo ao seu irmão, ou por que não pediu que ele investisse no negócio? Cabia no bolso dele.

— Se eu não puder comprar o bar com o meu dinheiro, ele não é meu, não é verdade? Eu não peço ao Chris quando quero dinheiro. Ele é meu irmão, e não a porra de um banco. Não tenho mais nada a dizer sobre isso. A menos que você esteja me acusando de algo, vou embora.

— Não estamos acusando você formalmente de nada. Você pode ir embora.

Ele empurrou a cadeira para trás em um movimento brusco, fazendo os pés rasparem o chão. Ao chegar à porta, ele se virou.

— Eu odiaria ser alguém sempre procurando o pior nas pessoas.

Quando a porta se fechou, Peabody ergueu seus ombros numa corcova.

— Ele meio que me fez sentir culpada.

— Você é policial. É paga pra procurar o que há de pior nas pessoas.

— Gosto de pensar no meu trabalho como uma caça às piores pessoas. — Dessa vez, ela esfregou a nuca porque isso de fato a incomodou. — Você quer contar quantas vezes tivemos alguém nessa cadeira que parecia ser uma pessoa legal e acabou sendo um assassino frio?

— Não tenho dedos suficientes.

— Exatamente! Vamos conversar com o irmão dele.

Christopher Lester tinha a mesma cor de pele, de cabelo e a mesma constituição corporal imensa que o irmão. Contudo, em vez de dreads, usava o cabelo ruivo cortado bem curto, liso, no estilo de um centurião romano. Usava um terno bem-cortado e a gravata ostentava um nó perfeito, ambos num tom marrom acetinado.

Seu *smartwatch* refletiu raios dourados ao ser iluminado pela luz do teto.

— Dr. Lester — começou Eve. — Obrigada por atender ao nosso chamado.

— Fico feliz em cooperar. Suponho que isso tenha a ver com os assassinatos de ontem no On the Rocks, certo? Meu irmão está arrasado.

— Então o senhor falou com ele.

— Claro. Entrei em contato com ele assim que soube o que tinha acontecido. Se ele estivesse lá...

— Entendo. Gostaríamos de gravar essa entrevista. — Eve recitou o registro do caso e os dados. — Vou ler os seus direitos. É rotina.

Chris ergueu as sobrancelhas.

— Ah, é?

— É um procedimento padrão, pra sua proteção. — Ela recitou o Aviso de Miranda. — O senhor entendeu seus direitos e deveres, dr. Lester?

— Entendi, sim. — Suas mãos, grandes como as do irmão e perfeitamente cuidadas, permaneceram cruzadas sobre a mesa.

— O que não entendo é o que você acha que eu posso lhe dizer ou que ajuda eu posso dar.

— Nunca se sabe. Ontem, o dia do incidente, foi o dia de folga do seu irmão.

— Graças a Deus. Pode parecer egoísmo dizer isso, mas ele é meu irmão.

Ilusão Mortal 165

— Você o contatou, segundo disse.

— Uma amiga ouviu a notícia e me contou. Ela sabia que o Devon administrava o On the Rocks, porque eu a levei lá pra tomar uns drinques uma vez. Foi então que eu liguei pra ele.

— Onde você estava?

— Ainda estava trabalhando no laboratório. Na verdade, estava prestes a sair. Tentei falar pelo *tele-link* dele na mesma hora. Fiquei tão aliviado quando ele atendeu...

— Você não sabia qual era a escala de trabalho dele?

— Não. Ela muda o tempo todo, o meu trabalho também é assim. Quando conseguimos nos falar, ele estava justamente no bar. Não lá dentro, porque eles... os policiais... não deixaram ele entrar. Ele disse que estava indo lá pra tentar descobrir o que tinha acontecido. Quando conversamos depois, ele me falou que ele e o companheiro iriam visitar o restante da equipe hoje de manhã, para contar a todos o que aconteceu. — Ele desviou o olhar por um instante. — Meu irmão é um homem forte, um bom gerente. Para ser um bom gerente, ele precisa saber enfrentar os problemas com serenidade, tanto os pequenos quanto os grandes. E ele consegue. Nunca o ouvi ou vi tão arrasado. Espero nunca mais ouvir ou vê-lo tão devastado assim de novo. — Ele ergueu o olhar outra vez diretamente na direção de Eve. — Então, eu vim conversar com você, como me pediram. E estou respondendo a essas perguntas sabendo muito bem que você suspeita dele. Vou respondê-las, tenente, pra que você entenda que Devon é um homem forte, com um forte senso de lealdade e compaixão. Ele não só ama o trabalho como também se importa, e muito, com cada pessoa que trabalha com ele. Devon conseguiria recitar os nomes dos funcionários e também os nomes dos familiares deles, dos animais de estimação, dos namorados e das namoradas. Eles são... eram... uma família para ele.

— Ele queria comprar o bar.

— É, eu sei disso. O companheiro dele, Quirk, me contou que Devon chegou a pensar em comprar o bar, alguns meses atrás, mas não tinha condições financeiras pra isso.

— Você tem essas condições.

— É, tenho. Teria emprestado o dinheiro a ele e eu até ofereci, mesmo sabendo que ele recusaria. Somos obstinados, por assim dizer. Orgulho é uma qualidade da família Lester... ou um defeito, dependendo do ponto de vista. Também posso dizer que o Devon ficou feliz quando o Roarke comprou o estabelecimento; ele teve certeza de que o bar seria bem financiado e divulgado.

— Mas o preço do bar deve cair muito, depois disso.

Ele lançou a Eve um olhar de dor misturado com descrença.

— Tenente, você realmente acha que um homem como Devon causaria aquela desgraça que aconteceu no On the Rocks só para conseguir reduzir o valor de mercado do bar até fazer caber no próprio bolso? Ele nunca fez mal a ninguém deliberadamente e, além disso, nem sabe como fazer aquilo... Ah... — Entendeu, por fim.

Chris se recostou e fez que sim com a cabeça, bem devagar.

— Sim, eu teria o *know-how*. As reportagens não foram muito específicas, mas foi usado um agente biológico ou químico, algo que infectou as pessoas dentro do bar. Então, você acha que Devon e eu planejamos tudo isso, e eu forneci a ele o agente da destruição.

— Ele queria o bar, você tem os meios. É só uma teoria.

— Meu irmão não é um homem rico, em termos financeiros. Você sabia que ele está organizando uma homenagem pra todos os mortos? Com recursos próprios? As pessoas significam mais pra Devon do que o dinheiro, sempre significaram. Você não precisa acreditar na minha palavra. Fale com qualquer pessoa que o conheça.

— Você trabalha com alucinógenos e drogas psicodélicas?

— Sim, eu já trabalhei.

— Trabalhou recentemente? Ou está trabalhando com isso agora?

— Se você esclarecer com o conselho administrativo da empresa onde eu trabalho, eu não terei objeções em discutir meus projetos... passados, presentes e pendentes. Mas não posso lhe dar informações confidenciais sobre esse assunto sem a autorização do Conselho. Nem mesmo pra eliminar a mim ou ao meu irmão de uma lista de suspeitos.

— Tudo bem. Obrigada mais uma vez por ter vindo. Fim da entrevista.

— É só isso?

— Por enquanto, sim.

Ele se levantou.

— Mesmo que ele não fosse meu irmão, eu diria que Devon é o melhor homem que eu conheço. Simples assim. Espero que você ache o responsável por isso, tenente. Acho que o Devon só vai começar o processo de cura dele quando isso acontecer.

— Pode preparar um mandado para examinarmos os registros do dr. Lester — disse Eve a Peabody quando ficaram sozinhas.

— Ok.

— Algum problema?

— É só que... A maneira como um apoiou o outro, a forma como um falou do outro. Eu não estou sendo coração mole — insistiu Peabody —, mas é difícil conciliar esse tipo de amor, afeto e respeito entre duas pessoas que planejam um assassinato em massa.

— Você tem dedos suficientes para contar o número de pessoas que tinham afeto, respeito e possivelmente amor umas pelas outras e que assassinaram, estupraram, roubaram, torturaram e cometeram crimes diversos?

— Acho que não.

— Vamos seguir todas as pistas, Peabody, cada detalhe e cada ângulo. Mesmo que a chance de não chegarmos a lugar algum seja grande.

— Você não acha que os dois estão envolvidos, acha?

— Não acho, mas não posso provar. E se eu achasse que eles estavam envolvidos, também não poderia provar. Vamos pegar os dados.

Eve olhou o relógio.

— Ah, puxa, perdi a coletiva de imprensa. Que pena!

— O detector de mentiras fica vermelho com uma frase dessas.

— Na verdade, eu achei ótimo. Quero passar uns trinta minutos na minha sala conferindo as novas informações e o status do caso. Depois nós vamos voltar à cena do crime.

— Você acha que os irmãos Lester não estão envolvidos pelos mesmos motivos que eu acho isso?

— Provavelmente, não. — Eve saiu e foi andando a passos largos; Peabody teve que se apressar para acompanhar o ritmo. — O Devon não é burro. Roarke não tem gente burra administrando nenhum dos negócios dele. Mas quando eu o pressionei sobre a compra do lugar e perguntei se ele faria isso se pudesse, ele ficou revoltado na mesma hora. Seria mais esperto, da parte dele, dizer que o lugar ficou manchado, já que os amigos dele morreram lá. Também seria mais inteligente ele ficar revoltado ou chocado quando eu insinuei que suspeitava do irmão. Em vez disso, ele apenas pareceu confuso, a princípio. E não tinha respostas pra tudo. Não tinha as respostas prontas e certas pra tudo. Se ele tivesse, eu não o colocaria no fim da lista de suspeitos.

— O irmão é inteligente de verdade, e muito mais cínico — continuou Eve. — Ele percebeu minha suspeita na mesma hora. Quero ver as pesquisas e os experimentos dele; quero ter uma ideia do que ele faz e como faz. Mas seria burrice dele matar um

Ilusão Mortal

monte de gente no bar gerenciado pelo irmão. Se ele fosse fazer isso, teria escolhido outro lugar, sem uma conexão tão imediata.

— Uma parte do seu raciocínio é como o meu. Eles são gente desse tipo: que defende o próprio irmão.

— Eu diria que metade da ideia é igual.

— Três quartos.

— Tudo bem, três quartos, porque estou ocupada demais pra discutir.

— Viva! — comemorou Peabody quando Eve seguiu adiante e entrou em sua sala.

Ela mal havia começado a ler o primeiro relatório quando Baxter apareceu à porta.

— Preciso de um minuto, Dallas.

— É todo seu — disse ela.

— Adam Stewart. Acabamos de interrogá-lo. Ele tem um álibi pro momento do ataque, e não tenho nada que o coloque naquele bar ontem, não consegui absolutamente nada.

— Mas?

— Ele é um canalha malvado, Dallas, e é cauteloso. Malvado e cauteloso se encaixa no perfil de quem fez isso.

Ela viu os olhos dele se lançarem em direção ao AutoChef. Naquelas circunstâncias, ela pensou, que mal faria ceder? Não faria mal algum.

— Vá em frente e sirva-se, mas não espalhe por aí que você pegou café aqui.

— Vou levar o segredo para o túmulo. — Ele foi depressa, antes que ela mudasse de ideia, e programou uma caneca para cada um. Conhecendo os perigos da cadeira bamba de visitantes, ele se sentou bem na ponta.

— Mas? — repetiu Eve.

— Como ele é um canalha malvado e um filho da mãe cauteloso, acho que seria bem capaz de fazer isso. Mas não acho que tenha tido os meios nem a oportunidade. Além disso, pelo que consegui, a irmã dele, Amie Stewart, não frequentava o lugar com regularidade. Aparecia de vez em quando, claro, mas não era cliente assídua do bar. Como ele poderia saber que ela estaria lá? Eles não eram chegados, não andavam juntos nem tinham contato regular. Só que... — Baxter esperou alguns segundos enquanto bebia o café. — Ele passou o interrogatório todo suando. Foi evasivo e não conseguiu muito bem fingir que lamenta a morte da irmã. Mandei Trueheart vasculhar as finanças do homem e os números não batem. Parece que ele encontrou um jeito de desviar fundos do contrato fiduciário, e com mais alguma pesquisa vamos conseguir provar isso.

— Não temos tempo para pressionar um canalha safado por peculato, nesse momento.

— Entendo isso, mas tem mais. O administrador do fundo fiduciário, o cara que supervisiona os números, desapareceu há duas semanas. Como sou detetive, detectei duas possibilidades: o administrador estava envolvido com Stewart e fugiu; ou o administrador descobriu o que Stewart andava fazendo e Stewart o fez desaparecer. De um jeito ou de outro...

— Sim. — Ela calculou. — Você tem algum problema em repassar tudo isso pro Carmichael e Sanchez?

Baxter fez cara feia e se consolou com o café.

— Escuta, eu gostaria de acompanhar isso até o fim. O filho da mãe está envolvido em alguma coisa e isso me irrita. Mas posso aceitar o repasse, pelo menos até resolvermos o caso mais grave.

— Então, repasse para eles e siga para o próximo nome.

— Os próximos são Callaway, e depois vem Weaver. Eles estiveram em reuniões a manhã inteira, mas vamos aos escritórios deles para encurralá-los separadamente, e depois tentar fazer o acompanhamento com alguns dos outros. Aquele lugar perdeu cinco funcionários.

Ilusão Mortal 171

Ele se levantou e colocou a caneca vazia de lado.

— Eu queria que fosse o Stewart, porque ele precisa ir embora.

Ela fez uma anotação mental para ficar em cima de Stewart; voltou a analisar os relatórios, leu o que foi escrito por Strong e viu que a detetive da Divisão de Drogas Ilegais já seguia a pista de fontes, a fim de localizar compras grandes ou regulares de LSD.

De volta ao começo, decidiu Eve, e voltou para o escritório aberto.

— Peabody, venha comigo. A menos que surja um aviso em contrário, quero todos presentes na reunião das dezesseis horas. Eu vou fazer trabalho de campo.

— Pedi o mandado para a Reo — avisou Peabody, enquanto as duas estavam a caminho da garagem. — Ela não vê problema em conseguir isso, e acha que vai ser bem rápido. Todo mundo está em alerta máximo por causa do ataque.

— Quero pelo menos dois homens pesquisando isso, gente que tenha experiência e conhecimento na área de Lester. Envie essa solicitação pro Whitney.

— Dick Cabeção deve ter gente com esse perfil.

Eve suspirou.

— Sim, deve ter. Mande uma cópia do pedido pra ele também. Peça a ele que escolha a dedo dois de seus funcionários pra examinar os registros de Lester e do laboratório. Quero relatórios sobre tudo isso em linguagem simples.

— Conversei um pouquinho com McNab.

— Não quero saber dos seus papos sexuais cheios de safadeza — avisou Eve, quando elas entraram no carro.

— Passamos, tipo, só dez segundos nesse tema. Eles estão quase terminando de examinar os *tele-links*. Conseguiram mais alguns aparelhos que estavam ligados quando os donos foram infectados, e outras pessoas fizeram ligações logo depois de ter sido infectadas. É de cortar o coração ouvir as conversas, pelo que ele disse. Estão examinando todo e qualquer material eletrônico recuperado, agendas eletrônicas, laptops e tablets. Alguns deles também estavam em uso no momento do ataque. Parece que não conseguiram nada de útil. Não encontraram nada que possa ser uma mensagem do responsável pelo ataque, nem de alguém pra ele. Mas o material mostra, mais uma vez, a velocidade e a intensidade com que as vítimas foram afetadas.

— E quanto à câmera de vigilância da porta?

— Eles viram os registros de até quarenta e oito horas atrás. Não há interrupção na contagem do tempo, nem anomalias. Identificaram algumas das vítimas, acho que clientes regulares, que entraram e saíram do bar mais ou menos na mesma janela de tempo. Estão buscando qualquer pessoa que tenha contatado as vítimas ou os sobreviventes nos últimos dias, pra ver se surge uma pista. Vão apresentar os resultados na reunião. Há alguns colegas de trabalho. A atividade após o expediente é exatamente o que se espera: funcionários saindo, sozinhos ou em grupos. O último a sair nas duas noites antes do incidente foi Devon Lester, e isso coincide com o horário de trabalho dele da semana.

Um dia normal, refletiu Eve. Até o mundo desmoronar.

— O responsável pelo ataque sabia da câmera na porta, ou seja, pode ser qualquer pessoa, já que a câmera fica bem à vista. Se as imagens não foram adulteradas, eles simplesmente entraram como funcionários ou clientes e saíram da mesma forma — disse Eve.

— McNab garantiu que não houve interferência nas imagens. Eles executaram todas as análises, incluindo uma de Roarke. Feeney também colocou alguns de seus funcionários na escuta. Eles estão monitorando sites pelo planeta e fora também. Rastreando qualquer conversa sobre o ocorrido, qualquer indício de qualquer indivíduo ou pessoa com conhecimento prévio, ou que esteja reivindicando a autoria do atentado. Na maioria dos casos, é só conversa fiada, porque esse é o assunto da vez, mas até agora não tem nada que tenha se destacado.

Ilusão Mortal   173

— Ele ou eles certamente vão reagir à entrevista coletiva. Isso vai gerar muita conversa e mobilização, mas a declaração final de Whitney e sua recepção? Vai ser como um desafio. Whitney é um sujeito confiante, estoico, controlado. Pode deixar um pouco da raiva transparecer, mas isso só serve de incentivo pra esse tipo de gente.

— Você acha que ele vai fazer algum tipo de contato?

— É o que espero. — Mas achava que não seria o caso.

Quando elas chegaram ao bar, Eve rompeu o lacre da porta e esperou alguns segundos para arejar um pouco a cabeça. Por fim, entrou e esquadrinhou o espaço mal-iluminado.

O cheiro fétido e muito familiar de sangue e produtos químicos, de morte e do pó dos peritos impregnava o ar. Ela procurou afastar sua mente disso também.

— Acender luzes no máximo! — ordenou, e imaginou como seria o lugar na hora de abrir. Em vez de cadeiras e mesas quebradas, vidros estilhaçados, piso e paredes manchados de sangue, haveria o brilho e a limpeza do esfregão.

— Devon nos detalhou como era a rotina de abertura do bar — disse a Peabody. — Finja que você é o Devon e vai fazendo como ele fazia.

— A primeira coisa é parar no escritório e conferir os recibos e as gavetas do caixa.

— Ele liga o sistema de controle de temperatura antes — corrigiu Eve.

— Certo.

Enquanto Peabody passava pela lista de afazeres de rotina, Eve ficou para trás, assistindo a tudo.

Quem quer que abrisse o bar passava por todas as áreas do espaço: escritório, cozinha, depósito, banheiros, o espaço atrás do balcão do bar.

— Ele vê a mesma coisa todos os dias — disse Eve, em voz alta. — Às vezes, as pessoas não pegam alguma coisa ao trabalhar no piloto automático e não veem algo que não esperariam ver. Mas Devon Lester é uma pessoa meticulosa. Ele pensa no bar como se fosse dele. Eu diria que o barman também é assim, ou não seria o gerente assistente.

— O barman não tem nenhum registro criminal — acrescentou Peabody. — Conversei com a noiva dele. Mulher difícil. Ela disse que ele pensava no bar como a casa longe de casa, muito mais do que um trabalho.

— Eu li o relatório. — Eve também tinha lido a pesquisa de antecedentes criminais que Roarke fizera do barman e dos demais funcionários. Ninguém tinha antecedentes criminais. — A substância ou o dispositivo tinha que estar bem à mão, se ele foi acionado por algum cliente — considerou. — Se o ataque foi executado por um funcionário do bar, não haveria tantos lugares que Lester, o barman ou um dos outros funcionários não veriam em algum momento, ao longo do dia.

— Eles abrem para o almoço — assinalou Peabody.

— Sim. Por que arriscar deixar uma substância perigosa no local, onde ela pode ser encontrada ou acionada por acidente antes de você estar pronto? Não, a pessoa traria o dispositivo e o manteria junto de si o tempo todo.

Eve foi até o bar, atrás dele, agachou-se e tornou a se levantar.

— Não foi suicídio.

— Por quê? — quis saber Peabody.

— Todos os parentes mais próximos foram notificados. Um grande grupo de amigos e colegas de trabalho foi entrevistado. Vai demorar um pouco, mas as residências e os locais de trabalho das vítimas estão sendo revistados. Esse ataque ocorreu para provar um ponto.

Ela viu tudo acontecer de novo, como se houvesse uma câmera sobre o salão. O sangue, os corpos, o campo de batalha.

Ilusão Mortal

— Se você está usando uma substância para cometer suicídio e levar um monte de gente com você, onde está o seu anúncio, a declaração feita com as *suas* palavras? Os suicidas geralmente querem que as pessoas saibam. E assassinos/suicidas não costumam ser deprimidos, geralmente são revoltados com alguma coisa. Se não foi por impulso, então onde está a declaração da sua missão? Não — repetiu Eve —, não foi suicídio. Ele estava lá fora. Ele entrou aqui.

Ela voltou para a porta, imaginou o barulho, o colorido e o movimento, as mesas com as pessoas, o bar lotado.

— Ele já esteve aqui antes, conhece o lugar. Ele não se destaca em meio à multidão. É do tipo que vem aqui depois do trabalho, antes de voltar para casa. Veste um terno, carrega uma pasta ou uma bolsa de arquivos, uma mochila. Algo normal e que serve para carregar a substância.

— Ele não está sozinho.

— Mas...

— Ele se destaca mais se estiver sozinho — disse Eve, cortando Peabody. — Ele deve imaginar que há uma boa probabilidade de haver um ou dois sobreviventes. Talvez mais. Esse é o primeiro ataque, então não tem como ele ter certeza absoluta do resultado. Ele vem aqui pra tomar um drinque com os amigos do escritório, ou para encontrar um cliente, pega uma mesa ou um banco alto junto ao balcão e pede uma bebida. Come alguns petiscos, conversa sobre assuntos do escritório, fala do trabalho, se mistura.

— É muito frio.

— É frio mesmo. Mas também descontraído. Tem a cabeça fria. É controlado, atento aos detalhes. Está animado, tem que ser animado. Conversa com o barman ou com a garçonete, talvez com os dois. E pensa: "Daqui a pouco você vai estar morto. Eu vou te matar em alguns minutos e não vou sequer manchar os meus sapatos bem engraxados. Hoje, eu sou Deus."

— Ah, cara! — murmurou Peabody.

— E pensa o mesmo sobre as pessoas com quem trabalha todos os dias. "Você não vai para o escritório amanhã", ele pensa. "Não chegará para trabalhar no seu turno. Nunca mais vai conseguir aquele aumento ou a promoção pela qual anda ralando tanto. E eu sou a razão disso. Eu sou o poder aqui!" A pulsação pode estar acelerada só de pensar nisso, mas ele não demonstra. Pelo menos não abertamente. Ele olha em volta para todas as pessoas: os executivos, os assistentes, os ansiosos, os que se sobrecarregam com o trabalho. Tudo termina aqui para eles, com drinques pela metade do preço e salsa grátis.

— Meu Deus! — Peabody respirou mais alto, porque conseguia ver tudo isso também.

— É muito engraçado quando a gente pensa nisso, e ele pensa nisso. Mas não ri. Simplesmente toma o seu drinque, fala sobre o trabalho, come rolinhos primavera, reclama da sobrecarga de trabalho ou de um cliente ou do chefe, qualquer que seja o assunto do dia.

Ela vagou, olhou para cima e depois em volta.

— Ele se posiciona no bar ou numa mesa perto dele. Por aqui, provavelmente. Quer cobrir o território o máximo possível: esse espaço, a cozinha e até o banheiro. A ventilação fica instalada bem aqui em cima.

Ela estudou o bar e imaginou as mesas mais próximas de onde estava.

— Bolsa, pasta ou mochila no colo, ele pega a substância, o recipiente. O que ele faz? O que ele faz? Coloca debaixo da cadeira, da mesa, da banqueta do bar? Deixa alguma coisa cair no chão, se abaixa para pegar e o espalha? Quem perceberia? Pode ter a mão selada e coberta pela substância. Aperta a mão de alguém, dá um tapa amigável nas costas de um colega, qualquer coisa... espalha o material em torno de algumas pessoas.

— Se a substância começasse a se espalhar, ele não teria sido infectado?

— Isso é o que está pegando — murmurou Eve. — A substância funciona rápido, então ele tem que sair bem depressa, ir para o ar livre. Ou, se ele inventou o produto pode ter inventado também um antídoto, um preventivo. Mas de qualquer forma, não pode ficar por aqui pra ver no que a coisa vai dar. "Preciso vazar, vejo vocês amanhã. Envio aquele arquivo por e-mail quando ele ficar pronto." E, tranquilamente, ele sai pela porta.

Ela abriu a porta. E saiu.

Tráfego, barulho, o movimento, de novo, presente em seu entorno. Devia estar ainda mais movimentado quando o assassino saiu. Ele se mistura por entre a enxurrada de pessoas que vão para casa, para outros bares, para as lojas.

— Escritórios — disse ela para Peabody, olhando as torres com janelas incontáveis. — E apartamentos também. Muitas pessoas gostam de morar perto do trabalho. Eles podem ir para o escritório a pé quando o tempo está bom. Muitos desses edifícios têm uma boa vista do bar. Ele não pode ficar dentro do bar, não pode passar pelo risco de instalar uma câmera, mas não seria divertido ficar debruçado em uma daquelas janelas, olhar aqui para baixo e *saber* o que estava acontecendo ali dentro? Cronometrando, esperando pelo momento certo, vendo multidões de pessoas entrando pela porta, ignorantes, alheias ao fato de que estão prestes a participar de um assassinato em massa naquele *exato* instante.

— Vou fazer uma pesquisa cruzada pra identificar qualquer pessoa que more em um lugar com vista direta pra cena do crime.

— Vale a pena pesquisar isso — concordou Eve.

— Tem alguns cafés ali na calçada, com vista pra rua. Ele pode ter atravessado a rua, se sentado e assistido a tudo de lá.

— Mande alguns guardas começarem a perguntar pela vizinhança, mostrando as fotos de todos os suspeitos que temos até agora para qualquer garçom que tenha servido mesas com vista pra rua durante aquele período. É, ele pode ter comido alguma coisa ou tomado um café chique do outro lado da rua, observando todo o desenrolar dessa porcaria. Um monte de policiais invadindo o local e vendo o seu trabalho. Ele poderia gostar disso.

Enquanto Eve estava na calçada, considerando as diversas formas por meio das quais um assassino poderia se distrair, o movimento da hora do almoço no Café West estava a todo vapor. Lá, era servida uma comida boa e simples, com serviço de mesa e balcão. Os clientes sentavam-se lado a lado e conversavam num tom acima do barulho dos pratos.

O ar carregava o cheiro agradável do outono misturado com a sopa de abóbora do dia. A maior parte da multidão que estava ali buscava uma refeição rápida e fácil que não as fizesse perder todo o horário do almoço, para que pudessem sair novamente e fazer mais alguma coisa ou tomar um café antes de voltarem para os escritórios e suas estações de trabalho.

Lydia McMeara beliscava sua minúscula salada sem molho entre goles de água mineral. Estava de dieta — de novo! Mordiscou avidamente a alface, esforçando-se para não odiar Cellie por sua figura perpetuamente esbelta. E também havia Brenda, que não podia alegar ser esbelta, mas fumava com elegância.

Além disso, as duas faziam malabarismo com homens como se eles fossem bolas de tênis, enquanto ela aturava a mesma rotina havia dois anos com o enfadonho e sério Bob.

Até mesmo o nome de Bob era enfadonho e sério.

As coisas seriam diferentes depois que ela entrasse em forma. E tudo seria mais fácil se ela pudesse se dar ao luxo de gastar algum dinheiro para esculpir o corpo, em vez de passar fome comendo comida de coelho.

O dinheiro que tinha economizado na caminhada de oito quarteirões até o trabalho, na ida e na volta, também ajudaria a aumentar o seu pé-de-meia, assegurou a si mesma. E Deus sabia que ela não gastava quase nada com comida.

Ah, o que ela não daria por duas fatias de pizza quentinhas de ingredientes cheirosos e uma cerveja caloricamente proibitiva.

— Aqui, Lydia. — Cellie, com sua boca perfeita em forma de arco de cupido, sorriu com simpatia. — Come a metade do meu sanduíche. Metade não conta.

— Não, obrigada.

— Você deveria entrar na minha academia. — Brenda, envolta em uma nuvem de fumaça, também comia uma salada. Só que era uma salada enorme com um oceano de molho cremoso, croutons temperados e belas fatias douradas de queijo.

Naquele momento, Lydia a odiava.

— Não tenho tempo nem dinheiro. Mas enfim, não estou com fome.

— Eu gostaria que você não fizesse isso com você mesma, Lydia — disse Cellie, os grandes olhos castanhos irradiando sinceridade, e a seguir, acariciou o braço de Lydia, para cima e para baixo. — Você é linda!

— Eu sou gorda! — respondeu Lydia, sem muita empolgação. Ela odiava a si mesma, odiava Cellie e odiava Brenda. Queria jogar a salada idiota e sem gosto bem na cara de Cellie. — Eu pareço gorda, me sinto gorda e sou gorda. Mas vou consertar isso. — Irritada, Lydia empurrou a salada para longe. — Não estou com fome — repetiu —, e aqui está muito barulhento. Parece que eu vou ficar com dor de cabeça, vou pegar um ar.

— Eu vou com você — ofereceu-se Cellie.

— Não. Fique. Coma. Coma, coma e coma. Estou de mau humor e quero ficar sozinha.

Ela saiu batendo o pé em direção à porta, espremendo-se nos espaços entre as mesas, enquanto sua raiva aumentava como uma onda preta e avassaladora.

Que legal, estou com dor de cabeça no almoço porque estou me matando de fome, pensou.

Ela chegou à porta e a abriu com um empurrão. Olhou para trás.

Seus olhos encontraram os de Brenda, apenas por um instante. Neles, ela viu a mesma aversão vil que sentia, e a horrível verdade disso.

Ela sempre soube que Brenda era uma vadia. Sempre soube!

Por um momento quis se virar, voltar a passos largos e dar um soco no rosto fumegante da vadia da Brenda. Depois, iria enfiar as unhas nele. Tirar sangue dela. E beber aquele sangue.

Em vez disso, ela saiu batendo a porta e seguiu abrindo caminho pela calçada.

E sobreviveu.

Capítulo Nove

Eles estavam a menos de cinco quarteirões de distância quando a Emergência notificou Eve. Ela acendeu as luzes e ligou a sirene da viatura.

— Veja quem é o proprietário do lugar — ordenou a Peabody. — Agora! — Colocou o carro no modo vertical para passar por cima dos veículos que não davam acesso para uma viatura em ação.

Virou à direita num movimento brusco e meteu a mão na buzina ao ver um punhado de pedestres aglomerados na calçada. Eles se espalharam como formigas, e, quando ela passou, uma mulher com botas de salto agulha e cabelos louros num penteado em forma de torre aproveitou para fazer um gesto obsceno.

Obrigada pelo seu apoio, pensou Eve.

— Propriedade privada — gritou Peabody, com a voz levemente esganiçada ao ver que Eve tirou um fino de um maxiônibus lotado. — Greenbaum Family LLC.

— Eles são donos do edifício também.

Eve pisou fundo no freio e derrapou, cantando pneu ao parar. Ela saltou e entrou em um pandemônio.

Avistou dois policiais e um androide de ronda lutando para proteger a cena e afastar a multidão. Pessoas gritavam e se empurravam. Dois homens lutavam e rolavam no chão, tentando acertar socos. Uma mulher estava encolhida na calçada chorando histericamente enquanto outra tentava confortá-la. Um homem estava deitado de barriga para cima e outro lhe fazia massagem cardíaca.

Vários outros estavam em pé, parados ou sentados, sangrando, os olhos vidrados.

Pela porta aberta, ela viu as pilhas e os emaranhados de corpos, inclusive um de bruços que estava metade dentro e metade fora do café.

— Levantem uma barricada. Peabody, ligue para os paramédicos.

— Eles já estão vindo — gritou um dos policiais. — Também pedimos reforço, tenente.

— Pelo amor de Deus! — Ela agarrou um dos brigões pela gola da camisa e se esquivou do punho do homem, mas não conseguiu desviar de uma cotovelada nas costelas. — Peabody, porra! — Ela conseguiu prender o segundo homem no chão, pisando com a bota no seu peito, e mantendo-se firme ali enquanto ele se debatia. — Parem! Parem com isso ou juro por Deus que vou bater suas duas cabeças ocas uma na outra.

Eve ignorou as versões já esperadas de "Foi ele quem começou".

— Façam um só movimento e eu algemo os dois e mando colocar vocês em camisas de força. Um único movimento. Não me testem!

Com as costelas latejando, ela se virou.

— Escutem! Eu disse *escutem*! — Colocando a mão na coronha da arma, ela ergueu a voz e se fez ouvir pela multidão. — Sou a tenente Dallas, da Polícia de Nova York. Não ultrapassem a

Ilusão Mortal

barricada. Fiquem quietos e desistam de qualquer tentativa de atrapalhar o trabalho dos policiais, ou serão presos e acusados de interferir em uma investigação, perturbar a ordem pública, obstruir a justiça e qualquer outra acusação que eu me lembrar de acrescentar para estragar o resto do seu dia.

— Pessoas estão feridas! — gritou alguém.

— Os médicos já estão a caminho.

— Uns policiais filhos da puta deram rajadas de atordoar em pessoas desarmadas. *Eu vi*! E gravei tudo! — disse um homem, sacodindo o *tele-link* como se fosse um troféu.

— Estou aqui para determinar o que aconteceu. Minha parceira tomará o seu depoimento.

— Para depois encobrir tudo. Bando de policiais filhos da puta!

Chega, decidiu Eve, e olhou fixamente nos olhos do sujeito que acompanhava a cena.

— Escuta aqui, cara, tem pessoas sangrando no chão e policiais em perigo. Grave isso aqui! — disse isso e ergueu seu distintivo. — Tenente Eve Dallas. Pegou bem o número do distintivo? Essa filha da mãe aqui está mandando você calar a boca até que a minha parceira tome o seu depoimento. Se você continuar a incitar uma revolta, será preso, acusado e levado para a Central de Polícia.

Quando ele abriu a boca para falar mais alguma coisa, os olhos dela congelaram.

— Vá em frente, diga alguma coisa! Se você fizer isso, pode se preparar para ligar para o seu advogado.

Ela esperou até ele quebrar o contato visual e direcionar o olhar para o chão.

— Os policiais tomarão depoimentos, mas qualquer pessoa que seja médico ou profissional da área de saúde, por favor, dê um passo à frente, e esse guarda solicitará sua ajuda para atender qualquer pessoa que esteja ferida. Chame o restante da equipe e comece a conversar com as pessoas — ordenou ela a Peabody. — Obtenha declarações, mantenha-os falando e certifique-se de confiscar o *tele-link* daquele babaca como evidência recolhida no local.

— Sim, senhora, farei isso com muita alegria.

— Quem é o dono desse maldito prédio?

— Não é Roarke.

— Uma pequena bênção. Mantenha o povo afastado — ordenou ao androide. — E você! — disse, apontando para o segundo policial. — Quero um relatório.

— Estávamos em patrulha pelo local e vimos vários indivíduos fugindo desse prédio. Um correu em direção ao nosso veículo quando paramos e afirmou que as pessoas estavam se matando dentro do Café West. Nós soamos o alarme e fomos para o café.

Ele respirou fundo.

— Tenente, quando abrimos a porta, estava uma loucura. Pessoas deitadas no chão sendo pisoteadas, enquanto outras lutavam entre si com as próprias mãos, usando facas... meu Deus... garfos, copos quebrados. As pessoas gritavam e uivavam como animais. Alguns riam como deficientes mentais. Demos muitos gritos de alerta. Alguns deles vieram na nossa direção, enfurecidos. O homem do *tele-link* não mentiu, tenente. Vários estavam desarmados, mas vieram em nossa direção, e isso sem parar de se atracar. Tivemos que dar rajadas para atordoá-los.

— Tem alguma ação sua na gravação do *tele-link* daquele babaca que você não vai conseguir justificar?

— Nenhuma, senhora... tenente. Não, senhora.

— Então, não se preocupe com isso. Prossiga.

— Ok. Eles caíram e outros vieram pra cima da gente. Não sei quantos nós atordoamos antes de conseguir ter algum controle, porque vários deles não caíram na primeira rajada. Quando finalmente conseguimos pará-los, uma nova revolta já estava começando aqui fora, com pessoas que viram as rajadas, outras que entraram no café e foram atacadas antes de conseguirem sair novamente.

Ele acenou com a cabeça em direção à viatura que estacionava ali perto.

— Os reforços chegaram. Os paramédicos também.

— A que horas vocês chegaram a este local? Seja preciso.

— Registramos nossa chegada à uma e onze, senhora.

Há quatorze minutos. Provavelmente, a situação já estava se acalmando.

— Tudo bem. Fique com a detetive Peabody. Obtenha declarações, anote nomes e contatos.

Ela foi em direção aos novos policiais que chegavam e lhes deu ordens.

— Vocês! — Apontou para dois paramédicos. — Preciso que vocês comecem a remover os feridos. Selem as roupas antes de entrar, e selem-se. Venham comigo!

Ela entrou e reparou que havia vidros rachados e uma parte da porta de entrada fora quebrada.

Isso pode ter salvado algumas vidas, pensou.

Ao lado dela, o paramédico prendeu a respiração.

— Vamos precisar de mais rabecões.

— Pode pedir, então! — Ela selou as mãos e as botas e andou cuidadosamente pelo interior do café, por entre os corpos, agachando-se de vez em quando para verificar os sinais vitais de alguns dos caídos.

Começou a marcar os mortos, como tinha feito no bar.

Enquanto trabalhava, começaram os gemidos e o pranto. Um som duro de ouvir, pensou, mas era um bom sinal, porque significava vida.

— Reineke e Jenkinson chegaram à cena — informou Peabody ao entrar. — Estão pegando declarações. Registrei o *tele-link* do sr. Costanza como evidência. Assisti a tudo com ele, primeiro. Ele mudou um pouco de tom quando reviu a cena comigo. As imagens mostram claramente que os policiais estavam sendo atacados.

— Sim, eu não estou preocupada com isso. O vídeo mostra algo que a gente possa usar?

— Não muita coisa. Foi feito de fora, da calçada, mas dá pra ver as pessoas lutando aqui dentro, os movimentos, e dá pra ouvir os gritos. — Ela teve que engolir em seco antes de completar: — Horrível.

Peabody se agachou ao lado de Eve quando alguém esticou o braço em sua direção.

— A ambulância está chegando — disse à pessoa, como se a consolasse. — Você vai ficar bem. Estamos aqui agora. Tem mais de uma dúzia de feridos lá fora, Dallas.

— Esse lugar é menor e tinha menos gente. Alguém quebrou o vidro da porta da frente. Isso pode ter ajudado o ar a diluir uma parte do agente químico.

— Pode ser por isso que tantas pessoas lá fora estavam prontas pra atacar.

— Aquilo era só a cidade de Nova York. Temos quarenta e um mortos. Comece a levantar as identidades e a calcular a hora exata da morte e a *causa mortis* de cada um. — Ela tornou a sair. — Baxter, Trueheart, fiquem com a Peabody. — Ela avistou McNab, as pernas da calça verde parecendo dois talos de aipo, passando por baixo da fita de isolamento. — Entre logo — ordenou a ele. — E pode começar a recolher os aparelhos eletrônicos.

Ela foi até onde o Feeney estava, com sua roupa confortavelmente amarrotada.

— Não está tão ruim quanto o primeiro. O espaço é menor e eles conseguiram respirar o ar lá de fora, que primeiro entrou pela porta de vidro quebrada e depois quando os policiais invadiram o café. Não localizei nenhuma câmera interna. Vi que tem uma na porta da frente e outra na saída do beco, mas ainda não vi as filmagens.

— Vamos fazer isso.

Ilusão Mortal 187

Quando Feeney olhou ao redor, Eve notou o sangue seco que manchava a manga de seu sobretudo. Sangue do ataque de ontem, percebeu. Parecia mais tempo, mas tinha acontecido somente um dia antes.

— Eu não imaginei que ele atacaria de novo tão rápido — comentou Feeney.

— E eu achei que quando ele atacasse de novo iria escolher um lugar maior. Só que ele preferiu atacar antes e num lugar menor. Mas na mesma região. São lugares que ele conhece. Será que são pessoas que ele também conhece? — especulou Eve. — A área é cheia de prédios comerciais. Tem muitos executivos mortos lá dentro.

— Ontem foi no pico do happy hour, hoje, no pico da hora do almoço — constatou Feeney, e seus olhos de cão basset ficaram sombrios. — Ele está escolhendo os horários mais cheios.

— Ainda não temos uma única pista sobre ele, Feeney. Mais de cento e vinte mortos e não temos uma pista sequer.

— Vamos desde o início e siga o protocolo. Sempre tem como descobrir algo, menina.

— Sim. — Ela deixou seu olhar vagar sobre as cabeças da multidão e se elevar para os edifícios em volta. *Em algum lugar por aqui*, pensou. *Você está em algum lugar por aqui, seu merda.*

— Tenente, tem uma pessoa aqui com quem você com certeza vai querer conversar — disse Reineke ao aparecer correndo até ela.

Ela foi andando por entre os médicos ocupados até onde Jenkinson estava, ao lado de uma loura rechonchuda. Lágrimas e lenços de papel tinham manchado a maquiagem dos seus olhos, que agora pareciam hematomas pretos e lilases. Ela estava trajada do típico preto de Nova York: jaqueta, suéter e calça, com botas de salto baixo. Tremia enquanto roía as unhas.

— Lydia, essa é a tenente Dallas. — Jenkinson usava o seu tom de tiozão confiável. — Quero que você diga a ela o que você me contou. Ok?

— Eu estou... estou procurando a Cellie e a Brenda. A gente estava almoçando aqui.

— No Café West?

Novas lágrimas surgiram nos olhos castanhos aterrorizados da menina e escorreram junto com a maquiagem.

— Sim, isso mesmo. A gente estava lá dentro.

Ela não tinha marca alguma, observou Eve.

— A que horas você saiu do café?

— Não sei muito bem. Um pouco depois de uma da tarde, eu acho. A gente estava almoçando.

— A que horas vocês chegaram?

— Eu... nós... Bem, nós saímos do escritório por volta de meio-dia e meia, mas o elevador estava muito lento e levou uma eternidade. Mas de lá pra cá é uma caminhada curta, talvez cinco minutos. Conseguimos mesa logo, porque a rotatividade daqui é boa. Fomos ao balcão fazer os pedidos pra ser mais rápido. Eu pedi uma salada, só a salada, sem molho. Das pequenas, porque estou de dieta. Estava de mau humor porque eu estava com muita fome, eu acho. Fui muito desagradável com elas duas, mesmo quando a Cellie me ofereceu metade do sanduíche dela. Eu estava irritada e fui embora.

— Elas ficaram para almoçar e você foi embora logo depois de uma da tarde. Você sentiu dor de cabeça, Lydia?

— Como é que você sabe disso? Comecei a ficar com dor de cabeça lá dentro, e tudo que eu queria era ir embora. O café estava lotado, muito barulhento, eu estava com fome e minha cabeça começou a doer. Saí e dei uma volta. Estava meio enjoada, mas depois me senti melhor. Eu fiquei mal por ter sido desagradável com elas, sabe? Achei que eu devia voltar, me desculpar e, depois a gente voltaria pro escritório juntas. Só que a polícia já tinha chegado e as pessoas estavam gritando. Tinha muita gente ferida, chorando, e eu não estou encontrando minhas amigas.

— Vamos procurar por elas. Vocês vêm muito aqui, na hora do almoço?

— Claro. O café fica perto do trabalho e a comida é boa. Mas tem que chegar antes de uma hora da tarde, senão é impossível conseguir uma mesa.

— Como estava tudo ali dentro quando você saiu?

— Como sempre, eu acho. — Seus olhos se mexeram com rapidez, baixaram e tornaram a se mover. — Só que...

— Só que...?

— Eu olhei pra trás quando cheguei na porta e Brenda estava me olhando com um olhar do mal. Ela não é má. Nunca vi ela olhar pra ninguém daquele jeito. Aquilo me deixou revoltada. Quase voltei pra mesa, com vontade de socar a cara dela. Eu nunca dei um soco em ninguém. E agora eu não consigo achar ela.

— Reineke, anote os nomes completos das amigas de Lydia pra gente encontrá-las.

Ela sinalizou para Jenkinson e o puxou de lado:

— Quero que ela seja examinada. Leve-a para o hospital, peça um exame toxicológico, e examine também as fossas nasais e a garganta. Ela não vai querer ir. Seja persuasivo.

— Pode deixar comigo. Quantos mortos, tenente?

— Quarenta e um. Parece que temos dezesseis sobreviventes, até onde eu sei. Talvez encontremos mais pessoas como Lydia, que saiu antes de ser afetada com mais intensidade. Faça os exames nela — repetiu Eve, e saiu depressa em busca de Feeney.

— Tracei uma linha do tempo — anunciou ela a Feeney. — Temos uma testemunha que estava lá dentro com umas amigas, mas foi embora quando começou a sentir uma dor de cabeça forte, então saiu. Chegaram ao local por volta de meio-dia e quarenta e ela foi embora pouco depois da uma da tarde. Os primeiros policiais chegaram à cena à uma e onze. As pessoas lá dentro ainda estavam infectadas.

— Isso bate com a hora que a sua vítima deixou o local. Vamos focar no período entre meio-dia e meia e uma e quinze, para garantir. As câmeras estavam funcionando. Vou rodar as gravações assim que chegar na Central.

— Rode as filmagens num programa de reconhecimento facial comparando-o aos rostos das pessoas que temos saindo do bar, ou que tenham ligação com as vítimas. — Ela pressionou as mãos na cabeça. — Vamos adiar a reunião para as seis da tarde. — Ela esquadrinhou a rua e os edifícios.

— Ele estava aqui, Feeney, mas tinha que saber das câmeras. Por que se arriscaria a aparecer nas imagens de segurança dos dois lugares? Ele não pode correr esse risco. Ele achou outro jeito de entrar nesse lugar... ou em ambos. Ou, então, tem mais do que uma pessoa, e elas se revezaram. Ele tem que ter saído mais ou menos na mesma hora que a minha testemunha. Uma loira meio gorda com calça e jaqueta pretas. Quero ver todos os que entraram e saíram desde cinco minutos antes até cinco minutos depois da minha testemunha ter abandonado o local.

— Vou para a Central agora. Você quer que McNab fique aqui com você?

— Se ele já tiver recolhido os aparelhos eletrônicos, ele pode ir com você. Caso contrário, eu o libero para a DDE assim que ele recolher tudo que vai ser examinado.

Baxter a encontrou quando ela entrava novamente no café.

— Eles estão levando os últimos sobreviventes. Salvamos quatorze lá de dentro.

— Eu contei dezesseis.

— Dois não sobreviveram. Fui conversar com alguns que estavam mais lúcidos para falar. Aconteceu exatamente como no bar, Dallas. As pessoas estavam almoçando, servindo os pratos ou cozinhando; sentiram dor de cabeça e começaram a ter alucinações, a maioria envolvendo sentimentos de raiva ou medo que surgiram ao mesmo tempo que a dor de cabeça.

— Temos uma pessoa que saiu assim que sentiu a dor de cabeça.

— Que bom. — Ele olhou para o café e para o sangue espalhado na calçada. — Ela é muito sortuda. — Ele remexeu no bolso de seu casaco elegante... Baxter sempre se vestia muito bem... E pegou uma barrinha de proteína. — Quer metade?

— Não. Talvez. É de quê?

— Crocante de iogurte.

— Dispenso, obrigada.

Dando de ombros, ele abriu a embalagem da barra, deu uma mordida e anunciou:

— Não é das piores. McNab e dois *e-geeks* recolheram quase todos os eletrônicos. Já identificamos os sobreviventes e cerca de metade dos mortos.

— Pegue Trueheart, o material que você tem, volte pra Central e comece a investigar esses nomes. Quero as listas dos locais de trabalho das pessoas do primeiro incidente e as deste. Algo vai bater. Faça pesquisas cruzando os nomes também, em busca de conexões.

Isso se resumia a relacionamentos e ligações geográficas, concluiu Eve para si mesma. As pessoas que ele conhecia e o lugar de onde as conhecia.

— Essa é a zona de conforto dele, o território dele. As pessoas costumam comer e fazer compras na mesma área, ainda mais quando estão com o horário apertado. Procure empresas que funcionam entre as duas cenas dos incidentes. Pesquise em um raio de dois quarteirões a partir dos dois locais, liste quem mora nesse setor e quem tem ligação com qualquer sobrevivente, qualquer vítima, ou alguém que tenha saído dos dois locais antes do ataque.

Baxter deu outra mordida na barra de proteína e mastigou enquanto pensava.

— Isso não vai ser rápido.

— Então, comece logo. A reunião foi remarcada para as seis da tarde.

— Tenente! — chamou Jenkinson. — Lydia vai fazer os exames, mas eu tive que dizer a ela que Reineke e eu a levaríamos ao hospital.

— Faça isso, então. Comece a interrogar os sobreviventes, enquanto estiver lá. A reunião vai ser às seis da tarde agora. Não perca tempo.

Seguindo seu próprio conselho, ela se moveu depressa, voltou para dentro do prédio e viu Morris ajoelhado ao lado de um dos mortos.

— Você não precisava vir até aqui — disse Eve para o chefe dos legistas.

— Você quer confirmar o mais depressa possível que está lidando com a mesma *causa mortis*. Existem testes que eu posso fazer aqui.

— E aí?

— Foi a mesma coisa. Posso ter uma confirmação definitiva em uma hora, mas os resultados me dizem que foi a mesma *causa mortis*.

Ela se agachou ao lado dele.

— Vamos tentar manter o sigilo sobre como aconteceu e o que causou essas mortes. Não conseguiremos fazer isso por muito tempo, mas vamos tentar segurar o máximo que der.

— Conte comigo.

— Eu conto. — Ainda agachada, ela esquadrinhou o local. — Já estava tudo planejado? Os dois ataques? Pá-pum. Ele escolheu um lugar menor dessa vez. Foi impulso ou planejamento? Ele não é impulsivo, então... Por que este lugar? — Ela analisou os corpos. — Quem estava aqui dentro?

Como sabia que ela pensava em voz alta, Morris permaneceu em silêncio.

— Ele é um rosto familiar por aqui, um cliente assíduo? Aposto que sim. É um cara minimamente simpático, sabe interagir, mas é tudo superficial. Provavelmente fala com o cara que serve no bar ou com a garçonete, sempre que entra. Algo simples do tipo: "E aí, tudo bem?". Ele *quer* atenção, quer ser notado e lembrado. Mas é só mais um no meio da multidão. Na verdade, ele é só mais um cliente daqui, como também é do bar. Um dos muitos clientes de onde ele trabalha? Não, isso não é o suficiente, nem de perto. Não para ele, não com a inteligência e o potencial que ele tem. Ele *não é* só mais um entre muitos. Executivos e assistentes, pessoas que ralam muito durante o dia de trabalho. Não, cacete, ele é especial. Eles estão muito abaixo dele, todos eles. Nenhum deles é importante, e mesmo assim... — Ela fez que não com a cabeça e continuou a examinar o espaço. — Alguém daqui ou alguma coisa que aconteceu aqui foi importante o bastante pra merecer esse ataque. Porque isso não foi aleatório.

E continuou:

— Ele vai querer se gabar disso — decidiu Eve. — "Você acha que a Polícia de Nova York me assusta? Olhem só o que eu sou capaz de fazer, sempre que me der na telha!" — Ela se levantou e completou: — Ele tem necessidade de que a gente saiba disso.

Quando terminou, chamou Peabody e voltou para a Central, Eve já tinha um novo lote de fotos para acrescentar ao seu quadro.

— Coloque essas fotos lá — ordenou a Peabody — e depois veja com o laboratório se há novos resultados.

Ela foi direto para a sala de ocorrências e parou junto à mesa de Baxter.

— Ainda estou trabalhando naquilo — disse ele, antes que ela perguntasse. — Você estava certa. Já encontramos algumas vítimas que trabalharam nos mesmos lugares que as vítimas anteriores. E sobreviventes também. Uma boa porcentagem deles mora na área que você designou.

— Alguma conexão entre as vítimas nos dois locais? Ligações pessoais?

— Ainda estou trabalhando nisso.

— Peça dois detetives eletrônicos a Feeney para ajudá-lo a cruzar esses dados. E avise a ele que estou indo falar com Callendar.

Ela foi direto para o andar de cima. Pensou que era mais fácil ir lá do que mandar chamar alguém.

Entrou no ambiente colorido e caótico da DDE e buscou os tons de néon, os padrões da roupa e os movimentos rápidos e ocupados de Callendar. Vendo como estava ocupada, Eve continuou até a sala de Feeney.

Um dos *e-geeks* passou por ela, apressado, e avisou:

— Ele está no laboratório.

Ela desviou novamente e foi em direção ao laboratório de informática. Viu Feeney agachado em uma estação de trabalho na ponta da grande área com paredes de vidro. Callendar estava em pé, fazendo uma espécie de dança diante de outra estação.

— Ei, Dallas, consegui algumas informações soltas. — Callendar parou de dançar e apontou para uma tela. — Estou juntando tudo.

— Descobriu algo que eu deva saber agora?

— Além da seita do Cavalo Vermelho estar cheia de gente doentia e maluca? Não muito, mas ainda estou procurando. Desenterrei muitos nomes de crianças raptadas que conseguiram escapar ou que foram resgatadas. Estou seguindo a partir daí.

— Vai em frente, então.

Obedecendo literalmente, Callendar voltou a dançar.

— O que você está vendo? — perguntou Eve a Feeney.

— Algo que pode ser interessante. — Ele também apontou para a tela. — Veja por si mesma.

Ela assistiu à reprodução das imagens do sistema de segurança da porta do café e notou a hora marcada. Reparou na calçada movimentada e nas pessoas que se moviam de um lado para o outro, sem parar. Então, pelo canto da tela, entrou uma mulher negra com cabelos escuros, de vinte e poucos anos, usando uma camiseta do Café West e um casaco azul-marinho aberto. Ela parou e sorriu para alguém à sua esquerda; sua boca se moveu quando ela gritou alguma coisa. E acenou ao entrar.

— A hora está certa — murmurou Eve.

— Sim. Quatorze minutos e trinta e nove segundos depois que a testemunha e as duas amigas entraram. A testemunha saiu logo depois... — Ele avançou as imagens e Eve viu Lydia, com os dentes cerrados e o rosto rígido de fúria, sair pisando firme.

— Cinco minutos e cinquenta e oito segundos depois que a mulher com a camiseta do Café West entrou. Ela ficou mal--humorada, sentiu dor de cabeça e saiu. Sim, a hora está certa.

— Suponho que se a testemunha tivesse ficado lá dentro mais dez ou vinte segundos, não seria mais uma testemunha.

— Foi um dia de sorte para ela. Volte para a mulher que está entrando. O que ela disse? Você conseguiu descobrir?

— Não temos a imagem completa do rosto dela, mas o programa consegue fazer a leitura labial com oitenta e cinco por cento de precisão.

Ele pediu o resultado.

Tudo bem, vou preparar o lance lá dentro para você.

— Ok. Temos a identificação dela?

Ele mostrou a foto de uma identidade.

— Jeni Curve, vinte e um anos. Entregadora. Ela trabalha meio período, é estudante também. Sem antecedente criminais, sem relacionamentos suspeitos. Divide um apartamento com outras duas mulheres. Foi uma das vítimas, já confirmei.

— Ela não me parece suicida — especulou Eve. — Também não me parece homicida. Não estava nervosa nem tentando criar coragem.

— Tenho outros, mas nada de especial surgiu. Alguns entraram, outros saíram; alguns sozinhos, mas a maioria acompanhada. Sua testemunha foi a última a sair antes disso.

Ele avançou seis minutos da gravação. Eve notou a porta do café estremecer e viu a rachadura por todo o vidro. A maioria das pessoas na rua simplesmente continuava andando, uma ou duas deram uma rápida olhada para a porta.

Um homem surgiu olhando algo em seu tablet enquanto abria a porta. Distraído, ele começou a entrar, mas parou, arregalou os olhos e cambaleou de costas, saindo do alcance da câmera.

— Foi ele que ligou para a polícia — disse Feeney. — Agora temos esse cara, que estava mais distraído, abriu a porta e entrou. Está vendo o movimento da porta?

— É, parece que ele tentou cair fora assim que entrou. Só que não conseguiu.

— Não foi o dia de sorte dele — comentou Feeney.

— Jeni Curve. — Eve se levantou e estudou a foto da identidade da vítima. — Vou dar uma pesquisada nela. Você já identificou as pessoas que saíram entre a entrada de Jeni Curve e a saída de Lydia? Podemos conseguir algo delas.

— Já remeti todos os dados para o seu computador. Fiz uma busca rápida nelas, mas não apareceu nada demais.

— Vou adicionar todas à pesquisa cruzada de Baxter e depois envio os resultados para você — prometeu ela. — Curve não me parece maluca.

— Muitas pessoas não parecem malucas, mas são.

— Tem razão, é assim mesmo. Pode ser. Talvez. Vou investigar mais a fundo.

Enquanto Eve ia da DDE até a Divisão de Homicídios, seu comunicador tocou.

— Dallas falando!

— Tenente — falou a assistente de Whitney, depressa. — O comandante precisa de você no gabinete dele, agora.

— Estou a caminho.

Ilusão Mortal

Ela recuou alguns passos e pegou uma passarela aérea para subir. Reparou, sem muito interesse, em duas mulheres com rostos machucados, que identificou de imediato como acompanhantes licenciadas de rua. Para ela, a área de atuação de ambas era quase tão arriscada quanto a de uma policial. Nunca se sabe quando um idiota qualquer vai decidir dar um soco na sua cara.

Na recepção do gabinete de Whitney, a assistente simplesmente fez sinal para Eve entrar direto. Mesmo assim, ela deu duas batidinhas na porta e adentrou a sala.

Whitney estava sentado à sua mesa com as mãos sobrepostas. O secretário de Segurança, Tibble, estava com um terno risca de giz parado junto à janela.

Ela não conhecia a terceira pessoa, mas na mesma hora percebeu que se tratava de uma agente federal; reconhecer isso foi tão fácil quanto identificar as acompanhantes licenciadas na passarela aérea.

Ela pensou: *Merda!*, mas logo se resignou.

Aquilo já era esperado.

— Tenente Dallas — começou Whitney —, essa é a agente Teasdale, da Agência Homeland.

— Como vai, agente?

— Olá, tenente.

Nos três ou quatro segundos de silêncio que se seguiram, elas se avaliaram mutuamente.

Teasdale era uma mulher frágil, delicada, e usava seus longos cabelos pretos penteados para trás, em um rabo de cavalo bem preso. Um terninho preto comum cobria um corpo compacto. Botas pretas de salto baixo brilhavam como espelhos. Seus olhos castanho-escuros eram ligeiramente puxados nos cantos. Os olhos e a tez de porcelana fizeram Eve perceber que a mulher tinha ascendência asiática.

— A Homeland, por meio da agente Teasdale, pediu informações sobre os dois incidentes que você está investigando.

— Pediu? — repetiu Eve.

— Pediu — corrigiu Teasdale, em voz baixa. — Muito respeitosamente. — completou, espalmando as mãos em um gesto de paz. — Podemos nos sentar?

— Gosto de ficar em pé.

— Muito bem, então. Entendo que você tenha motivos para desconfiar e até mesmo se ressentir com a Homeland devido aos acontecimentos no outono do ano passado.

— Seu diretor assistente era um traidor. Seu agente, Bissel, era um assassino. Sim, pode ser que eu ainda tenha certo sentimento de desconfiança.

— Como eu disse, isso me parece compreensível. Expliquei aos seus superiores que os agentes e encarregados envolvidos naquele incidente infeliz foram todos presos. Conduzimos uma investigação interna minuciosa e completa.

— Fico feliz por vocês.

A expressão plácida de Teasdale se manteve impassível.

— A Polícia de Nova York também já passou por algumas dificuldades. A tenente Renee Oberman conduziu atividades ilegais, assassinato entre elas, foi do seu departamento por muitos anos antes de ser descoberta, presa e encarcerada, junto com os policiais envolvidos. Sua desonra não destrói a honra e o propósito do Departamento de Polícia de Nova York.

— Eu sei com quem estou trabalhando aqui. Mas eu não conheço você.

— Você tem razão. Trabalho para a Homeland há nove anos. Fui recrutada durante o curso de pós-graduação. Sou especialista em terrorismo doméstico e moro aqui em Nova York há quatro anos.

— Isso é ótimo. A questão é que não consideramos que os dois ataques tenham sido feitos por qualquer indivíduo ou grupo que tenha uma agenda política. Pode deixar que eu mesma aviso a vocês, caso a situação mude.

Teasdale sorriu com discrição.

— Política não é a única razão para atividades terroristas. O assassinato indiscriminado de várias pessoas em ambientes públicos é uma espécie de terrorismo, além de homicídio. Acredito que poderei ajudá-la a identificar a pessoa ou as pessoas responsáveis, e ajudar na sua captura.

— Tenho uma equipe muito boa, agente Teasdale.

— Entre eles você conta com algum especialista em terrorismo com nove anos de treinamento? Com nove anos de experiência em laboratório e trabalho de campo? Pós-graduanda em química e que atua na Agência de Segurança Interna do país como especialista em guerra química e biológica? Sinta-se à vontade para verificar se a minha lealdade é genuína, mas saiba que eu já verifiquei a sua, tenente. Sou uma agente útil.

— Útil para a Homeland.

— Sim, e isso não impede que eu também seja útil para você, seu departamento e sua investigação. No momento, só estamos pedindo para ajudar, não assumir o caso.

— Posso verificar se a sua lealdade é genuína, mas com quem você trabalha, e para quem? E quanto tempo exatamente vai durar esse "no momento"?

— Eu vou trabalhar sozinha, sem contato algum com a Homeland, e me reportarei única e exclusivamente ao chefe da seção nova-iorquina da nossa Agência, o diretor Hurtz. Talvez você não esteja ciente de que o diretor Hurtz, que assumiu o cargo após os eventos do outono passado, foi diretamente responsável pela investigação interna que levou a várias prisões e novas atribuições de funções. Creio que o secretário de Segurança Tibble e o diretor Hurtz se conhecem bem.

— Sim. — Tibble falou pela primeira vez, com o semblante tão estudado quanto o de Teasdale. — O pedido pessoal que ele me fez e o fato de eu conhecê-lo bem é a razão de você estar aqui, agente Teasdale. E tem mais uma coisa: conforme eu já conversei com o diretor Hurtz, quem decidirá se você será aceita ou não como consultora nesse caso será a tenente. — Ele ergueu a mão, daquele jeito silencioso e inquestionável que tinha de impedir o questionamento das pessoas. — Estou perfeitamente ciente de que a Homeland e o diretor poderão, por lei ou por outro procedimento, vincular-se à investigação ou assumi-la. Tenho certeza de que você está ciente, assim como o seu diretor, de que fazer isso vai gerar dificuldades consideráveis nas relações entre o Departamento de Polícia de Nova York e a Agência Homeland, e vai também criar problemas com a imprensa.

— Sim, senhor, isso está muito claro.

— A Homeland não é muito respeitada pela Polícia de Nova York nem por ninguém nesta sala... exceto, talvez, por você. Se não fosse pelo respeito que tenho pelo diretor Hurtz, eu não teria usado o valioso tempo da tenente Dallas para termos esta discussão. A decisão é sua, tenente. Você tem total liberdade, pode levar o tempo que julgar necessário para dar a sua resposta.

— Podemos conversar a sós, senhor?

Ele ergueu as sobrancelhas.

— Agente Teasdale. Se você nos der licença...

— Claro.

Ela saiu do gabinete.

— Tenho permissão para falar francamente, senhor?

— Você não estava sendo franca até agora, tenente?

Ele a pegou nessa.

— Se a *bona fides* e a lealdade de Teasdale forem tão genuínas quanto ela diz, e seria uma burrice monumental ela mentir sobre isso, a agente nos será útil. Eu não gosto da Homeland. Alguns motivos para isso são pessoais, outros são profissionais, isso para não falar que eu sei que eles são agressivos, arrogantes e atolados em tanta burocracia que muitas vezes acabam se afundando nela.

Ilusão Mortal

Não confio neles por todas essas razões, e principalmente porque eles já mostraram que, no fundo, os resultados e a opinião pública são mais importantes para eles do que as vítimas e os conceitos básicos de moralidade. — Ela parou por um momento e pesou tudo que tinha dito. — Mas eu confio no senhor. Confio tanto no senhor quanto no meu comandante, de olhos fechados. Se o senhor me disser que acredita que esse diretor Hurtz está limpo, que ele vai se concentrar em encontrar justiça para os envolvidos, mas também vai ficar fora do meu caminho... estou disposta a aceitar a nova agente.

— Conheço Chad Hurtz há quinze anos; sei que ele é um homem focado em garantir a segurança do país, e sei que é um homem de palavra. Ele está colaborando ao nos oferecer uma das melhores agentes que ele tem... e eu já verifiquei as credenciais dela. Quanto ao Hurtz, ele vai manter a discrição a respeito do seu envolvimento no caso o tanto quanto possível. Se você concordar com a nova ajuda, tenente, ele e eu vamos manter contato, compartilharemos informações e consultaremos um ao outro em todos os momentos; acredito que essa colaboração e investigação dupla tem certo mérito.

Ela aquiesceu e olhou para Whitney.

— Comandante?

— Se você recusar a ajuda, eu vou apoiar sua decisão, Dallas. Se você aceitar, vou garantir que os termos do acordo sejam mantidos.

— Então, ela está dentro. Quero informar minha equipe sobre essa nova integrante e sobre o acordo que fizemos. Vamos voltar ao trabalho.

— Está dispensada, tenente.

Eve foi até a porta, abriu-a e avisou a agente.

— Reunião às seis da tarde na Sala de Conferências Um da Divisão de Homicídios.

Teasdale inclinou a cabeça.

— Obrigada, tenente. Estarei lá.

— E fique sabendo que, se você pisar na bola, já era. Nunca dou uma segunda chance para agentes federais.

Teasdale sorriu de novo.

— Eu nunca precisei de uma segunda chance.

— Tomara que você mantenha o seu histórico — respondeu Eve, com a voz firme, e se afastou.

Capítulo Dez

Eve entrou em sua sala de ocorrências e sentiu o impacto das vozes, dos sons das máquinas e dos *tele-links*. Uma rápida olhada mostrou que os detetives Sanchez e Carmichael não estavam ali. Deviam estar na rua fazendo trabalho de campo, presumiu ela, correndo atrás dos casos despejados sobre eles enquanto ela formava a equipe para cuidar do novo crime.

Em pouco tempo, calculou, eles teriam mais do que conseguiriam aguentar. Talvez fosse necessário ela cogitar convocar mais gente de outras divisões e outros distritos.

— Escutem todos! Vamos receber uma consultora da Agência Homeland na nossa equipe.

Ela deixou as objeções, reclamações e cara de nojo se espalharem à vontade. Não culpava sua equipe, pois ela tivera a mesma reação.

— Continua sendo o nosso caso, a nossa investigação. A agente Teasdale é uma especialista em terrorismo doméstico e tem qualificações que considero muito úteis para nós. Essa decisão foi minha, então lidem com isso!

Ela aguardou alguns segundos.

— Se, a qualquer momento, qualquer um de vocês tiver um problema... um problema legítimo com a agente Teasdale, fale comigo. Se for um problema real, vou dar um esporro nela. Se for implicância ou algo bobo, vou dar um esporro na pessoa que estiver reclamando.

— Você sabe como os federais trabalham, tenente — reclamou Jenkinson, da sua mesa. — Eles deixam todo o trabalho braçal nas nossas costas, as horas extras e o arrombamento de portas, então entram e assumem o controle, depois que a gente já entregou tudo de bandeja para eles.

— Se eles se mostrarem gananciosos, terão de passar por cima de mim, depois, por cima do Whitney e do Tibble. Quanto a essa nossa equipe? Mais de cento e vinte pessoas estão mortas, então nada de picuinhas e jogos de poder insignificantes; não quero resmungos nem reclamações. Quero o relatório de todos pra reunião.

Ela saiu da sala novamente, mas fez uma breve pausa quando se viu fora de vista. Ouviu os choramingos e reclamações. *Deixa eles colocarem tudo para fora*, pensou, e foi para a sala de conferências.

Esperava encontrar apenas Peabody e parou quando viu Roarke trabalhando com sua parceira. Ela não estava contando com ele... não queria lidar com isso tão cedo.

Casamento, refletiu, era tão complicado e incerto quanto o trabalho policial.

— Outro dia difícil. — Ele olhou para ela, enquanto falava com cuidado.

Aquele homem, ela sabia, percebia quase tudo.

— Pois é.

— Eu não estava sendo muito útil na DDE, e como você não estava na sua sala, ofereci uma mãozinha a Peabody. Temos muitos rostos para pesquisar. De novo!

— Sim, muitos. Peabody, faça uma pausa.

— Estamos quase... Ah! — disse ela, ao notar o olhar de Eve.

— Vou ver se o laboratório tem novidades.

Roarke esperou até Peabody sair e fechar a porta discretamente.

— O que foi?

— Você não vai gostar do que eu tenho pra contar. Não foi uma decisão fácil, mas foi a minha decisão. E é a coisa certa a fazer... pro bem deles. — Ela indicou com a cabeça em direção às vítimas nos quadros.

— E que decisão seria essa?

— Estamos recebendo uma consultora da Agência Homeland na nossa equipe.

Os olhos de Roarke ficaram inexpressivos, muito frios, antes de ele se virar e ir até o AutoChef. Embora ele normalmente programasse o café, Eve sabia que sua raiva era imensa quando ele se afastou.

— Se a gente for brigar por causa disso, teremos que adiar a briga. Não tenho tempo agora. Mas preciso dizer que... Roarke, eu preciso dizer que eu sei o que você fez por mim no ano passado, quando se afastou para não fazer retaliação contra os agentes da Homeland que ouviram o que acontecia e não fizeram nada enquanto meu... enquanto Richard Troy me espancava e me estuprava. Sei quanto lhe custou fazer isso. E eu sei que você fez isso por mim. Você me colocou em primeiro lugar. Você colocou a gente em primeiro lugar. Eu não me esqueci disso. Nunca vou me esquecer.

— E mesmo assim... — disse ele, baixinho.

— Não posso me colocar, nem colocar a gente à frente deles, de todos aqueles rostos. Eu não consigo, e simplesmente não vou fazer isso; não vou deixar o que aconteceu comigo no passado determinar como eu faço meu trabalho. Isso já nos causou muita tristeza e dor, temos que colocar um ponto final nessa história. Talvez você tivesse feito uma escolha diferente, mas...

— Faria mesmo, porque penso mais em você do que você mesma.

Eve não conseguiu retrucar, não conseguiu encontrar forças para isso, apenas sentiu o coração transbordar de emoção com aquelas simples palavras.

— Ninguém nunca pensou em mim como você pensa; eu também não me esqueço disso. E eu sabia que quando tomasse essa decisão, você ficaria chateado. Claro que você tem todo o direito e razão pra se sentir assim. Me desculpa.

Ele deixou de lado o café que não queria.

— E mesmo assim... — repetiu.

— O nome dela é Teasdale. Miyu Teasdale. É uma especialista em terrorismo doméstico, está na organização há nove anos. Tem pós-graduação em química e biologia. Ela se reportará apenas ao diretor Hurtz. Tibble o conhece pessoalmente e jura que ele é sério. Pode investigar os dois, se quiser. Checa o passado deles, pelos meios que quiser, eu nem preciso saber. Depois disso, se você achar que eles não são tão limpos quanto Tibble e Whitney estão falando, se você encontrar qualquer coisa que levante suspeitas de que eu fiz a coisa certa, eu tiro ela da equipe. Dou um jeito de fazer isso.

— Ah, mas eu vou fazer isso mesmo. Pode apostar.

— Eu não concordei com isso tão fácil assim, e não teria concordado se não fossem os cento e vinte e seis mortos.

— Cento e vinte e sete. Morreu mais um no hospital há pouco tempo. — Ao ver o instante de tristeza que aquela notícia colocou no rosto de Eve, ele pegou o café e entregou a ela.

— Eu preciso de ajuda. Talvez ela seja só um peso morto ou, pior, talvez ela seja uma aporrinhação ou uma distração. Mas pode ser também que ela faça diferença. Ou que tenhamos mais mortos, Roarke, e aí não teremos quadros suficientes pra colocar todos os rostos.

Ilusão Mortal

— Se eu investigar os dois e encontrar algo que os desabone, você vai desistir dessa consultoria?

— Sim. Dou a minha palavra.

Ele assentiu e levou algum tempo para pensar e se acalmar, enquanto pegava um café.

— Isso não está caindo muito bem, não é?

— Não. Mas eu acho que ele está só começando, e ela vai trazer outro olhar, supostamente de perita no assunto. Além dos recursos adicionais. Antes que você diga alguma coisa, eu sei que poderia pedir a você que me conseguisse qualquer coisa ou qualquer pessoa. Alguém que fosse igualmente qualificado.

— Exato — concordou ele —, e isso seria melhor.

— Provavelmente, sim, pra nós dois. Mas esse acordo garante o envolvimento da Homeland em um nível mínimo. E me mantém no comando. Eles poderiam ter avançado, tentado afastar todo mundo do caso. E enquanto estivéssemos brincando de cabo de guerra... — Seus olhos voltaram para os quadros mais uma vez.

Ele não disse nada por um momento, apenas bebeu um pouco de café. Então, fez uma cara feia para a caneca.

— Por que você não carrega esse aparelho com o café bom? Porra, até parece que o café bom vai acabar. Dizem por aí que você se casou comigo só por causa disso.

E, com isso, ela entendeu que a crise tinha sido contornada.

— Eu não quero mimar minha equipe.

— Prefere estragar o revestimento do nosso estômago, em vez disso.

— Os policiais são mais resistentes que isso. — Ela sorriu. — Civis é que costumam ter estômagos mais delicados.

Ele deu um passo na direção dela e passou o polegar na covinha de seu queixo.

— Então você vai entender perfeitamente por que eu pedi comida pra reunião.

— Você...

— Por acaso você comeu desde o café da manhã? — Quando Eve simplesmente franziu o cenho, Roarke disse: — Imaginei que não. Vou beber o seu deplorável café de policial, mas você vai comer a minha comida. E vamos em frente.

— Só se a sua comida for pizza.

— Eu conheço a minha policial.

Sim, ele conhece, pensou Eve.

— Já conversei com Mira.

Ele pegou a mão dela e a segurou.

— Não gostei de como você quase me obrigou a fazer isso, mesmo sabendo que estava certo — reclamou ela.

Ele riu e beijou a mão que segurava.

— Eu te amo, Eve. Cada centímetro seu, mesmo os que são do contra.

— Estou tentando resolver a questão e não quero que você se preocupe. Eu me sinto... mais leve — declarou ela. — Mas não posso falar sobre isso agora.

— Não precisa falar nada. Sentir-se mais leve já é o suficiente.

— Só quero que você saiba que estou controlando as coisas. Tenho que deixar os traumas de lado e encarar o problema. — Ela respirou fundo. — E eu vou continuar fazendo isso. Vou deixar os traumas de lado, que é onde eles devem ficar, e continuar sendo quem eu sou, o que eu sou, o que nós somos. Você precisa fazer isso também.

— Estou com você, tenente.

— Então, vou pedir pra Peabody voltar. — Ela pegou o *tele-link* na mesma hora em que uma leve batida soou na porta.

— Provavelmente é a comida. Eu cuido disso. — Roarke foi até a porta.

Quando se tratava de comida, ela pensou, os policiais tinham faro de cães de caça. Ela guardou seu comunicador e viu que Peabody trotava atrás da equipe de entrega da comida.

Em seguida surgiram Jenkinson, Baxter, Reineke.

— Deixem eles montarem a mesa, pelo amor de Deus, antes de devorarem tudo como gafanhotos. E deixem um pouco pra depois, pro restante da equipe. Peabody!

Preocupada com a possibilidade de se qualificar como "o restante da equipe" e perder a comida, Peabody se apressou.

— A maioria de nós nem almoçou.

— É, eu estou sabendo. Temos um novo membro na equipe — começou Eve, e expôs tudo à sua parceira.

O rosto de Peabody formou linhas teimosas que aos poucos se transformaram numa cara de mau humor.

— Eu não gosto dela.

— Você ainda nem viu a figura dela.

— Eu não estou nem aí, e Teasdale é nome de fracote. E de gente metida também.

— É mesmo? E Peabody é um nome que faz os bandidos tremerem de medo?

— Claro, se eles souberem o que é bom pra eles. Além do mais, ela é da Homeland, o que faz dela uma metidinha fracote que usa terninhos pretos horrorosos.

Bem, pensou Eve, *Peabody estava certa quanto à roupa.*

— Você vai ter que lidar com isso, e com a nova agente. Agora pegue uma fatia de pizza, depois termine de montar o quadro.

Eve pegou uma fatia para si mesma, mas se afastou da mesa quando alguém a chamou. Em vez de atender ao chamado, ela encontrou um canto razoavelmente tranquilo e começou a pesquisar os dados de Jeni Curve.

Viu Teasdale entrar e atravessar a sala com toda a calma do mundo. A agente da Homeland ia ter de resistir aos olhares frios de desconfiança.

— Agente Teasdale. Por favor, coma um pedaço de pizza, se conseguir.

— Obrigada. Eu já comi.

— Como quiser. Sente-se.

Quando Whitney e Tibble entraram, o nível de ruído caiu pela metade.

— Começaremos em alguns minutos, senhor secretário e comandante. A maioria da equipe ainda não conseguiu almoçar.

— Eu também não consegui — disse Tibble. — O cheiro está bom.

— Por favor, sirvam-se.

Enquanto eles foram pegar pizza, Eve se virou e quase esbarrou em Teasdale. Aquela mulher se movia como um gato e era muito menos corpulenta do que Galahad.

— Algum problema? — indagou Eve.

— Não. Eu só queria saber se o seu AutoChef está abastecido com chá, e se for o caso, se eu poderia fazer um pra mim.

— Tem uma merda de ervas lá dentro. A dra. Mira prefere.

— Doutora Charlotte Mira. — Um brilho de interesse se acendeu no rosto de Teasdale. — Já estudei muito o trabalho dela. Estou ansiosa para conhecê-la.

— Ela estará aqui. E Teasdale...?

— Sim, tenente.

— Você está trabalhando na equipe, tudo no AutoChef está à sua disposição. Você não precisa pedir nada.

— Obrigada.

Teasdale se afastou. Os policiais na sala se espalharam e a evitaram, lançando-lhe olhares de desconfiança conforme ela passava.

— Parece que eu não sou o único a ter problemas com a Homeland.

Roarke era outro que se movia como um gato. Eve simplesmente deu de ombros.

— Eles vão ter que lidar com isso.

Ilusão Mortal   211

Quando a detetive Strong, da Divisão de Drogas Ilegais, entrou na sala, Eve foi recebê-la.

— É bom ver você, detetive.

— Agradeço por ter me chamado pra equipe. Já deu de trabalhos leves, estou louca para voltar à ativa.

— Você ainda está mancando um pouco — reparou Eve.

— Um pouco, mas eu aguento.

A detetive Strong também tinha perdido algum peso desde que fora ferida. Despencar de uma passarela aérea enquanto está sendo perseguida por um colega policial que planeja matá-la costuma acabar com o apetite das pessoas.

— As coisas vão bem com o seu novo tenente?

— Ele é muito bom. Qualquer coisa é melhor do que a Oberman. Que ela apodreça na cadeia pelo resto da vida miserável dela. Mas, sim, ele é bom. Confiável. Nossa equipe parece um esquadrão de verdade agora, desde que nos livramos dos elementos podres.

— Pegue um pedaço de pizza e puxe uma cadeira. Já vamos começar.

Ela esperou até ver toda a equipe na sala, notou que Teasdale já se apresentara a Mira e tinha se sentado ao lado da médica. Como era seu hábito, Roarke optou por se apoiar na parede, em vez de sentar-se.

— Como vocês foram informados — começou Eve —, temos conosco uma consultora da Agência Homeland. A agente Teasdale terá acesso a todos os arquivos, relatórios e dados do caso e vai compartilhar todos os novos dados que obtiver enquanto ela estiver conosco. Entre o meio-dia e cinquenta e cinco e as treze horas desta tarde, os frequentadores do Café West foram expostos à mesma substância química identificada no bar On the Rocks. O Instituto Médico-Legal e o laboratório confirmaram isso. Existem mais quarenta e quatro mortos. O local menor e a resposta rápida dos policiais de patrulha resultaram em mais sobreviventes. Jenkinson, Reineke, podem falar.

— Nós conversamos com alguns sobreviventes e testemunhas na cena do ataque — começou Jenkinson. — Os guardas lançaram rajadas de atordoar em todas as pessoas que partiram para cima deles, e isso as manteve respirando. A maioria dos sobreviventes ainda estava atordoada e não completamente lúcida. Alguns dos ferimentos eram muito graves e, em consequência disso, perdemos mais algumas vítimas.

— Também conversamos com alguns dos feridos no hospital — emendou Reineke, assumindo a palavra. — Os que se lembravam do que tinha acontecido mencionaram uma dor de cabeça súbita, seguida por alucinações, raiva e medo. É uma repetição do que vimos no outro ataque, tenente.

— Levamos a Lydia McMeara para fazer exames, conforme ordenado — reportou Jenkinson. — Ela está com uma leve inflamação no nariz e na garganta. Fizeram exames de sangue também. Havia resquícios do produto químico. Estava agitada, Dallas, mas é difícil dizer se era por causa do produto químico ou do choque. Uma das mulheres com quem ela estava, Brenda Deitz, está no necrotério. A outra está no hospital, em estado crítico.

— Temos dois sobreviventes... — Reineke indicou o quadro para Eve, que em resposta deu-lhe um aceno com a cabeça. Ele se levantou e foi até o quadro com as identidades dos sobreviventes.

— Patricia Beckel e Zack Phips. Os dois disseram que conheciam alguém que foi morto ontem. Ao responder a outras perguntas, Beckel identificou sua vizinha Allison Nighly. Phips reconheceu uma colega de trabalho, Macie Snyder. Prosseguimos com mais cinco sobreviventes. Três deles conheciam um total de sete mortos ou feridos no bar. Os quatro sobreviventes restantes estavam passando por uma cirurgia ou não puderam ser interrogados. Depois vamos interrogá-los.

Ilusão Mortal

— Então, dos oito sobreviventes que vocês conseguiram interrogar, cinco tinham ligação com uma ou mais vítimas do primeiro incidente.

— Sim, isso é mais da metade, tenente. E eu não acredito em coincidências.

— Eu também não. Continuem fazendo isso. Algo a acrescentar, Baxter?

— Temos feito o cruzamento dos dados de emprego, relacionamentos e residências. Sobreviventes, vítimas, testemunhas, pessoas de algum interesse para a investigação. Nosso garoto Trueheart criou um gráfico.

— É mais uma espécie de planilha. — Trueheart, jovem e robusto em seu uniforme impecável, enrubesceu um pouco. — Há muitos cruzamentos a fazer, tenente, como a senhora já tinha imaginado. Eu programei tudo para ficar mais fácil pra gente acompanhar. Peabody já carregou a planilha, caso a senhora queira fazer a projeção no telão.

— Eu quero. Peabody!

Quando a imagem surgiu, Eve jogou o peso do corpo para trás sobre os calcanhares enquanto examinava os dados.

— Explique os números, Trueheart.

— Como assim, senhora?

— Faça uma análise dos dados em voz alta. Explique-os.

Ele pareceu ficar muito envergonhado e empalideceu, mas se levantou e pegou a caneta a laser que ela lhe entregou.

— Nós os agrupamos de acordo com os tipos: mortos, testemunhas, sobreviventes, pessoas de interesse. Cruzamos seus dados com os locais de trabalho e de moradia. Fizemos um cruzamento adicional com as relações entre eles. Destacamos com cores diferentes as áreas de ligação: azul para emprego, verde para residência, amarelo para relacionamentos.

— Ficou bem colorido — comentou Eve.

— Sim, senhora. Já imaginávamos que haveria várias ligações relacionadas com o local de emprego, já que as duas cenas dos crimes eram estabelecimentos que atendiam aos escritórios daquela área. E, como a senhora previu, também há correspondências adicionais com residências. Os números diminuem quando se trata de relacionamentos, mas, como vocês podem ver, também existem alguns cruzamentos. A maior porcentagem de conexões envolve Stevenson & Reede como local de trabalho, excluindo as próprias cenas de crime, senhora. No caso das residências, a maior porcentagem de conexões aponta para o quarteirão que vai até a rua Franklin. O programa de probabilidades nos informou que as chances são de 68,3% para que o alvo ou alvos e/ou o perpetrador ou perpetradores trabalhem ou já tenham trabalhado nos limites do triângulo em destaque. — Ele pigarreou e prosseguiu: — Com mais tempo, acho que posso eliminar algumas das conexões e refinar os resultados.

— Faça isso. — *Geografia*, ela pensou novamente. *Geografia e relacionamentos.* — Envie uma cópia do seu trabalho para Feeney. Quero isso transferido para um quadro no qual possamos mexer. Bom trabalho, Trueheart e Baxter. Feeney, você pode apresentar o relatório da DDE?

Ela se afastou um pouco e tirou seu *tele-link* do bolso assim que ele tocou e saiu da sala.

Quando voltou, Feeney já tinha colocado várias fotos de vítimas no telão.

— Não precisamos de todos eles — continuou ela. — Somente daquela ali: Jeni Curve.

Feeney semicerrou os olhos.

— Você recebeu alguma informação.

— Ela é a fonte. Pedi a Morris para fazer um exame secundário nela e nos outros que você tem aí. Os níveis de toxicidade de Curve foram significativamente mais altos do que o das outras vítimas, e a infecção, mais grave. Enquanto falamos, a perícia está fazendo testes nas roupas e nos diminutos cacos de vidro que foram recuperados do bolso da jaqueta dela. O Morris também viu que Macie Snyder, uma vítima do primeiro incidente, tem os mesmos níveis elevados de toxicidade. Estamos examinando as roupas dela também. Ela foi a fonte do primeiro ataque. Peabody, abra de novo o gráfico de Trueheart.

— Sim, senhora. Não existe nenhuma conexão entre elas — observou Peabody, quando os dados apareceram na tela.

— Existe, sim. Só não está evidente ainda. Usaremos o vermelho para o assassino. É bem adequado. Passe mais uma vez as filmagens que a câmera de segurança fez de Curve. Ela estava entrando no trabalho. Para, sorri, acena e grita para alguém o que o programa de leitura labial definiu como: *Tudo bem, vou deixar lá dentro para você*. Ele deu a ela a substância... um frasco, uma garrafinha. Ou enfiou no bolso dela sem que Curve percebesse. De qualquer forma, ela não fazia ideia. Talvez ele tenha pedido um sanduíche, uma sopa, qualquer coisa. Ele precisava "resolver" algo rapidinho na loja ali perto ou do outro lado da rua por um minuto. Ela o conhece, já serviu seu almoço várias vezes. *Tudo bem, vou deixar lá dentro para você*.

— Mas CiCi Way, a amiga que sobreviveu ao primeiro ataque, não disse nada sobre Snyder ter sido abordada por alguém — lembrou Peabody. — Peraí! Ela esbarrou em alguém no bar. Ela contou que Macie esbarrou em alguém no bar.

— O lugar estava cheio, com muito barulho de gente falando e se esbarrando... era fácil colocar alguma coisa no bolso dela. Ele é corajoso — observou Eve. — Muito corajoso. Destravou ou abriu o recipiente, enfiou no bolso de alguém e foi embora. Os poucos minutos em que ele ficou exposto no bar, se é que chegou há tanto tempo, não o preocupa.

Ela ergueu as sobrancelhas quando Teasdale levantou a mão.

— Pode falar, agente.

— Eu gostaria de saber a natureza da substância. Seu laboratório já a identificou totalmente ou...

— Temos os dados. Peabody, coloque o relatório do laboratório no telão.

Quando todos aqueles nomes científicos, longos e estranhos, surgiram no telão, acompanhados de símbolos igualmente estranhos, Teasdale cruzou as mãos sobre o colo, analisou tudo e fez que sim com a cabeça.

— Entendi. É uma substância concentrada misturada a algo sintético. Mas isso exigiria... Humm... Sim, acho que já entendi tudo. Eu gostaria de ficar com uma cópia dessa fórmula e de todos os dados relacionados a ela. Suponho que você já tenha verificado o meu certificado de segurança.

— Suposição correta. Peabody, copie o arquivo dos nerds para a agente Teasdale. Sem querer ofender.

Novamente, aquele sorriso discreto.

— Não foi ofensa alguma. Como você parece ser uma policial eficiente e completa, suponho que já saiba a Gênesis dessa fórmula.

— Apocalipse, capítulo seis — disse Eve, com frieza na voz.

— Então, a Agência Homeland está ciente disso tudo.

— Não tenho como confirmar se essa é a fórmula que temos nos arquivos da Homeland, mas posso garantir que uma substância contendo muitos desses elementos, e alguns deles nem foram identificados no momento da descoberta, foi documentada. Estudei apenas o que estava disponível para mim.

— Você se importa de compartilhar com o restante da turma?

— Cavalo Vermelho. Os dados concretos sobre a seita e o homem suspeito de usar essa substância estão sob sigilo. O acesso a eles vai além da minha autorização. Acontece que eu sou bem versada na história e nos elementos culturais dessa seita. Até dá para alguém acreditar que o uso nesses dois ataques da mesma

Ilusão Mortal   217

fórmula usada pelo Cavalo Vermelho durante as Guerras Urbanas foi por acaso, só que eu, assim como o detetive Reineke, não acredito em coincidências. Portanto, deve ter uma conexão entre esses incidentes e aqueles. Embora os detalhes estejam enterrados e a maioria deles, mais uma vez, até onde eu sei, tenha sido destruída antes do final da guerra.

— Nós concordamos quanto às coincidências não serem coincidências.

— Posso e vou solicitar autorização para acessar mais dados.

— Faça isso. Nesse meio-tempo, a detetive Callendar está procurando por essa conexão.

— Tenho alguns nomes — relatou Callendar. — Nomes de pessoas conhecidas por serem ligadas à seita ou suspeitas de serem participantes ou associadas ao Cavalo Vermelho. Nomes de crianças listadas como raptadas. Nomes dos que conseguiram e não conseguiram ser resgatados. Estou trabalhando para cruzar todos esses nomes com as nossas vítimas, testemunhas, todas as conexões. Não é o mesmo que encontrar uma agulha no palheiro, tenente; é mais parecido com encontrar a lasca certa de feno na pilha imensa.

— Eu posso ajudar nisso — afirmou Teasdale. — A autorização levará algum tempo, mesmo com o apoio do diretor Hurtz. Mas, nisso, posso ser útil agora. Se a detetive Callendar estiver de acordo.

Callendar olhou para Dallas e recebeu uma confirmação de cabeça.

— Sim, claro.

— E quanto aos boatos? — perguntou Eve.

— Estamos monitorando — garantiu Callendar. — Encontramos uns fanáticos, mas nenhum deles mencionou o Cavalo Vermelho, e nenhum reivindicou o crédito pelos ataques.

— Continue nisso. Detetive Strong, algum progresso?

— A questão está na mistura — começou Strong. — O peiote e os cogumelos são substâncias naturais e fáceis de encontrar. E são da velha guarda, então não tem muitos revendedores que ainda os negociem. Na mistura, o LSD e o zeus são as drogas que têm mais potencial para serem rastreadas. Estou procurando certas pistas, tentando contatar alguns dos meus informantes. Uma compra significativa de LSD certamente iria aparecer. Não é uma droga ilícita muito popular. Nenhuma das minhas fontes sabe coisa alguma sobre uma compra importante. Acho que ele está fabricando a substância em casa.

— Nesse caso — emendou Teasdale —, ele com certeza iria precisar de equipamentos, de uma área segura e privada, de preferência um laboratório; e também precisaria de um vasto conhecimento de química. É uma receita perigosa.

— Se ele tem a fórmula, não precisa saber muito de química — argumentou Strong. — Não mais do que um químico qualquer. Só que os ingredientes exigem financiamento e contato. Ele precisaria de tartarato de ergotamina, de acordo com a minha pesquisa. Isso também chamaria a atenção, a menos que ele o comprasse fora dos EUA. Belize é um lugar famoso pra isso, e uma das pistas que estou seguindo.

— Ele precisaria de reagentes, solventes, hidrazina...

— Também estou investigando isso — garantiu Strong. — Talvez ele seja um químico ou trabalhe num laboratório. Mas se a fórmula da substância foi passada adiante, a receita do LSD também pode ser.

— Você conseguiria fazer isso? — perguntou Eve a Teasdale.

— Conseguiria, mas tenho um mestrado em química orgânica.

— Não importa se ele tem mestrado ou não, ele tem muita motivação. Faremos uma busca cruzada nos nossos nomes para ver se há alguém com diplomas de química ou educação avançada. Doutora Mira, a senhora tem algo a acrescentar ao perfil?

Ilusão Mortal 219

— Acho interessante que em ambos os casos o assassino tenha escolhido uma mulher como portadora. Se, e é o que parece mais provável, nenhuma das duas mulheres sabia das intenções do assassino, ele as usou como um fantoche e como arma. Ela é o meio usado e, na condição de a primeira a ser exposta, foi também a primeira a ser infectada. Isso quer dizer que ela também seria a primeira pessoa que ele atacou.

— Também seria bastante provável que ela fosse uma das primeiras a morrer — acrescentou Eve.

— Logicamente, sim. Ele gosta de usar mulheres. Se ele está em algum relacionamento, deve ter uma mulher subserviente a ele, designada apenas para fazer as tarefas domésticas. É improvável que ele abuse fisicamente dela. A violência dele é interna, eu diria que é até intelectual. No trabalho, ele provavelmente se ressente de mulheres que ocupam posições de chefia. Ele aceita mais do que enfrenta.

— E trata as mulheres sob as ordens dele como ferramentas? — sugeriu Eve. — "Ei, querida, você se importa de me trazer um cafezinho? Eu não consegui passar na lavanderia. Tire dez minutos a mais de almoço e vá pegar meus ternos."

— Sim. Jeni Curve sorriu para ele. Foi um sorriso genuíno e fácil. Ele disfarça as demandas com charme. Pode ser que recompense as mulheres com pequenos presentes, ou grandes gorjetas. Eu procuraria alguém cuja mãe ou figura materna fosse uma pessoa calma e tranquila, uma mãe em tempo integral, sem uma carreira profissional ou com um emprego inferior. Alguém cujo pai ou figura paterna fosse dominante, ambicioso, e muito provavelmente implacável na carreira. Não existe agenda política, social ou religiosa nesse caso. Se existisse, ele ou o grupo que ele representa teria feito uma declaração. Essa é uma missão pessoal.

Ela abriu os braços e continuou:

— A conexão dele com o Cavalo Vermelho pode ser por meio da família. Um pai ou avô que tenha servido nas Forças Armadas ou que pertenceu à seita em algum momento.

— Tudo bem. Considerem o histórico familiar em suas buscas e pesquisas cruzadas. Procurem vítimas e colegas de trabalho que tenham tido como guardiã uma mãe com essas características. Vamos usar o método de Trueheart — decidiu Eve. — Vamos destacar esses elementos com... qual é a cor que ainda temos?... Laranja.

— O agressor é muito provavelmente um homem. Ele trabalha naquele setor, mora naquele setor. Come e faz compras nas redondezas. É conhecido nas duas regiões dos ataques. Interroguem todos novamente. Procurem alguém que seja cooperativo ou que pareça alarmado. Ele fará perguntas e também as responderá. Em algum lugar de seu passado, existe uma conexão com o Cavalo Vermelho. Encontrem essa ligação e vocês irão encontrá-lo. Continuem investigando as drogas. Ele tem um revendedor ou uma fonte. Encontrem-na. Se ele seguir o padrão, vai atacar de novo dentro de vinte e quatro horas. Callendar, arrume um lugar para a agente Teasdale no laboratório da DDE. McNab, quero aquele arquivo com o gráfico para ontem. Peabody, certifique-se de que a agente Teasdale tenha uma cópia de todos os arquivos. Estarei disponível vinte e quatro horas por dia, sete dias por semana, até pegarmos esse cara. Eu quero ser informada na mesma hora caso qualquer coisa apareça. Vamos nessa!

Capítulo Onze

Quando a sala ficou vazia, ela foi até o quadro, removeu as fotos de Snyder e Curve e reposicionou-as uma ao lado da outra.

— Essas duas — murmurou.

— Você está convicta de que nenhuma das duas fez parte disso? — Roarke entregou a ela uma caneca de café.

— CiCi Way, amiga de Snyder e colega de trabalho descreveu como tudo aconteceu. Ela estava bebendo com o namorado e um colega de trabalho dele, e conversaram sobre esticar a noite e irem jantar. As mulheres desceram até o banheiro. No caminho, ao passar pelo bar, Snyder esbarrou em alguém. Quando as duas saíram do banheiro, ela ficou irritada com a amiga. Disse que estava com dor de cabeça. No caminho de volta à mesa, Snyder empurrou um sujeito que estava no seu caminho... No bar — recordou Eve. — E estava no caminho dela. Será que foi o mesmo cara com quem ela esbarrou antes? Será que ele esperou por ela esse tempo todo, para ver se a substância tinha funcionado?

— Isso seria arriscado — comentou Roarke.

— Um risco calculado. Ele sabia que tinha cerca de quatro minutos de folga. Se ela não voltasse, ele iria embora. Mas seria muito legal ver a mudança no semblante da mulher. Feliz ao descer para o banheiro, e revoltada na volta. Talvez. — Ela guardou essa possibilidade em um arquivo mental. — Snyder era só uma ferramenta, não sabia de nada, só que, de repente, ficou com dor de cabeça e puta da vida. Mais ou menos na hora em que CiCi Way começou a sentir dor de cabeça, Snyder pegou o garfo e o enfiou no olho do namorado. E as portas do inferno se abriram. Além disso, nada surgiu na investigação de Snyder. O mesmo aconteceu na pesquisa que fizemos em Jeni Curve. Vamos olhar mais a fundo, mas parece que elas foram simplesmente usadas. Ele nem conhecia Snyder, se seguirmos essa abordagem. Talvez eles já tivessem se cruzado antes, no local. Como acontece quando você frequenta o mesmo bar, trabalha na mesma área. Ela pode ter trabalhado nos mesmos escritórios que ele, ou no mesmo prédio.

— Ou pelo menos é isso que o famoso gráfico de Trueheart indica — disse Roarke.

— Sim. Foi um trabalho bom e criativo. No caso de Curve, eu aposto que ele era um cliente. Ela faz entregas. Aposto que já fez alguma entrega na casa dele, que deve morar perto o bastante para isso ter acontecido.

Ela olhou de volta para a confusão de caixas de pizza espalhadas.

— Ou ela faz entregas no escritório dele, talvez. "Não posso sair para almoçar, peça uma pizza. Vou trabalhar durante o jantar, mande alguém trazer comida." Ele conhecia a rotina do lugar. Ficou perto do café o suficiente para assistir a tudo. Se não fosse para Jeni Curve, ele pediria para uma das garçonetes ou uma colega de trabalho entrar com a substância. A escolha foi ao acaso, nas duas vezes. É um bom plano porque não é nada específico, não foi ninguém em particular. Nada que as ligasse a ele.

— Sim, e talvez ele não tenha imaginado que você conseguiria identificar as fontes. Com tantos corpos, feridos e todo aquele caos, a busca pela fonte é um detalhe que pode passar batido fácil, fácil.

— Quero levar esse material pra casa. Você pode montar um quadro usando o gráfico de Trueheart?

— Posso, sim.

— Dallas. — Peabody deu uma batida leve na porta. — Desculpa. Christopher Lester está aqui e quer te ver.

— Ah, é? — Ela olhou de novo para o quadro e pensou por alguns instantes. — Leve-o para a sala de interrogatório, a mesma de antes, se estiver desocupada.

— Ok. Achei que você tivesse praticamente tirado ele e Devon da lista de suspeitos.

— Quase tirei. Se Strong estiver certa, esse cara está fabricando as próprias drogas, e não só a mistura. E se Teasdale estiver certa, ele precisa de experiência e de bons equipamentos. Lester tem as duas coisas. E agora que ele está aqui, vou ouvir o que tem a dizer.

— Posso reunir os arquivos enquanto você conversa com ele.

— Obrigada. — Ela já ia saindo quando seu *tele-link* tocou. — Dallas falando!

— Tenente, aqui é Nancy Weaver.

— Olá, senhorita Weaver.

— Soubemos do que aconteceu no Café West.

— Você conhece o lugar?

— Conheço. Muita gente daqui come naquele lugar, ou pede comida de lá. Tenente, perdemos mais alguns funcionários. Três dos meus funcionários que saíram para almoçar não voltaram. Eu não consigo falar com eles. Já verifiquei com outros departamentos e outras pessoas também não voltaram do almoço.

— Não posso lhe dar detalhes.

— Por favor. Lew e Steve estão aqui comigo. Estávamos planejando um memorial pro Joe. Quando vimos...

Sua voz vacilou e ficou mais rouca:

— Estamos em nossos escritórios. Existe alguma maneira de você vir aqui? Se não der, nós podemos ir até aí. Se ao menos você pudesse nos contar o que aconteceu... Conhecíamos gente que trabalhava lá, no Café West. Talvez possamos ajudar.

— Estarei aí dentro de uma hora.

— Muito obrigada. Vou avisar ao pessoal da segurança noturna que você está vindo.

Interessante, pensou Eve, enquanto caminhava em direção à sala de interrogatório. *Isso não foi muito interessante?*

— Quer que eu vá com você? — perguntou Peabody.

— Quero, sim. Quando terminarmos, descubra o que conseguir sobre a família dos irmãos Lester. Isso inclui os pais e a esposa de Christopher. Dê uma boa olhada na história familiar do companheiro de Devon. Você pode fazer isso de casa, mas no caminho, passe na rua onde moram e converse com os vizinhos até ter uma ideia da relação e dos passos deles.

— Pode deixar.

— Nancy Weaver acabou de me ligar. Quer conversar. Ela está com Callaway e Vann.

— Interessante.

— Eu também achei. — Eve entrou na sala de interrogatório e deu início ao registro.

Achou Christopher Lester muito mais cansado e menos elegante do que no dia anterior.

— Você não precisa ler os meus direitos de novo — disse ele. — Isso já foi feito e eu entendi tudo.

— Ótimo, isso nos poupa tempo. O que posso fazer por você?

— Ouvimos falar do que aconteceu no Café West. Meu irmão está... é mais um golpe muito duro. Às vezes, nós nos encontrávamos lá pra almoçar.

— Vocês dois não gostavam da comida do bar onde ele trabalha?

— Ele gostava de mudar de ambiente, mas não é isso. Devon conhece a gerente do dia e não conseguiu entrar em contato com ela. O nome dela é Kimberly Fruicki, eu também a conhecia. Ela costumava ir às festas na casa de Devon. Ele e Quirk foram ao casamento dela no ano passado. Tenente, ele está desnorteado. Ligou para o hospital, mas não quiseram informar nada a ele, nem se ela está lá, porque Devon não é da família. Se ao menos eu pudesse avisar a ele que Kimberly está bem...

— Não posso divulgar os nomes das vítimas até que o parente mais próximo seja notificado.

— Ela está... — Ele desviou o olhar e esfregou o rosto com as mãos. — Ai, meu Deus!

Eve fez um sinal para Peabody e anunciou:

— Detetive Peabody saindo da sala de interrogatório. Com que frequência vocês comiam no Café?

— Eu diria que uma ou duas vezes por mês... com o Devon ou com o Devon e o Quirk. Tenente... — Ele se inclinou para a frente, os olhos diretos e sérios. — Você me trouxe para interrogatório antes porque eu sou um cientista, um químico. Sei que você tem os seus recursos, mas eu duvido que essa pessoa atinja o nível da minha experiência, da minha habilidade ou das minhas instalações. Sei que o departamento de polícia às vezes recruta consultores civis. Eu gostaria de ajudar.

— Essa oferta é generosa.

— Ontem, eu achei que o que tinha acontecido tivesse sido um acidente terrível. Alguém fazendo uma experiência que deu muitíssimo errado. Fiquei chateado, perturbado, até com raiva. Mas hoje eu sei que não foi acidente, nem uma experiência. E estou com medo. Mandei a minha família pra casa que temos em Oyster Bay, não quero que eles fiquem na cidade. Gostaria de ajudar a encontrar esse louco, ou grupo de loucos. Quero que a minha família esteja em segurança.

— Agradeço a oferta, dr. Lester. No entanto, temos na equipe alguém trabalhando na consultoria química e é uma pessoa muito qualificada, e eu não me sentiria confortável em envolver um civil neste momento da operação.

— Você tem uma pessoa da polícia que estudou química. Não acredito que ela tenha todas as qualificações ou instalações que eu posso oferecer. Talvez eu possa trabalhar com ela.

— Vou considerar sua proposta. Por enquanto, porém, estamos focados no caso. Sua esposa conseguiu deixar o trabalho?

— O quê? Ah, minha esposa está muito envolvida em trabalhos de caridade. Ela pode fazer o que for preciso lá de Long Island. Ficou chateada por ter de sair da cidade e tirar os filhos da escola, mas é claro que ela quer que eles fiquem seguros. E sabe que não vou me preocupar se eles estiverem fora da cidade.

— Aposto que você também tem um laboratório em casa.

— Sim, tenho.

— Você certamente o mantém bem protegido, com as crianças em casa.

— Claro que sim, mas os meus filhos sabem que não podem entrar no meu espaço de trabalho.

— Que bom para eles. Agora, eu preciso voltar ao trabalho. Fim da entrevista.

— Por favor, se houver algo que eu possa fazer, qualquer pergunta que eu possa responder, entre em contato comigo.

— Pode contar com isso.

Peabody voltou e sussurrou algo no ouvido de Eve.

— Você pode dizer ao seu irmão que a amiga dele foi para o Centro de Saúde de Tribeca. Está em estado grave, mas estável.

— Ela está viva!

— Está.

— Graças a Deus! Isso vai ser muito bom pra Devon e Quirk. Obrigado. Vou avisá-los agora mesmo. — No instante em que ele chegou à porta, pegou o seu *tele-link*.

— Vamos dar uma olhada nessa Kimberly Fruicki. Talvez ela esteja de rala e rola com o Chris.

— Ela pode ter ameaçado contar tudo à mulher dele.

— Não é sempre assim que acontece? Essas amantes nunca ficam de boca fechada. No alvo de hoje as coisas não correram tão bem quanto no de ontem, já que os policiais chegaram depressa à cena e atordoaram as pessoas antes que elas conseguissem se matar. Talvez ele quisesse saber se conseguiu eliminar o seu alvo principal.

— Ele me pareceu abalado.

— Não estava tão tranquilo e controlado quanto da primeira vez. — Eve deu de ombros. — Vamos investigá-lo. Ele é o único, até agora, que está pressionando para ajudar na investigação. Vou ver o que Weaver, Callaway e Vann têm a dizer.

Ela viu Roarke caminhando pelo corredor com duas bolsas cheias de arquivos.

— Roarke. Venha comigo.

— Uau! — Peabody arquejou. — Eu gostaria de poder dizer isso. Só uma vez.

— Uma vez seria tudo que você conseguiria, antes de eu furar seus olhos com um picador de gelo.

— Ai! Mas talvez valesse a pena.

— Um picador de gelo com a ponta cega — acrescentou Eve quando Roarke se juntou a elas. — Cai fora.

— Boa noite, Peabody. — Roarke exibiu um sorriso imenso que a fez pensar: "Ainda acho que valeria a pena."

— Picador de gelo com a ponta cega? — perguntou ele, quando os dois seguiram em direção às passarelas aéreas.

— Conversa de garotas. — Ela pegou uma das bolsas com os arquivos e pendurou-a no ombro. — Chegar lá com você vai deixar esse trio fora do centro. Isso é bom. Quero impressões. Eu ainda não conheci esse Stevenson Vann, mas vou lhe passar as informações sobre todos os três. Você dirige, eu falo.

— Tenho algo pra falar também.

— Sobre a Teasdale?

— Vamos conversar no carro.

Eve se preocupou, porque casamentos muitas vezes tinham pequenas bolhas de preocupação, com a possibilidade de Roarke ter encontrado algo contra a agente federal que a fizesse ter de dispensá-la. Livrar-se de Teasdale não seria fácil, mas...

Quando o elevador se abriu, um gigante usando algemas e exibindo uma ereção igualmente gigantesca sob uma capa impermeável saiu de lá de dentro. Derrubou os policiais que o seguravam como pinos de boliche enquanto dois guardas saíam em sua perseguição.

— Vocês nunca ficam entediados aqui — comentou Roarke, segundos antes de Eve pular de lado e esticar o pé. O gigante, com sua longa peruca loura meio torta, voou pelo ar.

Ele gritou:

— Uhuul!!

Bateu no chão com um baque de ossos, deslizou pelo piso, derrubou mais uma fila de espectadores e se chocou contra a parede com um estrondo forte.

Ficou deitado de barriga para cima com os olhos vidrados, a ereção se erguendo como um obelisco.

— Pelo amor de Deus, cubram essa coisa! — ordenou Eve. — Isso pode furar o olho de alguém.

Apressando o passo, ela entrou correndo no elevador e ordenou "garagem" quando Roarke entrou ao lado dela.

— Ai, que bom — declarou Eve. — É raro um elevador vazio descendo pra garagem.

— A gente devia agradecer a um exibicionista que pesa mais de cento e quarenta quilos.

— Eu diria uns cento e trinta, mas concordo. — Ela alongou os ombros em movimentos circulares. — De qualquer modo, isso me deixou um pouco mais animada.

— Sem dúvida, já que dar umas porradas é a sua atividade favorita.

— Talvez, mas eu só fiz ele tropeçar. Estou sem tempo pra meter a porrada num exibicionista pelado.

— Haverá outros, querida.

— Já estou ansiosa.

Ela saiu do elevador e foi direto para a vaga do seu carro.

— Você fala primeiro.

— Tudo bem, então. — Ele se colocou atrás do volante e deu uma olhada rápida para os lados antes de sair da garagem e entrar no fluxo do trânsito. — A agente Teasdale tem um histórico impressionante. O pai dela foi da Força Aérea Norte-Americana, aposentou-se com a patente mais alta. Sua mãe serviu como secretária de Estado assistente. Ela viajou muito quando era criança, fala várias línguas e se destacou nos lugares onde estudou. Foi recrutada pela Homeland quando ainda estava na universidade, mas não entrou oficialmente até concluir os cursos mais avançados.

— Oficialmente?

— Oficialmente — confirmou Roarke. — Ela já trabalhava como agente operante desde os vinte e três anos, mas nada oficial. Aos poucos, mas com ritmo constante, está subindo na hierarquia. Trabalhou com o Hurtz na investigação de Bissel. Na verdade, conseguiu a maior parte das informações e evidências contra ele e os outros envolvidos... embora sua participação nesse caso tenha sido, mais uma vez, o que chamamos de "não oficial".

— Ok. Qual é a sua opinião sobre ela?

— Ela é brilhante, dedicada, ambiciosa e, embora seus estilos pareçam opostos, é muito parecida com você. Ela não desiste, não aceita suborno e parece acreditar tanto quanto você nas regras e no espírito da lei.

— Você está tranquilo em relação a ela, então.

— Não sei se algum dia vou achar qualquer pessoa associada à Homeland tranquila, mas consigo aceitá-la. Você acredita mesmo que ela não tinha conhecimento prévio da fórmula?

— Acredito.

— Ela é uma mentirosa treinada.

— Eu também sou. Mas a reação dela me soou genuína, Roarke. E me *parece* verdade que no caso da Homeland, quando e se eles conseguiram descobrir algo durante as Guerras Urbanas, encobriram tudo ou destruíram as evidências. Fizeram tudo desaparecer.

Ela ficou em silêncio por um momento e continuou:

— Não precisamos ficar numa boa com a Homeland. Por que deveríamos? Talvez eles tenham feito uma limpeza interna, pode ser que sim. Ótimo, tudo bem. Mas não temos que concordar com o que eles fizeram no passado, nem com o que aconteceu em Dallas anos atrás, nem com o que houve aqui em Nova York no ano passado. Eles que se danem. — Ela respirou fundo: — Eu consigo trabalhar com a Teasdale, pelo menos por enquanto, pelo menos até ter uma noção melhor de como ela é. Se por você está tudo bem, eu também estou numa boa com a presença dela na equipe.

Roarke tirou a mão do volante e colocou-a sobre a mão de Eve.

— Então, estamos bem.

— Ok. Continuando... Preciso avaliar melhor os irmãos Lester. Há muitas conexões, muitos elementos para eu não fazer isso. — Ela repassou para Roarke os pontos principais do interrogatório.

— Assassinos em massa querem atenção. Precisam se sentir importantes. Chocar e espantar as pessoas, esse é o lance deles. Christopher Lester está acostumado a receber certos níveis de atenção, mas ainda é um peixe relativamente pequeno, certo? Não recebeu nenhum prêmio internacional grande e chamativo. Ganha muito dinheiro e recebe elogios dos colegas, mas ainda é, basicamente, um rato de laboratório. Eliminar mais de cem pessoas em dois dias, com esse método? Isso, sim, é algo grande e chamativo. É o tipo de coisa que tem a ver com, você sabe, falta de escrúpulos.

— Será que ele não se tornaria grande e chamativo se aparecesse com um antídoto para a infecção? Seria uma grande descoberta na sua área.

— Depende do tamanho da revolta dele em relação ao mundo. Além do mais, ninguém vai se importar muito com a cura se não tiver conhecido ou ouvido falar sobre a infecção. Se a doença não for novidade, a cura também não será.

— Isso é verdade.

— O elo que está faltando é o Cavalo Vermelho ou uma fonte militar. Não consigo acreditar que ele simplesmente tenha tropeçado por acaso na mesma substância, enquanto brincava no laboratório.

— As chances disso são irrisórias.

— E agora temos o trio da S&R. Weaver, Callaway e Vann. Whistler parece limpo... até agora?

— Whistler? Quem é esse mesmo?

— O executivo que saiu do bar na mesma hora que o Callaway. Trabalham na mesma empresa, mas em departamentos diferentes. Ele é do setor de vendas. Já li a declaração dele. Ele falou que sentiu o princípio de uma dor de cabeça e foi pra casa, onde a mulher e o bebê de seis meses o esperavam. Isso foi confirmado. Faltam só uns três meses para ele conseguir um grande aumento e uma promoção. Ele não se encaixa no perfil, na minha opinião.

— Sorte de Whistler, e provavelmente da mãe dele?

— O quê? Por quê?

— Piada boba. Vamos voltar ao seu trio de executivos.

— Tudo bem. A empresa perdeu funcionários nos dois incidentes, boa parte deles no departamento de Weaver. Até agora eles são os únicos entre as empresas que me contataram diretamente... duas vezes, e pediram uma reunião comigo.

— Essa é uma forma de obter informações e atenção.

— Quatro executivos entraram em um bar.

— Qual é a piada...?

Ela se inclinou em direção a Roarke.

— Apenas três saíram. A questão é que, se eu fosse escolher um dos quatro como alvo, o mais provável seria o Vann. Ele é rico e cheio de contatos. A carreira decolou enquanto os amigos passaram anos no mesmo cargo. Mas foi ele quem saiu. Se as declarações que eu recebi estiverem precisas, todos sabiam que ele só ficaria no bar por pouco tempo. Então, se o Cattery, o que morreu, foi alvo, ou um dos alvos, qual seria o motivo? O que os outros três... ou um deles, talvez dois... ganhariam com a morte de Cattery? Nenhum deles poderia ter certeza de que um dos seus colegas de trabalho estaria lá na hora certa.

— O ataque pode muito bem ter sido aleatório. Você sabe disso.

— Não gosto dessa opção: aleatório. — Ela fez uma careta para fora da janela. — Aleatório me deixa pau da vida. — Ela continuou com o cenho franzido enquanto ele entrava em um estacionamento. — Você poderia ter parado junto de um meio-fio qualquer. Posso acender a luz de serviço do carro.

— Uma andadinha não nos fará mal.

Pelo menos haveria mais tempo para pensar, decidiu Eve, ao saltar do carro.

— Vou passar algum tempo com o Joseph Cattery hoje à noite, pra ver se percebo algo estranho.

— Passe um tempinho comigo agora. — Ele a puxou para beijá-la e riu quando ela o cutucou de volta. — Sua luz de serviço não está acesa, tenente.

— Está sim, você é que não está vendo.

Ela analisou o imponente edifício de aço e de vidro enquanto caminhavam, e notou a forma como ele captava o brilho vermelho do sol poente.

— É um longo caminho até o topo — considerou ela. — Muitos degraus pra galgar, muitas horas extras, muitos apertos de mão... e muitas pessoas pra subornar.

— O mundo dos negócios funciona assim.

— É por isso que acho útil ter você junto de mim. Você conhece todos os meandros do mundo corporativo, os cantos obscuros. Eles são profissionais de marketing, certo? Estão sempre vendendo alguma coisa.

— Incluindo a si próprios — concordou Roarke. — Não é só vender o produto, mostrando-o sob o melhor ângulo e a luz mais criativa, mas também vender a imagem de que você é o profissional que tem as melhores ideias, traz as abordagens mais inovadoras e faz o acompanhamento mais vigoroso das campanhas.

— Entendo bem, pelo menos em teoria. São todos colegas de trabalho, mas existe uma hierarquia específica. E eles também são concorrentes. Eles competem com outras empresas mas entre si também.

— Exatamente. Há contas, prestígio e bônus em jogo. É uma corrida diária.

— Pode ser que um deles tenha decidido diminuir a competição. Mas não é tão simples. — Eve discutia consigo mesma, lutando para focar naquela descrição. — Existem maneiras mais fáceis de fazer isso. Existem ego, raiva e crueldade envolvidos nessa situação. E um completo desprezo pela humanidade, e um desprezo ainda maior pelas pessoas que ele vê todos os dias.

Eles entraram, atravessaram o amplo saguão e pararam diante do balcão da segurança.

— Sou a tenente Dallas — anunciou Eve, mostrando o distintivo. — Esse é o meu consultor. Viemos falar com Weaver, Callaway e Vann, da Stevenson & Reede.

— Vocês foram liberados, tenente. A senhorita Weaver está à sua espera. Os elevadores ficam à sua direita. Quadragésimo terceiro andar, setor Oeste. Vou avisar que vocês estão subindo.

Ao lado de Roarke, Eve entrou no elevador.

— Quadragésimo terceiro andar! — ordenou ela ao sistema. — O segurança não pediu sua identidade. Weaver disse a ele para esperar por mim e mais alguém. Está imaginando que é Peabody.

— Vou tentar exibir ao menos metade do charme de Peabody.

— Nada de charme, meu chapa. Você está aqui para parecer um pouco distante. É mais que um chefe, é um superchefe. Pessoas como essas não merecem a sua atenção. Eu estou cumprindo o meu dever, porque acompanhar os casos é rotineiro. Vou apresentar você como consultor, mas está claro que você só está aqui porque estava voltando pra casa. Na verdade, você está entediado.

Gostando daquilo, ele sorriu.

— Estou?

— Você tem planetas pra comprar e subalternos pra intimidar.

— Bem, agora fiquei entediado de verdade. Já fiz tudo isso hoje.

— Então não vai ser difícil fingir que vai fazer tudo de novo. Seja assustador, em estilo Roarke.

— Como é que é?

— Você sabe o que estou dizendo. Não quero que eles se irritem, apenas que fiquem desequilibrados. Vamos.

Nancy Weaver deu um passo à frente quando as portas do elevador se abriram, mas parou de repente e arregalou os olhos quando viu Roarke.

Eve pensou: "Perfeito."

— Srta. Weaver, esse é o meu consultor civil desse caso. Roarke.

— Sim, claro. Obrigada por ter vindo, tenente, e tão depressa. — Ela ofereceu a mão para Roarke. — Eu estava esperando a outra detetive.

— A detetive Peabody está supervisionando outra área da investigação no momento — explicou Eve, quando Roarke ofereceu a Weaver um leve cumprimento de cabeça e um frio aperto de mão.

— Você disse que o sr. Vann também estaria aqui para esse encontro.

— Sim, o Steve e o Lew estão esperando na salinha de conferências. Venham comigo, por favor.

Weaver usava preto, reparou Eve... com exceção das solas vermelhas chamativas de seus sapatos de salto alto. Ela prendera o cabelo. O estilo severo acentuava os olhos esfumaçados e a expressão de cansaço ao redor deles. Sua voz carregava o tom áspero de alguém que dormira pouco e falara muito.

— Já liberei todo o meu pessoal — começou ela, enquanto os conduzia por uma área de recepção tão chamativa e vermelha quanto as solas dos sapatos. Luzes brancas cintilantes cravejadas de espirais prateadas giravam no teto. Os saltos de Weaver faziam barulho no padrão geométrico do piso.

As portas de vidro se abriram conforme eles se aproximaram.

— Muitas pessoas, em toda a empresa, solicitaram uma licença — continuou ela. — Nosso presidente vai dar uma declaração pela manhã. No momento, estamos todos em choque ainda. Todo mundo está com muito medo. Eu também estou.

— É compreensível — disse Eve, e continuou calada enquanto eles seguiam por um corredor largo e silencioso.

— Steve, Lew e eu pensamos... já que estávamos no bar antes... antes de tudo acontecer; vários outros colegas no café quando... Há uma hora recebi a notícia de que Carly Fisher não sobreviveu. Ela estava no café na hora do almoço. Era uma das minhas funcionárias, eu a treinei. Tinha sido minha estagiária quando ainda estava na faculdade e eu a contratei como assistente. Eu só decidi promovê-la.

Weaver fez uma pausa, a voz tremendo e os olhos rasos de água.

— Eu vi quando ela saiu pra almoçar e pedi uma salada e um café com leite desnatado. Ela nunca mais voltou.

Sua voz falhou e ela pressionou a mão na boca.

— Eu estava tão ocupada que não percebi. Ela nunca mais voltou. Então, ficamos sabendo do ocorrido no café.

— Sinto muito pela sua perda.

— Eu fico pensando... se eu não a tivesse segurado tanto tempo aqui, se tivesse pedido para ela trazer o meu almoço, talvez ela tivesse saído de lá antes do incidente. Talvez não estivesse lá dentro quando tudo aconteceu.

— Não temos como saber.

— Essa é a pior parte.

Weaver abriu portas duplas. Lá dentro, Lewis Callaway estava de pé ao lado do homem alto e de aparência elegante que Eve reconheceu como Vann por causa da foto da sua carteira de identidade.

Vann usava um terno poderoso, uma braçadeira preta e exibia um bronzeado dourado de quem era rico.

A "salinha" de conferências era muito maior do que a que Eve costumava usar na Central. Rapidamente, ela tentou calcular de cabeça o tamanho da área ocupada por aquela gigantesca sala de conferências. Duas paredes eram só janelas, de modo que Nova York cintilava do lado de fora do vidro.

Uma mesa comprida e com a superfície brilhante dominava o ambiente, cercada por cadeiras confortáveis de espaldar alto. A parede coberta de telões estava apagada, mas no balcão preto havia dois AutoChefs, jarras de prata para água, copos e uma tigela com frutas frescas.

Ela estudou o espaço e seus toques extravagantes enquanto observava os homens reagirem à presença de Roarke.

Ajeitando os ombros e erguendo os queixos, os dois homens avançaram devagar, mas Vann foi um décimo de segundo mais rápido e alcançou Roarke primeiro.

— Um prazer inesperado, mesmo sob essas circunstâncias. — Ele estendeu a mão para um cumprimento rápido e profissional.

— Sou Stevenson Vann — acrescentou —, e essa deve ser a sua adorável esposa.

Ilusão Mortal 237

— Esta é a tenente Dallas — respondeu Roarke, com uma leve sugestão de frieza na voz, antes que Eve pudesse responder por si mesma.

— É ela que está no comando aqui.

— Claro. Tenente, obrigado por vir se encontrar conosco. Foram dois dias horríveis.

— Você passou parte deles fora da cidade.

— Isso. Voltei pra cá logo depois da minha apresentação. O Lew me ligou pra contar o que tinha acontecido com o Joe. Eu estava jantando com um cliente, e nós dois ficamos muito chocados. Tudo parece muito surreal ainda. E agora esse outro pesadelo! Por favor, vocês dois não gostariam de se sentar? Estamos muito ansiosos pra saber qualquer coisa que vocês possam nos contar. Qualquer coisa!

— Na verdade, eu gostaria de falar com você a sós, antes.

Seu rosto ficou sem expressão.

— Como assim?

— Ainda não conversamos, sr. Vann. Cuidaremos disso agora. Aqui mesmo, se pudermos ficar neste espaço. Ou no seu escritório, se achar mais conveniente.

— Ah, mas vocês não poderiam só... — Weaver se calou e simplesmente se sentou. — Sinto muito. Eu gostaria de poder lidar melhor com isso. Sou boa em gerenciar crises, mantenho a cabeça no lugar. Só que isso... Você não pode falar nada?

— Direi o que puder, mas só depois que tiver obtido a declaração do sr. Vann. Vamos levar essa conversa pra sua sala — decidiu Eve. — Roarke? Venha comigo.

Ela foi andando até a porta e parou, enquanto os três trocaram olhares.

— Tudo bem, sem problema. — O sorriso luminoso de vendedor estava de volta ao lugar quando Vann caminhou até a porta.

— Minha sala fica no fim do corredor.

Enquanto eles andavam, Roarke pegou o tablet e dedicou ao aparelho toda a sua atenção. Uma atitude rude, pensou Eve. Era exatamente o que ela queria.

Eve reparou nas placas de identificação: o escritório de Callaway, o de Cattery, uma grande área de cubículos e estações de trabalho, e depois a sala de Vann — a melhor sala e pelo menos três vezes maior do que a de Eve na Central.

— Eu não vi a sala da sra. Weaver — comentou Eve.

— Ah, ela fica do outro lado do departamento. Vocês querem beber ou comer alguma coisa? Café?

— Eu estou ótima, obrigada. Pode se sentar, sr. Vann. — Ela apontou para uma das poltronas de visitantes que havia diante da mesa de Vann e lançou para Roarke um sinal sutil com os olhos.

— Você não se importa, não é? — perguntou Roarke, enquanto se sentava na cadeira do próprio Vann, diante da mesa.

— Não. — Obviamente perplexo, Vann gesticulou com as mãos abertas. — Fique à vontade.

— Vou gravar a nossa conversa e ler todos os seus direitos e deveres.

— O quê?! Por quê?

— É rotina, para sua proteção. — Ela recitou a nova versão do Aviso de Miranda. — Você entendeu todos os seus direitos e obrigações?

— Sim, claro, mas...

— Trata-se apenas de um procedimento padrão. Por que não me conta o que aconteceu ontem, antes de você pegar o seu jatinho?

— Tenho certeza de que a Nancy e o Lew já contaram que nós... e Joe... estivemos trabalhando numa grande campanha durante várias semanas.

— Sim, a sua campanha. Você estava no comando.

— Isso. Na verdade eu consegui a conta, então fiquei responsável pelo projeto. Tinha uma apresentação marcada para hoje de manhã e viajei ontem à noite pra jantar com o cliente e conversar sobre detalhes. Como eu disse, estávamos jantando quando o Lew me ligou e contou do Joe.

— Vocês todos foram ao bar juntos, ontem.

— Isso mesmo. Saímos um pouco mais cedo, quando terminamos o projeto. Todos nós queríamos comemorar, só tomar um drinque juntos e conversar mais uma vez sobre o projeto.

— Quem teve a ideia de ir naquele bar específico?

— Eu... não tenho certeza. Foi mais ou menos uma decisão do grupo. É onde todo mundo que trabalha na empresa se encontra pra beber. É bem perto do trabalho e o lugar é ótimo. Creio que o Joe sugeriu de a gente sair e todos automaticamente presumimos o lugar. Saímos juntos e chegamos lá juntos. Ficamos no balcão do bar. O lugar estava tão cheio que eu fiquei em pé. Não deu pra ficar muito tempo. Saí logo depois das cinco e peguei o carro da empresa, que me levou até a estação de transporte.

— Você já devia estar com a sua pasta, a sua apresentação e a sua mala pra passar a noite, certo?

— Sim, já estavam no carro. Tinha deixado tudo com o motorista, menos a minha pasta.

— Alguma coisa lhe pareceu estranha ou incomum no bar?

— Nada. Estava a muvuca de sempre no happy hour do bar. Vi umas pessoas do escritório espalhadas por lá.

— Você vai muito lá?

— Sim, uma ou duas vezes por semana. Com colegas de trabalho ou com clientes.

— Então, você vê quase sempre os mesmos rostos.

— Ah, sim. Aquelas pessoas que você já viu, mas não conhece necessariamente.

— E como era o relacionamento do Joe com vocês e com o pessoal do escritório?

— Joe? Ele era pau pra toda obra. Quem precisa de uma resposta, opinião ou ajudinha, pode sempre contar com ele.

— Não teve nenhum problema quando você chegou e recebeu logo de cara uma sala no canto, espaçosa e com duas janelas?

— Não, o Joe não era assim. — Ele abriu as mãos. Seu smartwatch, que Eve apostava que era de platina, cintilou. — Escuta, algumas pessoas podem achar que eu tenho privilégios, mas o fato é que sou muito bom no que faço. Já provei isso. — Ele se inclinou para a frente e transmitiu sinceridade. — Eu não me gabo das ligações que tenho com pessoas que estão no topo. Não preciso disso.

— Nessa campanha tão importante, não teve nenhum problema por você assumir a liderança e fazer a apresentação solo ao cliente?

— Como eu já expliquei, fui eu que trouxe o cliente. Não fico atrás de tratamento especial, mas não recuo quando conquisto algo. Só não entendo o que tudo isso tem a ver com o que aconteceu com o Joe.

— Só estou sentindo a dinâmica por aqui — explicou Eve, com descontração. — Você com certeza entende isso, a importância de ter uma ideia de como as pessoas trabalham... sozinhas e em equipe. O que procuram, o que desejam e como fazem para conseguir o que querem.

O sorriso dele voltou.

— Estou no ramo errado se eu não entender isso. É uma área competitiva, essa é a natureza animal do nosso negócio, é o que mantém as coisas vitais e frescas. Mas sabemos trabalhar em equipe para criar as melhores ferramentas para o cliente.

— Sem rixas?

— Sempre existem algumas rixas. Faz parte da competição. — Ele lançou um rápido olhar na direção de Roarke. — Essa é a razão de sermos uma das principais empresas de marketing em Nova York. Tenho certeza de que Roarke concorda que certa dose de atrito traz o fogo que a gente precisa para criar e manter a satisfação com nosso trabalho.

Roarke lançou a Vann um brevíssimo olhar e disse apenas:

— Hmmm.

— Você e Joe eram amigos fora do trabalho?

— Nós não frequentávamos os mesmos círculos, mas nos dávamos bem. Nossos filhos têm mais ou menos a mesma idade, então tínhamos isso em comum. O filho do Joe... — Ele parou de falar por um momento e desviou o olhar. — Os filhos são ótimos. Ele tem uma casa legal lá no Brooklyn. Levei meu filho Chase a um churrasco lá, no verão passado. Os meninos se deram muito bem. Ai, Deus!

— E a Carly Fisher?

— A garota de Nancy. — Ele olhou para as mãos. — Eu não tinha muito contato com ela, para ser sincero. Chegamos a conversar algumas vezes, é claro, mas ela tinha acabado de ser promovida e ainda não tínhamos trabalhado juntos. Nancy está muito mal pelo que aconteceu a ela.

— Você é próximo de mais alguém por aqui... fora do escritório?

— Se você quer dizer em termos românticos, entrar nessa é complicado. Tento evitar a mistura trabalho e relacionamentos.

— Ok. — Eve se levantou. — Vamos terminar a conversa na sala de conferências.

— Espero ter ajudado. Eu quero ajudar, em qualquer coisa. Todos nós queremos ajudar.

Eve manteve os olhos fixos nos dele.

— Eu sei que você quer.

Capítulo Doze

Weaver e Callaway cochichavam, com as cabeças juntas, quando Eve voltou. Ambos se mostraram sobressaltados ao vê-la, exibiram um ar de culpa e se ajeitaram em suas cadeiras.

— Não precisa se levantar. — Eve gesticulou com a mão e escolheu um assento na ponta da mesa. — Tenho algumas perguntas. Joseph Cattery costumava ficar até mais tarde no bar, sozinho?

— Eu... Não que eu saiba — respondeu Weaver, olhando para Callaway.

— A gente ia lá beber um pouco depois do trabalho de vez em quando — afirmou Callaway. — Às vezes, ele ficava por lá, às vezes, saíamos juntos. Ele era simpático com alguns dos frequentadores assíduos do lugar, então às vezes ele ficava por lá, com outra pessoa.

— Você saiu de lá por último, sr. Callaway. Ele estava com outra pessoa, ou conversando com mais alguém?

— Com o barman. Eles sempre entravam no assunto de esportes. Mas eu não reparei se ele estava com alguém específico, se é isso que você quer dizer. A gente se descontraiu um pouco, pra diminuir a tensão do trabalho. Eu fui embora porque estava morto de cansado. Acho que disse isso ontem, que ele queria mais um drinque e sugeriu que a gente procurasse algum lugar pra comer, mas eu só queria ir pra casa e desabar na cama. Bem que eu gostaria de ter aceitado a ideia de irmos jantar. Assim, nós não estaríamos aqui agora.

— Não tinha nada de estranho no comportamento dele quando você foi embora?

— Não. — Ele fez que não com cabeça e pegou um copo de água, mas não bebeu. — Já pensei e repensei sobre aqueles últimos minutos, tentando me lembrar de todos os pequenos detalhes. Estava tudo normal, era só mais um dia comum. Só conversa fiada e assuntos de trabalho. Ele também estava cansado, mas não parecia disposto a ir pra casa.

Eve enfiou a mão na bolsa de arquivos e tirou a foto de Macie Snyder.

— Você viu essa mulher no bar?

— Eu não... — Ele franziu o cenho. — Não sei muito bem. Ela me parece familiar.

— Ela estava lá. — Weaver pegou a foto. — Já a vi no bar algumas vezes. Tenho certeza de que ela estava lá ontem.

— Deve ser por isso que ela parece familiar.

Vann inclinou a cabeça.

— Ah, é, eu me lembro dela agora. Estava em uma mesa com outra mulher e dois rapazes. Muitas risadas e flerte rolando solto.

— Ok. E que tal essa mulher?

Ela exibiu a foto de Jeni Curve.

— Jeni! — disse Nancy na mesma hora. — Ela faz entregas pro Café West. Vem aqui na empresa quase todos os dias trazer o pedido de alguém. Ela estava...

Ilusão Mortal

— Sim. Sinto muito.

— Meu Deus! — Com a respiração acelerada, Weaver fechou os olhos com força. — Meu santo Deus!

— Vocês dois também conheciam a Jeni? — perguntou Eve aos homens.

— Todo mundo conhece a Jeni — respondeu Callaway. — Ela é um amor, sempre superando as nossas expectativas em relação ao atendimento, sempre alegre. Steve e ela andavam flertando.

— Ela morreu — murmurou Vann, olhando para a foto. — Uns dias atrás, ela trouxe o almoço pra gente. Estávamos presos aqui por causa da campanha e ela trouxe o nosso pedido de almoço. Ela trouxe palitinhos de soja fritos a mais porque sabe que eu gosto deles. E agora ela está morta. — Ele se levantou e foi se servir de água. — Desculpe. A ficha caiu agora. Fui pegar comida de lá uma noite na semana passada, pra viagem, e saí do bar junto com ela, que tinha terminado o turno. Fui com ela até em casa, antes de pegar um táxi. Enquanto a gente estava andando, pensei em sugerir que eu subisse. Acho que ela estaria a fim. Mas eu tinha que trabalhar e deixei pra lá. E ela morreu.

— Você estava interessado nela?

— Ela é linda e inteligente. *Era*. E é, eu pensei nisso naquela noite. Tinha sido um dia longo e eu pedi a comida pra viagem porque a noite também ia ser longa. E ali estava aquela mulher bonita e brilhante, me lançando todos os sinais certos. E eu pensei... por que não? Foi uma reação impulsiva — continuou ele. — Só que a campanha...

— Então vocês dois nunca se relacionaram desse jeito.

— Não. Eu achei que teria muito tempo ainda, se rolasse um clima de novo. Isso é o que a gente pensa — constatou ele, e os olhos tristes encontraram os de Eve. — Que sempre temos tempo de sobra. Tempo para mulheres bonitas e brilhantes, ou para um outro drinque com um amigo do trabalho. Tempo de sobra para reunir os filhos no parque em um belo sábado. Mas que droga.

Sem dizer nada, Weaver se levantou, abriu um armário de revestimento brilhante e pegou um *decanter*. Serviu dois dedos de um rico líquido de cor âmbar e levou para Steve.

— Obrigado. Obrigado, Nancy. Sinto muito — disse ele a Eve. — Agora é que a ficha está caindo. É real. Aconteceu de verdade.

— Não precisa se desculpar. E quanto a você, sr. Callaway? Você conhecia bem a Jeni?

— Eu gostava dela. Todo mundo gostava. Eu nunca dei em cima dela, se é isso que você quer saber. Ela era a entregadora de um restaurante e eu gostava dela, mas era só isso.

— Fale um pouco sobre Carly Fisher.

Callaway pareceu levemente surpreso com o pedido.

— Era outra menina brilhante. Protegida de Nancy. Muito criativa, trabalhadora.

— Vou tomar um pouco também. — Weaver voltou para a garrafa. — Alguém mais quer?

— Estou de serviço — disse Eve.

— Ah, claro. Lew?

— Não, obrigado.

— Você diria que a Carly era competitiva? — perguntou Eve a Lew.

— Ela era. Do contrário, não consegue crescer no nosso ramo. Ela era competitiva. Queria subir na carreira.

— Parecia sempre ansiosa para trabalhar — acrescentou Weaver. — Assumia qualquer projeto. Gostava de se manter ocupada. Ela ajudou vocês dois.

— Foi mesmo. — Vann tomou um gole e olhou pela janela.

— E quanto a você? — indagou Eve, olhando para Callaway.

— Se você pedisse a ela para fazer algo, ela fazia na mesma hora. Como Nancy a treinou, ela tinha uma ética de trabalho impecável e muita ambição.

— Ela tinha potencial pra ir longe — completou Nancy, pensativa. — Eu costumava dizer que ela comandaria o departamento

Ilusão Mortal

em menos de dez anos. Por favor, você não pode dizer nada sobre o andamento da investigação? Não tem alguma coisa que possa nos contar ou algo que possamos fazer?

— Eu posso lhes dizer que estamos investigando todos os ângulos, caminhos e pistas. Esta investigação é a minha prioridade, e a prioridade da equipe de policiais sob meu comando.

— Que pistas? — perguntou Callaway. — Você está perguntando se a gente conhecia a garota que fazia entregas pro café. Ela estava envolvida no crime? E a outra mulher que você mostrou? Ela é uma suspeita?

— Eu não posso responder a perguntas específicas dessa investigação em andamento.

— Não é que a gente seja intrometido. Estávamos naquele bar, sentados com o Joe. Sentados ali com... eu deixei ele lá — disse Callaway, com um toque de amargura na voz. — Eu o deixei lá!

— Ah, Lew. — Nancy estendeu a mão e a colocou sobre o braço dele.

— E nunca vou me esquecer disso. Assim como você nunca vai se esquecer de que pediu pra Carly pegar um café com leite para você. Trabalhamos com pessoas que morreram. Qualquer um de nós poderia estar no café hoje. E amanhã? Eu moro nesse bairro. Trabalho aqui, frequento restaurantes aqui, faço compras aqui. Isso faz a gente virar parte disso.

Callaway olhou para seus colegas de trabalho em busca de apoio.

— Isso nos coloca em uma posição em que, talvez, possamos ajudar, se ao menos soubéssemos as perguntas que precisam ser respondidas.

— Já fiz a você todas as perguntas que precisam ser respondidas nesse momento.

— Mas não quer responder às nossas — apontou Weaver. — É exatamente como o Lew disse. Você perguntou especificamente sobre Jeni. Todo mundo sabia quem ela era, todo mundo interagia com ela, às vezes, todos os dias. E se ela estava de alguma forma envolvida nisso... Ela transitava livremente pelos nossos escritórios. Isso significa que pode acontecer alguma coisa aqui? Aqui dentro?

— Jeni Curve morreu hoje à tarde — Eve lembrou a ela. — Posso contar a vocês que as câmeras de segurança confirmaram que ela entrou no café pouco antes do incidente. Devido ao momento em que isso aconteceu, buscaremos uma possível conexão e investigaremos tudo minuciosamente.

— Tenente. — Callaway, as sobrancelhas franzidas mais uma vez, esfregou a nuca. — Sei que você tem uma reputação excelente dentro da Polícia de Nova York e também que tem muitos recursos — acrescentou, olhando meio de rabo de olho para Roarke. — Mas parece que você está conduzindo este caso como se estivesse lidando com um homicídio comum.

— Não existem homicídios comuns.

— Desculpe, eu me expressei mal. — Mais uma vez, ele gesticulou. — Não quero desmerecer o seu trabalho. Mas isso é obviamente algum tipo de terrorismo. Nancy e eu estávamos discutindo isso enquanto você estava falando com o Steve. Ela... isso é, nós nos perguntamos quanta experiência você tem nessa área.

— Nesse caso, vocês podem perguntar às pessoas associadas ao grupo terrorista que era conhecido como Cassandra — afirmou Roarke, intrometendo-se na conversa, mas sem tirar os olhos do seu tablet.

Eve lhe lançou um olhar irritado e concentrou-se de novo em Callaway.

— Posso garantir que eu e minha equipe somos bem-treinados e estamos contando com a ajuda da Homeland e...

— A Agência Homeland está envolvida nisso? — interrompeu Nancy. Eve se permitiu um breve franzir de cenho.

— O envolvimento deles nesse caso não é, neste momento, assunto de conhecimento público. Agradeço a discrição de vocês.

Se os perpetradores souberem desse novo rumo do caso, isso pode atrapalhar a investigação.

Então, Eve se levantou e completou:

— Isso é tudo que posso ou pretendo contar a vocês por enquanto. Se vocês pensarem em algo ou se lembrarem de alguma coisa, qualquer detalhe, por menor que seja, falem comigo. A opinião de cada um de vocês vai ser devidamente considerada. Caso contrário, deixem-nos fazer o nosso trabalho.

— Tenente. — Nancy Weaver também se levantou. — O público tem o direito de saber a verdade. Pessoas inocentes morreram e muitas mais podem ter o mesmo fim. Vocês poderiam emitir algum aviso...

— Que aviso você sugere? — rebateu Eve. — Fiquem trancados em casa? Fujam da cidade? Cuidado, porque o prédio onde você mora pode ser o próximo alvo? Não saia para comprar mantimentos; melhor fugir ou se trancar em casa porque a loja onde você faz compras pode ser o próximo alvo? Pânico é exatamente o que essas pessoas querem; a atenção é o combustível deles. Faremos tudo o que pudermos para evitar tanto o pânico quanto o holofote em cima deles. A menos e até que vocês tenham algo mais viável para oferecer à investigação, estou ficando sem tempo.

Roarke foi para a porta e cronometrou os segundos de forma a abri-la no instante exato em que Eve a alcançou, caminhando a passos largos e determinados. Propositalmente, ele deixou as portas abertas enquanto os dois seguiam pelo corredor em direção à recepção.

— Você gasta muito tempo acalmando as pessoas.

— Isso faz parte do trabalho — rebateu ela.

— Uma parte tediosa. — Ele parou diante das portas de vidro. — Sei que você está frustrada com o envolvimento da Homeland neste caso, mas pode ser que esse recurso adicional lhe dê algum tempo para dormir, coisa que você quase não tem feito desde que tudo isso começou.

— Vou dormir quando pegarmos esses canalhas. — Ela passou por ele, chamou o elevador e enfiou as mãos nos bolsos.

Eles só voltaram a falar quando chegaram à calçada.

— "Vocês podem perguntar às pessoas associadas ao grupo terrorista que era conhecido como Cassandra." — Ela usou um tom arrogante e deu uma cotovelada amigável em Roarke. — Essa foi boa.

— Achei que isso poderia dar uma brecha para você deixar escapar que a Homeland está envolvida. Você queria fazer isso.

— Se todos, ou algum deles, estiverem envolvidos no crime, isso vai dar a eles algo no que pensar.

— E saber que eles conseguiram atrair a atenção da Homeland pode deixá-los satisfeitos por enquanto, e nos dar um tempo maior entre os incidentes.

— É, são poucas as chances de isso acontecer, mas vale a tentativa. Tem alguma coisa rolando entre aqueles três. Juntos ou separadamente, eu não consegui descobrir. Mas todos eles estão escondendo alguma coisa. E que diabos você andou fazendo enquanto ficou brincando no tablet o tempo todo?

— De tudo um pouco. Você sabia que a Nancy Weaver rompeu um noivado aos vinte e três anos, algumas semanas antes do casamento?

— As pessoas mudam de ideia. E vinte e três anos é muito cedo.

— A separação coincidiu com uma mudança de empresa, e uma promoção. Ela fez a mesma coisa quando entrou na Stevenson & Reede. Rompeu um noivado e assumiu uma nova posição. Segundo a minha fonte, ela estava envolvida com o homem que ocupava o seu cargo atual. Nesse caso, foi ele quem saiu. Foi transferido para Londres e ela assumiu o cargo.

Agora a coisa estava ficando interessante.

— Quem é a fonte?

— Conheço pessoas que conhecem pessoas, e parte das coisas interessantes que eu fiz foi pescar essas informações. — Ele abriu a porta do carro para ela e sorriu.

— Usar sexo ou relacionamentos para subir na carreira não faz dela uma assassina.

— É verdade, mas a faz um pouco insensível, né? — Ele contornou o carro e se sentou ao volante. — Ela atribui funções, em algum nível, aos subordinados do sexo masculino. Isso faz com que eles a vejam como uma mulher mais suave. No entanto, é ela quem sobe ao topo dos departamentos em que trabalha. Ela é um pouco insensível, e eu diria, sem dúvida, ardilosa.

— Está emocionalmente instável e nervosa, ou talvez queira ser vista dessa forma, por enquanto — concordou Eve. — E ela dormiu com Vann. Nada sério, na minha opinião, mas eles transaram. Percebi isso no rosto dela quando ele falou sobre Jeni Curve.

— Ele tem a fama de transar sem compromisso, de acordo com a minha fonte.

— E se colocou ao lado de Curve, mais próximo do que os outros dois. Tornou o assunto pessoal.

— Ele está acostumado a conseguir o que quer e é bom no que faz. Sabe como pensar em termos de marketing, sabe como se conectar. E não está interessado em galgar degraus e se esforçar pra melhorar no trabalho aos pouquinhos. O básico não lhe interessa. Ele gosta do brilho, de ter uma sala no canto do escritório. Mas não aceitaria o cargo de Nancy Weaver. É um posto que dá muito trabalho.

— Foi o que a sua fonte disse?

— Não, é minha observação pessoal mesmo.

— Que bom que ela combina com a minha. — Eve se acomodou no banco do carona enquanto Roarke dirigia. — Vann quer estar sempre à frente de tudo; gosta dos almoços de negócios chiques, das viagens, dos vinhos, dos jantares com clientes cheios da grana e das transas sem compromisso de vez em quando. E seu relacionamento com a chefe da empresa lhe dá abertura e vantagem sobre os outros. Até mesmo em relação a Weaver, que tem um cargo teoricamente mais alto que o dele. Irritante.

— Então ela dorme com ele pra se garantir, de certo modo.

— É, pode-se dizer que sim. Tanto Weaver quanto Vann se lembraram na mesma hora de Macie Snyder; Vann falou mais e contou que ela estava sentada com outra mulher e dois homens, todos rindo. Callaway foi mais vago. Os dois homens se referiram a Carly Fisher como "aquela garota"; é um detalhe, talvez, mas isso mostra uma falta de respeito inata pelas mulheres no local de trabalho, uma percepção delas como "garotas". Callaway se referiu a Curve da mesma forma.

— Devo lembrar a você que Feeney se refere a seus *e-geeks* como "garotos".

— Sim, mas isso é um tratamento carinhoso. Ele chama todo mundo de "garotos" mesmo quando a pessoa tem peitos. Isso foi diferente, de certa forma, instintivo. Alguma coisa está acontecendo por lá — repetiu, tentando explicar melhor. — Alguma coisa está rolando ali. Dois funcionários importantes em seus departamentos morreram. Cattery e Fisher. Cattery é o "cara que todo mundo procura", Fisher é a "garota" de Weaver, uma novata que se dedicava de corpo e alma a qualquer tarefa que lhe fosse oferecida.

— Se Weaver quisesse se livrar de qualquer um deles poderia dar um jeito de despedi-los.

— Poderia, sim. É mais difícil despedir alguém que talvez saiba algo que você não queria que eles soubessem. Pelo que vemos aqui, cinco pessoas trabalharam nessa campanha enorme. Duas delas morreram. Isso faz qualquer um se perguntar o que está por trás disso.

— Só que essa é uma forma muito complicada e insensível de se livrar de um concorrente ou de um chantagista... ou de uma inconveniência.

Ilusão Mortal

— Sei lá. Negócios são meio "cobra comendo rato", certo?

— Cachorro.

— Foi o que eu disse: cachorro.

Ele soltou uma risadinha e lançou um olhar divertido e afetuoso para ela.

— "Cobra comendo cobra."

— Essa expressão é muito idiota. As cobras comem os ratos. Todo mundo sabe disso.

— É, você tem razão. Negócios são "cobras comendo ratos".

— Foi o que eu disse. Continuando. Consideremos o perfil de Mira. Alguém que não recebe a atenção que deseja, anseia por algo mais, não tem consciência, tem necessidade de poder e controle. Além disso, nas duas vezes uma mulher... digamos, uma "menina"... foi usada como portadora da substância. Ele está pau da vida. Por isso quis provar o ponto dele, fazer uma declaração. Só que ele não tem coragem de matar direto, de sujar as mãos de sangue. Deixe a "garota" fazer isso. A garota está abaixo dele mesmo. É só uma entregadora, é uma funcionária servil... a "garota" do bar. É só uma subalterna, sem importância.

Por uns segundos, ela batucou os joelhos com os dedos.

— Então, podemos ter certeza de que não foi Nancy Weaver.

— Ela teria usado um homem.

— Exatamente. Usar homens é o que ela está acostumada a fazer. E se, novamente, for um deles e Cattery fosse um alvo, ela o teria usado como o portador. Era só enfiar o frasco no bolso dele e cair fora. A mesma coisa com Fisher. Ela teve muitas oportunidades para plantar a substância em Fisher. Ela poderia ter esbarrado nela, como disse, quando Fisher estava de saída. Ela poderia ter saído com ela, dito a Fisher "entre e pegue uma mesa para nós porque eu preciso resolver uma coisa aqui fora rapidinho".

— Sim, seria mais simples. Por que complicar?

— E Weaver não é uma mulher solitária, pelo menos não por natureza. Ficou noiva duas vezes. Talvez ela não consiga se comprometer a longo prazo, mas faz conexões pessoais. Ela gosta de trabalhar em equipe, só que também gosta de ser a líder. Um tempo bem gasto, considerou Eve. A reunião na S&R certamente havia sido bem aproveitada.

— Vou dar uma olhada nas finanças de Fisher e analisar tudo a fundo, só pra garantir. Mas até onde eu saiba, ela era a protegida de Weaver. Alguém que ela estava treinando e moldando para ascender na empresa. E essa subida ficaria como um trunfo, certo?

— Eu posso estar errada, mas isso seria o máximo. E sim, seria um trunfo. — Ele dirigiu pelos portões abertos de casa e deu a volta na entrada. — Quem pode ter sido, então? Vann ou Callaway?

— Não sei se foi um dos dois. De repente, foi o cientista Lester. Talvez alguém que eu não tenha avaliado com atenção até agora. Ainda não estabelecemos nenhuma conexão com o Cavalo Vermelho, e essa ligação é a chave de tudo.

Ele saiu do carro com ela e eles se entreolharam em meio à noite fresca com o vento leve do outono.

— Mas você está tendendo para um deles.

— Estou pensando em tender para um deles, sim. Mas o que eu queria mesmo é fazer isso com uma taça de vinho na mão e a cabeça tranquila.

— Por que não providenciamos isso?

— Vamos, por que não? — Ela estendeu a mão para ele. — Você pareceu indiferente, superior e só um pouquinho rude.

— Isso é bem natural pra mim.

— É mesmo.

Ele riu, inclinou-se para beijá-la. E mordeu de leve o seu lábio inferior.

— E aqui estava eu, pensando em preparar espaguete e almôndegas para acompanhar aquele vinho.

Ilusão Mortal 255

— Retiro o que disse. Você teve de apresentar uma atuação digna de um Oscar para parecer indiferente, superior e só um pouquinho rude.

— Agora você está só querendo me agradar. E por falar em Oscar, o lançamento do filme da Nadine vai ser daqui a poucas semanas.

— Por favor, não me lembre disso! — Ela entrou no saguão e viu Summerset parado. Antes que tivesse a chance de inventar um insulto para saudar o homem, ele deu um passo à frente.

— Tenho um nome para você: Guiseppi Menzini.

— Quem é ele?

— Quem *foi* ele. Um cientista, conhecido por ser o líder de uma das facções do Cavalo Vermelho. Foi detido na Córsega, duas semanas depois do incidente em Roma.

— Ele foi o responsável pelo ataque?

— Ei, vocês dois, um minuto — interrompeu Roarke. — Vamos sentar na sala. Eve quer uma taça de vinho e acho que você também precisa de uma, Summerset.

— Sim, eu aceito. Vou servir.

Roarke colocou a mão no braço do mordomo.

— Entre e sente-se. Pode deixar que eu pego o vinho. Você já jantou? — perguntou Roarke, a caminho do gabinete envernizado do bar.

— É você que está cuidando de mim agora?

— Você parece estar cansado.

Eve ficou parada por um momento, com as mãos nos bolsos, e comentou:

— Bem que eu achei que você parecia ainda mais morto do que o normal.

Isso provocou o mais leve esboço de um sorriso enquanto o gato se esfregava nas pernas dele.

— O dia foi muito longo.

Então, eles deveriam ir direto ao ponto, decidiu Eve, e se sentou em um pufe com um revestimento sofisticado em tom de vermelho tão vivo quanto rubis.

— Guiseppi Menzini. O que você sabe sobre ele?

— Nasceu em Roma em 1988, filho de um sacerdote destituído e de uma de suas seguidoras fiéis. Os meus dados indicam que a interpretação literal da Bíblia por Salvador Menzini, o pai dele, defendia a ideia de que as mulheres mereciam dar seus filhos à luz em meio a muita dor e sangue. A mãe de Guiseppi morreu poucas semanas após seu nascimento, por complicações do parto, que foi assistido somente por Salvador.

— Um começo de vida difícil.

— Sem dúvida. Obrigado — agradeceu Summerset quando Roarke lhe entregou uma taça de vinho. — Salvador criou o menino sozinho e o educou por completo. Viajaram pela Europa, onde Salvador pregou em várias cidades. Pode ser que ele tenha gerado mais filhos, porque parte da doutrina dele afirmava que o homem era obrigado a povoar a Terra e que as mulheres tinham sido criadas unicamente para se submeter à vontade do homem, às suas necessidades e aos seus desejos. Não existia o conceito de estupro nos ensinamentos de Salvador, porque ele alegava que Deus dera ao homem o direito de tomar para si qualquer mulher que ele quisesse desde que ela tivesse mais de quatorze anos.

— Doutrina conveniente.

— A lei, porém, discordava disso. Ele foi preso em Londres por estupro. Guiseppi tinha doze anos, se os registros estão certos.

— Se não era doze, era perto disso — afirmou Eve.

— O menino fugiu do sistema de proteção infantil. Um dos seguidores ricos de Salvador pagou a fiança e ele se escondeu. Não tem muitas informações sobre nenhum deles ao longo dos anos seguintes, mas a seita do Cavalo Vermelho nasceu durante esse período. Pelo menos as sementes dela foram plantadas nessa época.

Em 2012, Salvador foi baleado e morto pelo pai de uma menina de quinze anos durante uma tentativa de sequestro.

— E o filho? — indagou Eve.

— Ele começou a atrair a atenção da CIA, do MI6 e de várias outras organizações secretas dois anos depois. O rapaz desenvolvera aptidão para a química.

Eve olhou para dentro da taça de vinho e pensou: *Na mosca.*

— Aposto que sim.

— Acham que ele estudou com um nome falso, mas não consigo encontrar nenhuma confirmação disso. Entre 2012 e 2016, até o início das Guerras Urbanas na Europa, ele desenvolveu armas biológicas para vários grupos terroristas. Não era particularmente leal a nenhum deles, nem mesmo ao Cavalo Vermelho, embora se acredite que ele tenha sido líder de uma facção daquele grupo. Mantinha fortificações em pelo menos três locais na Inglaterra, Itália e França.

— E aqui não? — interrompeu Eve. — Nada nos EUA?

— Não tem registro de locais aqui, não. Ele gostava da Europa e preferia as cidades em vez do campo, como o pai. Enquanto as Guerras Urbanas se espalhavam, ele fornecia, para quem pagasse mais, munições, explosivos e a sua especialidade: armas biológicas. Ele não teve filhos registrados. Mas existem vários relatos de testemunhas, incluindo os de crianças recuperadas por sua seita e os de outras raptadas, afirmando que ele tinha muitos filhos. Ninguém sabe dizer com certeza se eles eram filhos biológicos ou se foram crianças raptadas que ele criou como filhos. Havia outros como ele, e outros homens com ainda mais seguidores e mais poder. Ele não era considerado prioridade para as agências internacionais, mas houve tentativas de capturá-lo e assassiná-lo. Também de acordo com relatos, que foram e continuam cuidadosamente escondidos, uma das tentativas de assassinato resultou na morte de cinco crianças. Dois meses depois, o café nos arredores de Londres foi atacado. Capturá-lo se tornou uma prioridade desde então.

— Às vezes, mais tarde é tão ruim quanto nunca.

Summerset ficou observando Eve enquanto bebia seu vinho.

— Dizer que o mundo estava em desordem seria amenizar a situação. Estavam acontecendo saques, incêndios, bombardeios, assassinatos indiscriminados e estupros. No começo, parecia que a polícia e os militares iam reprimir tudo e as coisas voltariam a ficar bem. As pessoas se trancaram em suas casas ou fugiram para o campo até a situação se acalmar. Mas a repressão não deu certo e o mundo continuou caótico durante muito tempo. Tudo se transformou numa onda de ódio e violência que não teve como ser contida.

Summerset pausou um momento e sorveu seu vinho.

— Fiquei sabendo que ele era um homem pequeno... um inseto, por assim dizer... em comparação aos que procuravam destruir.

— Insetos precisam ser esmagados.

— Concordo, mas existiam muitos mais como ele, e muito mais organizados. Sempre tem aqueles que esperam e se planejam exatamente para uma situação como essa. Havia exércitos que atacaram estrategicamente... bases militares, comunicações, estações de distribuição de alimentos e de água... muito mais do que as de Menzini ou as de outras seitas do Cavalo Vermelho. Eles pensaram que iriam vencer, mas no final também foram engolfados por aquela onda. Sabe o que você viu nesses últimos dois dias? Imagina isso acontecendo em todos os lugares, os corpos, o sangue, as perdas, o medo e o pânico. A lei sucumbiu diante da barbárie. Não existiam muitas pessoas como você, tenente, que se colocaram entre os culpados e os inocentes... e foi difícil distinguir um do outro por um tempo. Por muito tempo até, devo dizer. Vocês dois são muito jovens pra saber dessas coisas. Agradeçam por isso.

— Conheço alguns que se colocaram nesse lugar, como foi o seu caso. Eles quase nunca falam sobre isso. Alguns nunca comentam.

— Não existem palavras para descrever aquilo. — Summerset pareceu mais magro enquanto falava, se é que isso era possível, refletiu Eve. Estava muito mais pálido. Lembranças ruins, como ela muito bem sabia, podiam corroer uma pessoa.

— O que eles ensinaram e o que escreveram é uma imagem pálida e suave em comparação à realidade de tudo — continuou ele. — Ou em comparação ao que você viu nos últimos dois dias, tenente. Alguns de nós estiveram lá no começo, aqueles que se lembram. Eu me lembro — murmurou —, e estou com medo.

Ela não esperava que ele fizesse aquele relato, não tinha esperado ver aquilo. Falava com ele agora como faria com uma vítima.

— Isso não é um movimento específico nem uma guerra. Trata-se de um homem com uma arma que quer provocar medo e chamar atenção. Acho que eu o conheço, já falei com ele e olhei nos olhos dele. Vou impedir essa pessoa.

— Eu acredito que você vai fazer isso. Preciso acreditar nisso. — Ele respirou muito lentamente e deu mais um gole. — Os detalhes da prisão de Salvador após o ataque em Roma não estão só enterrados. Muitos dos dados foram completamente destruídos. O que eu soube não pode ser confirmado. Menzini criou a substância, mas não a entregou pessoalmente. Ele criou o produto, selecionou os dois alvos e deu a ordem, mas usou duas mulheres para o ataque... duas meninas. As próprias filhas, acredita? E elas foram enviadas pelo "pai" para uma missão suicida. Cada uma levou um frasco da substância para o local, liberou-o e, sob suas ordens, permaneceram ali, de modo a também serem infectadas.

— Meninas. Você tem certeza?

— Isso não tem como ser confirmado.

— Mas você sabe se é verdade?

— Acredito que sim.

— Eu só preciso disso.

— Você disse que o conheceu. Qual é o nome dele?

— Eu disse que acho que o conheci — corrigiu Eve. — Tenho três suspeitos, todos viáveis para mim... isso *se* eu estiver seguindo a pista correta. Mesmo que eu esteja certa, ainda não tenho como provar. Estão me faltando as conexões essenciais.

— Mas você sabe qual dos três. Quero saber o nome dele. Quero guardar o nome dele na minha cabeça para poder pronunciá-lo em voz alta quando você o pegar.

— O nome dele é Lewis Callaway, mas...

— Eu só preciso disso.

Ele repetiu a mesma resposta de Eve de forma tão casual que ela ficou sem palavras. Quando seu *tele-link* tocou, ela considerou um sinal para adiar o desfecho daquela conversa.

— É Nadine. Preciso atender lá em cima. Dallas falando! Um minuto — pediu Eve. E pensou no que seria mais certo dizer. — Lewis Callaway — repetiu, para Summerset. — O homem é um covarde. Eu antigamente ficava surpresa ao ver quantos assassinos são covardes. Vamos deter esse cara. Tudo que você me disse ontem e tudo que você me contou agora vai nos ajudar a unir os pontinhos e construir um caso sólido que vai colocá-lo atrás das grades durante cada minuto que ainda restar da vida doentia e covarde dele. Assim, você vai poder esquecer que ele existe. Macie Snyder e Jeni Curve. Essas são as duas mulheres que ele usou pra provocar os assassinatos, mas elas não trabalham sob as suas ordens. Elas nem sabiam o que estava acontecendo. Se você precisar colocar um nome na sua cabeça, coloque o nome delas. É elas que importam.

Ela se virou e tirou o *tele-link* do modo de espera enquanto caminhava.

— Pode falar, Nadine.

Roarke se levantou e completou a taça de Summerset.

— Isso deve ser um recorde — disse para o mordomo.

— O que deve ser um recorde?

— Você e Eve conversando de verdade, sem provocar um ao outro há dois dias consecutivos.

Ilusão Mortal

— Ah, sim. — Summerset deixou escapar um suspiro. — Espero que a tenente e eu voltemos à nossa rotina normal logo. Para o nosso mútuo alívio.

— Você precisa comer um pouco e descansar.

— Acredito que sim. Vou fazer as duas coisas daqui a pouco. E também vou ficar com o gato durante mais um tempo. Preciso de um pouco de companhia. Vá lá em cima fazer a sua esposa comer. Nem sei como ela conseguiu não morrer de fome antes de você começar a colocar comida debaixo do nariz dela.

— Eu gosto de fazer isso.

— Sei que gosta. Você era um garoto interessante, sempre muito brilhante e inteligente, sempre sedento por mais... de tudo. E virou um homem interessante e inteligente. Ela fez de você uma pessoa melhor.

— Ela me transformou mais do que eu jamais julguei ser possível.

— Vai dar comida para ela. Imagino que vocês dois vão trabalhar até tarde hoje.

Sozinho, ele se sentou com o gato esparramado sobre seus pés, a taça de vinho na mão. O fogo crepitava na lareira da bela sala de estar mobiliada com madeira reluzente, cristais cintilantes, tecidos luxuosos e obras de arte. A mesma sala onde agora a dor, a perda e o medo de muito tempo atrás tentavam assombrá-lo.

Macie Snyder, ele pensou. E Jeni Curve. Sim, ele se lembraria desses nomes. A tenente estava certa. Os inocentes eram importantes.

CAPÍTULO TREZE

Roarke encontrou Eve em seu escritório, dando voltas em frente ao quadro do crime que ela montara.

— A Nadine é muito boa — elogiou Eve. — Ela conseguiu chegar a alguns dos mesmos dados que Summerset nos deu. Não com tantos detalhes, porque ela não é *tão boa* assim, mas o suficiente para que eu tenha duas fontes quando eu levar tudo a Teasdale, com perguntas sobre Menzini. E somando as informações de Nadine, Callendar e Teasdale, já tenho uma lista bem longa de pessoas raptadas no passado. Dividi as pessoas entre "encontradas" e "não encontradas".

— O que você conseguiu extrair desses dados?

— Ainda não tenho certeza. O Callaway é muito jovem para ter sido sequestrado durante as Guerras Urbanas. Mas pode ter acontecido com um dos pais dele. Os avós podem ter estado envolvidos de alguma forma? Pode ser. Tudo é possível. Preciso cavar mais fundo. O filho da mãe não é cientista, então tem que existir uma conexão, um jeito de ele ter colocado as mãos na fórmula.

Roarke entregou a Eve o vinho que ela havia deixado no andar de baixo.

— Você nem bebeu.

— Ih, é.

— Nem jantou também. — Ela olhou mais uma vez para o quadro. — Você pode conversar comigo enquanto comemos — sugeriu Roarke. — Recebi ordens de alimentar a minha mulher.

Os ombros dela ficaram tensos, mas logo ela relaxou de novo.

— Ele está bem?

— É uma situação difícil, você sabe disso melhor que ninguém. Voltar, olhar de perto os eventos traumáticos do passado. Ele contou mais hoje à noite pra você sobre os horrores das experiências que viveu do que já contou pra mim nesses anos em que estamos juntos. Não sei muito bem quem ele era antes de me salvar, antes de me adotar.

— E você nunca investigou. Você também nunca olhou para o meu passado, até que eu pedi que fizesse isso.

— É verdade, não olhei. Amor sem confiança não é amor.

Aquilo o chateava, Eve sabia. Roarke se preocupava ao ver Summerset tão frágil e tão cansado.

— Vou pegar a comida. Vamos jantar — propôs ela.

Ele passou a mão pelo cabelo de Eve, deu um beijo em seus lábios e disse:

— Deixe que eu preparo o que você quiser. Pode pedir.

Ela olhou para o quadro mais uma vez, suspirou, e foi até a pequena cozinha do escritório enquanto Roarke programava a refeição.

— Roarke? Quem quer que Summerset tenha sido antes, foi o tipo de homem que acolheu um menino, cuidou dele e deu a ele tudo o que precisava. Ele ainda é um pé no saco, mas o que fez por você é incrível.

— Não sei, não sei mesmo, se eu teria chegado a me tornar um homem sem ele. Imagino que meu pai pudesse ter acabado comigo, como acabou com a minha mãe, por mais esperto e inteligente que eu fosse. Se eu tivesse sobrevivido, não tenho certeza de que tipo de homem eu teria sido sem ele. Então, o que ele fez é importante, sim. E muito.

Ela se sentou com ele perto da janela, na mesinha. O espaguete e as almôndegas pelos quais ela tinha um fraco estavam amontoados em seu prato e lhe passavam uma sensação de conforto.

Será que eles estariam ali agora, juntos daquele jeito, se Summerset tivesse feito outra escolha no dia em que encontrou um menino espancado quase até a morte pelo próprio pai? Se tivesse continuado a andar, como alguns fariam, ou despejado Roarke num pronto-socorro qualquer, será que eles estariam ali, tomando vinho e comendo macarrão?

Roarke diria que sim, que o destino deles era ficarem juntos. Mas Eve não acreditava muito em sina e destino.

Todos os nossos passos e todas as nossas escolhas tornavam a vida um labirinto intrincado com infinitas soluções e fins.

— Você está muito quieta — comentou Roarke.

— Ele queria algo muito maior pra você. Você passou a ser dele e ele quis algo diferente pra você, quis que você virasse outra pessoa. Agora ele lida comigo e nós lidamos um com o outro. Mas ele teve uma espécie de visão para você. Isso é o que os pais fazem, certo?

— O que quer que ele tenha imaginado para mim, no fundo, queria que eu fosse feliz. E ele sabe que eu sou feliz. É como ele me disse antes de eu subir... Que você fez de mim um homem melhor.

Por um instante ela ficou, de verdade, sem palavras.

— Ele realmente deve estar se sentindo muito fora de si.

Quando Roarke apenas fez que não com a cabeça e sorveu seu vinho, ela usou o garfo para enrolar o macarrão.

— Isso só me fez pensar e enrolar ideias na minha cabeça como se elas fossem macarrão — ergueu o braço. — Ela comeu e enrolou mais um pouco de massa. — Os raptados. Eles queriam crianças menores que certa idade, quando seriam mais maleáveis e mais indefesas. A maioria do Cavalo Vermelho seria, como se diz popularmente, um bando de lunáticos. Mas nem todos eram assim. Nunca todos são malucos. Lá também tinham crianças, sugadas ou arrastadas. Mulheres que julgavam não ter escolha, assustadas. E homens com pouca determinação ou sem personalidade para discordar de algo.

— Para piorar, o mundo todo estava a caminho do inferno, sendo entregue de bandeja.

— O que essa expressão significa? Que bandeja é essa? Se for uma bandeja comum, são necessárias duas mãos para carregá-la, isso é fato.

— Trata-se de uma bandeja simbólica.

Os olhos dela se estreitaram.

— Você está me zoando, né?

Ele riu.

— Estou falando sério.

— O que eu estava dizendo, antes do papo da bandeja, é que algumas pessoas, considerando a natureza humana, se sentiriam protetoras com relação às crianças. E talvez se relacionassem com elas, especialmente as crianças que foram mantidas junto delas por um bom tempo. Eles sem dúvida teriam de designar muita gente pra cuidar das crianças e dos bebês.

— E então o laço seria formado. É, eu consigo ver isso.

— Com esses vínculos surgem as projeções e os desejos em relação à criança. As crianças dependem de alguém que forneça comida, abrigo e proteção. Mira me fez perguntas hoje que me fizeram refletir sobre isso. Eu tinha medo de Troy e, mesmo quando era muito novinha, já odiava o cara em algum nível. Mas eu dependia dele. Da minha mãe, não. Eu nunca dependi dela.

Havia uma pontada de dor por isso?, perguntou-se Eve. *Talvez, mas muito pequena.*

— Acho que essa é uma das razões pelas quais eu me lembro dele com muito mais clareza. Não só porque ele esteve comigo por mais tempo, mas porque era ele quem me trazia a comida, esse tipo de coisa. Ele não conseguiu me transformar. Talvez eu fosse mais forte do que qualquer um de nós imaginava, ou não era tão inteligente quanto pensava. Mas não é difícil transformar uma criança, nem mesmo um adulto, só com dor e recompensa, dor e recompensa... ou com privação e medo repetidamente. Dá até pra transformar as pessoas com gentileza, se o adulto for esperto.

— Eu concordo, mas como você disse, Callaway é jovem demais pra ter sido raptado.

— Se o pai dele foi sequestrado, Callaway pode ter sido criado na doutrina. Ou pode conhecer alguém que foi. Vou analisar melhor essas listas de crianças sequestradas.

— Por que Callaway, especificamente?

— São os pequenos detalhes que começam a se somar. Ele foi o primeiro a aparecer pra ajudar... Com Weaver. Foi à nossa procura, mostrou preocupação com o amigo e colega de trabalho. Admite ter estado no bar, e essa foi a área do marco zero, pelo que consegui reunir. Vann saiu de lá muito cedo. Weaver já está no comando, e como eu disse, certamente teria usado um homem.

— Então, por que não ir atrás de Weaver ou Vann nesse caso? Weaver é uma mulher e está em posição de comando. Vann tem as conexões familiares necessárias e todo o brilho.

— Talvez ele esteja trabalhando pra subir na vida. Quer eliminar primeiro a competição direta. Talvez esteja só atacando de forma indiscriminada e teve sorte. Proporcionalmente, a empresa dele perdeu mais gente do que qualquer outra nos dois ataques. Relacionamentos. Ele vive e trabalha naquele setor. Weaver e Vann vivem nas imediações do lugar, mas Callaway está bem no meio.

Geografia. E está pressionando Weaver pra obter informações. Ele é solteiro. Não encontrei relacionamentos duradouros no passado.

— Vann foi casado e tem um filho. Weaver ficou noivo duas vezes.

— Poderíamos dizer que Weaver e Vann não são campeões no quesito compromisso, mas eles tentaram. Nada mostra que Callaway tenha feito as suas tentativas. E embora tenha sido algo apenas mencionado de passagem, Weaver falou da mãe, e Vann, do filho. Já Callaway...

— Não falou de ninguém — terminou Roarke.

— Começa a fazer sentido — repetiu Eve. — Ele mora sozinho e está atuando como gerente de nível médio. Dos três, ele é quem estava mais controlado hoje à noite. Teve cuidado com tudo que disse. Parecia que estava seguindo e aceitando a deixa dos outros. Não queria se destacar, não nesta situação. Quis me deixar focar apenas nos outros dois, e a reagir principalmente a eles. Até mais perto do fim da conversa. Ele não estava conseguindo tudo o que queria, então teve que se meter na conversa, em vez de depender dos outros dois para extrair as informações que buscava. — Ela se recostou e soltou um suspiro. — E isso tudo são só sensações, leituras vagas. Eu nem mesmo tenho dados suficientes pra reunir a mão de obra necessária e mantê-lo sob vigilância.

— Então, teremos que encontrar mais dados.

— Se eu estiver certa, vai ter alguma coisa, algo enterrado no passado dele. No histórico familiar, ou escolar. E tem que existir um gatilho. Ele não acordou num belo dia e simplesmente decidiu matar um monte de gente. Alguma coisa o incomodou, ou lhe deu permissão para fazer isso.

— A campanha parece ter sido o foco deles nas últimas semanas. É interessante que o primeiro ataque tenha acontecido justamente na noite em que eles concluíram o trabalho e Vann saiu para fazer a apresentação ao cliente.

Ilusão Mortal

— Talvez você conheça alguém que conheça alguém e que possa providenciar para que eu converse com o cliente em sigilo. Para saber as impressões dele.

— Por que você não deixa isso por minha conta? É mais provável que o cliente fale comigo sobre negócios do que com uma policial sobre um suspeito de assassinato.

— Ok, se você lidar com isso...

— Amanhã de manhã.

Ela franziu o cenho.

— Por que não agora? Não quero mais perder tempo com isso.

— É melhor durante o horário comercial — insistiu Roarke. — Se eu falar sobre isso com ele agora, no meio da noite, o cliente vai ficar desconfiado. Se o contato for feito no horário comercial, vai parecer um assunto de negócios, algo normal.

— Acho que você sabe melhor do que eu — concordou ela, a contragosto.

— Acho que sim. E isso me deixa livre pra ajudar você de alguma outra forma. Quer que eu pesquise sobre as crianças raptadas e as histórias delas?

Ela considerou a ideia.

— Tá bem, faça isso. A Teasdale provavelmente já está investigando os sequestrados. Não do jeito que pretendo fazer. Mas posso pular a pesquisa dos dados dela, por ora.

— Você vai contar a ela o que está fazendo?

— Depois que eu tiver feito, com certeza. O caso é meu — lembrou Eve, quando ele sorriu. — Ela está prestando consultoria. Provavelmente tem um passado limpo, sobretudo depois de ter sido submetida ao seu exame microscópico e ter sido aprovada. Mas não sei qual é a essência dela. E ela vai ficar a par de tudo que eu tenho na reunião de amanhã, assim como toda a equipe. A menos que um de nós encontre um filão de ouro que possa ser atacado ainda hoje.

— Então, vou começar a bancar o intrometido. E já que cuidei da sua comida, você pode cuidar dos pratos.

— Sempre tem uma pegadinha.

— O mundo é assim, querida.

Ela não podia negar isso. Além do mais, o espaguete tinha ficado no ponto certo. Ela se sentia com a energia recuperada e pronta para trabalhar. Faltava apenas um pouco de café para arrematar.

Quando ela resolveu esse ponto e tinha um bule de café em sua mesa, já tinha montado a sua estratégia. Começaria pelas crianças não recuperadas.

Setenta e oito crianças nunca tinham sido localizadas, nem vivas nem mortas. A maioria, notou depois de uma passada de olhos, tinha família, embora também houvesse órfãos de guerra e outras aptas para adoção espalhadas pelos arquivos. Eram presas mais fáceis, ela concluiu. E sem um pai à procura delas, eram ainda mais fáceis de doutrinar.

Ela começaria por elas e examinaria os nomes, partindo dos mais novos para os mais velhos.

A primeira que pegou foi uma menina com três meses de idade, levada em uma invasão a um orfanato improvisado em Londres. Mãe morta, pai desconhecido. Tinha sido uma das oito crianças sequestradas. Não havia DNA algum no arquivo, mas a menina tinha uma pequena marca de nascença com formato parecido com o de um coração na parte de trás do joelho esquerdo.

Ela acessou os registros, estudou os padrões de busca e os depoimentos de testemunhas. Três mulheres morreram tentando proteger as crianças. Um casal de crianças sobreviventes tinha descrito a invasão, os homens e as mulheres que atacaram o local.

O mais velho, um menino de onze anos, conseguiu escapar com outros dois. Garoto esperto, pensou, enquanto lia. Seu pai tinha sido um soldado e o ensinara a seguir os rastros e a fugir de perseguições. Ele tinha levado seus dois amigos para um acampamento base, local onde foram mantidos.

Como resultado desse evento, mais duas crianças foram recuperadas, bem como os restos mortais de uma terceira. Apenas a criança que se chamava Amanda e um menino de dois anos, Niles, foram deixados para trás. Paradeiro desconhecido.

Ela ordenou que o sistema fizesse uma estimativa do semblante atual deles com base nos rostos de infância de Amanda e Niles. Estudou as imagens que o computador mostrou de como seriam seus rostos hoje. Colocou as imagens lado a lado com as fotos de identificação da mãe e do pai de Callaway, de sua tia paterna, de seu tio por casamento e até mesmo dos seus avós, embora isso fosse forçar muito a barra.

Notou que não havia nenhuma informação gritante nas identificações das mulheres. Mas essas coisas podiam ser removidas ou encobertas. Mesmo assim, ela não viu semelhança alguma entre as duas crianças e um membro da família de Callaway.

Eve se perguntou se alguma das crianças ainda estava viva e, se fosse o caso, onde estariam, como e com quem? Então, deixou a questão de lado. Se fosse analisar atentamente cada um daqueles jovens inocentes, entraria em depressão.

Por isso, seguiu nas pesquisas, avançando lentamente em meio a fotos, descrições, relatos de testemunhas, entrevistas com crianças recuperadas, familiares e interrogatórios de prisioneiros.

Aquela tinha sido uma época muito difícil, pensou, e como em qualquer época terrível, os inocentes sofreram mais e pagaram mais caro do que aqueles que tinham incitado o terror inicial.

Mais do que vidas perdidas, ali havia vidas fragmentadas ou danificadas além de qualquer compreensão.

Depois de ter passado da metade da lista de crianças perdidas, ela havia conseguido construir uma ideia fiel de como o Cavalo Vermelho funcionava. Como era a liderança, as missões individuais, as crenças, disciplinas e até mesmo comunicações poderiam ter sido perdidas, mas os seus métodos seguiam uma linha comum.

Eles sempre usavam mulheres para se infiltrar em acampamentos, hospitais e centros infantis, para reunir informações quanto a rotinas, segurança, números e, em seguida, invadiam o lugar. Frequentemente, muito frequentemente, ela notou, os líderes sacrificavam as jovens e as mulheres que tinham se infiltrado.

Levavam as crianças, matavam o restante — ou tantas quanto fosse possível. Protegiam as crianças, transportavam-nas e espalhavam-nas.

Se algumas morressem durante as operações, paciência, sempre haveria outras crianças.

Eve fez um intervalo muito necessário, levantou-se com o seu café e foi até a porta do escritório de Roarke.

— Tenho dados em volume considerável — disse Roarke para ela, sem erguer o olhar. — Alguns deles são bem interessantes. Só que eu ainda não terminei.

— Não, tudo bem, eu só precisava me afastar daquilo tudo por uns minutos. É difícil.

Ao ouvir isso, ele parou e olhou para a esposa. Ele já a tinha visto examinar os mortos várias vezes, corpos mutilados, inclusive, e que depois ela levava os respingos e o sangue coagulado com ela. Então dessa vez era algo mais.

— Fala comigo.

E ela falou, porque fazer isso ajudava.

— Depois que eles se espalharam e se reagruparam, começaram a doutrinar as crianças que sobreviveram aos ataques. Atraíam os mais jovens, com menos de quatro anos, com recompensas: chocolate, balas e brinquedos. Os mais velhos ou os mais teimosos eram dobrados pela dor ou privação. Ficavam sem comida, sem luz, eram chicoteados. Alguns escapavam... Muito poucos. Outros morriam, e esses já não eram tão poucos assim. Eu li algumas entrevistas antigas com crianças recuperadas que detalharam os abusos físicos, emocionais, psicológicos, sexuais. Isso

Ilusão Mortal 273

era contrabalançado por momentos de cuidados e conforto, mas elas voltavam a sofrer abusos caso não renunciassem às famílias ou não jurassem lealdade ao Cavalo Vermelho, aprendendo as doutrinas e seguindo suas linhas gerais.

— Eles torturavam crianças.

— Tudo em nome de algum deus vingativo que eles decidiram venerar.

— Deus não tem nada a ver com isso. Foi o homem que criou a tortura.

— Sim, somos bons em inventar maneiras de ferrar uns com os outros. Quando a criança tinha família, eles ameaçavam matar a mãe ou o pai, caso ela não cooperasse. Ou simplesmente diziam que sua família já estava morta. Ou repetiam para a criança, sem parar, que a família não se importava com ela e que ninguém viria resgatá-la.

— Métodos usados por toda a história para desmoralizar e subjugar prisioneiros de guerra e transformá-los, sempre que possível, em ativos.

— Isso é pior do que o que aconteceu comigo.

Ela queria andar um pouco, dissipar aquela energia raivosa. Mas, como precisava de toda a energia que pudesse reunir, de qualquer fonte, continuou em pé, balançando o corpo para a frente e para trás sobre os calcanhares.

— Essas crianças perderam famílias que as amavam ou foram tiradas delas para depois serem sistematicamente torturadas e submetidas a uma lavagem cerebral. Os mais velhos, que eram mais fortes, eram usados como mão de obra. Se uma garota tinha idade suficiente, eles a forçavam a fazer sexo com um dos meninos. Eles tinham cerimônias pra isso, Roarke, e assistiam a tudo. Porra. Era como uma festa.

— Sente-se, Eve.

— Não, estou bem em pé. Só queria não sentir tanta raiva. Fica mais difícil de trabalhar bem quando a gente está com raiva. Estou com registros de mais de trinta bebês nascidos vivos, filhos de crianças sequestradas. O mais jovem pai registrado tinha doze anos. Doze, pelo amor de Deus. Eles arrancavam os bebês das meninas. E assim que dava, já as engravidavam de novo. Esbarrei no caso de uma jovem que tinha quinze anos quando foi resgatada. Tinha tido três bebês. Ela se matou seis meses depois de ter sido resgatada. Não foi a única. As taxas de suicídio entre os sequestrados são estimadas em quinze por cento, geralmente antes de completarem dezoito anos.

Ela respirou fundo.

— Quase todos os dados dessas gestações e desses suicídios vieram do Callendar e da Teasdale. Nadine não desenterrou nada disso, porque são dados confidenciais. Não sei se as fontes de Summerset sabiam de tudo ou contaram tudo a ele.

— Não, ele teria nos contado, se soubesse.

— Por que isso tudo não é de conhecimento público? Por que não é divulgado na mídia?

Era difícil para qualquer pessoa pensar em crianças sendo torturadas e estupradas, ele pensou. Mas quando você foi uma criança que passou por tudo isso, a dor batia com mais força e machucava mais.

— Acho que existe uma combinação de fatores pra isso. — Ele se levantou para ir até onde ela estava e fez um carinho nos braços dela, tentando acalmar a ambos. — Naquela época, aconteceu uma confusão enorme, sem contar com o empenho dos governos para encobrir uma parte do que aconteceu de pior. E também tinham as vítimas e as famílias, que precisavam deixar tudo isso pra trás.

— Essas coisas nunca ficam para trás. Estão sempre à sua frente.

— Você consideraria a ideia de tornar público tudo o que aconteceu com você?

Ilusão Mortal 275

— Isso foi um assunto meu, não é... — Ela respirou novamente.

— Ok, entendi o que você quer dizer, pelo menos em parte. Mas enterrar tudo, não apenas aqui, mas também na Europa e em todos os lugares onde aconteceram essas barbaridades... Isso exigiu trabalho, uma determinação enorme e muito dinheiro.

— As autoridades não protegeram ou não conseguiram proteger os mais vulneráveis, e olha que era de uma seita radical sem financiamento expressivo e organização. Esse tipo de coisa atrai o trabalho e o dinheiro de muita gente.

— A Agência Homeland praticamente administrava as coisas naquela época, pelo menos aqui nos Estados Unidos.

— E o poder poderia ter saído das mãos deles durante a reconstrução do pós-guerra, se tudo isso se tornasse de conhecimento público. Eu não sei, Eve.

— Pelo menos eles estão me fornecendo todos os dados agora, ou parte deles.

— Parece que o superior da agente Teasdale está genuinamente interessado em manter a casa limpa, ou tão limpa quanto essas casas conseguem ser.

— Então, ele ainda tem muita sujeira para limpar. — Eve lembrou a si mesma que aquele não era o trabalho dela. — Preciso voltar ao trabalho.

— Por que não damos uma olhada no histórico de Callaway primeiro?

— Você ainda não terminou a sua pesquisa.

— Já tenho o suficiente pra gente começar.

— Eu não posso permitir que isso se torne pessoal. E, ao mesmo tempo, não consigo evitar que seja pessoal.

— Se conseguisse evitar, não seria a mulher ou a policial que é.

— Espero que isso seja verdade.

— Eu sei que é. Vem aqui, vamos curtir um pouco isso. — Ele colocou os braços ao redor dela. — Por nós dois.

Ela o abraçou com força. Ele sempre estava disponível para ela. Esse era um presente que Eve não queria nunca ter como garantido. Ela achava que sabia o que era a escuridão, o desespero e o terror. Mas viu que havia pessoas que viviam, trabalhavam, dormiam e comiam coisas muito, muito piores.

Ela desejou que eles tivessem alguém com quem contar, como ela tinha Roarke.

— Ok. — Ela se desvencilhou do abraço e colocou as mãos no rosto do marido por um breve instante. — Callaway.

— Você já sabe o básico. Nasceu numa cidadezinha da Pensilvânia. O pai cumpriu três anos de serviço militar, como médico.

— Ambos voltaram para o escritório de Eve enquanto ele falava.

— Ele trabalhou como assistente médico depois que o período de alistamento acabou. Depois que ele se casou e teve o filho, eles se mudaram seis vezes em seis anos.

— Interessante.

— Exercia a maternidade em tempo integral. Hoje eles moram na zona rural do Arkansas. São fazendeiros. Callaway foi educado em casa até os catorze anos. Eles se mudaram mais duas vezes durante a adolescência dele, e ele frequentou três escolas diferentes no ensino médio. O histórico escolar era um pouco acima da média, e não tem nenhum problema disciplinar específico, pelo menos nenhum registrado.

— E o que isso significa?

— Eu achei umas avaliações curiosas. As pessoas se preocupavam com indicações de comportamento antissocial. Ele não era encrenqueiro, mas não socializava muito e não tinha amigos. Fazia o que lhe era dito, nada mais. Foi incentivado a participar de atividades extracurriculares e, por fim, escolheu jogar tênis.

— Nada de esportes coletivos.

— De novo, ele mostrou um desempenho um pouco acima da média, mas notaram que tinha um senso de competição feroz e

Il*usão Mortal* ... 277

precisava ser lembrado, com frequência, da importância de exibir um bom espírito esportivo. Nada de brigas, nem de atos violentos.

— Isso também se encaixa.

— Ele frequentou uma faculdade local por dois anos, depois conseguiu entrar na Universidade de Nova York, mas passou pra lá raspando. Estudou marketing e administração. Mostrou aptidão para ideias e grandes projetos, mas não se saiu tão bem em fazer apresentações nem para trabalhos em grupo. Pelo menos a princípio. Ele melhorou esses atributos e, depois de um tempo, juntou-se à Stevenson & Reede. As avaliações dão a ele notas boas e consistentes em ética de trabalho e ideias, mas elas diminuem em habilidades sociais, apresentações de projetos e relacionamento com clientes. Ele foi subindo na empresa por causa do seu trabalho, mas foi uma subida mais lenta do que poderia ter sido, já que ele não demonstrou qualquer habilidade para apresentar o produto aos clientes ou, basicamente, ser agradável ao lidar com eles.

Roarke continuou:

— Só pra fins de contraste, as avaliações de Joseph Cattery trazem muitos elogios às habilidades dele em lidar com os clientes e à sua capacidade de pensar em equipe. Apesar de Vann ter conseguido a sala no canto do escritório, Cattery recebeu recentemente um bônus generoso e estava na fila para uma promoção com aumento de salário. O bônus foi dado pelo trabalho que ele desempenhou em um projeto que dividiu com o Callaway. O bônus de Callaway nesse projeto foi consideravelmente menor.

— Isso parece um motivo pra matar Cattery, não pra matar todo mundo num bar lotado. — Ela caminhou ao redor do quadro. — No caso dele, não se trata de uma visão religiosa distorcida. Não tem nada a ver com o Apocalipse, nem com crianças capturadas. Mas ainda enxergo uns elementos do Cavalo Vermelho: o uso de mulheres pra fazer o trabalho sujo, o desprezo pelos inocentes e o uso da substância para assassinato em massa. Ele escolhe a dedo tudo o que faz. E mesmo assim não é o suficiente.

— Ah, uma coisa interessante: ele tem o hábito, desde os tempos de faculdade, de viajar pra visitar os pais uma vez ao ano.

— Ele pode fazer isso por sentir que tem esse dever, e não por afeição, certo?

— Eu diria que sim. Só que esse ano ele já foi pro Arkansas quatro vezes. Seus pais não têm nada nos registros médicos que indique uma doença ou um problema de saúde. E não houve nenhuma mudança significativa em suas vidas financeiras.

— Ele está voltando lá por alguma razão específica. — Eve puxou o cabelo para trás. — Algo de que ele precisa, que ele quer, algo que encontrou ou ainda está procurando. Tenho que saber mais sobre os pais.

— Investiguei o pai. Ele tinha quase quarenta anos quando se casou com a mãe de Callaway, que tinha vinte e dois.

— É uma diferença grande de idade. Isso pode ser interessante.

— Ele trabalhava como enfermeiro particular naquela época e foi ajudá-la a cuidar do pai dela. O pai tinha lutado nas Guerras Urbanas, foi ferido, estava sofrendo de complicações dessas feridas e também de depressão. A mulher tinha morrido em um acidente de carro seis meses antes de Russell Callaway conhecer, na época, Audrey Hubbard. Eles se casaram poucas semanas depois da morte do pai dela.

Eve foi até seu computador para verificar.

— Não tenho nenhuma Hubbard na minha lista de crianças, resgatadas ou não.

— Acabei de começar a investigar a mãe. Daqui a pouco te dou mais informações.

— E quanto ao histórico de guerra do pai?

— Ele se aposentou como capitão do exército. Participou de muitos combates, mas não existem registros de que estivesse envolvido em qualquer uma das operações do Cavalo Vermelho. Mas também não sei se haveria registros desse tipo.

Ilusão Mortal

— E a mãe da mãe?

— Mal comecei a investigar, então me dê mais tempo. Estou peneirando dados de décadas e todos os tipos de registros.

— E eu estou te atrapalhando. Esses dados são ótimos. Eles preenchem algumas lacunas. Callaway é um homem insular, um solitário por natureza. É competitivo. A mãe se casou com um homem muito mais velho num momento difícil da vida. Escolheu ser mãe por tempo integral e educou o filho em casa. Manteve-o por perto. Muitas mudanças de casa e de cidade e nenhuma chance real de formar laços externos. O pai provavelmente é a voz dominante da família. Muda de emprego e desenraiza a família quando lhe convém. Avós maternos mortos, e ele não manteve laços estreitos com seus pais quando se tornou adulto. Agora, no entanto, vai encontrá-los várias vezes em poucos meses. São bons dados pra desvendar. Quero saber mais.

— Estou aqui para servir, tenente.

Ela voltou ao trabalho e enviou os dados que Roarke conseguira para Mira, pedindo que ela os avaliasse o mais rápido possível. Investigou mais alguns nomes e deixou a mente refletir.

Num impulso, pediu que o computador lhe mostrasse fotos dos pais de Callaway e ficou analisando-as. Em seguida, começou o lento e meticuloso processo de pegar fotos de crianças sequestradas e envelhecê-las digitalmente.

Bebeu mais café, considerou, depois rejeitou, usar algum estimulador quando viu que a cafeína não estava fazendo efeito contra o cansaço.

E então...

— Peraí.

— Eve! — chamou Roarke, entrando no escritório.

— Calma, calma. Acho que eu encontrei alguma coisa.

— Eu também.

— Olha só isso. Quero saber a sua opinião.

Ele deu a volta na mesa para encarar a tela e as imagens que apareciam ali. A primeira foto ele reconheceu como sendo a mãe de Callaway; na tela dividida ao lado estava uma imagem gerada por computador.

— Elas parecem ser a mesma mulher, ou uma pessoa muito parecida. O cabelo e o estilo de penteado são diferentes, mas o rosto é o mesmo — avaliou Roarke.

— A imagem envelhecida é de Karleen MacMillon, uma menina sequestrada aos dezoito meses de idade. Nunca foi resgatada. Mas, pelo visto, foi recuperada e criada pelos Hubbard com o nome Audrey, porque é ela ali, porra.

— O registro do nascimento de Audrey Hubbard é falso. É uma boa falsificação, mas é falso.

— Porque ela não é filha dos Hubbard. Ela foi uma das crianças raptadas. Mas nunca foi listada como recuperada.

— Hubbard se aposentou do exército e se mudou da Inglaterra para os Estados Unidos com a mulher e a filha de quatro anos. A esposa tinha uma meia-irmã. Gina MacMillon. Eu ainda estou investigando essa ligação.

— Gina e William MacMillon estão listados como pais de Karleen, mas ambos foram mortos no ataque em que a criança foi sequestrada. Esse é o elo entre eles. E liga o Callaway a Menzini e ao Cavalo Vermelho. Não basta pra uma prisão, mas é o suficiente pra colocar alguém na cola dele.

Ela foi até o quadro.

— Ele descobriu que a mãe tinha sido raptada, e isso acionou algo em sua cabeça. Mas como foi que uma criança de quatro anos conseguiu pegar a fórmula ou teve conhecimento dela? Talvez o Hubbard tenha feito parte da operação que derrubou o Menzini ou tenha estado em um dos interrogatórios. Eles têm algo em comum... ou tinham... e o Callaway sempre voltava pra descobrir o que era, pra tentar entender tudo ou pra interrogar a mãe. Preciso conversar com ela.

Ilusão Mortal

— Vamos pro Arkansas?

— Não, meu território é aqui. Teasdale tem os recursos da Homeland pra trazer a mãe dele até aqui. Ela contou a Callaway tudo o que sabia. E agora ela vai nos contar.

— Você precisa dormir. Vou colocar a meia-irmã na pesquisa automática do sistema. Vamos os dois descansar algumas horas. Você já fez o que se propôs a fazer hoje à noite — disse ele, ao ver que ela hesitava. — Você tem que se preparar pra reunião de amanhã.

— Você não está errado. Mas quero repassar esses dados para Whitney e colocar um pessoal atrás de Callaway hoje à noite. Não quero que ele ataque alguma loja de conveniência ou algum estabelecimento vinte e quatro horas enquanto estou dormindo.

— Justo. Faça isso e eu vou juntar tudo que tenho pra sua reunião de amanhã. Depois, vamos pra cama.

— Combinado.

Capítulo Catorze

No sonho que ela sabia que era um sonho, o mundo explodiu. Labaredas de fogo em tons de vermelho que lembravam a morte, alaranjados virulentos e pretos oleosos iluminavam o céu noturno a leste, enquanto golpes sacudiam o solo e golpeavam o ar cheio de fumaça como se fossem punhos.

Ela ouviu o estouro de explosivos, os estalos repetitivos que ela reconheceu como tiros. Houve um tempo, no passado distante, ela pensou, em que as pessoas viviam e morriam por armas de fogo.

Agora, elas tinham encontrado outras maneiras de matar. Mas ela não estava no agora.

Os vales profundos formados pelas torres de Nova York trovejaram com os sons da guerra. Ela estava nas Guerras Urbanas.

Um sonho, ela pensou, aquilo era apenas um sonho. Mesmo assim, ela andava com cuidado, com a arma na mão, pela rua deserta. Talvez os sonhos não matassem, mas era certo que podiam machucar. Ela havia acordado muitas vezes com uma espécie de dor fantasma que gritava e viajava pelo seu corpo, mesmo que fosse apenas no subconsciente.

Mas, às vezes, os sonhos também mostravam o que ela precisava saber e não percebia na rotina agitada do dia a dia.

Então, ela olharia e ouviria tudo com atenção.

Parou perto de um corpo jogado na calçada e agachou-se para verificar a pulsação. E então viu o corte ensanguentado atravessando a garganta de lado a lado. Ainda uma criança, avaliou. Eles tinham levado os sapatos e provavelmente a jaqueta do menino, se é que ele tinha uma; o ataque era recente, pois seu corpo ainda exalava algum calor.

Ela o deixou onde estava. Não tinha escolha, era apenas um sonho. Mas verificou sua arma e viu que não estava com a de sempre, mas com uma .38 automática. Reconheceu o modelo da coleção de armas de Roarke; olhou se estava carregada, sentiu o peso da arma.

E continuou a andar.

Passou por janelas e portas escuras e lacradas com tábuas, carcaças queimadas de carros que seu subconsciente devia ter moldado a partir de memórias de filmes antigos daquela época.

Grades com correntes bloqueavam a entrada de uma estação de metrô. Um trem ia para a parte alta da cidade, notou, e contornou a entrada escura com cuidado. Havia postes de luz, mas as lâmpadas que não tinham sido quebradas estavam apagadas. Os semáforos piscavam: vermelho, vermelho, só vermelho, e a fizeram pensar nas luzes do quarto em Dallas onde ela matou Richard Troy.

Essa não é a questão aqui, lembrou a si mesma. Não se tratava da criança que ela tinha sido, mas quem ela era agora. O que fazia agora.

Chegou a uma placa de rua, esquina de Leonard com Worth, e percebeu que não estava longe da primeira cena do crime.

Talvez a resposta estivesse lá, à espreita.

Ilusão Mortal

Começou a atravessar a rua e ouviu o tiroteio, cada vez mais perto, e os gritos. Mudou de rumo e correu em direção aos sons.

Viu o caminhão militar blindado e o homem com a metralhadora no teto do veículo. Ouviu mais tiros vindos do interior do prédio que o caminhão protegia, seguidos de choros e berros. Crianças, percebeu. Eles estavam ali para pegar as crianças.

Sem hesitar, tomou posição e mirou no homem com a metralhadora. Ele devia estar com colete à prova de balas, pensou, e mirou mais alto. Atirou na cabeça.

Quando ele caiu, ela correu na direção do caminhão. Mergulhou nas sombras ao ver dois homens e duas mulheres arrastando crianças que lutavam e gritavam porta afora. Ela prendeu a respiração e disparou.

Derrubou os dois homens e creditou o tiro certeiro aos treinos de tiro ao alvo que fazia com Roarke ou à sorte típica dos sonhos. As mulheres fugiram, uma delas com um bebê chorando nos braços.

Não, pensou Eve, nem mesmo um só bebê, nem mesmo num sonho. Ela começou a perseguição; quase não parou quando viu o bando de crianças aterrorizadas.

— Voltem para dentro, bloqueiem a porta e esperem por mim.

E continuou correndo.

As mulheres se separaram, então ela correu atrás da que estava com o bebê nos braços.

— Polícia de Nova York! Pare! Pare agora mesmo ou eu vou atirar nas suas costas. Juro por Deus!

A mulher parou e se virou devagar.

— Seria bem típico de você.

Ela olhou para o rosto da própria mãe e viu o sangue correr em filetes da ferida aberta em sua garganta.

— Você já morreu!

— Eu só tenho a aparência de morta. Quantas vezes você vai ter que me matar antes de ficar satisfeita?

— O McQueen que matou você. Eu devia ter te colocado numa cela, mas assim você ainda estaria respirando.

— Eu estaria viva se você cuidasse da sua própria vida.

Ela estava cuidando da sua vida, Eve pensou. Mas para que explicar? Mesmo em sonhos, Stella nunca iria compreender.

— Essa é uma lenga-lenga antiga, Stella. Esse papo está me deixando entediada. Coloque a criança no chão!

— Por que eu faria isso? Você sabe quanto essa vadiazinha vale pras pessoas certas? Preciso sobreviver, certo? Você não sabe como as coisas estão por aqui, nesses dias. Está um inferno. Eu vivi tudo isso. O que você acha que me fez ser como eu sou?

— Eu também vivi isso. — Mira surgiu ao lado de Eve e falava com calma. — Muitos de nós vivenciamos tudo isso. Ela fez as escolhas dela, Eve, assim como eu fiz as minhas, assim como você fez as suas. Você sabe disso. Nada fez com que ela fosse desse jeito. Ela mesma se fez assim.

— Que diabos essa mulher sabe? Ela é só a porra de uma psiquiatra com roupas chiques, afetada. Ela só quer sacanear você, igual a todo mundo. Eu carreguei você dentro de mim. Eu *fiz* você.

Mira nem se deu o trabalho de olhar para Stella.

— Você sabe o que é verdade e o que é mentira. Sempre soube. Diga para mim, diga a verdade.

— Eu sou quem eu sou por minha causa — afirmou Eve.

— É isso, você mesma se criou, e fez isso apesar dela. Ela nunca controlou você, pelo menos não como realmente importa. Por que você deixa que ela exerça esse controle sobre você agora, mesmo que num sonho?

— Eu não consigo. Isso tem que parar.

— Então, faça isso parar — encorajou Mira. — Faça isso acabar. Faça uma escolha.

— Coloque a criança no chão, Stella, e vai embora. Fique longe.

— Você não pode me impedir. Atira em mim, vamos. Eu simplesmente vou voltar. E talvez quebre o pescoço dessa criança antes. É fácil, com todos esses ossinhos frágeis. Pensei em quebrar o seu pescoço também. Você vivia chorando, era uma pirralha chorona igualzinha a essa aqui.

— Você me deixou com ele em vez de quebrar meu pescoço, assim ele pôde me bater, me estuprar e me atormentar. Mas eu sobrevivi.

— Você sobreviveu porque matou também. O sangue dele ainda está em suas mãos. De Richie. E o meu também.

— Eu consigo conviver com isso. — Essa era a resposta, não era? Ela poderia viver com aquela lembrança. — Ponha a criança no chão!

— Por que você se importa? — Stella fechou a mão em volta do pescoço minúsculo e macio.

Eve resolveu avançar, para terminar logo com aquilo, e no mesmo instante o bebê gritou.

— Das!

Bella. A filha de Mavis, com lágrimas escorrendo, estendia os braços para ela.

Em um surto de fúria, Eve encostou o cano da arma na testa de Stella.

— Solta ela, sua vagabunda, ou vou espalhar seu cérebro pela calçada.

— Ela não significa nada pra você.

— Todos eles representam alguma coisa pra mim. Mira, pegue a criança.

— Claro. Pronto, querida. — Tirando Bella das garras de Stella, Mira aproximou-se do rosto do bebê e fez um carinho na menina com o nariz. — Está tudo bem agora. Eve não vai deixar nada acontecer com você.

— Ela é só mais uma pirralha. Tem muitas outras de onde ela veio.

— Não pra você. Você já era.

Os olhos de Stella brilharam.

— O quê? Você vai atirar em mim agora? — Ela ergueu as mãos. — Você vai atirar em mim mesmo eu estando desarmada?

— Não, eu não preciso matar o que já está morto. — Eve guardou sua arma no coldre e olhou enquanto o sorriso de Stella se alargava. E deu um soco com toda força, raiva e desespero naquele rosto sorridente. — Acho que eu estava precisando fazer isso há muito tempo.

Stella caiu na calçada, do mesmo jeito que tinha caído no chão do apartamento de McQueen. O sangue se acumulava ao seu redor, um lago negro na escuridão sombria.

— Você pode voltar. Vou acabar com você de novo.

— Muito bem! — elogiou Mira.

— Onde está Bella? Onde está a criança?

— Ela está a salvo. Eles estão todos a salvo hoje. Você só precisava colocar um rosto nos inocentes. É mais fácil pra você defender outros do que defender a si mesma. Hoje à noite você fez as duas coisas. Estou orgulhosa de você.

— Eu soquei uma mulher morta. Isso deixa a senhora orgulhosa?

— Você está sendo muito literal.

— Ela vai voltar.

— E você vai colocá-la no lugar dela de novo porque é mais forte do que ela. Sempre foi. — Mira pegou a mão de Eve e olhou para o clarão de fogo que iluminava o céu. — Esses foram tempos muito difíceis. Em tempos difíceis, talvez mais do que nos tempos comuns, surgem heróis e vilões. Às vezes, a diferença entre eles é muito pouca; às vezes, a diferença que existe entre os dois é uma escolha que foi feita, e essa escolha os define. Veja só as opções.

Ilusão Mortal

— De quem?

— Tudo começou aqui, não foi? É hora de irmos.

Ela acordou no escuro, sentindo-se estável e aquecida. Nada de tremores nem gritos soltos dentro de sua cabeça. Então, continuou deitada por mais um pouco, imóvel. Tinha sonhado em silêncio, percebeu, enquanto Roarke dormia em paz ao seu lado. E sentiu o peso considerável do gato, que se esparramava sobre os seus pés.

Não tinha sido propriamente um pesadelo, e não tinha sido exatamente um sonho. Também não tinha sido uma solução, pensou, mas houve um progresso. Ela precisaria pensar sobre aquilo, sobre as suas escolhas e sobre o motivo de ter sido tão libertador dar um soco no rosto de sua falecida mãe.

Não tinha certeza do que isso dizia sobre ela, mas percebeu que não se importava tanto assim.

Na verdade, ela se sentia muito bem naquele momento. Um tanto feliz, até, e definitivamente energizada.

Ela se mexeu, ajeitou um pouco os travesseiros enquanto seus olhos se ajustavam à luz do dia. Ela quase nunca conseguia assistir a Roarke dormindo. Na maioria das vezes ele se levantava antes dela. E o sono dela tendia a variar entre sonhos lúcidos, muitas vezes perturbadores, ou um vazio absoluto de exaustão.

Ele parecia em paz, e meu Deus, era tão lindo! Como será que os genes tinham decidido se misturar, se combinar e criar uma beleza tão marcante? Aquilo não lhe pareceu muito justo com o restante da população.

E, mais uma vez, sentiu que toda aquela beleza marcante pertencia a ela.

Que se dane o restante da população.

— Oi — murmurou ele, estendendo a mão para ela. — Shhh. Estou bem aqui.

Será que agora ele conseguia escutar seus pensamentos?, perguntou a si mesma, mas se deixou levar quando ele a puxou para perto.

— Você teve um pesadelo?

— Mais ou menos.

— Está tudo bem. — Ele acariciou as costas dela e deu um beijo em sua cabeça. — Está tudo bem agora.

Olhe só para ele, pensou Eve. Está consolando-a. Sempre tão pronto para acalmar e acolher. Será que ela poderia ter mais sorte do que aquilo?

— Eu estou bem.

— Você está com frio? Vou acender a lareira.

O amor simplesmente a inundou.

— Eu não estou com frio. Não agora. — Ela rolou sobre ele e pousou seus lábios sobre os dele. — E você, como está?

Ela viu seus olhos e notou o brilho deles perto dos dela.

— No momento, estou curioso.

— Eu tive um sonho. Vou te contar tudo. — Mas agora ela cobria o rosto dele de beijos. — Mas aí eu acordei e estava tudo bem. Você estava dormindo, e o gato estava largado nos meus pés. E foi tudo muito bom. O mundo é completamente fodido, Roarke, mas aqui, bem aqui?... Tudo está perfeito.

Ele foi trilhando com as pontas dos dedos a parte de trás das pernas dela até a cintura.

— Tudo me parece perfeito.

— Você provavelmente está cansado. Tudo bem, pode voltar a dormir e eu vou cuidar de tudo.

— Ah, eu acho que consigo ficar acordado, com a motivação certa. — Ele a rolou e pressionou o corpo dela contra o dele, pelve contra pelve. — Assim está melhor.

— É nessas horas que eu gosto de que os homens sejam tão fáceis de seduzir.

— Por acaso, eu sinto o mesmo. Isso é muito fácil quando tenho minha esposa debaixo de mim, quente e macia.

Ilusão Mortal

— Pode ser. — Ela enganchou as pernas dele com as dela e tornou a inverter as posições de ambos. — Só que eu gosto de ter meu homem embaixo de mim, quente e duro.

— Deve ter sido um sonho e tanto.

Ela riu e mordiscou o queixo dele.

— Não foi um sonho desse tipo. Além disso, prefiro muito mais quando a coisa é real. — Ela ergueu o tronco, tirou a camisola que vestia e jogou-a para longe da cama.

As mãos dele deslizaram pelo seu torso até os seios.

— Mais uma vez, estamos de acordo.

Ela colocou as mãos sobre as dele e fechou os olhos com a onda de prazer, que vinha tão fácil a ela como o fôlego de uma respiração. As mãos, a pele dele, seu corpo firme e esculpido, sob o dela. Ah, sim, aquilo era muito melhor do que nos sonhos.

Ele se levantou um pouco e a envolveu em seus braços enquanto as suas bocas se encontravam. O ritmo era profundo e lento. Seus corpos pressionados um contra o outro, formando uma única sombra na escuridão silenciosa, à medida que as mãos dela se emaranhavam pelos cabelos dele.

Ele a acariciou por inteiro, sua fascinante e complicada Eve; os músculos que ele muitas vezes encontrava tensos e cheios de nódulos moviam-se quentes e soltos, agora. Ele encontrou a pulsação em sua garganta com os lábios e saboreou a vida naquela curva tenra.

Ele deixou que ela o deitasse de costas mais uma vez, mas pegou suas mãos e puxou-a na direção dele. Ele queria tanto a sua boca, queria o mais simples e básico dos acasalamentos, antes do calor e da pressa.

Ela cedeu, excitada por ser desejada e por desejar clc também. Quase sentiu sua pele brilhar sob o deslizar das mãos de Roarke. Enquanto ela brilhava, saboreava-o. O contorno forte do pescoço dele, as linhas esculpidas do peito, a largura dos ombros.

Não era um sonho, mas pareceu um sonho quando eles se moveram juntos, se tocaram e saborearam um ao outro. Nenhum deles ouviu o baque sólido do gato quando ele saltou da cama para o chão, indubitavelmente se sentindo ultrajado.

Suspiros suaves, o sussurro dos lençóis, uma busca por fôlego repentina e o mundo centrado naquela grande piscina que era a cama, até mesmo quando a claraboia que mostrava o céu pareceu florescer com as primeiras luzes pálidas do amanhecer.

Em seu brilho perolado, ela se ergueu sobre ele mais uma vez. E o devorou por completo com um tremor leve, um tremer de prazer glutônico. Tudo e mais um pouco, pensou, enquanto a necessidade apertava o seu coração. Juntos, eles eram tudo aquilo e mais um pouco.

Enquanto ela o cavalgava, ele a observou sob a luz do dia, cada vez mais forte, seus olhos dourados e ferozes, seu corpo longo e esguio que brilhava levemente. Com seu cabelo todo despenteado, sua cabeça caiu para trás quando o orgasmo a dominou. Então, a imagem dela tornou-se um borrão quando ela o levou ao limite do controle com os movimentos ritmados e vigorosos que fazia. Enquanto ela arrebentava esse controle, como se ele fosse um fio bem fino.

Gozando, ele estendeu a mão para ela e segurou-a para que desmoronassem juntos.

Quando ela recuperou o fôlego, eles ainda estavam emaranhados. E o gato subiu de volta na cama para encará-los com seus olhos bicolores, sem piscar.

— Qual é o problema dele? — perguntou ela.

— Acho que perturbamos seu sono de beleza.

— Ele dorme tanto, aposto que é o Roarke dos gatos.

— Ele é o quê?

— Eu estava pensando, antes da sua telepatia te acordar, em como você é bonito. Então, já que você estava acordado mesmo, resolvi me aproveitar de você.

Ilusão Mortal

— Eu agradeço.

— Você provavelmente estava quase pronto pra se levantar de qualquer modo, pra sair da cama de mansinho e dar início ao primeiro estágio de sua dominação mundial diária.

Ele olhou para o relógio.

— Bem, vou ter que começar isso um pouco mais tarde hoje.

— E é melhor eu começar a minha caça diária aos bandidos.

— Vamos tomar um café na cama primeiro.

Ela gostou daquela ideia.

— Quem vai levantar pra pegar?

— Boa pergunta. Pedra, papel ou tesoura?

— Você vai trapacear.

— Como?

— Usando a sua telepatia.

— Ah, claro. Então, você pode muito bem pegar o café, já que vai perder de qualquer jeito.

— Talvez sim, talvez não. — Ela se acomodou de modo a conseguir estender o punho. Ele estendeu o dele. Contaram até três.

— Droga — murmurou ela, enquanto o papel de Roarke cobria a sua pedra.

Ela saiu da cama preguiçosamente e alimentou o gato enquanto programava o café.

— Conte pra mim sobre o sonho.

— Foi estranho. Confuso. Toda essa pesquisa sobre as Guerras Urbanas. É onde eu estava, aqui em Nova York.

Ela levou o café para a cama e contou tudo a ele.

— Eu estava tão irritada, mas não a ponto de estar... sei lá... chateada? Não tenho certeza se é essa a palavra. Mas continuei olhando para ela e ouvindo o que ela dizia. Vagabunda, vagabunda, vagabunda. Culpa, culpa, culpa. E a Mira também estava lá, tão calma. Inabalável, do jeito que ela consegue ser. Em algum lugar da minha mente, eu pensava: olha só como elas são diferentes. Como se fossem opostos perfeitos. Mira também passou por poucas e boas na vida, mas isso não fez com que ela virasse um monstro. Eu não deixei Stella me transformar num monstro também. Então, o que ela tem contra mim? Não tem nada, só o que eu deixei que ela tivesse. Eu sei isso. Sempre soube, só que...

— O que aconteceu em Dallas foi cruel. Você teve que lidar com isso.

— Sei que aquilo também arrancou um pedaço seu. E sei que as coisas não foram fáceis pra você desde então. Mas tudo vai melhorar.

— É, eu sei que vai.

— Eu não ia deixar que ela fosse embora com aquela criança, nem machucar aquele bebê. Então, quando eu olhei, a menina era Bella. Meu Deus! Só por cima do meu cadáver, sua vaca nojenta. — Eve respirou fundo. — Ela queria que eu atirasse nela. É estranho isso, não é? Mesmo que fosse no meu sonho, a minha mente ou sei lá o que comanda o show, *ela* queria que eu atirasse nela, então seria como se eu a tivesse matado. Acho que tinha uma sementinha idiota de culpa que eu tive de procurar pra esmagar. Socar a cara dela foi muito bom! Mira provavelmente vai falar alguma coisa sobre isso.

— Acredito que ela vai dizer: *Brava!*

— Vai ser como aconteceu com Troy, quando eu lidei com a questão. Pode ser que ela volte, mas já não vai conseguir me machucar, nunca mais. Isso está resolvido.

Ele baixou a testa e encostou-a na de Eve.

— Eu não consigo te dizer o que isso significa pra mim.

— Nem precisa. Provavelmente, ainda preciso ver algumas coisas pendentes, mas todo mundo tem, né? O negócio é o que você faz com essas coisas. São escolhas. Em algum momento, vou ter que lidar com elas. Mas agora tenho que começar a olhar pras escolhas que as pessoas fizeram nas Guerras Urbanas. As decisões

Ilusão Mortal

que ajudaram a construir o labirinto que levou às escolhas que o Callaway fez.

— Repito, foi um sonho e tanto.

— Você tem a sua telepatia, eu tenho os meus sonhos. E vou usá-los para dar umas porradas por aí.

Ela compilou as notas, os dados, as imagens e reuniu tudo para apresentar na reunião matinal. Levantou-se da mesa assim que Roarke entrou em seu escritório.

— Preciso ir trabalhar e começar a organizar tudo isso.

— Antes de ir. Aqui está Gina MacMillon. — Ele entregou um disco de dados a ela. — Pode ser que você queira se familiarizar com a história dela pelo caminho. Copiei os arquivos e enviei pro seu computador do trabalho.

— Obrigada. Alguma coisa interessante?

— Muito — disse ele enquanto ela guardava o disco no bolso. — Ela era casada com William MacMillon. Embora ele estivesse registrado como o pai da criança na certidão de nascimento, esse registro só foi feito depois que a menina já tinha mais de seis meses.

— Interessante.

— Tem mais. William MacMillon tinha entrado com o pedido de divórcio, alegando abandono do lar pela esposa. Ele entrou com o processo oito meses antes do nascimento da criança, e documentos antigos afirmam que ela largou o marido e a casa da família seis meses antes.

— Catorze meses ao todo? Se ele falou a verdade, temos duas hipóteses: ou essa foi a gestação mais longa da história ou o filho não era dele. Fico com a segunda opção.

— Calma, fica melhor. Eu desenterrei um depoimento onde o MacMillon afirma que a esposa se envolveu com uma seita religiosa e menciona especificamente Menzini como uma influência.

Eve encarou o quadro com muita atenção.

— A esposa fugiu com o grupo de Menzini e engravidou. Em algum momento, ela mudou de ideia... ou passou a usar o cérebro de novo. Ela voltou pro marido com um filho. Ele a perdoou e assumiu a responsabilidade pela criança. — Ela parou por um instante e refletiu. — Tenho uns problemas com essa teoria, a menos que MacMillon seja um santo canonizado, mas a linha do tempo é essa.

— Sim. O amor, se é que era amor, transforma os homens em santos ou pecadores.

— Acho que a maioria das pessoas simplesmente nasce desse jeito. Então, o pai biológico talvez tenha vindo atrás da criança, e Karleen MacMillon foi listada como sequestrada.

— E tanto Gina quanto William foram listados como mortos durante a invasão da casa pra onde a criança foi levada.

— E em algum momento, a meia-irmã de Gina encontrou a criança, criou como se fosse sua e mudou o seu nome, pra proteção dela.

— Parece que foi isso.

— Eu gostaria de ter alguma evidência melhor, em vez de pura especulação, mas posso investigar mais. Talvez exista uma família ou alguém que ainda esteja vivo. Vou correr atrás pra descobrir.

— Última coisa — avisou Roarke. — Troquei uma palavrinha rápida com Crystal Kelly.

— Com quem?

— A presidente da New Harbor, cliente do Callaway.

— Já estamos no horário comercial?

— Está quase, para os que tentam lutar pelo domínio do mundo. Ela tinha ouvido falar do incidente que aconteceu aqui, é claro, e conhecia Cattery. Cooperou e me pareceu sinceramente abalada por Cattery. Ela estava jantando com Vann, exatamente como ele contou, quando o Callaway ligou avisando que Cattery tinha morrido.

Ilusão Mortal 297

— Ligou no momento certo. Que conveniente.

— Foi, sim. Ela disse que Vann ficou muito abalado. Os dois ficaram atordoados e chateados. Pensaram até em adiar a apresentação, mas concordaram que era melhor resolver logo aquilo. Pelo que ela me contou, o Joe tinha trabalhado muito no projeto.

— E quanto a Callaway?

— Ela disse que não conhecia ele tão bem quanto Vann, Cattery ou Weaver. Não tinha se conectado com ele de verdade e considerava que ele era mais do tipo que fica nos bastidores. Ela não tinha nenhuma impressão específica dele, o que me parece relevante.

— É, ele é invisível pra ela, e isso seria irritante.

— Tem mais. Vann, antes de saber da morte do colega, creditou especificamente a Cattery dois pontos-chave na campanha, e elogiou Weaver pela capacidade de se adaptar às coisas. Ela não se lembra de ele ter mencionado Callaway, a não ser como membro da equipe.

— Parece que ele faz exatamente aquilo que lhe ordenam, e nada mais. E fica chateado que alguém como Cattery, o pai de família, o treinador de futebol, o cara legal, passe na frente dele.

— Isso tudo não é muito mais do que você já tinha.

— São pequenas coisas que se somam. — Preciso formar uma imagem mais clara, pensou. — Obrigada.

— Estou um pouco atolado em trabalho hoje, mas posso dar uma olhada mais a fundo no fim da tarde, se ainda houver necessidade.

— Vou deixar essa possibilidade em aberto. — Ela se aproximou. — Mas não estrague seu trabalho nem gaste o seu tempo com isso. Estou bem assessorada, e você já fez muito.

— Mais de cento e vinte pessoas morreram. Eu arranjo tempo, se for preciso.

— Eu aviso se precisar. Obrigada pelo disco. — Ela deu um tapinha no bolso. — Vou ouvir tudo a caminho da Central.

— É um mundo perigoso lá fora. Cuide da minha policial.

— Não se preocupe.

Torcendo para conseguir dar a Eve o que ela pediu, ele a observou sair.

Com sua mente em passos e pistas, ela se apressou escada abaixo e encontrou Summerset no saguão. Ele lhe entregou o seu casacão de couro.

— Ele foi equipado com um forro à prova de bala, como o da sua jaqueta — avisou ele.

— Ah, foi? — Roarke nunca falha, pensou Eve. Pegou o casaco, experimentou o peso e analisou o forro flexível, porém que protegia bem.

Ele sempre lhe dizia para cuidar da policial dele, mas muitas vezes se antecipava a ela.

— Está chegando uma frente fria — comentou Summerset, com naturalidade. — Tivemos uma geada pesada e está ventando forte agora de manhã.

— Ok. — Ela hesitou. Ambos sabiam que ele raramente a cumprimentava pela manhã, muito menos com a previsão do tempo. — Ainda não posso dar todos os detalhes, mas achamos uma ligação entre o suspeito e o Cavalo Vermelho. Tenho que amarrar melhor as coisas, mas existe uma conexão que talvez... ou provavelmente... vai ser importante.

— Eu poderia ser útil.

— Seja útil pro Roarke. — Ela olhou escada acima. — Ele deixou muita coisa de lado nos últimos meses. Eu estou bem.

— Ok, então. Espero que seu dia seja muito produtivo.

Ela saiu e achou que a descrição do tempo e do vento que Summerset fizera tinha sido bem precisa. O vento penetrante congelou seus ossos antes de ela entrar no carro, assim que chegou à base da escada. O aquecedor do carro já estava ligado.

Ilusão Mortal

Ela colocou o disco que Roarke lhe dera no sistema de áudio e ordenou a leitura em áudio do conteúdo. Antes, porém, permitiu-se lidar com assuntos pessoais.

Uma Mavis sonolenta e com as palavras emboladas surgiu na tela do painel.

— Oi. Acho que acordei você.

— Não exatamente. Estamos todos aconchegados na cama. Fomos dormir muito tarde, e Bella acordou cedo.

— Ok. Desculpe, eu ainda não consegui retornar sua ligação. Você me mandou uma mensagem dizendo que vocês estavam todos na Flórida. Ainda estão por aí?

— Isso, estamos em Miami. Viemos para cá há dois dias. Fiz um show duas noites seguidas e o Leonardo está se encontrando com uns clientes absurdamente bronzeados, enquanto ficamos aqui. Estamos bem.

— Por que vocês não ficam aí pelo sul até eu entrar em contato de novo?

Ouviu-se um murmúrio com voz de bebê e um ronco baixo que devia ter sido produzido por Leonardo.

— Ok, vamos fazer isso. — Mavis balançou o cabelo para trás, uma espuma rosa de algodão-doce cintilando com algum tipo de camada prateada por cima. — O tempo está mara, e conseguimos ficar num lugar que tem uma piscina privativa. Bellarina é nossa pequena sereia. Ficamos sabendo das notícias. Que M está acontecendo aí, Dallas?

— Não posso dar detalhes, mas estamos cuidando disso. Vou entrar em contato assim que puder.

— Estão rolando muitos boatos de terrorismo.

— Não é terrorismo, mas é pesado. Fiquem por aí pegando sol.

— Com certeza, mas... Ok, meu docinho. Bella escutou a sua voz. Peraí.

— Das! — O rosto bonito de Belle apareceu na tela. Eve teve um vislumbre daquele rosto bonito com lágrimas escorrendo no seu sonho...

— Oi, garota.

— Das, Das, Das! — repetiu ela, quicando o corpo e se lançando em uma conversa longa e incompreensível que terminava com: Tá bem? Tá bem, Das?

— Ah, que ótimo. Faz isso, sim.

— Diga tchau, Belle. Tchaau!

— Tchau, tchau, Das! Tchau, palhaça!

Com os lábios num beicinho, Belle deu beijos na tela. Olhando disfarçadamente para a direita e para a esquerda, para o caso de algum outro motorista estar olhando para ela, Eve jogou um beijinho solitário no ar. — Até mais.

— Até!

— Ela quer que você assista a ela nadar — disse Mavis.

— Como você sabe disso?

— Sou poliglota. Eu falo a língua da Belle.

— Se você diz. Tenho que ir.

— Fique fria e em segurança.

— Esse é o plano. A gente se fala depois.

Satisfeita e estranhamente aliviada, Eve ordenou que a leitura do áudio do disco tivesse início. Foi escutando informações sobre os MacMillon ao longo de todo o caminho até a Central.

Entrou em contato com Peabody no minuto em que estacionou na garagem.

— Onde você está?

— Entrando na Central.

— Pegue um café para mim. Um café de verdade, da minha sala. Depois, me encontre na sala de conferências. Preciso atualizar você.

— Deixa comigo.

Hora de contar as novidades a Peabody, decidiu Eve ao entrar no elevador, que estava lotado como sempre.

Capítulo Quinze

Eve trabalhou no seu quadro dos crimes; reviu dados, conexões e linhas cronológicas enquanto adicionava novos elementos.

De Callaway para Hubbard para MacMillon para Menzini. Ela se perguntou quantas reviravoltas, decisões e erros tinham sido cometidos naquela cadeia de eventos. Todos os elementos levando à situação atual.

E por quanto tempo Callaway tinha cozinhado, temperado e planejado tudo? Há quanto tempo um executivo comum, cujo objetivo na vida era vender produtos — metade dos quais as pessoas nem sequer precisavam, para início de conversa —, sonhava em matar alguém?

E há quanto tempo ele sabia que assassinar pessoas era o seu legado?

Eve pensou nos seus sonhos recentes. Assassinato e sofrimento poderiam ter sido o seu legado, se ela tivesse buscado isso, se tivesse aberto essa porta, em vez de outra.

Agora, ali estava ela, estudando assassinatos — as vítimas, o assassino, os porquês, como as coisas aconteciam. Se ela tivesse seguido outro caminho e feito outra escolha, poderia estar em um quadro como aquele, com outra pessoa estudando-a e investigando-a.

Eve chegou à conclusão de que Mira estava certa, tanto na vida real quanto nos sonhos. Tudo na vida sempre se resumia a escolhas.

Ouviu os passos pesados de Peabody e sentiu o aroma do café.

— Que noite longa — comentou Peabody. — Trabalhei com o McNab e levantamos tudo que existe sobre Macie Snyder e Jeni Curve, além de dados completos a respeito de cinco pessoas que foram sequestradas e que vieram morar em Nova York.

Fez uma pausa e examinou os novos dados no quadro.

— Uau! Foi uma longa noite pra você também.

— Você já leu o que eu enviei sobre o Guiseppi Menzini?

— Duas vezes. Bandido, químico, religioso fanático... e principal suspeito em dois ataques, onde ele teria usado o agente que identificamos nesses dois últimos. Foi capturado e apagado do sistema.

— Callaway está ligado a Menzini por causa de sua mãe, uma das sequestradas.

— Callaway. — Os olhos de Peabody se estreitaram e focaram nos dados do quadro. — Pensei que ele não passasse de um coadjuvante nessa história. Não me lembro de nenhuma Audrey Hubbard na lista.

— Porque não existia mesmo. Ela recebeu o nome de Karleen MacMillon ao nascer, filha de Gina MacMillon, que era meia-irmã de Tessa Hubbard, de pai desconhecido. Os MacMillon foram dados como mortos durante a invasão da sua casa. Hubbard recuperou a criança, mudou seu nome, conseguiu uma certidão de nascimento nova e se mudou com o marido para Nova York. — Eve pegou o café. — E tem mais. Quero as imagens organizadas conforme eu descrevi, enquanto eu conto a você toda a história.

Ela explicou o que tinha descoberto enquanto Peabody configurava a programação.

— Coloquei dois homens na cola dele. Roarke investigou a mãe, Gina MacMillon. Tem mais coisa pra descobrir ali, mas vamos repassar tudo pro Feeney.

— Com todas essas abordagens diferentes e dados pra organizar, nunca imaginei que fôssemos chegar a um nome tão depressa. — Como Eve tinha feito, Peabody se virou para o quadro do crime. — Fui pra cama ontem à noite achando que teríamos que enfrentar outra cena terrível como a do bar e a do café. Não dormi muito bem, pensando nisso.

— Não vamos dar a ele a chance de aumentar a quantidade de gente aqui neste quadro.

— Vou dormir muito melhor essa noite, então. Vamos pegar Callaway hoje de manhã?

— Não, quero ver o que ele vai fazer agora de manhã, para onde vai. Mas sim, vamos conversar com ele. Quero entrevistar os Hubbard, mas não vou ao Arkansas. Acho que a Teasdale tem o poder de trazê-los até aqui. Talvez consiga até evidências suficientes pra conseguir um mandado de busca e apreensão na casa deles enquanto estiverem fora.

— Você acha que tem alguma coisa lá, algo a ver com os pais dele? Por Deus, Dallas, você acha que eles sabem de tudo?

— Eu acho que tem algo estranho ali. — Eve se afastou do quadro e bebeu o café enquanto examinava tudo. — Não posso dizer o que eles sabem, mas existe uma ligação direta entre o Cavalo Vermelho e Menzini com Lewis Callaway. É algo no âmbito biológico, mas não tem nada aqui que nos dê certeza de que ele conhecia sua própria biologia, que se importava com isso ou que tinha alguma informação sobre a substância usada.

— Pode ser que não, mas temos muitas peças-chave.

— Agora nós precisamos do panorama completo. Isso é importante pra mostrarmos quais eram as intenções. Não existe um motivo claro. Será que existia um alvo específico... Cattery, Fisher... ou será que os ataques eram pra ser mais abrangentes? Se o alvo era específico, por que Cattery e Fisher? Temos a oportunidade aqui. Ele estava no bar, mora e trabalha perto do café e admitiu frequentar os dois lugares.

Ela se sentou na beirada da mesa de conferência, pensando e observando.

— Precisamos de mais. Precisamos provar que ele tinha conhecimento da fórmula, que conseguiu ter acesso a ela. Precisamos de um motivo, seja ele específico ou de base abrangente. Para amarrá-lo bem, nós precisamos de tudo isso.

— Mas você já tem o suficiente pra fazê-lo suar frio — assinalou Peabody.

— Tenho mesmo, posso e vou fazer com que ele sue frio. Mas gostaria de ter mais cartas na manga, antes de fazer isso.

Ela voltou para suas anotações, enquanto os policiais entravam na sala. Então, ergueu a cabeça. Sentiu o cheiro de algo assado segundos antes de o bando de lobos circundar Feeney.

— Escutem, a minha esposa preparou este bolo de café aqui na aula de culinária. Por incrível que pareça, está bom.

Até parece que isso faz diferença, pensou Eve. Ela deixou que eles atacassem e devorassem o bolo nos minutos seguintes, enquanto ela terminava seu café.

— Sentem-se! — ordenou, por fim. — E limpem as migalhas da cara, pelo amor de Deus. Caso algum de vocês ainda tenha o mínimo interesse na nossa investigação atual, conseguimos conectar Callaway ao Cavalo Vermelho.

Isso os calou. A atenção de todos os policiais da sala se concentrou nos quadros, enquanto cada um sentava-se numa cadeira.

Eve esperou mais alguns segundos e acenou com a cabeça para Peabody.

— Gina MacMillon — começou, assim que a imagem apareceu no telão. — Esta é a avó biológica de Lewis Callaway. Tinha vinte e três anos nesta foto, que, segundo depoimentos e documentos, foi tirada antes de ela abandonar o marido e ingressar numa seita sem nome. Durante sua associação a essa tal seita, deu à luz uma menina. A certidão de nascimento declara o seu marido como pai e foi emitida quando a bebê tinha seis meses. A menina recebeu o nome de Karleen MacMillon; está listada como raptada aos dezoito meses de idade e nunca foi encontrada. Mas...

A imagem seguinte apareceu.

— Esta é a imagem de Karleen MacMillon aos vinte e um anos, segundo projeções feitas pelo computador. E esta é a foto de identificação de Audrey Hubbard Callaway com a mesma idade. A certidão de nascimento de Audrey é falsa; foi emitida para a meia-irmã de Gina MacMillon, Tessa, e seu marido, Edward; eles saíram da Inglaterra quando a criança tinha cerca de quatro anos de idade e se estabeleceram em Johnstown, Ohio. Audrey Hubbard se casou com Russell Callaway e, logo depois, deu à luz um filho chamado Lewis.

— Os pontos se conectam — comentou Baxter.

— Pois é. A petição do divórcio de William MacMillon e seu depoimento citam abandono do lar, envolvimento com uma seita e, menciona, especificamente, o nome de Menzini. A menos que MacMillon estivesse mentindo, a data do depoimento e a data listada como o nascimento da criança tornam impossível que ele seja o pai biológico.

— Então, ele a aceitou de volta — disse Baxter — e assumiu a criança como sendo filha dele? Quem é esse cara, um apóstolo ou coisa do tipo?

— Você vai descobrir. Você e Trueheart devem desenterrar tudo que conseguirem. Quero que vocês encontrem alguém que o conhecesse, que conhecesse o casal. Ele foi registrado como morto, ele e Gina, no ataque que levou a criança. Quero os detalhes sórdidos do casamento; as pessoas sempre conhecem as sujeiras e se lembram delas.

Eve continuou:

— Reineke e Jenkinson, quero que vocês façam a mesma coisa com os Hubbard. Por que eles mudaram o nome da criança, falsificaram uma certidão de nascimento e se mudaram para outro país?

— Pode ser que o doador de esperma tenha causado problemas — especulou Reineke. — Eles queriam manter a criança longe dele. Ou, sei lá, só queriam recomeçar.

— Gosto mais da primeira hipótese, essa é a minha aposta. Eles poderiam ter adotado legalmente a criança ou entrado com um pedido de guarda. Não consigo encontrar nada que nos diga que eles seguiram esse caminho. Por que não? Hubbard era militar e se aposentou como capitão. Ela era o parente de sangue mais próximo da criança, exceto pelos avós. Seu pai, a mãe de Gina. A avó ainda está viva, na Inglaterra. Eu quero essa história completa.

— Acho que a detetive Callendar e eu temos algo que possa ajudar. — Teasdale olhou para Callendar e recebeu uma confirmação com a cabeça. — Temos informações consideráveis sobre o Cavalo Vermelho, embora algumas sejam especulativas, infundadas ou baseadas em observações. Nós nos concentramos mais diretamente, por razões óbvias, em Menzini, depois que você nos passou esse nome. E conseguimos achar relatórios e imagens, todos datados de antes da sua prisão.

— Eu tenho os dados, se eu puder usar o computador auxiliar — disse Callendar.

— Vá em frente. Enquanto ela prepara a apresentação, saibam que outras pesquisas mostraram que Callaway tinha o hábito de visitar os pais, que agora estão no Arkansas, em média uma vez por ano. Isso até alguns meses atrás, quando o padrão mudou. Ele viajou para lá várias vezes este ano. E ao ler as avaliações dos funcionários, descobrimos que Cattery recebeu um bônus muito

Ilusão Mortal

maior do que o de Callaway em um projeto recente... que foi iniciado por Callaway e concluído por Cattery. Cattery também estava na fila para uma promoção. Dinheiro e posição podem ser o motivo.

— Consegui, tenente.

— Pode começar a apresentação — ordenou Eve a Callendar.

— As imagens estavam granuladas e indistintas. Eu já limpei um pouco, mas posso melhorar ainda mais. Esta é uma foto publicada no blog do *Daily Mail*, de Londres. Ela identifica Menzini pregando para um grupo após um tiroteio ocorrido no East End. A mulher à sua direita está identificada apenas como sua companheira.

— Amplie a foto. — Eve se aproximou do telão. — Ela tingiu o cabelo de vermelho, até combinou, e ele está mais comprido. Mas essa é Gina MacMillon.

— Temos outra foto — indicou Callendar ao trocar as imagens.
— Aqui, ela aparece saindo de uma espécie de encontro religioso. Na minha opinião, nessa imagem ela está grávida.

— E bem ao lado de Menzini de novo. Compare essa imagem com a foto da identidade dela e certifique-se de que o sistema confirma que é a mesma pessoa.

— São poucas as fotos dele durante as Guerras Urbanas — acrescentou Teasdale. — É interessante que duas dessas fotos mostrem essa mulher ao seu lado.

— Vai ser ainda mais interessante se ele for o pai biológico.

— Sim. — Teasdale sorriu com serenidade. — Vai ser mesmo.

— O DNA dele deve estar registrado em algum lugar. A Homeland deve ter esse registro.

— Vou fazer o que puder para conseguir isso.

— A mãe biológica e a meia-irmã já morreram, mas pode haver registros de DNA delas também. E a avó ainda está viva. Preciso do DNA de Menzini. Corra atrás disso, Teasdale. E já que está nisso, quero que os pais do suspeito sejam trazidos a Nova York para um interrogatório.

— Acho que isso não vai ser difícil de conseguir.

— Agite isso o mais rápido possível. — Eve pegou o *tele-link* e leu o texto que acabara de receber. — O suspeito está saindo de seu prédio, vestido para trabalhar, carregando uma pasta. Será mantido sob vigilância constante. Quero interrogar os pais antes de trazê-lo para depor.

— Então, vou começar a tomar as providências.

— Quero fazer uma busca na casa deles enquanto eles estiverem a caminho daqui.

Teasdale ergueu as sobrancelhas.

— Como você sabe, o que temos é convincente, mas não são evidências concretas; pode ser difícil conseguir um mandado de busca contra civis, que mesmo com esses dados convincentes não mostram nenhuma associação com o Cavalo Vermelho ou qualquer envolvimento nos assassinatos.

— Tem um motivo para ele ter voltado lá várias vezes nos últimos meses.

— Concordo. Mas a residência em questão pertence a dois cidadãos que, aparentemente, vivem dentro da lei. Vou fazer o que puder para convencer meu superior e o juiz apropriado de que este mandado é vital para a segurança pública.

— Ótimo. Feeney, tudo que Roarke tem sobre Gina MacMillon está no disco. Ele ficou sem tempo para continuar a pesquisa.

— Vou dar seguimento de onde ele parou e levantar mais informações.

— Vamos todos levantar mais informações. Quero saber tudo sobre esse elenco de personagens, até a porcaria do tamanho do sapato deles, antes do meio-dia. Vamos logo.

— Stone, você tem alguma atualização sobre as drogas ilegais?

Ilusão Mortal 309

— Encontrei uma nova fonte para o zeus que vai deixar minha tenente feliz, parece que não tem ligação com isso. As pistas sobre o LSD estão esfriando, mas ainda não desisti. Investiguei a fundo e posso afirmar que não teve nenhuma requisição registrada em nome de Christopher Lester nem de seu laboratório no que se refere aos ingredientes necessários para criar o agente. Pelo menos não ao longo dos últimos dois anos, que foi o período que eu consegui acessar.

— Tudo bem, continue insistindo.

— Tenente? Acho que ele tem uma fonte legítima. De repente um laboratório ou distribuidor de produtos químicos. Um jeito de conseguir as drogas sintéticas e o LSD fora das ruas. Acho que ele tem um contato para isso.

Strong se ajeitou na cadeira e Eve esperou que ela elaborasse um pouco mais a ideia.

— Esse cara? Ele não é um cara das ruas. Ele é um executivo. Nada no histórico dele indica que ele usou, tem ou teve qualquer conexão com as ruas. Se algum executivo tentasse fazer uma compra, como seria o caso dele, isso apareceria. Pesquisei com informantes do submundo, no exterior e até mesmo fora do planeta. Não achei nem mesmo um sopro de pista. E, se fosse o caso, deveria ter algo.

— Concordo — acrescentou Teasdale. — Somado a isso, ele não tem experiência com este tipo de químicos. Pode ser que ele simplesmente siga a fórmula, mas acho que precisaria de alguém para mostrar a ele como configurar tudo, o que ele precisaria fazer passo a passo, como lidar com os elementos. É um trabalho sofisticado, duvido que um novato conseguiria fazer algo do tipo sem orientação.

— Então, estamos de volta à possibilidade de ter um químico envolvido. Stone, converse com o Christopher Lester. Veja se ele tem alguma ideia de onde Callaway poderia ter acesso aos sintéticos. Quais laboratórios nessa área... porque com certeza esse lugar fica em Nova York... costuma lidar com esse tipo de coisa. Existe uma conexão. Ache qual é!

— Sim, senhora.

— Russell Callaway era um médico, hoje em dia virou agricultor. Talvez ele tenha uma fonte de produtos químicos ou alguma experiência na área. Fazendas usam produtos químicos. Callendar, veja o que você consegue descobrir, investigue se os Callaway compraram algum produto químico estranho nos últimos meses.

— Deixe comigo.

— Doutora Mira, será que poderíamos ter um minuto a sós, por favor? Peabody, dê uma olhada mais a fundo nas finanças dos Callaway. Veja se tem alguma indicação de que eles pegaram algum produto com a avó na Inglaterra ou se fizeram alguma compra fora do normal com um distribuidor de produtos químicos.

Ela esperou até a sala esvaziar.

— São muitas suposições — disse a Mira. — Preciso que a senhora trabalhe com elas, doutora. Vamos tentar descobrir se Audrey Hubbard sabia de onde veio, se conhecia a própria história e passou isso para seu filho. Os dados do histórico dele dão alguma indicação disso?

— Isso dependeria, é claro, de como todas essas informações estariam relacionadas. Tudo indica que Callaway teve uma infância razoavelmente normal, embora tenha precisado se ajustar a várias mudanças durante os anos de formação e adolescência. Ele era um solitário, mas também foi desarraigado várias vezes durante os seus anos de formação, e isso dificulta a construção de relacionamentos duradouros. O histórico dele não mostra problemas de disciplina, e nada de contravenções juvenis também.

— Pois é, esse é o problema. Vida normal, tudo normal, mas houve todas essas mudanças de ambientes. Eles se mudavam tanto por causa das cismas do pai ou porque tinha alguma coisa esquisita com a criança?

— Esquisita? — repetiu Mira.

— É, alguma coisa suspeita. Se ele estava se comportando mal, por exemplo, ou causando algum tipo de distúrbio ou preocupação, então eles simplesmente se mudavam e começavam tudo de novo. Os Hubbard fizeram isso uma vez, mas depois resolveram se mudar outras vezes e começar tudo de novo. Vamos tentar ir por esse caminho.

Ela foi até o quadro e tocou na foto de Callaway.

— Ele não sabia, ou porque sua mãe não sabia, ou porque ela preferiu não contar a ele. Mas... e se ele descobriu, se deparou com algum tipo de informação ou alguém deu com a língua nos dentes e comentou sobre algo que o fez pensar? Ele pode ter voltado para levantar informações.

Ela tocou a imagem de Audrey Hubbard e depois a foto de Menzini.

— O que um solitário por natureza, sem relacionamentos estáveis ou duradouros, que sente que está parado na fila da promoção porque outras pessoas conseguem subir na vida antes dele pode fazer a respeito disso?

— Você acha que ele descobriu que o Menzini era seu avô e esse foi o gatilho ou a desculpa pra matar?

— Sim, gatilho ou desculpa para usar o método do avô, provar um ponto, punir, se promover e usar outros para matar. Ele quer se sentir importante. E para se sentir assim, eliminou dois colegas de trabalho, que ele achava que atrapalhavam a sua ascensão profissional. Uma natureza violenta reprimida por muito tempo foi liberada. Isso, por assim dizer, dá permissão a ele. Isso é quem eu sou e de onde vim. Finalmente eu descobri.

— Ele foi criado, ao menos é o que parece, por duas pessoas decentes.

— Ainda não sabemos disso. O que tenho é um pai mais velho e potencialmente dominador. Uma mãe que passou a vida cuidando dos outros... dos pais e, depois, do filho. Ele veria isso como uma fraqueza.

— E você?

— Eu vejo como uma escolha... não a escolha que eu faria, sem dúvida alguma, mas ainda assim uma escolha. A menos que ela tenha sido forçada a isso, o que pretendo descobrir se de fato aconteceu. Não olho para Callaway e me vejo, se é com isso que a senhora está preocupada. Meus pais eram do mal? Sim, mas isso não é desculpa pra levar uma vida ruim. E com certeza não é uma desculpa pra matar. Talvez eu tenha uma natureza violenta, mas canalizo minha energia. Quase sempre. — Ela deu de ombros. — Preciso pegar esse homem antes que ele resolva atacar de novo. E preciso mantê-lo preso, porque se ele sair, vai fazer tudo de novo. Ele vai dar um jeito. Tenho que conhecê-lo pra saber onde abordar. Preciso saber qual é o gatilho dele.

— Até você falar com a mãe, e eu também gostaria de falar com ela em algum momento, tudo isso não passa de especulação.

— Posso não ter tempo pra arrancar tudo da mãe antes, e geralmente confio mais nas suas especulações do que nas certezas da maioria das pessoas, doutora.

Mira respirou fundo, olhou de Callaway para Audrey Hubbard e para Menzini.

— Então, eu acho que ele sabe. Como descobriu, não tenho como dizer ao certo, mas, na minha opinião, essa descoberta não o repeliu, não o incomodou nem preocupou. Pelo contrário, ela o libertou.

— Ok. — Eve fez que sim com a cabeça. — Ok, eu consigo trabalhar com isso

— Ele não é como você, nem de longe.

— Disso eu tenho certeza.

Mira se afastou do quadro e olhou fixamente para Eve.

— Você alcançou algum nível de... podemos chamar de paz?

— Não sei disso, não. Tenho um assassino em massa para prender, e não me sinto em paz com isso.

Ilusão Mortal

313

Não, percebeu Eve, ela se sentia acelerada. Ela se sentia pronta. Ela se sentia preparada.

— Mas eu estou bem. Uma versão rápida: eu tive um sonho a respeito disso, sobre Stella. A senhora teve uma pequena participação no sonho. Terminei dando um belo soco na cara dela. Culpa da minha natureza violenta, eu acho. Mas na hora foi tão bom... Quase pareceu que tudo tinha terminado, acabado mesmo. E quando eu olho para ele... — Ela se virou mais uma vez para a foto de Callaway, no quadro. E prosseguiu: — Eu vejo que sim, que eu poderia ter escolhido outro caminho. Só que não fiz isso. E gosto de onde estou. Na maioria das vezes, gosto de quem eu sou. Isso tem que ser bom o bastante.

— É muito bom, sim.

— Eu dei um soco na cara dela — repetiu Eve. — Da Stella. O que a senhora acha disso?

— Acho que você merece os parabéns.

A risada de Eve surpreendeu a médica.

— Isso é como dizer *"Brava!"*?

— Sim, na verdade, eu direi isso: *Brava!*

— O Roarke acertou em cheio nessa — murmurou Eve. — Então, vamos lá. Vou colocar um ponto-final no meu trauma contando a Peabody tudo o que aconteceu em Dallas. Evitei fazer isso até agora, simplesmente porque eu não estava pronta pra me abrir. Só que não é certo esconder segredos de uma parceira, então vou acabar com isso. Assunto encerrado. Tão encerrado quanto eu consigo, no momento.

— Se você precisar de mim, estou aqui.

— Eu sei. Não teria conseguido sem a senhora, doutora. Não é fácil dizer ou saber disso. Mas não é mais tão difícil quanto costumava ser.

— Isso também é bom o bastante. Agora eu vou deixar você trabalhar. Quando a agente Teasdale providenciar para que os

Callaway sejam trazidos pra cá, como não tenho dúvidas de que ela fará, eu gostaria de estar presente. Ou pelo menos observar.

— Vou guardar um lugar pra senhora.

Eve foi diretamente para sua sala e notou que seu *tele-link* de mesa piscava, cheio de notificações. Reparou que a maior parte das mensagens era de repórteres que tentavam pular os canais tradicionais para conseguir material. Encaminhou todos para Kyung, com uma breve atualização sobre o caso.

Os dados recebidos a lembraram de quantos mortos descansavam no necrotério, e de quantos deles estavam agora sendo dissecados, analisados e estudados por Morris e sua equipe.

Embora não tivesse encontrado nada de novo, nada que trouxesse uma mudança no cenário, acrescentou à mensagem os novos dados sobre cada corpo que tinha sido processado em seu livro de assassinatos.

Conferiu as câmeras de segurança. Callaway estava em seu escritório, no prédio onde trabalhava. A menos que decidisse atacar pessoas no seu próprio departamento, ele estava tão seguro quanto ela poderia deixá-lo no momento.

Então, pegou seu casaco e saiu para a sala de ocorrências.

— Eu não achei nada de estranho nas finanças dele — anunciou Peabody. — Os Callaway pagam as contas em dia, têm um pé-de--meia modesto, mas estável. Nenhum grande ganho ou despesa extra no ano passado. Nenhuma compra de produtos químicos estranhos. Eles são agricultores orgânicos.

— Deixe isso de lado por enquanto. Quero falar com a mulher do Cattery, pra ver se descubro algo. Se tivermos tempo, vamos fazer a mesma coisa com Fisher, conversar com sua colega de quarto.

— Eu topo! — Peabody se colocou em pé na mesma hora. — Sinto que estou nadando nessa correnteza de dados, sem conseguir chegar a lugar algum. Escuta, eu falei com Mavis — acrescentou, pegando o seu casaco ao sair. — Ela não conseguiu entrar em contato com você, então falou comigo ontem à noite.

Ilusão Mortal   315

— Tudo bem, já conversei com ela agora de manhã.

— Eles colocaram a Belle pra nadar.

— Sim, Mavis me contou.

— Eu falei com os meus pais também. — Peabody entrou na passarela aérea logo atrás de Eve. — Eles estão preocupados, depois de assistir a todas aquelas besteiras da imprensa. Contei a eles o suficiente para acalmá-los um pouco e garantir que eles não vão resolver entrar no trailer e dirigir até Nova York. Eles estavam fora das grandes cidades na época das Guerras Urbanas, sabe.

— Eu nunca tinha pensado nisso.

— Bem, eles eram jovens, estavam começando a vida quando tudo aconteceu. Não passavam de um casal de idealistas da Família Livre, fazendo suas atividades comunitárias. Fabricavam roupas e cultivavam alimentos para as pessoas que precisavam, mas nunca estiveram nas áreas mais atingidas.

— Ainda bem.

— Meu pai disse que não se lembra de ter ouvido falar do Cavalo Vermelho, na época. Só depois, como uma nota de rodapé em um livro de história. Muita gente nem soube da existência deles. Aposto que todo mundo já ouviu falar deles, agora.

Eve fez uma pausa antes de elas se transferirem para o elevador da garagem.

— Algo para refletirmos, não é? A seita poderia, e talvez tivesse condições de ser algo grande e marcante, mas não só foi destruída, como enterrada também. Virou uma nota de rodapé para historiadores e pesquisadores, mas sem grande importância. Até agora.

— Você acha que ele está atrás disso?

— Acho que ele não passa de um canalha covarde e egoísta, mas é um fator a considerar. O avô poderia ter virado um Hitler, se tivesse tido mais tempo e mais exposição. Mas os poderes constituídos acabaram com a infâmia da seita. Fazer com que o trabalho dela seja reconhecido pode ser parte disso.

— Caramba, quem gostaria de ser neto de Hitler?

— Gente idiota que acha que os brancos são melhores. Lunáticos e canalhas covardes e egoístas que querem reconhecimento pelos seus atos.

— É, acho que tem gente assim, só que...

— Sua criação sob os preceitos da Família Livre é bem aparente, Peabody. Só que muitas pessoas não são nada boas, e muitas delas têm orgulho disso.

Ela entrou no carro. Talvez aquela fosse uma abertura, pensou, enquanto programava no GPS o endereço de Cattery.

— Eu acho que você deveria saber o que aconteceu em Dallas.

— Com o McQueen?

— Com a parceira do McQueen. — Eve saiu da garagem, focada no trânsito. Poderia ser mais fácil expor tudo à sua amiga se ela tivesse que prestar atenção ao tráfego lá fora. — Ela não era uma pessoa nada boa, e eu diria que tinha orgulho disso.

— Ela era tão fodida quanto ele. Talvez mais.

— Verdade. — Seu estômago se embrulhou ao ouvir isso, mas ela conseguiria aguentar. A chave era aquela, lembrou a si mesma, simplesmente viver com aquilo. — Quando estávamos procurando pela parceira de McQueen, examinando a lista e as imagens de mulheres que o visitaram na prisão, algo a respeito dela... que se apresentava como Irmã Suzan... continuava chamando a minha atenção. Achei que eu talvez a tivesse prendido algum dia, ou já a tivesse interrogado. Aconteceu a mesma coisa com as outras fotos de identificação dela. Tinha alguma coisa que eu reconhecia ali e que me atraía pra ela, mas eu não conseguia definir o quê.

Curiosa, Peabody se virou na direção de Eve.

— Você já tinha prendido aquela mulher?

— Não.

— Talvez você apenas tenha reconhecido o tipo dela. Seus instintos entraram em ação.

Ilusão Mortal

— Foi o que eu pensei, mas não foi isso. Ou não exatamente tudo. Você leu os relatórios. Sabe que a gente estava vigiando tanto ela quanto a casa onde ela morava. Estávamos bem ali quando ela saiu da casa para se encontrar com o McQueen. Foi um azar. Apareceu uma criança de bicicleta, um cachorrinho, um carro passando. Ela percebeu o movimento em volta, nos identificou e fugiu.

— Eu gostaria de ter estado lá. Provavelmente não gostaria do momento em que você corria pelas ruas atrás da van onde ela estava, até a colisão. Você se machucou no acidente.

— Não foi tão ruim, eu não me machuquei muito. — Algum sangue escorreu e eu me machuquei um pouco, pensou Eve. Mas o pior veio depois. — Ela ficou mais machucada porque não tinha airbags nem sistema de segurança à base de gel naquela van caindo aos pedaços. E ela nem teve tempo de colocar o cinto de segurança.

— Que bom. Ela merecia se arrebentar toda.

— Eu estava muito pau da vida — continuou Eve. — Fiquei com medo de que ela tivesse conseguido ligar pro McQueen durante a perseguição; sabia muito bem que perderíamos nossa melhor chance de encontrá-lo e trazer a criança e Melanie de volta, sãs e salvas. Eu estava muito puta.

Toda aquela raiva, pensou Eve, jorrando por ela como uma ferida aberta. E então...

— Eu a puxei para fora da van e me sujei com o sangue dela. Eu a virei de frente pra mim. Aqueles óculos de sol cor-de-rosa idiotas que ela usava estavam tortos no seu rosto. Eu tirei os óculos, olhei pra cara dela, pra dentro dos olhos. E foi então que a reconheci.

Foi o tom de Eve que causou um calafrio em Peabody. Ela falou com cuidado:

— Você não colocou isso no seu relatório.

— Não. Porque não tinha nada a ver com o caso. É uma coisa pessoal. Ela se chamava Stella naquela época, de quando eu me lembrava dela. Ela mudou os olhos, o cabelo, fez uma plástica, mas eu a conhecia. Eu conhecia Stella. Ela era a minha mãe.

— Caraca! — Peabody colocou a mão no braço de Eve, apenas um leve toque, embora seus dedos estivessem quase tremendo. — Você tem certeza? Eu achei que ela tivesse morrido. Quer dizer, que já tinha morrido fazia tempo.

— Havia sangue em mim. Dela e meu. Pedi ao Roarke que fizesse um exame de DNA pra confirmar, mas eu sabia. Não me lembro muito bem porque ela me abandonou com ele quando eu tinha uns quatro ou cinco anos. Não tenho certeza da idade que eu tinha, é tudo muito vago. Mas eu me lembro o suficiente.

— Ela deixou você com... ela sabia o que acontecia? — Só de pensar nisso, Peabody sentiu um enjoo subir pela garganta. — Ela sabia o que ele fazia com você?

— Não tinha como ela não saber. Ela só não estava nem aí.

— Mas...

— Não tem nada doce nessa história, Peabody. Ela não se importava, nunca se importou. Eu era uma mercadoria, e o investimento estava demorando muito a dar retorno. Estava dando muito trabalho pra ela. Isso é o que eu acho.

O enjoo de Peabody desapareceu. Em seu lugar, surgiu uma repugnância cruel, viciosa, violentamente quente.

— Ela reconheceu você?

— Não. Eu não era tão importante assim. Tudo o que ela viu foi a policial que estragou seus planos com McQueen, a policial que a colocou no hospital e que iria jogá-la em uma cela. Eu queria ter feito isso. Talvez devesse ter colocado dois homens para vigiá-la.

— Dallas, eu li os relatórios. Você a manteve algemada e sob guarda. Os policiais ainda estavam no hospital quando ela escapou.

— Ela não quis me dizer onde o McQueen estava. Eu não consegui fazer com que falasse e fui com força pra cima dela. Talvez com força demais.

Ilusão Mortal 319

— Pode parar! — A voz de Peabody ficou áspera e firme. — Você fez o seu trabalho. Se você não tivesse certeza de que conseguiria isso, teria pedido a outra pessoa para fazê-la confessar. Mas você fez o seu trabalho.

Ajudava ouvir isso. Eve tinha repassado cada passo, cada movimento, cada decisão inúmeras vezes, e acreditava que tinha feito tudo que podia. Mas ouvir aquilo ajudava.

— Eu ia voltar a procurá-la, precisava só de um pouco de tempo, queria que ela pensasse um pouco sobre o assunto e depois eu voltaria a procurá-la. Mas ela fugiu do hospital, foi até McQueen e ele a matou.

— E você a encontrou.

— Ela ainda estava quente. Nós perdemos ele por uma questão de minutos.

— Você resgatou Melinda Jones e Darlie Morgansten, sãs e salvas. Não consigo imaginar como isso tudo te fez sentir. — Peabody forçou-se a respirar de forma estável e pausada. — Não sei como tem sido desde então. Você teve Mira — lembrou ela. — Graças a Deus você teve Roarke e Mira.

Por um longo momento, Peabody olhou fixamente pela janela da viatura.

— Dallas, você poderia ter me chamado pra ir até lá. Não devia ter de enfrentar isso sozinha. Eu teria te dado apoio.

— Sei disso. Mas tive que lidar com as coisas sozinha. E precisei lidar com isso. Você merece saber, mas eu tive que me preparar muito antes de contar tudo pra você.

— Eu li a ficha dela. — Com voz forte e firme novamente, Peabody tornou a se virar. — Sei quem ela era, o que ela era. Agora eu sei que ela deixou você com um animal. Que bom que ela morreu.

Atordoada, Eve virou a cabeça e olhou bem nos olhos de Peabody.

— Isso não é muito estilo "Família Livre".

— Foda-se isso! — Os olhos de Peabody brilharam como supernovas. — Foda-se a tolerância e a compreensão. Sim, você a teria metido numa cela pelo resto da vida patética e má dela. Mas, talvez em algum momento, em meio à decomposição, ela tivesse pensado nas coisas. Talvez tivesse se lembrado de você. Ela teria usado isso contra você, com certeza tentaria. Antes que você a assustasse profundamente, se conseguisse chegar a ela antes de Roarke. E se ele conseguisse chegar a ela antes de mim. E que bom que ela foi um ser humano egoísta e desprezível, porque não se lembrava de você e não pensou em você ao longo de tantos anos. Poderia ter reconhecido você, sobretudo depois do seu casamento com Roarke. Poderia ter visto você na TV e reconhecido o seu rosto. Poderia ter causado muito mais dor e problemas. É melhor que esteja morta.

Aquele discurso era tão incomum em Peabody que Eve se manteve em silêncio.

— Não sei muito bem como responder a isso — concluiu.

— Nós devíamos é tomar a porra de um drinque. Um monte de drinques!

— Meu Deus, não chore.

— Eu vou chorar se eu estiver a fim de chorar. — Ela fungou e limpou o rosto. — Vaca desgraçada!

— É maldade me chamar de vaca quando estou aqui, dividindo com você os meus traumas pessoais.

— Eu não quis dizer você! Estava falando da sua... estava falando da porra da vagabunda do McQueen. Eu devia ter estado lá pra te ajudar.

Peabody jamais teria usado a palavra com M; jamais usaria a palavra *mãe*. Isso era a cara de Peabody.

— O Roarke mandou chamar Mira depois que o McQueen matou a Stella. E pediu a Mira para levar Galahad com ela.

Ilusão Mortal

Dessa vez as lágrimas realmente escorreram; lágrimas grandes e volumosas, até que Peabody teve que enfiar a mão nos bolsos para encontrar um lencinho de papel velho.

— Eu amo ele.

— Sim, o Galahad é um gato muito bom.

Ela deu uma risada encatarrada por trás do lencinho de papel.

— Claro que é, mas você sabe que eu estava me referindo a Roarke. Eu amo aquele homem. E se alguma tragédia acontecesse com McNab, eu lutaria com você pra ficar com ele. Tenho treinado muito pra essa luta.

— Tudo bem, estou avisada.

— Você está bem?

Eve refletiu por alguns segundos.

— Estou bem. Provavelmente vou passar por um momento difícil de vez em quando, mas estou bem. Espermatozoide e óvulo... é isso que eles eram. Durante os oito anos de convívio com os dois, eles me transformaram em vítima. Eles me deixaram com medo e me provocaram dor. Agora estão mortos. Não sou uma vítima. Não tenho medo. Quanto à dor? Não tenho muita. Eles não podem mais me machucar, então o que eu tenho são apenas ecos do passado. Isso vai passar.

Ela parou em frente à pequena casa no Brooklyn.

— Faz alguma coisa no seu rosto. Ele está todo marcado.

— Que droga! — Peabody começou a dar leves batidinhas no rosto com as mãos.

— Pra que isso?

— Deixa tudo mais vermelho e distribui o sangue... eu acho. Meu rosto vai melhorar daqui a alguns minutos. É só manter a sra. Cattery focada em você.

— Meu Deus! Fique atrás de mim.

Peabody saltou do carro e ergueu seu rosto avermelhado.

— Está frio e ventando muito. Vai parecer que o meu rosto ficou vermelho por causa do vento. — Ela respirou fundo para se acalmar. — Você me disse isso quando estávamos no carro e a caminho dessa entrevista só pra eu não poder te abraçar?

— Sim, essa foi mais uma vantagem.

— Eu vou abraçar você mais tarde. Vou pegar você de surpresa.

— O mesmo vale pra minha bota na sua bunda.

— Ah, mas isso não é surpresa.

— Se acalma e vamos lá.

— É uma casa legal — observou Peabody, enquanto elas iam em direção à porta. — Em um bairro bom.

— Ele era o único membro da equipe que fez parte da campanha que não morava a poucos quarteirões do escritório.

— Tinha esposa e filhos. E um quintal com cerquinha. Um cachorro. — Ela apontou com a cabeça em direção aos fundos da casa. — Olha ali, uma casinha de cachorro.

— O que tem dentro de uma casinha de cachorro? Uma TV pequena, um AutoChef?

— Provavelmente um cobertor velho e uma coleção de ossos de sopa. Meu rosto melhorou?

— Podia estar pior.

Com esse alegre comentário, Peabody se colocou ligeiramente atrás de sua parceira quando Eve bateu à porta.

Capítulo Dezesseis

Eve avaliou que a mulher que abriu a porta tinha cerca de sessenta e cinco anos e estava em boa forma. Seu cabelo, com mechas e cheio de estilo, balançava ao redor de um rosto cansado que naquele momento exibia olhos desconfiados.

— Posso ajudar?

— Sou a tenente Dallas, esta é a detetive Peabody, da Polícia de Nova York. Nós...

— Claro, eu sei quem você é. Vocês encontraram a pessoa responsável pela morte do Joe?

— Estamos seguindo todas as pistas. Gostaríamos de conversar com a sra. Cattery, se ela estiver disponível.

— Ela está descansando. Vocês podem conversar comigo? Sou a mãe dela, Dana Forest. Não quero incomodar Elaine se não houver nenhuma novidade. Ela mal dormiu desde que...

— Estou acordada, mamãe.

Eve viu de relance a mulher que surgiu na escada. Usava um suéter grosso, uma calça de pijama azul e verde e meias grossas vermelhas. Seu cabelo castanho-escuro lhe escorria pelas costas como uma cauda reluzente. Marcas de dor e de exaustão forneciam a única cor em seu rosto. Se a mãe parecia cansada, Elaine Cattery parecia totalmente esgotada.

— Lainey, você tem que descansar um pouco.

— Não se preocupe. — Ela desceu e encostou-se à mãe de uma forma que as duas formavam uma unidade compacta. — Onde estão as crianças?

— O Sam e a Hannah as levaram no parque, pra deixar o cachorro correr um pouco, só pra tirar todo mundo de casa por um tempo.

— Está tão frio...

— Todos estão bem agasalhados. Não se preocupe.

— Perdão. Deixamos vocês aí fora, no vento. Entrem, por favor.

— Querem um chazinho? — ofereceu Dana, o braço ainda em volta da filha. — Vou preparar um chá pra gente.

— Seria ótimo — disse Eve. Elaine se afastou pela sala de estar, onde havia um sofá de cores fortes e cadeiras com listras de cores vivas. Uma casa confortável, pensou Eve, com cores alegres, almofadas convidativas, superfícies com fotos emolduradas, flores e lindas tigelinhas.

— Sentem-se, por favor. Eu não esperava... Já conversei com a polícia.

— Eu sei. Estamos fazendo um acompanhamento das declarações. Se você puder responder a mais algumas perguntas, sra. Cattery.

— Vocês estão visitando todo mundo? São muitas vítimas. Tantas! Eu já parei de assistir aos noticiários. Mais gente morreu? Aconteceu mais alguma coisa?

— Não. Sra. Cattery, são muitas vítimas, sim, muitas mesmo. E cada uma delas merece o nosso tempo e atenção.

Ilusão Mortal

— Eu não estava aqui, sabe? Tinha levado as crianças pra verem a minha mãe e o meu irmão. Agora eles estão aqui, com a gente. Mas eu não estava em casa. Joe estava trabalhando naquela campanha. Ele trabalhou muito e durante muito tempo, e eu também tinha acabado um projeto pro meu trabalho. Pensei em tirar as crianças daqui durante uns dias. Achei que elas poderiam assistir às aulas a distância e passar um tempo legal com a minha família. Todo mundo precisava dar uma respirada. Foi por isso que a gente não estava aqui, e Joe não voltou pra casa. Se ao menos eu estivesse...

— Sra. Cattery. — Peabody estendeu o braço e colocou a mão sobre a de Elaine. — Você não deve pensar nisso nem se culpar por não estar aqui.

— É o que minha mãe diz, mas mesmo assim... Eu estou grávida. — Com um soluço sufocado, Elaine pressionou os dedos sobre os lábios. — Descobri e confirmei a gravidez quando estava na casa da minha mãe. Não estávamos tentando, mas também não estávamos evitando. Achamos que a fábrica tinha fechado, mas então começamos a querer mais um filho. "Vamos ver o que acontece", foi o que Joe disse. Eu não tive a chance de contar a ele da gravidez. Queria contar quando voltasse pra casa, mas foi tarde demais. Não sei o que fazer agora. Não consigo pensar no que fazer.

— Sinto muito — murmurou Peabody. — Meus sentimentos pela sua perda. Faremos tudo que estiver ao nosso alcance para encontrar a pessoa responsável por isso.

— Vai ajudar? Meu irmão está com muita raiva, mas tem certeza de que quando vocês descobrirem quem fez isso e o colocar na cadeia, isso vai ajudar um pouco. Só que mesmo assim Joe não vai mais estar aqui. Ele não vai ver os filhos crescerem. Ele não vai ver este aqui nascer. Então, não sei se vai ajudar.

— Vai, sim — garantiu Eve, olhando para ela. — Talvez não de imediato, mas vai. Você vai saber que a pessoa que fez isso nunca mais vai conseguir machucar ninguém. Ele nunca vai tirar outro pai de seus filhos.

— Joe nunca machucou ninguém. Ele é um homem muito doce e tranquilo. Às vezes é cordato até demais, é o que eu costumava dizer. Ele nunca pressionava no trabalho, e as crianças faziam o que queriam com ele. Joe nunca machucou ninguém.

— Ele ia receber uma promoção no trabalho.

— Ia? — Um sorriso bem fraco surgiu em seus lábios. — Ele não me contou.

— Talvez ele ainda não soubesse, mas já estava no arquivo dele. Trabalhou muito nessa última campanha.

— É, ele trabalhou mesmo. Toda a equipe se esforçou.

— Você conhece as pessoas com quem ele trabalhava, certo?

— Sim, eu conheço Nancy... Nancy Weaver, sua chefe. Ela passou aqui em casa, tem sido maravilhosa. Steve e Lew, ambos entraram em contato comigo. Steve mandou comida. Um presunto enorme com pão... e outras coisas. Pra gente fazer sanduíches.

— E eu queria que você comesse mais sanduíches. — Dana entrou com uma bandeja e colocou-a sobre a mesa.

— Vou comer. Prometo. — Elaine pegou a mão da mãe e a fez se sentar junto dela.

— Às vezes, quando as pessoas trabalham tão próximas, em um projeto importante, existem conflitos — Eve começou. — Aconteceu alguma coisa dentro da equipe?

— É difícil brigar com o Joe — respondeu Elaine, enquanto sua mãe servia o chá. — Ele adora o trabalho dele, e é bom no que faz. Gosta de fazer parte de uma equipe.

— Ele sabia que Vann e Weaver tiveram um caso?

Mais uma vez, o mesmo sorriso suave.

— Joe é um homem discreto, e os discretos veem as coisas. Ele sabia, sim.

— Isso o incomodava?

— Não. Me incomodou... um pouco. Eu pensei, na verdade cheguei até mesmo a dizer, que Steve cobria todas as bases. Família e sexo, mas Joe simplesmente riu. E Steve fez um bom trabalho. Ele ama o filho. Acho que isso é muito importante pra mim... e pro Joe. Que um pai ame o seu filho, e isso está bem claro no caso de Steve.

— E aí temos Callaway.

— Lew? — Elaine trouxe as pernas para cima do sofá, enroscando-se ali, e fingiu beber o chá. — É outro homem discreto, mas de um jeito menos natural, extrovertido ou tranquilo, quando comparado ao meu marido. Joe costumava dizer que Lew precisava melhorar quando se tratava de se controlar e sorrir. Ele se saía melhor com ideias, com a visão global dos projetos. Joe gostava de mudar e aprimorar, mergulhava de cabeça. Eu ficava irritada, às vezes, quando ele trabalhava nos conceitos de Lew e gastava muito do seu tempo para colocá-los nos trilhos, se é que você me entende. Na maioria das vezes, não levava o crédito por isso. Mas acho que as pessoas notavam mesmo assim. Ele estava prestes a ser promovido, mãe.

— Mas ele merecia, né?

— Então, ele nunca reclamou com você sobre os colegas de trabalho?

— Bem, ele não é santo. Reclamava de vez em quando, do jeito dele. "Steve tirou mais de duas horas de almoço hoje ou saiu mais cedo pra se encontrar com alguém." Ou então: "Lew embarcou de novo no trem da melancolia."

— Trem da melancolia?

— Era essa a expressão do Joe. O Lew ficava para baixo, meio que amuado, eu acho, quando as ideias dele eram descartadas ou repensadas. Era o tipo de coisa que o Joe tirava de letra, mas acho que afetava o Lew.

— Você conheceu Carly Fisher?

— Não muito bem. Eu a vi uma vez, sei que Joe a considerava brilhante e dizia que ela teria um futuro promissor. Odiei saber que ela foi morta. Ela era a favorita de Nancy.

— Ah, era?

— Sem dúvida. Acho que a Nancy via muito dela mesma em Carly. Joe dizia que ela seria a sua próxima chefe na empresa.

— Isso não o incomodava?

— Joe não se importava. Ele não queria ser chefe. Queria só fazer parte da equipe. Era nisso que ele era bom.

Depois que elas deixaram Elaine aos cuidados da mãe, Eve ficou parada na rua pegando vento por mais um momento.

— O que descobrimos vindo aqui? — perguntou a Peabody.

— Que Joe Cattery era um cara legal que gostava muito do seu trabalho. Sua mulher o amava e eles construíram uma vida bem legal aqui.

— E além da parte boa?

— Mas é só isso, né? Um cara legal, com uma vida boa. Não era o cara das grandes ideias, não era o homem motivado, nem o profissional que se destaca. Era só o cara gente fina que está trabalhando porque gosta do trabalho, é bom no que faz e nasceu para trabalhar em equipe. Está sempre disposto a ajudar, a dar um pouco mais de si sem fazer alarde. E, aparentemente, a chefia percebeu tudo. Foi por isso que ele recebeu um aumento gordo e uma promoção. Do outro lado, temos Callaway. Ele tem grandes ideias. É motivado e empolgado com o que faz. Não trabalha bem em equipe, mas finge que sim. Todo mundo está sempre desprezando suas ideias e chutando-o para escanteio, para que outra pessoa passe na frente dele e suba na carreira. Então, ele fica amuado, mas a chefia percebe.

— Agora você tocou no ponto.

— Podemos continuar conversando dentro do carro? Estou congelando aqui fora.

— O frio ajuda a gente a pensar. — Mas Eve abriu a porta do veículo e se sentou ao volante. — É uma grande campanha e Joe está fora do páreo. A promoção ainda está sendo disputada. Vann já tem a sala no canto do escritório. Callaway tem que pensar que se alguém vai ser promovido agora, e será *notado*, essa pessoa será ele. Fisher também se foi, então nenhum puxa-saco da chefia vai bufar no seu cangote. Ele jogou na cara deles. Nossa, e como jogou! Aquele enxame de abelhas operárias zumbindo na colmeia! Ele pode tirá-los do caminho a qualquer momento. Sempre que quiser e quantos quiser. Afinal, eles fizeram isso a si mesmos, não foi? Ele nem estava lá.

— Isso é meio assustador.

— Eu diria que ele é bastante assustador, o canalha.

— Não, eu quero dizer você, falando como se fosse ele. Isso é meio assustador.

— Ela me deu uma bela percepção de Callaway e não gosta muito dele, isso foi fácil de perceber.

— Foi mesmo.

Eve ligou o carro e começou a dirigir.

— Ela não demonstrou nenhum sentimento especial por ele, o que me parece que Joe provavelmente também não falava dele com entusiasmo. Ela contou sobre Weaver ter vindo aqui e demonstrou emoção ao dizer isso. Comentou sobre o contato de Vann e de Callaway com ela, e pareceu grata. Vann enviou um presunto grande para que ela não tivesse que pensar em comida. Isso significou muito para ela.

— As pessoas mandam comida quando há morte.

— Elas fazem isso?

— É a frase de um livro, não consigo me lembrar do nome. Mas a ideia é essa: as pessoas mandam comida quando alguém morreu e flores para quem está doente. *O sol é para todos*! Esse é o nome do livro, é isso mesmo. Ponto para mim!

— Vou anotar isso — avisou Eve, com um tom seco. — Weaver veio até o Brooklyn pra ver a viúva, e aposto que elas choraram juntos. Vann entra em contato com ela, conversa com ela e envia comida. Mas Callaway simplesmente faz contato. Faz o que tem que fazer, nada além disso. É por isso que alguém como o Joe não seria especialmente afetuoso com ele nem com a viúva. Weaver também não gosta dele, ou já teriam dormido juntos. Ele faz um bom trabalho e tem boas ideias, mas não tem brilho algum para ela. Carly Fisher, essa sim.

— Devemos descobrir quem mais tem brilho ali. Se não conseguirmos impedi-lo, ele vai atrás de outra vítima.

— Você tem razão. — Eve tamborilou com os dedos no volante enquanto dirigia. — Vamos falar com a colega de quarto de Fisher e descobrir com quem ela se relaciona no trabalho. E vamos levar o Callaway pra depor. Quero falar com os pais, consiga uma sala para...

Ela parou de falar quando seu *tele-link* tocou e transferiu a ligação para o seu smartwatch.

— Dallas!

— Isso foi meio seco — murmurou Peabody.

— Tenente, aqui fala a agente Teasdale. Já providenciei para que os Callaway sejam trazidos para Nova York. Eles devem estar na Central por volta das duas da tarde.

— Ok, para mim está ótimo.

— O mandado de busca e apreensão é que foi mais complicado. No entanto, considerando a importância da investigação e o crime cometido, consegui persuadir o juiz a assinar. Se você estiver de acordo, uma equipe da Homeland vai ajudar quem você enviar para o Arkansas.

— Por mim, tudo bem. Volto para combinar isso com você, agora eu tenho minhas próprias providências a tomar. — Ela desligou e entrou em contato com Baxter.

— Chame Trueheart e fiquem com a Teasdale. Vocês vão se juntar a uma equipe da Homeland no Arkansas, para fazer uma busca e apreensão na casa dos pais de Callaway.

— Arkansas? Oba, churrasco!

— Que bom que eu coloquei um sorriso no seu rosto. Procurem por registros das Guerras Urbanas: cartas, diários, fotos, discos. Coisas religiosas, coisas políticas... Qualquer coisa pessoal que Callaway possa ter deixado lá. Algo que remonte ao tempo em que ele era criança. Trabalhos escolares, músicas, livros. Veja se tem alguma coisa que demonstre que ele tinha interesse ou aptidão para ciências.

— Eu entendi, Dallas. Quando partimos?

— Teasdale vai combinar com vocês. E entre em contato com os policiais locais, Baxter. A Homeland talvez se esqueça deles. Vamos chegar lá com papo reto, de tira pra tira.

— Entendido. Vamos usar o jatinho de Roarke?

— Pode esquecer isso — disse ela, desligando na cara do homem. — Peabody, fale com o Callaway.

— Eu?!

— Não reclame. Caraca, é só ligar com o papo de sempre: a tenente gostaria que você viesse à Central, se tiver tempo.

— Devo ser educada, então.

— Educada, sim, até solícita... "Nós gostaríamos muito da sua ajuda." Ele está familiarizado com os dois locais dos ataques e conhecia várias das vítimas. Pode "deixar escapar" que perdemos uma pista importante e estamos tentando recuperá-la. Ele quer se envolver, quer saber o que está acontecendo e quer ter algum papel importante na investigação. Eu não dei a ele muita chance, mas agora vou dar. Ele vai pular pra agarrar essa chance. Vai alegar que está ocupado — especulou Eve —, mas vai acabar vindo à Central. E quando ele entrar, nós levamos ele direto pra sala de conferências.

— Você quer que ele veja os quadros dos crimes?

— Quero, sim, mas com alguns ajustes. Pergunte se ele pode chegar lá por volta das três, três e meia da tarde.

— Depois de você conversar com os pais dele.

— Sim. Isso lhe dará tempo de planejar o que vai querer dizer e como quer se comportar. Isso também vai impedir qualquer impulso que ele possa ter de atacar uma *delicatessen* ou lanchonete na hora do almoço.

— Devo ligar pra ele agora mesmo?

— Sim. Diga que estamos na rua, mas que a pista não deu em nada. Conte que eu estou no *tele-link* com o comandante nesse exato momento. Não, que estou com o secretário de Segurança Pública. Vamos citar logo a autoridade máxima. Estamos correndo atrás, suando pra conseguir um rumo. Não sabemos quando ou onde ele vai atacar de novo.

— Entendi.

Eve olhou as horas enquanto Peabody fazia contato. Fez que sim com a cabeça ao ver a frustração e até mesmo a deferência no tom de Peabody. Tudo na medida certa.

No momento em que Peabody desligou, Eve conseguiu se espremer em uma vaga no nível da rua, a meio quarteirão do prédio de apartamentos onde morava Fisher.

— Foi exatamente como você disse — relatou Peabody. — A agenda dele está muito cheia, ele está com muito trabalho acumulado. Assumiu alguns dos projetos mais importantes de Joe. Mas, é claro, quer fazer tudo o que puder para nos ajudar. Estará lá.

— Ok, vamos nos separar. Converse com a colega de quarto e com quem ela te apontar. Quero saber de alguma colega de trabalho de quem ela era amiga, com quem costumava sair. Preste atenção à ideia geral de tudo que ela contar, tal como fizemos com a viúva.

Ilusão Mortal

— Certo. O que você vai fazer?

— Vou voltar à Central e preparar o palco. Se você ainda não tiver voltado quando os Callaway chegarem, aguarde um pouco, me avisa e eu digo quando você deve entrar em cena. E fique com o carro.

— Como disse? — Com os lábios franzidos, Peabody bateu na orelha direita. — Acho que ficar de pé no vento entupiu o meu ouvido. Você disse *"Fique com o carro?"*

— Continue engraçadinha assim e você vai ficar a pé.

— Não quero ir a pé, mas pense bem, Dallas, está muito frio.

— Tenho meu casaco mágico. — Ela abriu o casaco apenas o suficiente para que Peabody reparasse no forro.

— Que máximo! É como a sua jaqueta! Oooh, eu quero tocar nesse...

Antes que Peabody pudesse colocar os dedos no forro, Eve fechou o casaco e saltou do carro.

— Se você conseguir alguma novidade que seja útil, passe a informação pra mim. Caso contrário, simplesmente me mande uma mensagem de texto.

— Você não vai andar até a Central, vai?

— Sei andar de metrô.

O casaco de Eve ondulou com o vento quando ela se afastou. Ela pegou o *tele-link* e entrou em contato com Mira. Queria dar tempo a ela e explicar todo o esquema.

— Estarei lá — garantiu Mira. — Você pretende trazer a agente Teasdale para participar de tudo?

— Por quê?

— Ela é confiável, firme e é mais uma mulher. Ele não vai gostar de ser superado em número pelas mulheres, mas ao mesmo tempo vai estar se sentindo extremamente confiante de que consegue enganar e manipular todas nós.

— Faz sentido. Vou perguntar se ela quer participar.

Ela hesitou na descida para o metrô, avaliou a multidão, o barulho, os cheiros. Contemplou o vento, o frio... e o fato de que alguns flocos finos de neve começavam a cair.

Acabou optando pelo vento frio e pela caminhada de quinze minutos.

— Estou indo pra Central. A senhora pode observar a conversa com os Callaway, se tiver tempo. Vamos nos encontrar mais ou menos às três da tarde na porta da sala de conferências.

— Onde é que você está agora?

— Na verdade, não muito longe da primeira cena do crime.

— A pé? O tempo está horrível. Pegue um táxi.

— Me deu vontade de andar um pouco. Até mais.

As pessoas andavam num ritmo rápido e de cabeça baixa. Todos ocupados, muito ocupados. Ela sentiu o cheiro fumegante dos cachorros-quentes com salsichas de soja, a gordura inebriante das batatas fritas, o aroma do café amargo que as pessoas compravam para beber no caminho. Avistou uma garota com botas de cano alto, um casaco acolchoado roxo e um arco-íris de cachecóis; ela levava para passear dois cães brancos imensos. Ou talvez os cachorros é que a carregassem, enquanto ela trotava para acompanhar o ritmo alucinado deles. Um homem dormia na calçada, embrulhado em tantas camadas que apenas seus olhos estreitos estavam à mostra. Ele se encolhia sob um cobertor puído, encostado a um prédio, e exibia uma placa anunciando o fim dos tempos.

Eve se perguntou se ele tinha ouvido alguma moeda ou ficha de crédito batendo em sua cuia naquele dia, cujo conteúdo escasso era uma visão deprimente.

Parou e se agachou ao lado dele.

— Se o mundo está acabando, pra que você precisa de dinheiro?

— Preciso comer, não é? Tenho que comer. E consegui uma licença de pedinte, está dentro do meu casaco.

Ilusão Mortal

— Qual casaco? — Ela enfiou a mão no bolso e colocou alguns trocados na cuia, embora achasse que ele iria gastá-los com cerveja, em vez de comprar uma tigela de sopa. — Você fica sempre aqui, neste lugar?

— Não. É que muita gente foi morta bem ali. As pessoas vêm até aqui pra olhar, e às vezes, me dão uns trocados. Gostei de você. Os tiras geralmente não me dão moedas.

— É porque os policiais geralmente não têm moedas sobrando. — Ela se levantou e continuou a andar. Passou pelo bar e resistiu ao impulso de entrar. Nada de novo para ver ali, pensou. Mas o morador de rua estava certo. Viu algumas pessoas tirando fotos da fachada do café e outras tentavam ver o interior pelo vidro da porta.

Assassinatos sanguinolentos sempre atraíam multidões.

Ela comprou batata frita e uma lata de Pepsi na carrocinha de lanches ao lado. Quem conseguiria resistir àquele cheiro? Devorou tudo enquanto caminhava de volta à Central, com os flocos de neve finos e bonitos se transformando em um granizo leve, penetrante e úmido.

Resolveu passar pela delegacia primeiro. Notou a ausência de Baxter e Trueheart, as mesas vazias de Jenkinson e Reineke. Por fim, foi até Sanchez.

— Hoje está meio solitário aqui.

— Baxter e Trueheart saíram. Foram para o Arkansas. Reineke e Jenkinson acabaram de sair, foram atrás de algumas pistas.

— Você e o Carmichael estão bastante atarefados. Precisam de alguma ajuda?

— Está tudo sob controle, tenente.

— Qualquer coisa, podem falar comigo.

— Sabe o lance do Stewart, o irmão de uma das vítimas? Ele tem culpa no cartório, mas não tem ligação com o crime. Estamos investigando o homem por peculato e talvez por envolvimento no sumiço do tal contador. Parece culpado das duas coisas. A verdade é que a morte da irmã aciona um inventário automático do fundo fiduciário. Essa é a última coisa que ele ia querer. Não achamos que ele tenha alguma coisa a ver com o que aconteceu no bar.

— Então, pegue-o por todo o restante.

— Tudo bem. Ouvi dizer que você estava trazendo um suspeito pra depor.

— Você ouviu direito. Com um pouco de sorte, podemos fechar esse caso e voltar ao que o mundo chama de "normalidade".

Sanchez só fora designado para trabalhar com ela há alguns meses, mas tinha entrado no ritmo da equipe. Ela considerou algo para continuar o papo, inclinou a cabeça e disse:

— Aposto que você sabe quem está roubando o meu chocolate.

Ele lançou para Eve um olhar impassível.

— Que chocolate?

— Pois é, eu achei que você fosse dizer isso.

Ela foi para a sua sala, tirou o casaco e se sentou para redigir o relatório. Apesar de ainda ser cedo, saiu e foi direto para a sala de conferências.

Virou os quadros para o outro lado, escolheu as cópias que queria e começou a organizá-las. Conectou algumas delas entre si e marcou alguns períodos de tempo. Deixou tudo solto e espalhado, meio disperso e um pouco vago.

Exceto no quadro dedicado às vítimas. Esse ela fez questão de encher com as fotos de todos os mortos.

Analisou a mesa e notou que ninguém tinha jogado fora a caixa que Feeney tinha levado naquela manhã, embora não restasse uma única migalha ali dentro.

Isso era bom. Deixou a caixa lá, jogou algumas pastas sobre a mesa, programou um pouco do café horroroso, derramou metade na pia e colocou uma caneca na mesa.

Em seguida, procurou por mais restos de comida ou papéis usados.

Ilusão Mortal

— Tenente, ouvi dizer que você estava de volta à Central.

— Sim. — Ela olhou para Teasdale e notou a ligeira careta da agente ao ver a mesa de conferência toda bagunçada.

— Isso é uma espécie de cenário — explicou Eve. — Tudo nesta sala deve parecer um pouco desorganizado, como se estivéssemos passando muito tempo aqui.

— Está parecendo exatamente isso. Você mexeu num dos quadros do crime.

— Vou trazer o Callaway aqui e pretendo fazer com que ele se sinta como um consultor. É essa bagunça que eu quero que ele veja.

— Hmmm. — Com os lábios comprimidos, Teasdale avançou alguns passos. — Todas as vítimas estão aqui. É, ele vai gostar disso. E só alguns daqueles que conectamos a eles, incluindo ele mesmo. Ele vai gostar disso também. A linha do tempo não está certa.

— Não, não está. E não há menção ao Cavalo Vermelho, nem a Menzini. Quero que isso seja uma surpresa. Você quer participar do encontro?

— Dessa "consultoria"? Quero sim, obrigada. Os Callaway já estão a caminho. Tivemos um pequeno atraso, mas devem chegar aqui por volta de uma e quinze da tarde.

— Vamos pra minha sala tomar um café decente e eu atualizo você sobre os últimos acontecimentos.

Em sua sala, Eve programou duas xícaras e ofereceu uma à agente.

— Peabody está em trabalho de campo, conversando com a colega de quarto de Fisher e com quem mais ela conseguir encontrar. Nós queremos...

— Humm! — Depois de um gole, Teasdale piscou, expirou com força e tornou a beber mais um gole. — Não estou acostumada a beber um café tão bom quanto esse.

Eve se lembrou da sua própria reação na primeira vez que provou a mistura de grãos especial de Roarke.

— Gostoso, não é?

— Muito! Posso me sentar? Sinto que isso aqui merece ser saboreado, em vez de engolido.

— Senta na minha cadeira na mesa; a de visitantes é uma bosta. — Eve sentou-se na beirada da mesa. — Peabody e eu conversamos com Elaine Cattery — começou ela, e contou tudo à agente.

— Então, ele mantém o padrão esperado — observou Teasdale. — Se ele soubesse que Vann tinha enviado comida, seria compelido a fazer o mesmo. E mais alguma coisa. Enviaria algo maior ou mais caro.

— Tem razão. É uma questão de competição, de querer se destacar. O que me faz pensar que Vann não contou a ele, e isso me faz pensar ainda mais sobre Vann. Ele simplesmente fez uma boa ação, não estava querendo reconhecimento.

— Callaway precisa de reconhecimento. A falta dele, ou a falta da percepção do seu valor o deixa revoltado. Acredito que, daqui a mais algum tempo, ele vai entrar em contato com você ou com a imprensa. Não vai ser suficiente deixar as coisas como estão.

— Ele vai fazer isso, sim, provavelmente. Mas eu não quero dar essa oportunidade, não. Quero acabar com ele hoje, aqui.

— Você acha que vai conseguir fazer com que ele confesse?

— Esse é o plano.

Talvez fosse efeito do café, mas Teasdale se recostou na cadeira e cruzou as pernas. Pareceu relaxar um pouco.

— Acho que o senso de autopreservação dele vai ser mais forte do que a necessidade que ele tem de reconhecimento.

— Vamos descobrir.

— Não tem nenhuma evidência ainda sobre algum fornecedor das substâncias ilegais ou médicas? Conhecer sua fonte e citá-la seria ótimo. Adicionaria peso e faria pressão.

Ilusão Mortal

— Que tal usar seu poder de persuasão para nos conseguir um mandado de busca e apreensão para vasculharmos a casa dele?

Teasdale sorriu, olhando para o café.

— Imaginei que você fosse pedir isso. E já providenciei. Disseram para mim que eu poderia entrar em contato com Cher Reo, assistente da Promotoria. Nós duas já acertamos tudo. Quando você quer que coloquemos isso em prática?

— Antes de ele sair daqui. Quero que o Roarke vá junto, se ele puder. Ele tem um bom faro pra descobrir esconderijos e pra lidar com dados criptografados.

— Deve ser muito bom ser casada com alguém que não só entende o seu trabalho, como também quer e consegue ajudar.

— E ainda tem o café. Quer mais uma xícara?

— Bem que eu gostaria, mas é melhor não tomar. Não estou acostumada a isso. Gostei da sua sala — comentou Teasdale, ao se levantar da cadeira.

Levemente surpresa, Eve olhou ao redor.

— Acho que você é a primeira pessoa a me dizer isso.

— É pequena e eficiente, com poucas distrações. E tem esse café maravilhoso no AutoChef. — Ela colocou a xícara vazia de lado. — Eu gostaria de dizer uma coisa para você.

— Ok.

— Os arquivos e registros sobre você que estavam na Homeland foram modificados ou removidos. Alguns foram destruídos ou... inexplicavelmente excluídos.

— Sério?

— É, sim. Mas antes que isso acontecesse, consegui me familiarizar com alguns dados... quando ainda estávamos nos primeiros estágios da nossa investigação interna. Quero dizer que sinto muito pelo que aconteceu com você, e sinto ainda mais que a organização que eu represento tenha sido culpada. Aquilo foi cruel, e foi muito errado.

— Mas já acabou — disse Eve, sem exprimir emoção alguma.

— Sim, já acabou. Eu me pergunto... se por acaso nossas posições estivessem invertidas, será que eu teria concordado em trabalhar com você? Não sei dizer.

— Você não fez parte daquilo.

— Não, nem o homem a quem eu me reporto. O diretor Hurtz é uma pessoa honrada. Nosso meio é, muitas vezes, sigiloso e cheio de mentiras, então eu não aceitaria trabalhar para um homem que não fosse muito correto e honrado. Mas você não tem qualquer razão para saber ou acreditar nisso.

— Eu sei, e acredito nisso, que mais de cento e vinte pessoas mortas merecem justiça. Vou usar qualquer ferramenta, arma ou meio à minha disposição para ter certeza de que eles vão conseguir justiça.

— Estou determinada a ajudar você a manter essa certeza.

— Então, estamos numa boa.

Ela esperou enquanto Teasdale atendeu ao *tele-link* dela.

— Sim, obrigada. Solicite a Sala de Interrogatório B, por favor. Os Callaway estão aqui — disse em seguida para Eve.

— Ótimo, então. Vamos preparar nossas ferramentas.

Capítulo Dezessete

Os Callaway, Russell e Audrey, estavam sentados em lados opostos da mesa da Sala de Interrogatório. Ela parecia estar nervosa; ele parecia beligerante.

Ele devia estar na casa dos setenta, mas Eve conseguiu ver claramente o homem que Audrey Hubbard achara atraente. Russell emanava a confiança, força e assertividade de quem ia direto ao assunto.

— Boa tarde, sr. e sra. Callaway. — Eve manteve o tom e o ritmo enérgico de caminhar ao se mover até a mesa e se sentar.

— Sou a tenente Dallas e esta é a agente Teasdale. Obrigada por terem vindo.

— Não tivemos muita escolha — respondeu Russell, lançando um olhar duro com seus olhos azuis muito claros. — Seu pessoal foi até nossa fazenda, invadindo uma propriedade privada para avisar que tínhamos que vir com eles para Nova York. Ninguém nos disse nada, só que era para virmos. Temos abóboras para colher.

Eve poderia dizer com segurança que aquela era a primeira vez que ouvia tal argumento ser usado como reclamação ou desculpa em um interrogatório.

— Vamos tentar fazer com que vocês voltem logo às suas atividades. Vamos gravar esta entrevista.

— Querem alguma coisa para beber antes de começarmos? — perguntou Teasdale. — Café, água, refrigerante?

— Não queremos nada. — Russell cruzou os braços e marcou linhas belicosas em seu rosto quadrado e envelhecido.

— Gravando! — anunciou Eve. — Aqui fala a tenente Eve Dallas e a agente Miyu Teasdale. Vamos interrogar Russel e Audrey Callaway. Vou ler os seus direitos, agora.

— Não fizemos nada. Russ! — Audrey estendeu a mão sobre a mesa para pegar a do marido.

Ele deu um tapinha impaciente no braço dela.

— Não se preocupe. Elas só estão tentando nos assustar.

— Por que eu ia querer fazer isso? — disse Eve, lendo os direitos dos dois e perguntando se eles entenderam tudo.

— Também temos o direito de cuidar da nossa própria vida. É isso que fazemos.

— Agradeço por terem vindo, sr. Callaway. Por cuidar da própria vida, suspeito que vocês já tenham ouvido falar sobre os dois incidentes que aconteceram aqui em Nova York.

— É só o que passa na TV, noite e dia, não é?

— Imagino que sim.

— Aquilo não tem nada a ver com a gente.

— Não? O seu filho, Lewis Callaway, estava no On the Rocks, o bar onde ocorreu o primeiro incidente. Ele saiu minutos antes de tudo acontecer.

— O Lew estava lá?! — Audrey agarrou a garganta e o pequeno crucifixo de ouro que usava ali.

— Vocês não sabiam? — Eve se inclinou para trás e se balançou de leve apoiada apenas nas pernas traseiras da cadeira. — Os relatos dos incidentes estão em todos os noticiários, vocês têm um filho que mora e trabalha não só em Nova York, mas a alguns quarteirões dos dois locais. E vocês não pensaram em entrar em contato com ele para ver se ele estava bem?

— Eu...

— Como poderíamos saber que tudo aquilo tinha acontecido perto de onde ele trabalha ou mora? — reclamou Russ. — Não conhecemos o mapa de Nova York. Nunca estivemos aqui antes e não estamos gostando muito de estar aqui agora.

— Vocês nunca vieram visitar seu filho? — perguntou Teasdale a eles, com a mais agradável e simpática das vozes.

— Foi ele quem se mudou para este lugar sem Deus. Não temos tempo nem recursos pra dar um pulinho aqui. Ele é que volta para casa e nos visita.

— Ele está bem? — indagou Audrey. — Tentei falar com ele, mas não consegui. Ele me respondeu com uma mensagem ontem à noite, só pra dizer que estava bem e que andava muito ocupado. Mas você disse que ele estava lá naquele lugar, onde tudo aconteceu!

— Isso mesmo, estava lá com alguns colegas de trabalho. Um deles morreu no local.

— Ah! — Mais uma vez ela fechou a mão sobre a cruz. — Que Deus leve sua alma em paz.

— Ele perdeu outros colegas de trabalho lá e também no café onde ocorreu o segundo incidente.

— Ai, isso é horrível! Russ, precisamos ver como ele está. Ele deve estar muito abalado.

— Mas não abalado o suficiente pra contar a vocês que ele perdeu alguém com quem trabalhava havia anos. Alguém com quem ele tinha acabado de tomar alguns drinques.

— Ele não teria motivos para preocupar a mãe dele.

— Talvez não, sr. Callaway, mas me parece que a mãe já estava preocupada. Foi por isso que ela tentou entrar em contato com ele. Quando foi a última vez que você o viu ou falou com ele, sr. Callaway?

— Ele foi nos visitar algumas semanas atrás e ficou alguns dias. Audrey, pare agora mesmo de se preocupar com isso!

— Eu vi que ele foi ver vocês várias vezes nos últimos meses. — Eve abriu uma pasta e leu os dados. — No entanto, antes disso, as visitas eram muito mais espaçadas. Uma vez por ano.

— Ele é muito ocupado. — De cabeça baixa, Audrey falou baixinho. — Tem uma posição importante na empresa. As pessoas dependem dele. Lew tem clientes importantes e um trabalho que exige muito dele.

— Vocês já conheceram algum dos seus colegas de trabalho?

— Não — respondeu Russell, antes que a esposa tivesse chance de fazê-lo. — Não temos nada a ver com isso.

— Tenho certeza de que ele compartilhou algumas histórias com vocês. — Teasdale abriu os braços. — Sobre as pessoas com quem ele convive, seus amigos, seu trabalho.

— Eu já disse que não temos nada a ver com isso.

— Mas um homem importante com um trabalho tão exigente e todas essas visitas recentes... Com certeza ele falou alguma coisa sobre a vida que leva aqui em Nova York.

— Nós não entendemos o trabalho de Lew. — Audrey lançou ao marido um olhar nervoso.

— Por que ele voltou para casa tantas vezes nos últimos meses? — perguntou Eve.

— Lá é tranquilo. É muito tranquila a vida na fazenda — respondeu Audrey.

— Tranquila para Lew, porque você serve de criada para ele o tempo todo — acusou Russ. — Fica acordada até altas horas da noite fazendo só Deus sabe o quê. Porque ele não pode correr o risco de machucar suas mãos macias em um bom dia de trabalho.

Ilusão Mortal 345

— Pare com isso, Russ.

— Essa é a verdade, mas isso não é da sua conta — disse ele a Eve. — O que é que vocês querem de nós?

— Ah, não ainda não está claro? O seu filho é uma pessoa de interesse nesta investigação.

— O que isso significa? — Audrey olhou de Eve para o seu marido, e de novo para a tenente. — Não entendi o que isso significa.

— Quer dizer que a senhora acha que ele teve algo a ver com isso? Com a morte daquelas pessoas?

— Não. Não. Não! — Audrey cobriu o rosto com as mãos e se curvou sobre si mesma até seu corpo formar quase uma bola, enquanto Russell olhava fixamente para Eve.

E ela viu nos olhos dele. Algum choque, sim. E um pouco de medo. Mas não a negação... não a rejeição à ideia.

— Vocês se mudaram muito enquanto ele estava crescendo — comentou Eve.

— Eu ia para onde tinha trabalho.

— Acho que não — contestou Eve. — O senhor era um médico formado, sr. Callaway, e alguém com suas qualificações e sua experiência não precisa ficar viajando para encontrar trabalho. Ele fazia certas coisas, não fazia? Ele se metia em encrenca. Coisas pequenas, no começo. Meninos são assim mesmo, certo? Mas havia algo, surgia sempre uma coisa que não estava certa. Os vizinhos não gostavam muito dele. Os outros coleguinhas não queriam brincar com ele. Depois começaram a surgir problemas maiores, coisas que vocês precisavam negar ou encobrir. A melhor opção era se mudar e começar a vida de novo. Ele nunca fez amigos. Nada nunca era suficiente ou satisfatório para ele, pelo menos não por muito tempo.

— As outras crianças implicavam com ele — afirmou Audrey. — Ele era muito sensível.

— Fechado — sugeriu Eve, lembrando-se das palavras de Elaine. — Estranho, sempre amuado, trancado no quarto. Vocês educaram ele em casa. Era melhor desse jeito, para ele. Vocês acharam que assim como não conseguia fazer amigos, ele também não gostava que lhe dissessem o que fazer, nem quando fazer.

— Ele só precisava de mais atenção. Alguns meninos precisam de mais atenção do que outros. Ele nunca fez mal a ninguém.

— Mas sempre espalhava mentiras — disse Teasdale quase imóvel, com seu jeito quieto. — Contava ao amigo da casa ao lado o que a garota do outro quarteirão tinha dito sobre ele, quer ela tivesse realmente dito aquilo ou não. Ele gostava de criar conflitos... talvez roubando coisas, depois colocando a culpa em outra pessoa. Gostava de ver os outros brigarem por causa dos problemas que ele mesmo tinha criado.

— Ele fez a mesma coisa com vocês dois — continuou Eve. — Com a senhora principalmente, sra. Callaway. Pequenas mentiras, pequenas sabotagens silenciosas para causar conflito e atritos entre vocês. Ele ainda faz isso, sempre que pode. Quando vai visitar vocês, traz sempre uma agitação, uma tensão. É um alívio imenso quando ele vai embora de novo.

— Isso não é verdade, isso não é verdade. Ele é nosso filho. Nós o amamos!

— Esse amor nunca foi suficiente para ele. — Eve viu isso com muita clareza nos olhos de Audrey Callaway. — Quando ele vai, você prepara as refeições preferidas, lava a roupa dele, cuida das coisas dele como se fosse uma empregada. E mesmo assim ele olha para você com desprezo... ou pior, com tédio.

E continuou:

— Só que, recentemente, o interesse dele por vocês aumentou. Ele tem feito perguntas. Quando foi que Lew descobriu que Guiseppi Menzini era avô dele?

— Ah, não. Não!

Ilusão Mortal

— Fique quieta, Audrey. Fique quieta agora mesmo. — Russell colocou a sua mão grande e pesada sobre a da sua mulher, mas dessa vez Eve percebeu uma gentileza no gesto. — Somos cristãos. Vivemos a nossa vida, não incomodamos ninguém.

— Tenho certeza de que sim. — Teasdale pousou as mãos dobradas com elegância em cima da mesa. — Tenho certeza de que vocês tentaram fazer o bem para Edward e Tessa Hubbard, sra. Callaway.

— É claro.

— Quando você descobriu que eles não eram seus pais biológicos?

— Ai, Deus. Russ!

— Ouçam aqui... Audrey foi criada por pessoas boas. Ela não sabia de nada sobre Menzini até o dia em que seu pai adotivo estava à beira da morte. Ele achou que ela precisava saber. Teria sido melhor se ele tivesse deixado o segredo morrer ali, mas ele estava doente, morrendo, e teve medo de que ela descobrisse tudo quando ele não estivesse mais lá para explicar como tudo aconteceu.

— Aquele homem não era meu pai. Edward Hubbard é que foi o meu pai, e Tessa Hubbard foi a minha mãe. A mulher que me deu à luz perdeu o rumo e fez coisas péssimas, mas se arrependeu. Ela se redimiu. Morreu tentando me proteger.

— Quando vocês disseram tudo a ele? Quando contaram a Lewis?

— Russ...

— Se ele fez algo grave, Audrey, é nossa responsabilidade contar tudo. Ele é nosso filho e nós é que temos que contar.

— Ele não pode ter feito algo assim.

— Então, vocês podem ajudar a esclarecer tudo e colocá-lo fora da lista de suspeitos — sugeriu Eve. — O que foi que ele descobriu? O que vocês contaram a ele?

— Tínhamos algumas coisas... diários, ensaios e lembranças, muitas fotos. Não tenho certeza. Nunca vasculhei nada daquilo, para falar a verdade. Minha mãe tinha encaixotado tudo. Muitas vezes, eles falavam em destruir tudo, era o que meu pai dizia, mas que não parecia correto fazer isso. Então, eles deixaram tudo embalado, bem guardado, e meu pai me contou tudo o que tinha acontecido antes de morrer.

— O que ele contou a você?

— Russ, eu não consigo.

Ele apenas acenou com a cabeça e tomou a palavra:

— Eu cuidei do pai de Audrey enquanto ele estava morrendo e acho que ele percebeu que eu gostava da filha dele. E que ela gostava de mim. Então, ele me contou tudo, ou pelo menos tudo que sabia. A meia-irmã de Tessa era rebelde. Ela se casou com um homem bom, mas o traiu e fugiu para se juntar à seita de Menzini. Eles usaram a palavra de Deus, distorcendo tudo e contaminando-a para atacar os fracos. Ela dormiu com ele e gerou um filho dele. Era filiada à seita. Mas logo percebeu que tinha seguido um caminho maligno e voltou para o marido com a criança. Ela implorou pelo perdão dele e de sua família.

— E William a aceitou de volta — ajudou Eve. — E assumiu você como filha.

— Ele era um homem bom — disse Audrey. — E perdoou minha mãe. Eles iam me levar para longe dela, foi por isso que ela fugiu comigo e voltou para casa.

— Mas o tal Menzini acabou encontrando todos eles — continuou Russell. — Ele matou os adultos e levou a criança. William Hubbard era um soldado. Ele e a esposa procuraram pela criança e finalmente a encontraram. Menzini tinha desaparecido, mas eles temeram pela vida da criança. Deixaram a casa onde viviam, seus amigos e familiares e vieram para os Estados Unidos. Mudaram o nome da menina e a criaram como se fosse filha deles.

— Eles me amavam. Eram bons e me deram uma vida boa. Eu sou filha deles. *Deles*.

— Sra. Callaway, eu não acredito na ideia de pagar pelos pecados do pai. Acredito que fazemos nossas escolhas e nós mesmos construímos quem somos. Tenho certeza de que Edward e Tessa Hubbard fizeram o melhor que puderam por você, lhe deram muito amor, e que você era a filha deles.

— Eu era. Eu sou.

— Lewis encontrou as caixas?

— Ele voltou para casa. Estava inquieto e chateado. Era alguma coisa no trabalho. Alguém tinha roubado uma de suas ideias.

— Audrey — suspirou Russell.

— Eles não o admiravam ou respeitavam tanto quanto ele merecia — insistiu ela, com uma ponta de desespero na voz. — Foi o que ele disse. Não sei por que ele foi ao sótão. Estávamos trabalhando do lado de fora da casa. Ele encontrou umas coisas e começou a fazer um monte de perguntas. Conversamos sobre o caso e decidimos contar a ele. Contamos o que tinha acontecido no passado e que queríamos destruir tudo. Aquilo não representa o que somos.

— Mas ele não quis que vocês destruíssem o material.

— Não. Disse que aquilo era o seu legado, o seu direito. Que devia conhecer sua árvore genealógica e toda a verdade sobre ela. Ele parecia... não exatamente feliz, mas satisfeito. Parecia mais calmo. Como se, eu pensei, ele sempre tivesse sentido que existia uma coisa de diferente nele e agora, que sabia a verdade, aquilo o deixara satisfeito.

— E ele voltou em busca de mais.

— Eu tinha coisas da minha mãe. Da minha mãe — repetiu, colocando a mão sobre o coração. — Algumas coisas que ela tinha escondido, do tempo em que ela e sua meia-irmã eram pequenas. Ainda tenho algumas delas em casa. Pratos antigos da minha mãe e algumas das suas joias. Não são exatamente relíquias de família — explicou ela, mais uma vez agarrando o pequeno crucifixo. — Mas elas são importantes. Ele tinha certeza de que havia mais coisas sobre Gina MacMillon, a meia-irmã de minha mãe, e sobre Menzini. Ele vasculhou o sótão, o porão, os anexos da casa. Voltou várias vezes, sempre procurando coisas e repetindo as mesmas perguntas.

— Vocês não sabem o que tinha dentro das caixas? Nunca foram ver o que tinha nelas?

— Não exatamente. Olhei o que tinha nelas depois que meu pai morreu. Li umas anotações do diário de Gina, mas elas eram perturbadoras... elas foram escritas quando ela fugiu com a seita... então parei de olhar. Ela morreu por mim, então eu não podia jogar suas coisas fora, mas também não queria ler o que ela escreveu quando perdeu a fé.

— Mas ele quis. Lewis quis ler os diários.

— Ele disse que era importante saber. E ele...

— O quê?

— Não fique com raiva — pediu ela ao marido. — Por favor.

— Ele machucou você? — Russell socou a mesa.

— Não. Não, ele não me machucou.

— Ele já machucou você antes? — perguntou Teasdale.

— Foi há muito tempo. Ele perdeu a paciência comigo.

— Ele queria um par de sapatos, chique demais pra gente bancar — disse Russell. — Audrey o pegou roubando dinheiro do cofre onde guardamos as economias da casa. Quando ela tentou impedi-lo, ele a agrediu. Deu um soco na própria mãe. Ele só tinha dezesseis anos e, por mais que ela tenha tentado dar desculpas por ele, eu entendi o que tinha acontecido. Ele voltou para casa com aqueles malditos sapatos e, pela primeira vez na vida, eu dei uma surra nele. Bati nele, no meu filho, do mesmo jeito que ele tinha batido na própria mãe. E queimei os sapatos. Ele pediu desculpas e se comportou bem por algum tempo...

Ilusão Mortal 351

— Pareceu ter melhorado — sugeriu Teasdale.

— Mas, no fundo, não melhorou. Nós sabíamos disso. — Russell olhou para a esposa e colocou a mão sobre a dela novamente. — Nós sabíamos.

— Simplesmente não fazíamos ele feliz. Mas ele é um homem bem-sucedido agora. Tem um trabalho bom.

Russell fez que não com a cabeça e retrucou:

— Ele mente, Audrey, sempre mentiu, se esgueirava e conspirava para causar problemas. O que você acha que ele fez? — perguntou a Eve.

— Acho que ele encontrou informações e as usou, do mesmo jeito que o avô fez. Ele é o responsável pela morte de mais de cento e vinte pessoas.

— Isso não pode ser verdade, tenente. A senhora só está dizendo isso porque descobriu tudo sobre Menzini. A senhora está usando isso para acusar o Lew. Russell, diga isso a elas!

Mas ele simplesmente permaneceu sentado, e para surpresa e pena de Eve, lágrimas lhe escorreram pelo rosto.

— Ele é o nosso filho. Queríamos muito ter um filho. Fizemos o nosso melhor por ele. Fizemos tudo o que sabíamos. A senhora está nos dizendo que ele é mau. Como podemos acreditar nisso? Como conviver com isso?

— Elas estão enganadas, Russell. Elas têm que estar enganadas.

— Posso rezar para que elas estejam enganadas. Mas nós sempre soubemos.

— Você não o ama!

— Eu bem que gostaria de não amá-lo.

Audrey desabou, deitou a cabeça na mesa e soluçou. Russell se manteve sentado, com a cabeça baixa e com as lágrimas silenciosas que lhe escorriam pelo rosto.

Quando eles saíram da sala, Teasdale olhou para Eve.

— Eles vão sofrer.

— Muitas pessoas vão sofrer. — Eve atendeu o *tele-link* e fez que sim com a cabeça. — Peabody está de volta. Tenho que falar com ela e precisamos manter os Callaway escondidos. Ele vai chegar aqui a qualquer minuto.

Mira saiu da Sala de Observação.

— Eu gostaria de entrar lá agora e conversar com eles.

— A senhora poderia me dar mais um tempo com eles, antes? — pediu Teasdale. — Nessa primeira onda de dor, pode ser que eles me contem mais coisas.

— O Callaway já está chegando — disse Eve a Mira —, e eu preciso da senhora lá. Por que não observa aqui por alguns minutos e, se achar que Teasdale conseguiu algo mais, venha pra Sala de Conferências. Vou avisar quando ele estiver pronto por lá — disse a Teasdale. — Vou contar o meu plano.

Depois de Eve expor o seu modo de ação, foi direto encontrar Peabody na Sala de Conferências.

— Quero que você me conte tudo que conseguiu, mas seja rápida.

— Resumindo: Fisher não era fã de Callaway e reclamou dele para a colega de quarto. Basicamente, ele jogou em cima dela a parte pesada de um dos projetos da empresa. Ela surgiu com uma nova abordagem, criou uma campanha inteira com anúncios, programação visual e projeções de mercado, mas ele levou todo o crédito.

— Ela contou isso a Weaver?

— Não. Mas quando ele fez isso de novo, Fisher datou e rubricou todo o trabalho. Mostrou tudo a Weaver primeiro, como se estivesse procurando uma segunda opinião, de alguém mais experiente.

— Esperta. Ela ficou com o crédito e ele teve que engolir isso.

Ilusão Mortal 353

— Ele nunca mais explorou ela. Além disso, ela ganhou um bônus e liderou outro projeto menor. Fisher era amiga de uma das pessoas que ela tinha escolhido para a equipe do projeto. Fui vê-la também. Ela confirmou toda a história da colega de quarto.

— Estamos com os Callaway na Sala de Interrogatório. Teasdale está fazendo uma segunda passagem. — Ela parou de falar quando Mira entrou.

— Teasdale conseguiu mais alguma coisa?

— Conseguiu, ela é muito boa. Vou conversar com eles mais tarde.

— Preciso repassar tudo pra Peabody e gostaria da sua opinião, doutora — disse Eve a Mira. — Parece que eles moraram em muitos lugares diferentes porque Callaway tinha problemas quando era criança. E deu um soco na cara da mãe quando ela o pegou roubando as economias da casa.

— Que amor — murmurou Peabody.

— Ele queria comprar um sapato. O pai lhe deu uma surra, a primeira disciplina física que o filho recebeu, segundo contou. Russell destruiu o sapato que o filho tinha comprado. O tempo bate com o período em que eles permaneceram em uma única cidade, até ele ir pra faculdade.

— Considerando o que sabemos e o que acreditamos que aconteceu, esse incidente lhe ensinou que a autoridade, ou pessoas mais poderosas do que ele, podem puni-lo ou feri-lo — analisou Mira. — Ele se fechou, isto é, mudou o jeito e a atitude superficialmente, para se misturar como se fosse alguém comum. A violência que sofreu incitou sua violência interna.

— Os pais estão destroçados — acrescentou Mira —, porque, no fundo, sabem que ele é capaz de fazer o que fez. E também porque amam o filho e fizeram por ele o melhor que puderam.

— Ele fez a própria escolha. A culpa não é deles.

— Os pais sempre se sentem orgulhosos e responsáveis.

— Vai ficar cada vez mais difícil para eles, então a senhora poderá ajudá-los. Muitas histórias vão aparecer assim que o pegarmos. Coisas que ele fez, problemas que causou, pessoas que irritou. — Eve olhou que horas eram e resumiu o restante. — Além do mais, ele descobriu a sua ligação com Menzini há alguns meses. Isso foi o gatilho.

— É, eu concordo — disse Mira.

— A mãe guardava documentos, fotos e diários; quero dar uma olhada neles. Ela os guardou em algum lugar. Não sei o que mais existe, mais foi ali que ele deve ter encontrado a fórmula da substância.

— Isso não só forneceu a ele os meios — comentou Mira —, mas também a "permissão" para fazer o que fez.

— Vou enviar uma equipe à casa dele. Eles vão encontrar esse material, e isso vai ser a evidência definitiva. Se o promotor não conseguir construir um caso sólido com as provas que estamos juntando, ele é um inútil. Mas quero que Callaway nos conte. Quero que ele sinta necessidade de nos contar. Vou dizer a ele que estamos frustrados, que faltam peças e que, basicamente, continuamos sem rumo, sob pressão da imprensa e dos nossos superiores.

— Somos um bando de mulheres que precisa da ajuda dele — completou Peabody.

— É assim que vamos começar. Preciso de cinco minutos pra organizar a equipe de busca e apreensão. Vou trazer Callaway pra cá assim que ele chegar, então finja que está muito ocupada e enrolada.

— Tire a sua jaqueta — sugeriu Mira.

— O quê?

— Deixa a sua jaqueta nas costas da cadeira. Assim vai parecer que você está dando mais atenção para a papelada e vai deixar a sua arma exposta. Ele vai ficar ressentido por você ter uma arma. Você é uma figura de autoridade, capaz de violência, mas ele é mais inteligente, muito mais inteligente.

— Entendi. — Eve despiu a jaqueta e ficou só de suéter preto e o coldre de ombro. — Teasdale só vai entrar na sala depois que ele estiver aqui. Nós não gostamos dela.

— Na verdade, eu acho que gosto.

— Peabody, se liga!

— Ah, vamos só *fingir* que não gostamos.

— Cinco minutos! — disse Eve, e saiu apressada.

Ela procurou Jenkinson e Reineke primeiro, ordenou-lhes que coordenassem o pedido do mandado com Cher Reo e que partissem imediatamente. Enquanto entrava em contato com Roarke, pegou mais uma caneca de café de verdade.

— Achei que quem ia atender era a sua assistente — disse ela, ao ver o rosto de Roarke na tela.

— Acontece que estou livre no momento.

— Callaway está chegando aqui pra ajudar as mulheres ineptas e conseguir um mandado de busca e apreensão expedido pra vasculhar a casa dele. Ele encontrou os documentos que a mãe tinha guardado. Preciso deles. Talvez ele também tenha alguns documentos sobre onde tem comprado as drogas e os elementos pra substância. Preciso saber quem é a fonte dele. Jenkinson e Reineke foram pegar o mandado e vão cumpri-lo. Se você quiser ir com eles...

— Parece divertido.

— Se você estiver ocupado com...

— Não tenho direito a me divertir um pouco?

— Tem razão, é o mínimo que posso fazer por você. Vou ver se o Feeney também pode ir ou enviar o McNab. Quero todos os eletrônicos confiscados e, se ele não for um idiota completo, deve ter um esconderijo em casa. Com certeza fica em algum lugar onde o pessoal da limpeza ou um convidado qualquer não daria de cara com o seu trabalho. Ele precisa preparar a substância em algum lugar.

— Isso é ainda mais divertido.

— E eu vou me divertir arrancando uma confissão dele.

— Vamos comemorar mais tarde.

— Como?

Ele sorriu, lento e cheio de malícia.

— Vou pensar em alguma coisa. Acaba com ele, tenente.

— Pode contar com isso.

Quando ela recebeu o sinal de que Callaway estava subindo, foi mais uma vez à sala de ocorrências e passou por Carmichael e Sanchez, que saíam da sala.

— Pegamos um caso novo — anunciou Carmichael.

— Depois você me conta. Agora, me dê um esporro.

— Desculpe... o que disse, tenente?

— O suspeito está chegando aí. Você precisa me dar um esculacho agora, faz um show, depois dá um chilique e sai da sala bufando. Principalmente você — disse ela para Sanchez. — Ele enxerga as mulheres como figuras fracas e dispensáveis.

— É mesmo? — murmurou Carmichael.

— O que você quer de mim? — reclamou Sanchez, sua voz beirando um grito. — Estou administrando este departamento e trabalhando quase o dia todo, sem parar.

— Segure a sua onda, detetive — ordenou Eve, mas com uma voz fraca e cansada.

— *Já estou* segurando. Estou segurando tudo aqui dentro, enquanto você fica aí dançando com os federais, posando para os holofotes e para a imprensa, enquanto corre em círculos.

— Nós estamos aguentando muita coisa, tenente — completou Carmichael.

— Nós?! — Sanchez se voltou para a sua parceira. — Estou carregando você nas costas, irmãzinha, como sempre. E enquanto eu faço isso, Dallas absorve toda a força de trabalho e todos os recursos. Todos os casos que temos, todos os casos que você jogou em cima da gente estão atrasados porque o laboratório suspendeu tudo. Por ordem sua!

Ilusão Mortal

— Tenho um assassino em massa que pode atacar de novo a qualquer momento, em qualquer lugar da cidade — retrucou Eve.

— Sim, e você não está indo a lugar nenhum. Prefere ver esse departamento ir pra cucuia do que recuar um passo e deixar que os federais assumam a investigação. Entenda uma coisa, e entenda muito bem: quando você cair por estragar tudo, eu *não vou* cair junto com você!

Ele saiu, e passou irritadíssimo por Callaway.

Carmichael se encolheu toda.

— Ele não tem dormido muito, tenente — justificou ela. Com um último olhar nervoso, saiu correndo atrás de Sanchez.

Eve deixou escapar um longo suspiro e passou as mãos pelos cabelos ao se virar. Estremeceu de leve, desejando poder exibir um rubor de vergonha, mas achou que a sua expressão cumpria a mesma função.

— Sr. Callaway, obrigada por ter vindo.

— Sua detetive deu a entender que era importante. — Olhou para trás, na direção que Sanchez e Carmichael haviam tomado, e mal pôde esconder um leve sorriso de satisfação antes de lançar para Eve um olhar solidário. — Deve ser uma situação difícil pra você, tenente.

— Todo mundo está sobrecarregado e nervoso, por aqui. Venha comigo, por favor, estamos prontos na Sala de Conferências.

— Não tenho certeza do que posso fazer — disse ele, enquanto Eve liderava o caminho. — Ou em como posso ajudar.

— Você conheceu várias das vítimas, dos dois ataques. Está familiarizado com os dois locais... com as plantas dos lugares, os funcionários, a vizinhança. Minha sensação, quando conversamos antes, é a de que você é muito observador, e o fato de ter estado pouco antes do ataque no primeiro local pode ajudar a investigação.

— Acredite em mim, eu já repassei mentalmente aquela noite muitas e muitas vezes.

— Nossa esperança é que, se conversarmos sobre tudo aquilo mais uma vez, você se lembre de outro detalhe. Não vou mentir pra você... — *Ah, vou sim*, pensou Eve. — Estamos num beco sem saída.

Ela abriu a porta da sala de conferência, bloqueando o caminho por apenas um momento para garantir que sua voz fosse ouvida com clareza.

— Devo lhe dizer que tudo que discutirmos aqui e tudo que você observar é confidencial. Estou confiando na sua discrição, sr. Callaway.

— Pode confiar. E, por favor, pode me chamar de Lew.

— Ok, Lew. — Ela tentou exibir um sorriso aliviado enquanto gesticulava para que ele entrasse. — Esta é a detetive Peabody, minha parceira, e esta é a doutora Mira, nossa criadora de perfis.

Peabody movimentou a cabeça de leve e continuou a trabalhar em um computador, enquanto Mira se levantou e estendeu a mão.

— Obrigada por vir nos prestar consultoria.

— Considero meu dever.

— Ah, se ao menos mais pessoas fizessem isso!

— Você quer um pouco de café ruim ou algo da máquina de venda automática? — perguntou Eve.

Ele deu a ela um sorriso descontraído.

— Café ruim está ótimo. — Ele foi até os quadros e pôs-se a estudar as vítimas. — Todas essas pessoas. Eu conhecia tantas delas... A imprensa tem noticiado muito o que aconteceu. Só que ver todo mundo assim, aqui, todos juntos... É chocante.

— Os responsáveis vão responder por muita coisa — afirmou Mira.

— Vocês estão procurando por mais de uma pessoa?

— Determinamos que não seria possível para um único indivíduo conseguir fazer isso. — Eve falava muito depressa, enquanto programava um bule de café. — É tudo muito complexo, envolve muito risco, muito planejamento, são muitas etapas.

— Neste momento — disse Mira —, acreditamos que é mais provável que estejamos lidando com um grupo. — Ela apontou para o painel das vítimas, mais uma vez. — Em cada um dos dois casos, uma dessas pessoas se sacrificou pelo todo.

— Meu Deus! — Ele aceitou o café que Eve lhe ofereceu e a ignorou. — Mas por quê?

— Temos algumas teorias, mas acima de tudo, se é mesmo um grupo, existe uma cabeça, uma pessoa. — Eve se sentou. — Quem quer que seja essa figura, ela deve ser carismática, dominante, altamente organizada e inteligente. Os alvos foram locais que atendiam a empresas e escritórios como o seu.

— Pessoas que trabalham e vivem naquela área — continuou Mira, juntando-se a Eve na mesa, para que Callaway permanecesse na posição de domínio. — Estávamos na expectativa e tínhamos esperança de que ele fizesse uma declaração e nos revelasse a sua agenda ou as suas exigências. O fato de que ele não fez isso prova que é astuto e muito, muito perigoso. Compreende o valor da não informação, o poder de incitar o medo e o pânico. Aqueles que acreditam nele também acreditam nessa agenda. Sem essa informação... — Ela ergueu as mãos.

— É nisso que talvez você consiga nos ajudar — retomou Eve. — Conseguimos eliminar a suspeita de algumas das vítimas por meio de verificações de antecedentes e interrogatórios. Estamos observando de perto os sobreviventes dos ataques.

— Ah. — Ele assentiu. — Sim, isso faz sentido. Quem quer que o líder tenha enviado teria mais chances de sobreviver, pois sabia o que estava para acontecer e seria capaz de planejar algum tipo de defesa contra isso.

— Exatamente. Ajuda muito não ter que explicar tudo pra você.

— Apenas uma questão de bom senso — disse ele a Eve.

— No momento, o laboratório conseguiu identificar a fonte mais provável e já reconstruímos o ataque... pelo menos o cenário mais provável, pelos dados que temos.

— Vocês conseguiram fazer uma reconstituição? Posso me lembrar de mais alguma coisa, se puder saber o que vocês já têm.

Você adoraria isso, pensou Eve.

— Tomara que você não precise ver o que aconteceu, Lew. Mesmo com imagens geradas por computador, é horrível. — Ela abriu uma pasta. — Esta mulher. — Ela bateu com o dedo na foto de CiCi Way. — Você a reconhece?

— Ela me parece familiar. — Ele uniu as sobrancelhas.

— É uma das sobreviventes.

Ele pegou a foto e estudou-a minuciosamente.

— Sim, sim, eu me lembro desse rosto. Ela estava com a mulher sobre a qual você perguntou ontem à noite. Eu vi que ela estava sentada à mesa com dois homens.

— Se você pudesse se lembrar da cena, com cuidado — encorajou Mira. — Tente visualizar o bar, a sua posição, os movimentos e essa mulher.

— Fiquei quase o tempo todo de costas para o salão.

— Mas tinha um espelho atrás do bar — lembrou Eve.

— Temos a tendência de ver coisas que não são registradas na hora, mas conseguimos trazer tudo de volta. — Mira se inclinou um pouco para a frente. — Sou treinada em hipnoterapia. Se você me permitisse, eu poderia ajudá-lo a se lembrar de tudo.

— Antes disso, me dê um minuto para pensar e tentar visualizar. — Quando ele fechou os olhos, Eve trocou um rápido olhar com Mira.

— Consigo ver a mulher na mesa — disse Callaway, devagar. — Ela e os outros três. Eles riem muito, estão bebendo e comendo. Mas ela... ela fica olhando em volta e conferindo que horas são. Isso, ela está observando o salão em volta, e se mexe na cadeira.

— Como se estivesse nervosa? — perguntou Mira.

— Sim, parece que é isso. Não prestei atenção na hora. Ou talvez tenha imaginado que ela estava nervosa por estar em uma espécie de encontro às cegas.

Ilusão Mortal 361

— Por que você acha que ela estava em um encontro às cegas? — indagou Eve.

Seus olhos se abriram e a olharam fixamente por um momento.

— Devo ter ouvido ela dizer. Sinceramente, eu não... espere, sim, espere. Ela e a outra mulher se levantaram. Acho que devem ter descido até o banheiro. Não tenho certeza, mas elas deixaram a mesa e passaram direto por nós, no bar. Na verdade, eu já estava prestes a sair. Ela esbarrou em mim e não se desculpou. Acho que disse alguma coisa para a outra mulher sobre ser um encontro às cegas.

— Então, essa mulher na verdade não conhecia o homem com quem estava.

— Acho que não. Mas tive a sensação de que as duas mulheres eram amigas. Meu Deus, como ela pôde fazer isso com a amiga, com alguém que confiava nela?

— A confiança muitas vezes é uma arma — disse Eve. — Mas não temos certeza absoluta de que CiCi Way foi a fonte do ataque.

— Mas acreditam que foi ela. — Ele balançou a cabeça enquanto estudava a foto mais uma vez. — Ela é jovem. Os jovens muitas vezes são impressionáveis e facilmente influenciados. Podem ser usados com facilidade.

— Você viu as duas voltarem?

— Eu estava me preparando pra ir embora, como já disse, mas o Joe me atrasou por uns minutos. — Ele ergueu o rosto para o teto, os olhos semicerrados. — Eu não dormia uma noite inteira há quase uma semana. Estava exausto. Joe queria que eu ficasse mais um pouco. A mulher estava fora da cidade com as crianças e ele não estava a fim de voltar pra casa vazia. Mas eu queria ir embora, simplesmente me jogar na cama e dormir a noite toda. Eu me levantei, sim, isso mesmo. Estava em pé dizendo a ele que o veria pela manhã, quando as duas garotas voltaram. Passaram mais uma vez pelo bar. Elas tinham que passar pelo bar pra chegar à mesa onde estavam.

Ele abaixou o rosto e arregalou os olhos para Eve.

— Ela não estava olhando pra onde estava indo.

— Não?

— O lugar ainda estava lotado e ela estava olhando em volta de novo. Ela me empurrou pro lado, como se estivesse com muita pressa, e me disse uma frase mal-educada. Algo assim como "Sai da frente, seu babaca". Nossa, eu tinha me esquecido disso. Fiquei tão envolvido com o que aconteceu com Joe, que tinha esquecido esse detalhe. Fui até a porta enquanto elas voltavam à mesa onde estavam. Só sei que olhei para trás mais uma vez porque ela tinha sido muito grossa, e foi aí que ela... ela tirou algo do bolso quando se sentou. Ela tirou do bolso.

E então, sentenciou:

— Foi ela! — Ele colocou o dedo sobre o rosto na foto. — Só pode ter sido ela.

Enquanto ele falava, a porta se abriu e Teasdale entrou. Hesitou por um momento ao avistar Callaway e então lançou a Eve um olhar duro.

— Tenente, preciso falar com você um momento. Em particular.

— Tudo bem, podemos fazer uma pausa — disse Eve.

— Prefiro não ter essa discussão na frente de um civil.

Eve se levantou e saiu da sala pisando firme.

— Isso me parece uma luta por poder — disse Callaway.

— Sim, pode-se dizer isso — comentou Peabody, erguendo os olhos do computador. — Enquanto elas brigam, vamos repassar todos os detalhes mais uma vez.

Capítulo Dezoito

— Eu mandei os pais dele para um esconderijo. Consegui que eles me contassem mais alguns dos incidentes da infância de Callaway.

— Fique à vontade pra usar as informações deles, caso elas abram mais alguma porta — disse Eve. — Mas não estrague o meu cálculo de tempo nem o meu ritmo. Estamos progredindo com ele. O Callaway acha que é o dono do pedaço. Eu o conduzi até uma das sobreviventes e sugeri que ela havia sido a fonte do ataque. Ele mordeu a isca e deu linha.

— Depois de morder a isca, você é fisgado. Não dá para dar linha.

— Tanto faz, porque ele está adicionando muitos detalhes. Muitos detalhes mesmo.

— O orgulho e o prazer fazem com que as pessoas elaborem as histórias tanto quanto a culpa.

— Vou falar da Jeni Curve agora e ver o que ele diz. Testemunhar o conflito entre nós duas dá a ele uma ilusão de poder.

Ele vai se orgulhar e se sentir satisfeito, sem suspeitar que está a caminho da cela. Diante disso... — Eve enganchou os polegares nas presilhas do cinto. — Acho que você é uma agente federal xereta e agressiva, sempre envolta em burocracia.

Teasdale tirou um pequeno fiapo de sua lapela.

— E eu considero você uma funcionária municipal incompetente e muito agressiva também.

— Isso deve funcionar. — Eve tornou a abrir a porta. — Mas o caso continua sendo meu!

— Não por muito tempo. Peço perdão, sr. Callaway, mas tenho fortes objeções quanto a envolver um civil nesta investigação altamente delicada, ainda mais se tratando de uma pessoa que tinha ligações com várias das vítimas.

— Mas foram essas ligações que nos trouxeram CiCi Way e um ângulo para abordar as possibilidades, agente Teasdale — lembrou Eve. — Você e a Homeland são investigadores secundários neste caso. Você é basicamente uma consultora até que eu receba ordens de agir de forma diferente.

Deliberadamente, ela deu as costas a Teasdale e encarou Callaway.

— Eu gostaria de passar para o local do segundo ataque — propôs Eve.

— Eu não estava lá.

— Mas você já foi ao café, conhece várias das pessoas que foram mortas ou feridas. Vamos tentar a visualização novamente.

— Pelo amor de Deus! — murmurou Teasdale.

— Escute, agente, com esse método pode ser que consigamos um novo ângulo também com Curve.

— Jeni? — Um ar de choque surgiu no rosto de Callaway. — Não é possível que vocês estejam mesmo suspeitando da Jeni.

— Eu não quero influenciar suas lembranças. Vamos nos concentrar apenas no ataque de ontem. Você ficou no escritório pra almoçar?

Ilusão Mortal

— Na verdade, eu queria tomar um pouco de ar, precisava de um tempo pra clarear as ideias, então saí.

— Você se lembra a que horas saiu do escritório? Do edifício? Caso contrário, podemos verificar os registros e discos.

— Acho que foi meio-dia e quinze, por aí. Fui até uma carrocinha de lanches e pedi um sanduíche vegetariano de pão sírio com queijo e um refrigerante de gengibre. A carrocinha fica a um quarteirão do escritório. Acho difícil o vendedor se lembrar de mim porque ele estava muito ocupado.

— Aonde você foi, o que viu? Pode levar o tempo que quiser — incentivou Eve. — Tente ver as coisas, mais uma vez.

— Eu estava pensando no Joe. É por isso que eu queria tomar um ar, precisava ficar um tempo sozinho, fora do escritório. Estava pensando nele, na mulher dele, nos filhos dele. Fiquei me lembrando de que tínhamos nos sentado no bar um pouco antes de... Eu não quis dizer nada na frente de Nancy, mas Joe e eu trabalhamos muito juntos, um com o outro. Ele costumava precisar de uma ajudinha nos seus projetos.

— E ele procurava você?

— Eu ficava feliz em ajudar. — Callaway fez um gesto com a mão, como se aquilo não precisasse ser mencionado. — Como eu disse, ele tem filhos e faz um longo trajeto até em casa todos os dias. Tem uma esposa que queria toda a sua atenção quando ele estava em casa, o que é compreensível. Às vezes, ele tinha problemas para manter a cabeça nos projetos, por causa de uma briga qualquer com a esposa ou alguma preocupação com as crianças.

— Então, ele tinha problemas em casa? — quis saber Eve, fingindo muita atenção.

— Ah, eu não diria isso. — Mas seu rosto claramente dizia.

— É que isso adicionava pressão sobre ele e exigia muito do seu tempo e da sua atenção, então eu ajudava um pouco, mastigava pra ele algumas informações, mostrava tudo com novos olhos, por assim dizer.

— Tenho certeza de que ele gostava disso.

— Não era nada demais — disse Callaway, olhando para baixo em sinal de modéstia. — Tenho certeza de que ele teria feito o mesmo por mim, caso eu precisasse de ajuda. Em todo caso, eu só queria andar um pouco. E foi o que eu fiz: andei e almocei. Nancy está muito emotiva, no momento. Não tem sido capaz de segurar as pontas no trabalho. Fico feliz por ajudar ou assumir algum trabalho extra, mas também precisava de um tempo.

— Entendo. Você passou pela porta do café?

— Passei por ali, sim, pelo outro lado da rua. Na verdade, pensei em comprar um café com leite, mas não queria encarar a multidão e o barulho. Lá fica sempre cheio àquela hora.

— Exatamente. — Eve lançou um olhar para Teasdale. — Você devia saber disso, porque já almoçou lá várias vezes.

— Todo mundo no escritório costuma almoçar lá. Mas eu só estava passando por ali, tentando me acalmar. Pensei em passar na porta do bar, só para... mas não consegui.

— Então, você estava andando — incentivou Eve.

— Isso mesmo. — Ele olhou para o teto. — Saí só pra tomar um pouco de ar, foi rápido. Não estava tão frio quanto hoje e a sensação de estar fora e me movimentar um pouco foi boa. Eu estava com a cabeça cheia. Você não imagina quantas pessoas no escritório querem falar sobre esse assunto, fazer perguntas e pedir detalhes.

— É porque você estava lá, onde tudo aconteceu.

— Sim. É algo que nunca vou esquecer. Mesmo que eu conseguisse, as pessoas do escritório, os repórteres e... claro, a polícia... fazem perguntas e trazem tudo de volta.

— E fazem perguntas a você, especialmente. — Eve tentou adicionar uma nota de solidariedade. — Steve saiu mais cedo, depois foi Weaver quem saiu. Mas você... você ficou por lá quase até o momento em que tudo começou.

— Isso. Eu saí poucos minutos antes. Eu... espere, espere. Eu vi Carly.

— Carly Fisher?

— Sim, só podia ser ela, estava indo pro café. Reconheci a jaqueta vermelha que ela usa, com o lenço estampado com flores. Vi de relance a jaqueta e o lenço quando ela entrou. Na hora eu não registrei isso, na verdade nem pensei a respeito. Mas agora eu me pergunto se esse não terá sido o outro motivo pelo qual não entrei.

— Vocês não se davam bem?

— Não, não era isso. Carly era muito motivada, muito focada em progredir na carreira. Ela costumava pedir minha opinião sobre uma tarefa ou algum projeto. E tudo bem. — Ele falou aquilo como quem não desse importância... um homem sempre sobrecarregado, mas que aceita o peso. — Só que eu não estava com um astral bom ontem. Na verdade, agora eu me lembro... quando eu a vi, decidi voltar e simplesmente me trancar na minha sala. Mas eu a vi, pobre Carly. Devo ter sido uma das últimas pessoas a vê-la com vida.

— Como aconteceu com Joe.

— É. Isso é muito perturbador. Posso beber um pouco de água?

— Claro! — Eve se levantou, pegou uma garrafa e ofereceu a ele. — Não tenha pressa, Lew. O que você fez depois disso?

— Devo ter caminhado um pouco mais, então me virei e...

— Você viu algo! — Eve se inclinou na direção dele. — O que você viu?

— Quem — murmurou ele. — A pergunta é *quem* eu vi. Eu vi Jeni.

Eve se recostou e mais uma vez lançou um longo olhar fixo para Teasdale.

— Você viu Jeni Curve? Onde?

— Do outro lado da rua, talvez a meio quarteirão do café, ou talvez até mais perto. Mas estou acostumado a vê-la por ali. Não pensei sobre isso na hora, nem mesmo pensei mais nisso... pelo menos achei que não.

— O que ela estava fazendo?

Ele fechou os olhos e cerrou os punhos.

— Estava falando com alguém. Um homem. Ele estava de costas pra mim, não vi o rosto dele. Era mais alto do que ela. Mais alto, mais corpulento e vestia um sobretudo preto. Ele... será que ele entregou algo a ela? Acho que sim. Sim, foi isso mesmo! E ela colocou o que ele lhe entregou no bolso do casaco.

— E depois disso...? Pense!

— Eu... eu quase não prestei atenção. Ele deu um beijo de leve na bochecha dela, como se fosse uma despedida. Ele se afastou e ela foi em direção ao café. Puxa, nada disso me parece real.

— Você viu o homem com mais alguém? — pressionou Eve. — Você viu pra onde ele foi?

— Só sei que ele andou na mesma direção que eu, mas pelo outro lado da rua, um pouco mais à frente. Parei pra olhar a vitrine de uma loja, só pra demorar mais pra voltar pro escritório. Eu não vi o homem de novo, nem Jeni. Ou qualquer um deles.

— Lew, eu quero que você pense bastante. Alguma vez você viu Jeni Curve com CiCi Way?

Ela colocou as fotos de ambas na mesa de conferência.

— Você se lembra de ter visto essas duas mulheres juntas?

— Não tenho certeza. Vi Jeni muitas vezes no escritório, quando ela fazia as entregas... ou no café, quando ia pegar algo. Até mesmo pela vizinhança. Não tenho certeza se a vi com essa outra mulher.

— Você não tem uma conexão entre essas duas mulheres — apontou Teasdale. — Você tem Jeni Curve entrando no café onde ela trabalhava e CiCi Way no bar que ela frequentava com amigos. Mas você não tem nada que ligue essas duas ao ataque.

Ilusão Mortal

— Nós podemos forçar a barra com CiCi Way mais uma vez. Podemos levar o Lew lá, deixar que ela o veja e sacudi-la um pouco. Você estaria disposto a fazer isso? — perguntou Eve.

— Qualquer coisa que eu possa fazer pra ajudar.

— Vamos voltar só um pouquinho a Jeni Curve. Você a viu conversando com alguém um pouco antes de entrar. Disse que a via sempre pela vizinhança. Você já a viu com alguém? Com este homem?

— Acho... acho que sim. Mas não tenho certeza.

— E quando ela fazia entregas no escritório? Passava mais tempo com algumas pessoas do que com outras?

— Bem, o Steve flertava com ela. Ele mesmo contou isso a você. E ela também falava com a Carly de vez em quando. Eu acho que elas tinham quase a mesma idade.

— Mas não falava com você em particular.

— Não. Era só uma entregadora.

— Sim, só uma entregadora.

— Você acha que é por isso que essa pessoa... esse tal líder... a usou? — perguntou Callaway, arregalando os olhos. — Ela era jovem, muito suscetível. Ninguém em especial, se é que você me entende. Imagino que manipulá-la, e também a esta outra mulher, esta tal de CiCi, teria sido muito fácil para alguém como ele.

— Como ele?

— Sim, é como você disse — continuou, virando-se para Mira. — Ele é muito inteligente, organizado e carismático.

— Nós poderíamos estar falando tudo isso sobre você — disse Eve.

Ele riu e fez o mesmo aceno com a mão para baixo.

— Isso é muito lisonjeiro, mas acho que eu não me enquadro nesse perfil.

— Essa é só a ponta do perfil, não é, doutora Mira?

— Isso mesmo. Também determinei que ele é um sujeito solitário por natureza e com tendências sociopatas. Sua violência é interna e rigidamente reprimida. Ele usa outras pessoas pra realizar os atos violentos.

— Ele não quer sujar as mãos — acrescentou Eve. — É um covarde, não tem coragem de matar pessoalmente.

— Eu não quero ensinar a vocês o seu trabalho — Embora o seu rosto tivesse ficado duro como pedra, Callaway espalmou as mãos e tentou se mostrar afável —, mas me parece que, ao ficar acima da desordem e das brigas, ele está apenas demonstrando a sua inteligência. Como vocês vão encontrar o culpado se ele não participa ativamente dos assassinatos? Se ele fica longe dos assassinatos reais?

— Ele vai cometer algum erro. Eles sempre cometem erros. E veja só quanto mais você foi capaz de nos dizer. Agora nós sabemos um pouco mais sobre ele.

— Não se pode contar a um civil esses detalhes! — reclamou Teasdale.

— Não venha me dizer o que eu posso ou não posso fazer — retrucou Eve. — Nós conhecemos o perfil dele e as suas necessidades. Ele mora sozinho. Não tem um círculo social genuíno e nunca foi capaz de desenvolver ou manter um relacionamento duradouro. Ele pode até ser, e é bem provável que seja, sexualmente impotente.

Ela jogou essa última observação como a cereja do bolo e viu uma cor forte e indefinida inundar as bochechas de Callaway.

— Ele trabalha e mora na área do ataque. Veja só, isso é um erro. Ele devia ter espalhado seu raio de ação, mas escolheu o caminho mais fácil, seus alvos foram lugares e pessoas que conhecia.

Eve se levantou e vagou diante do quadro, com os polegares enganchados nos bolsos da frente da calça.

— Ninguém gosta muito dele, e os que prestam atenção o enxergam como uma farsa, alguém que usa os outros e tem um sentido ilusório sobre os próprios direitos.

— Mas você disse que ele é carismático.

— Isso pode ter sido um exagero. Ele se adapta, se transforma e se mistura, mas é fraco em habilidades sociais. É por isso que não subiu tão alto quanto acha que merece na carreira que segue. Você sabe de que tipo eu estou falando, Lew. Você trabalha com gente assim. Depois, tem pessoas como o seu amigo Joe. Ele tinha habilidades sociais e uma vontade de ir mais longe, então escalava a escada do sucesso de forma lenta, mas constante. Ou Carly Fisher. Brilhante, jovem, ambiciosa... a que quer chegar mais depressa, do jeito dela. Mas esse cara? Ele está estagnado. Não sobe na vida, não recebe o crédito nem as vantagens que quer. E vem pensando nisso há muito tempo.

— Mais uma vez: esta é a sua área de trabalho, mas acho que você está subestimando esse cara.

— Ele com certeza pensaria isso. Mas o fato é que ele é inteligente, sem dúvida. Tem um cérebro bom, mas o usa mais pra manipular e sabotar do que pra produzir. É preguiçoso. Nem mesmo criou esse plano, essa agenda. Alguém já tinha feito todo o trabalho pesado pra ele, no passado, ele só vai na esteira do sucesso dos outros.

Callaway virou para o lado, mas não antes de Eve ver sua mandíbula se contrair e seus lábios ficarem finos como lâminas de uma tesoura.

— Achei surpreendente que você descreva essa pessoa que conseguiu fazer tudo isso como preguiçosa ou fraca. Não sei muito bem como vocês descreveriam a si mesmas, já que ele foi mais esperto que vocês.

— Mais esperto! Esse cara não passa de um idiota sortudo. É o burro que usa as pessoas vulneráveis, e esse caminho está sempre cheio de armadilhas.

Ele já embarcou no trem da melancolia, pensou Eve, quando Callaway voltou o rosto carrancudo para o dela.

— Como assim?

— Mais cedo ou mais tarde, alguém descobre que está sendo usado e se volta contra o manipulador. E pode contar com uma coisa: esse cara vai ter o olho maior do que a boca.

— A barriga — corrigiu Teasdale, automaticamente.

— Mas primeiro passa pela boca e só depois vai pra barriga, né? — Eve deu de ombros. — Esse idiota tem delírios de poder e glória, mas não é nada, não é ninguém. Não passa de um imitador chinfrim.

— Não é nada? Ele é famoso, graças à imprensa. As pessoas em todo o país só falam dele, não falam sobre mais nada e mais ninguém.

— Por enquanto. É assim que a coisa funciona. Outra pessoa vai aparecer... provavelmente mais inteligente e mais interessante, e então... — Ela estalou os dedos. — O tempo dele acabou.

— Você está errada. As pessoas *nunca* vão se esquecer disso.

— Ah, qual é, Lew? Assim que souberem que ele é só um lunático... pior ainda, um lunático e fanático religioso que tropeçou por acaso em uma fórmula inventada por outro lunático fanático religioso, as pessoas vão rir dele.

— Acho que elas vão rir é da cara de vocês, quando vocês tentarem ligar essas grandes realizações a algum grupo que só prega o fim do mundo, como o Cavalo Vermelho.

Eve sorriu.

— Acho que vamos descobrir. Mas isso confirma o que eu disse. Fora dessa sala, aposto que oito em cada dez pessoas nunca ouviram falar ou mal ouviram falar do Cavalo Vermelho. E menos gente ainda já ouviu falar de Guiseppi Menzini. Claro que nós já ouvimos falar, mas esse é o nosso trabalho: desenterrar dados antigos assim. É interessante que você saiba disso, Lew.

— Saiba do quê?

— Do Cavalo Vermelho.

Ilusão Mortal

— Eu não sei, na verdade. Quando você mencionou isso como algo relacionado a esse grupo, lembrei que já ouvi o nome.

— Mas eu não mencionei o Cavalo Vermelho em momento algum. — Ela se sentou na beira da mesa, ainda sorrindo para ele. — Podemos reproduzir a gravação, se você quiser conferir.

— Então, eu simplesmente supus que você estava falado sobre aquela seita em particular.

— É uma bela suposição, mas me parece lógico que você tenha feito isso.

— Basta somar dois e dois, mas não consigo ver qualquer conotação religiosa nesses ataques.

— Você está certo. Não tem traços de religião nesses ataques. Esses eram os motivos do seu avô, não os seus.

— Não sei do que você está falando. E eu tenho que ir, já fiquei muito tempo aqui.

— Se você tentar sair por aquela porta, Lew — disse Eve, com um tom suave, quando ele se virou para ir embora —, eu vou te impedir. Você não vai gostar.

— Vim aqui pra fazer um favor a vocês. E já terminei.

Ela riu, não apenas porque sentiu vontade, mas para ver aquela cor de raiva se aprofundar com o som da sua risada.

— Você veio aqui porque é um idiota, Lew. Agora está preso por assassinato em primeiro grau de cento e vinte e sete pessoas. A agente Teasdale também vai acusar você de terrorismo doméstico, mas minha acusação vem na frente das outras. Você pode se sentar e conversar sobre isso com a gente, ou posso algemar você e arrastar essa sua bunda para uma salinha de interrogatório. A escolha é sua.

A voz dele ficou fria, mas o calor queimava em seu rosto.

— Só posso concluir que a pressão está te afetando e você perdeu o controle. Você não pode me prender. Você não tem provas!

— Você ficaria surpreso com o que eu tenho. É tudo uma questão de escolhas, Lew. A próxima dessas escolhas é voltar a se sentar ou tentar abrir a porta pra fugir. Pessoalmente, espero que você tente sair pela porta.

— Vou entrar em contato com meu advogado *e* com os seus superiores *também*. Pode ter certeza.

— Por favor — acrescentou Teasdale, quando ele fez menção de sair pela porta mais uma vez. — Você me permite?

— Você é minha convidada — disse Eve.

Teasdale pulou de forma rápida e silenciosa. Quando Callaway tentou empurrá-la para trás, ela deslizou, fluida como água, usou um pé para prender o dele, dobrou o corpo como se fosse uma flor pendendo de um caule delicado e usou o peso do corpo dele a seu favor. Numa espécie de dança bonita e escorregadia ela se encontrava no chão, um joelho nas costas dele e suas mãos prendendo os pulsos do homem.

— Belos movimentos — elogiou Eve.

— Obrigada. E obrigada pela oportunidade.

— Não tem de quê. Peabody, por que você não ajuda a agente Teasdale a levar o prisioneiro para a Sala de Interrogatório A?

— Vou acabar com vocês por isso! Cada uma de vocês, suas vagabundas imprestáveis.

— Oh-oh, que linguagem forte! Caramba, agora fiquei com medo. Leva ele pra fora, Peabody. Vamos dar um tempinho pra ele se acalmar.

— Vocês já eram! — gritou ele para Eve, enquanto Teasdale e Peabody o arrastavam para fora. — Vocês não têm ideia do que eu sou capaz.

— Eu tenho, sim — murmurou Eve, voltando-se para o quadro de vítimas. — Tenho, sim.

— Você fez bem — elogiou Mira.

Ilusão Mortal

— Vou ter que fazer melhor pra que as acusações sejam aceitas. Conto com a equipe de buscas pra achar algo que possamos imputar a ele. Por enquanto, vou ter que usar o seu próprio ego e covardia para fazê-lo confessar.

— Você fez ele ficar muito irritado. Mudou o tom de elogios à inteligência do assassino pra depois chamá-lo de fraco; mostrou-se atolada na investigação e depois exibiu confiança. Isso o confundiu, mas também fez com que ele ficasse furioso e insultado. Ele conseguiu controlar a violência que sentia, mas não o ressentimento. Ele não conseguiu ficar impassível e permitir que você o insultasse repetidas vezes.

— Não tenho certeza se repetir essa estratégia vai funcionar no interrogatório. Vou pressioná-lo sobre Menzini e o passado dele.

— Minha impressão é que ele acha aquelas conotações religiosas absurdas, e até um pouco constrangedoras.

— Sim. Posso forçar a barra nisso. O avô dele era um idiota. Talvez a senhora deva conversar com ele antes, doutora. Diga-lhe que a senhora me convenceu de que ele devia ter a chance de entrar em contato com o pirralho insano da sua criança interior, ou algo assim. Enrole-o um pouco. A senhora consegue fazer isso?

— Consigo, sim.

— Isso dará mais tempo à minha equipe de busca. — Eve viu as horas no smartwatch e fez alguns cálculos. — Eu queria fazer o Callaway escorregar com os pais, e aí, quando eles encontrassem alguma coisa, eu tiraria ele completamente do prumo. Ele é inteligente pra saber que, quando eu colocar todas as cartas na mesa, vai querer dizer que eu já tenho material suficiente pra prendê-lo. Pode ser que ele queira negociar um acordo.

— A Promotoria nunca vai aceitar uma coisa dessas, e a Homeland vai atrás dele assim que você terminar.

— Sim, mas mesmo alguém na beira do abismo vai tentar se salvar. Deixa ele se acalmar um pouco. Quero organizar os meus quadros como estavam antes.

— Uma coisa que eu achei particularmente reveladora — disse Mira. — Ele chamou esses dois assassinatos em massa de "realizações".

— Sim, eu notei. A senhora pode usar isso?

— Com certeza.

— Eu também.

Enquanto Eve colocava os quadros em ordem, a equipe de busca vasculhava o apartamento de Callaway.

Roarke achou o lugar muito moderno, muito planejado e extremamente impessoal. Preto, branco e prata dominavam a sala de estar integrada à cozinha. Ocasionais pontos ou vestígios de alguma cor ousada — uma almofada roxa e a mesa vermelha só serviam para acentuar a rigidez da decoração.

Ele observou as linhas modernas, a iluminação fria e uma variedade de aparelhos elegantes. Aquilo lhe pareceu mais a foto de uma revista de decoração, e não a casa de alguém.

— Quer começar com os eletrônicos aqui? — perguntou Feeney.

— Você se importa se eu der uma voltinha por aí antes, sentir o que temos aqui?

— Eu já tenho essa sensação. — Com a roupa amarrotada, Feeney olhou ao redor. — A sensação é de estar em uma vitrine montada por alguém que nunca tirou uma soneca no sofá ou assistiu a um jogo nessa televisão.

— Mas não parece a casa de alguém que planeja assassinatos em massa.

— O que mais dá pra fazer aqui? Senta naquelas porcarias de cadeiras por cinco minutos, e aposto que a sua bunda vai ficar dormente por uma semana. — Feeney bufou para os móveis. — É melhor matar alguém mesmo.

— Vou tomar o cuidado de não me sentar numa daquelas cadeiras. Por precaução.

— Tudo bem, pode circular por aí. Vou começar com o *tele-link* e o computador.

Roarke foi até o quarto principal, onde Reineke e Jenkinson examinavam minuciosamente o closet e a cômoda.

Callaway escolheu cinza aqui, reparou Roarke. Cada tom de cinza, desde o mais claro até o mais escuro. Supôs que Callaway tinha lido em algum lugar que cinza acalmava as pessoas e era a cor do ano. Mas na verdade aquela paleta nada suave era deprimente.

É melhor matar alguém, refletiu Roarke.

— Passar a noite nessa cama deve ser como dormir envolto por um nevoeiro — comentou Reineke. — Não consigo ver um cara se dando bem com alguém por aqui.

— Eu diria que, pra ele, estar na moda é mais importante do que transar — sugeriu Roarke.

Reineke apenas fez que não com a cabeça.

— Que cara doente!

Divertindo-se com as reações, Roarke foi em direção ao closet, onde Jenkinson estava.

— Ele tem muitas roupas. E sapatos que nunca foram usados. Tudo bem arrumado.

— Humm... — Roarke estudou o espaço, as paredes, o chão, o teto. Em seguida, saiu novamente para vagar pelo banheiro da suíte principal.

Tudo era branco, branco-ostra, neve, creme-claro, linho cru, marfim. Um enorme vaso branco com flores em tons do outono dava um pouco de cor e textura, mas assim como todo o restante, o banheiro parecia um ambiente planejado numa loja de móveis. Sem vida.

Quando menino, lembrou, na época em que invadia propriedades, ele gostava dessa parte do trabalho. Perambular pelo lugar, ter uma noção de quem vivia naquele espaço e como vivia. Foi quando aprendeu um pouco sobre como os ricos viviam... o que comiam, bebiam e vestiam.

Para um rato de rua sem nada na vida, aquele tinha sido um mundo de maravilhas mais importante do que o roubo em si.

Ele aprendeu como Callaway vivia enquanto vagava pelo apartamento, e não ficou surpreso quando Reineke anunciou:

— Não tem nenhum brinquedinho ou acessório sexual aqui. Nem discos com imagens de gente sem roupa, nada de pornografia.

— Sexo não é um dos interesses dele.

— Como eu disse, o cara é doido.

O quarto era só para dormir, determinou Roarke. Para vestir a roupa e despi-la. Não era para se divertir ou receber alguém, nem para trabalhar. Era só para dormir e se exibir, caso tivesse convidados. Mas só raramente deveriam aparecer convidados ali, pensou Roarke, ao sair do quarto e entrar no escritório.

— Agora sim! — murmurou.

Aquele era o centro da casa. Cores frenéticas para estimular os sentidos. Cores até demais, e em tons muito fortes, mas ali havia uma sensação de movimento, de atividade, de vida.

Uma imponente mesa de trabalho com a superfície preta lustrosa ficava de frente para as janelas protegidas por telas para garantir a privacidade e uma imensa cadeira de couro em um tom arrojado de laranja estava junto dela.

Um centro de Diversão e Computação de primeira classe. Sim, ele daria uma olhada cuidadosa naquilo. Um sofá comprido, forte e largo em tom de verde escuro, tampos de mesa em azul escuro, uma estampa estonteante no tapete, arte nessas mesmas cores, imagens salpicadas, listradas e envoltas por uma moldura preta.

Exceto por um quadro, reparou Roarke. Uma pintura melancólica e bem bonita de Roma. A Escadaria da Praça de Espanha em uma tarde ensolarada.

Como ele determinou que aquele era o único item de bom gosto que tinha visto até o momento, aproximou-se, examinou o quadro mais de perto, verificou a parte de trás, a moldura e o fundo.

Ilusão Mortal

Sem encontrar nada, colocou-o de volta na parede.

Espaço bastante confortável, decidiu Roarke. Um miniaparelho de ar condicionado e um frigobar. Ele poderia se acomodar ali e ter tudo de que precisava.

Abriu um armário de porta dupla e sorriu. Prateleiras cheias de material de escritório, discos extras e até um pequeno lava-louças.

— Você é um pouco superficial, não é? E vejo que tem uma aquisição bem recente aqui, hein?

Ele se agachou, examinou a parte inferior das prateleiras, as laterais, então, pacientemente, removeu o que tinha nelas e deu algumas pancadas na parede do fundo.

— Ah, agora sim!

Imaginou que Callaway se considerasse cauteloso e inteligente por ter instalado uma parede atrás das prateleiras. Elas poderiam ter enganado um observador qualquer, uma equipe de limpeza ou uma busca malfeita. Levou menos de três minutos para ele encontrar e acessar o mecanismo que abria o espaço. Desinstaladas, as prateleiras giraram para fora e surgiu uma pequena sala atrás delas.

Era aqui, refletiu Roarke, *que ele preparava a morte.*

Cogumelos lacrados em potes, sementes, produtos químicos, pós diversos, líquidos — tudo meticulosamente rotulado. Embora minúsculo, o laboratório parecia muito bem planejado e bem suprido. Para um propósito específico, pensou Roarke. Queimadores, placas de Petri, misturadores, um microscópio e um pequeno e poderoso computador — todos bastante novos, tudo top de linha.

Ele encontrou um diário velho, com a capa rachada e desbotada, e folheou-o. Agachando-se mais uma vez, abriu a tampa de uma caixa de armazenamento e viu fotos, outros diários, recortes, uma Bíblia muito gasta e o que ele reconheceu como um manifesto. Estava escrito à mão e era assinado por Menzini.

Ele saiu da câmara secreta e atravessou o corredor.

— Acho que encontrei o que vocês estão procurando.

Saiu da frente da equipe e voltou para a sala de estar.

— Não tem nada nessa unidade — disse Feeney. — O canalha mal a usava.

— Essa área é só um disfarce. Tem um pequeno laboratório atrás de uma parede falsa no armário do escritório. — Quando Roarke falou, a cabeça de Feeney se ergueu como se ele fosse um lobo farejando uma ovelha ensanguentada. — Se eu me lembro da fórmula, todas as coisas necessárias pra produzi-la estão lá, assim como os diários, a própria fórmula claramente escrita em um deles e o que parecem ser anotações mais recentes, feitas à mão. Tem também algumas fotos e o manifesto pessoal assinado por Menzini, além de um computador, que provavelmente vai ser mais interessante do que esse aí.

— Pegamos o filho da puta.

— É o que parece. Vou ligar pra tenente e contar a novidade.

— Diga a ela que vamos recolher tudo. Ela pode começar a embrulhar o Callaway pra presente. — Ele foi em direção ao escritório. — Quando a gente acabar aqui, eu te pago uma cerveja.

— Vou cobrar, hein. — Roarke pegou seu *tele-link* e esperou Eve aparecer na tela.

— Quero boas notícias — pediu ela.

— Um laboratório secreto com os ingredientes usados na substância, a fórmula, o diário de Menzini e um computador que provavelmente contém dados pertinentes está bom pra você?

— Caraca! Caraca, você vai transar muito hoje!

— Jenkinson está dizendo: "Oba!"

— Pelo amor de Deus...

— Brincadeirinha, querida. Estou sozinho e vou ficar feliz com todo esse sexo. Você já prendeu o Callaway?

— Ele está algemado. Entregou material suficiente pra mim e estou prestes a voltar lá e arrancar uma confissão dele, com detalhes. Você acabou de colocar o último prego no caixão do safado.

— Feeney mandou avisar que vamos recolher tudo.

— Preciso de mais alguns detalhes pra eu usar quando for cozinhá-lo em fogo brando.

— O laboratório fica atrás de uma parede falsa, disfarçada com prateleiras no escritório dele. O diário com a fórmula tem uma capa de couro... um couro marrom muito desbotado e rachado de tão velho. Tem umas anotações que parecem mais recentes e em outra caligrafia, com a fórmula. Também achei uma caixa de armazenamento com mais diários, uma Bíblia antiga e um manifesto escrito à mão por Menzini. O título do manifesto é *Fim dos Dias*.

— Isso está bom. Mira está enrolando um pouco o canalha. Vou contar tudo a Teasdale e Peabody, e vamos acabar com tudo isso.

— Até mais, então.

— Sim. Qual é o problema? Está acontecendo alguma coisa.

— Nada, na verdade. É esse lugar. É deprimente. O prédio é bom, tem estilo. O apartamento é bem legal, de verdade, mas é sem vida e frio. Os únicos lugares onde eu acho que ele já se sentiu feliz, e quem sabe alguma vez tenha se sentido normal... se é que isso pode ter acontecido... foram naquele escritório e no laboratório secreto.

— Ele teve todas as chances e todas as escolhas na vida. Não fica com pena dele.

— De jeito nenhum. Mas consigo enxergá-lo aqui, finalmente se encontrando no sangue e na morte. Isso é deprimente.

— Pega o material e sai daí. Podemos ficar um pouco bêbados mais tarde, antes da parte do sexo.

— Ora, isso parece promissor. Até logo, tenente. — Ele desligou e sorriu para Reineke quando o detetive pigarreou.

— Desculpe, eu não pretendia ouvir isso.

— Tudo bem. Agora você sabe que eu não sou um doente.

Reineke soltou uma risada.

— Eu nunca imaginei isso. Escute uma coisa... Feeney acha que você gostaria de dar uma olhada no computador. Diz que os dados estão criptografados.

— Excelente! Isso deve animar um pouco as coisas.

— Ah, talvez seja melhor você não mencionar pra tenente que eu ouvi aquilo que ela disse, sem querer. O lance do sexo.

— É, eu acho que todo mundo vai ficar mais feliz assim.

Capítulo Dezenove

Com pressa, Eve se dirigiu à Sala de Observação e ligou para Whitney enquanto andava.

— Quero falar com o comandante — ordenou, quando a assistente de Whitney atendeu. — É urgente.

— Um instante, tenente.

Ela empurrou as portas onde Peabody e Teasdale assistiam a Mira, que arrancava mais detalhes de Callaway.

— Nós pegamos ele. — Ela ergueu um dedo quando Peabody começou a falar. — Comandante, o Callaway está aqui na Sala de Interrogatório com Mira e já foi acusado dos assassinatos. A equipe de busca encontrou o seu esconderijo. Estão trazendo seus eletrônicos, diários e produtos químicos aqui pra Central. Eles conseguiram achar tudo.

— Feche o caso — ordenou Whitney. — Estou a caminho daí.

— Sala de Interrogatório A, senhor — informou ela quando Peabody socou o ar com os punhos e Teasdale pegou o seu próprio *tele-link.* — Estou prestes a entrar e acabar com tudo. Vou ligar pra assistente da Promotoria e pedir que ela venha até aqui.

— Espere até eu chegar. Estou a caminho.

— Sim, senhor. — Ela desligou, ergueu o dedo mais uma vez e ligou para Reo.

— Cher Reo falando!

— Pegamos Callaway, está na Sala de Interrogatório A, e conseguimos tantas provas que vamos enterrar ele nelas.

Ela viu a loura miúda largar o que fazia para pegar o paletó.

— O chefe está no tribunal. Vou ligar pra ele e depois vou direto pra aí. Preciso que você me dê alguns detalhes.

— Nós o ligamos a Menzini. Callaway tem a fórmula, os produtos químicos, tudo no apartamento. Se você quiser saber mais, venha depressa.

Ela desligou.

— Ele disse mais alguma coisa que eu possa usar? — perguntou a Peabody.

— Está alegando que não é parente de Menzini e continua pedindo permissão pra entrar em contato com os pais. Diz que eles devem estar preocupados com ele. Mira está pegando leve, então ele está tentando bajulá-la. — Peabody respirou fundo. — Puta merda, Dallas. Ele realmente tinha tudo aquilo em casa?

— Tomou algumas precauções. Nunca acreditou que faríamos a conexão com o seu nome. Não estava preocupado com isso.

— Entrei em contato com o meu superior. — Teasdale guardou o *tele-link*. — A Homeland entrará com ações federais. Além das suas acusações de assassinato, tenente — completou, falando depressa. — Uma não anula a outra.

— Ótimo. Eu não me importo em qual cela ele vai passar o restante da vida miserável que tem. Vamos combinar como a coisa vai rolar a partir de agora.

Ela parou de falar quando Whitney entrou.

— Comandante.

Ele assentiu e se virou para estudar Callaway pelo vidro.

— Ele parece alguém comum, não é? Um homem comum em um terno bem-cortado.

— Esse é o problema. Ele não tolerava ser alguém comum. É por isso que ele está lá, e é por isso que vai confessar tudo.

— Se ele tinha a fórmula e os itens necessários pra criar a substância — disse Teasdale —, e com as declarações dos seus pais, devidamente registradas, e a conexão biológica com Menzini, uma confissão pode ser supérflua.

— Pra mim, não. Ele vai me contar tudo. Vai me olhar nos olhos e me relatar tudo o que fez. Peabody, eu quero que você entre comigo. Olhe bem pra ele, mas não lhe dirija a palavra e não responda se ele falar com você. Sussurre pra Mira que temos todas as provas, e nessa hora eu vou entrar. Ela deve continuar o que está fazendo até eu chegar. Entre agora, encoste-se à parede e faça cara de durona. Isso vai deixa-lo nervoso.

— Fazendo cara de durona! — anunciou Peabody, travando a mandíbula e estreitando os olhos ao sair.

— Eu também gostaria de trocar algumas ideias com ele — afirmou Whitney.

— Comandante, eu prefiro manter a sala em situação de desequilíbrio. Quatro pessoas lá dentro, todas mulheres. E ele.

— Entendido.

— Quero enrolá-lo um pouco — disse Eve a Teasdale. — Ele espera um golpe direto e está preparado pra isso. Vou fazer malabarismos com as informações que temos sobre ele e continuar atacando o ego dele. Estão me entendendo?

— Sim.

— Comandante, o senhor poderia pedir a Reo, a assistente da Promotoria, que entre na sala assim que ela chegar? Uma quinta mulher vai irritá-lo ainda mais. Preparada? — perguntou a Teasdale.

— Muito preparada.

Eve entrou primeiro.

— Tenente Eve Dallas e agente Miyu Teasdale entrando na Sala de Interrogatório! Com licença, dra. Mira, vamos ter que interromper o seu trabalho por um momento. A senhora pode ficar, se quiser, é claro.

— Isso é uma armação! — Callaway golpeou a mesa com um dedo. — Como estou dizendo à dra. Mira, você obviamente me confundiu com outra pessoa. Nunca ouvi falar nessa pessoa, esse tal de Menzini. Meu avô materno era um oficial militar condecorado, o capitão Edward Gregory Hubbard. Eu posso provar isso! Exijo falar com os meus pais. Eu tenho o direito de me comunicar com eles.

— Não depois de ser acusado de terrorismo. — Eve deu de ombros enquanto se sentava. — Podemos mantê-lo aqui por quarenta e oito horas sem comunicação alguma e sem advogado. É péssimo, mas é assim que funciona.

— Se houver algum erro — Mira ergueu as mãos —, poderíamos economizar tempo e estresse adicional para o sr. Callaway se você conseguisse que os seus pais viessem aqui. Se conversasse com eles para confirmar sua ascendência.

— Não vou permitir que a minha família seja submetida a um interrogatório feito por policiais incompetentes e agentes do governo caçadores de bruxas. — Callaway cruzou os braços. — Vou esperar. Não tenho nada a dizer pelas próximas quarenta e oito horas.

— Ok. Você pode apenas ouvir. Podemos e vamos fazer testes de DNA que vão provar que Menzini era seu avô.

— Vão em frente! Eu agradeço.

— E quando fizermos isso, você vai estar frito. Como você ficou sabendo a respeito do Cavalo Vermelho?

Como uma criança, ele virou a cabeça e encarou a parede.

— Foi interessante você mencionar o Cavalo Vermelho em conexão com os assassinatos, já que o Menzini liderou uma das seitas durante as Guerras Urbanas. Menzini era um químico, mais autodidata do que de formação acadêmica. Era doido de pedra. Ele criou uma substância que causava delírios violentos e paranoia extrema. A mesma substância que você usou no On the Rocks e no Café West.

Ela deixou essa informação no ar e não disse mais nada. O silêncio ficou evidente, cada vez mais evidente, enquanto ela sustentava o olhar firme e frio no rosto de Lew, ainda virado para a parede.

Por fim, ele se mexeu na cadeira.

— Eu não sou a droga de um químico. Não conseguiria fazer algo assim mesmo se eu quisesse. E não quero.

— Como você sabia sobre o Cavalo Vermelho?

— Meu avô serviu durante as Guerras Urbanas. Já ouvi algumas histórias.

— Ele morreu antes de você nascer.

— Os relatos foram passados adiante. E eu me familiarizei com algumas das batalhas em que ele atuou. Ele lutou contra a seita do Cavalo Vermelho. Quando você mencionou fanáticos religiosos, isso me veio à cabeça. Simples assim.

— Mas Menzini nunca foi mencionado nessas histórias familiares?

— Eu nunca tinha ouvido o nome até hoje.

— Isso é muito estranho, Lew, já que ele é o pai biológico da sua mãe.

— Isso é um absurdo sem tamanho. Se você tivesse alguma coisa na cabeça, sem dúvida teria conferido os registros de nascimento dela.

— Ah, mas eu tive alguma coisa na cabeça pra fazer isso, sim. E ainda sobraram neurônios suficientes pra eu perguntar isso a ela, pessoalmente.

Ao ouvir isso, a cabeça de Callaway girou de repente.

— O que foi que você disse?

— A questão é o que ela me disse. Entendo que você não queria que nós conversássemos com ela, nem com o seu pai, mas, puxa... eu sou teimosa pra cacete.

— Obviamente você a assustou e intimidou. Ela não é uma mulher forte. É emocionalmente frágil. Você coagiu ela!

— Esse seria o método que você usaria. O lance é o seguinte: vou dar um tempo pra você pensar, aqui e agora. Você pode continuar negando que sabia de tudo e pode achar que quando a verdade for revelada você vai declarar que desconhecia toda essa história, e alegar que ninguém nunca te contou nada disso.

Ela esperou um pouco para que ele tivesse tempo de calcular o próximo passo.

— Esse é um jeito de irmos em frente. O outro jeito é você admitir que achou tudo e descobriu os documentos sobre os quais a sua mãe me contou. O choque disso fez sua cabeça entrar em parafuso. Ora, sua família mentiu pra você! Seu avô, em vez de ser um herói de guerra condecorado, era, na verdade, um homicida alucinado, assassino em massa e sequestrador de crianças. E, pra completar, um lunático religioso. Ele poderia ter ficado mentalmente prejudicado por causa disso, não é verdade, dra. Mira?

— Com um choque desse tamanho... — Fazendo que não com a cabeça, Mira não completou.

— Sim, pode ser que isso conte a seu favor.

— Quero falar com a minha mãe.

— Isso não vai acontecer, Lew.

— Nossa, uma mãe testemunhando contra o próprio filho — disse Teasdale, com a voz calma. — O peso desse testemunho vai ser grande.

Lew manteve a mandíbula cerrada. Eve imaginou que dava até para ouvir seus dentes rangendo.

— Minha mãe nunca vai concordar com isso.

— Ela não vai ter escolha. E quando trouxermos Menzini...

— Ele morreu!

Eve inclinou um pouco a cabeça.

— Por que você acha isso?

— Eu... Eu assumi que tivesse morrido.

Sorrindo, ela fez que não com o dedo.

— Você não deve assumir nada. Ele vai contar toda a história sobre sua avó biológica, o sequestro de sua mãe e o resgate dela. É o tipo de coisa que pode funcionar pra você, se você admitir que sabia... que descobriu tudo e isso ferrou com a sua cabeça. A assistente da Promotoria está a caminho daqui. Quero encerrar tudo isso, ir pra casa e tomar um drinque. O escritório da Promotoria não vai gostar que eu te dei essa dica, por menor que seja. Faça uma escolha, Lew. E rápido.

— Quero falar com alguém responsável.

— Já está falando! Ah, entendi... você quer dizer um homem. Isso também não vai acontecer. Faça a sua escolha. Sei que você encontrou a caixa de documentos. Sei que você descobriu que Menzini era seu avô. Você encontrou a fórmula. Você tem a chance de esclarecer isso. Aproveita. Ou pode continuar mentindo e se afundar cada vez mais nessa lama.

— Eles mentiram pra mim! — Ele se virou, num movimento deliberado, para Mira. — Mentiram a vida toda pra mim. Eu nunca consegui entender por que eles não conseguiam me amar, me dar o carinho que uma criança precisa. Meu pai... Ele é um homem violento. Os segredos daquela casa, eu... não posso falar sobre isso.

Parecendo solidária, Mira se inclinou para ele.

— Seu pai abusou de você, fisicamente?

Callaway desviou o olhar e conseguiu concordar com a cabeça.

— Sim, em todos os sentidos. Ela nunca o impediu, nunca tentou. Minha própria mãe! Mas ela não conseguiu evitar. É fraca e teve medo.

— Ele abusava dela também.

— Ela morre de medo dele — sussurrou Callaway. — Tem medo de tudo. Mudamos várias vezes de cidade quando eu era criança. Nunca soube o que era ter uma casa de verdade, ter amigos, criar raízes. Até que eu encontrei aquela maldita caixa e soube por que minha mãe nunca tinha me protegido. Eu era um lembrete constante do que a mãe dela tinha sofrido... a mãe de verdade dela. Eu até me pareço um pouco com ele. A cor da pele, as feições. Eu me deparei com um pesadelo.

— Eu entendo — disse Mira, com suavidade.

— Como pode entender? Como qualquer pessoa pode entender? Saber que isso corre no seu sangue? Tive vontade de me matar.

— Mas continuou voltando à casa dos seus pais — interrompeu Eve —, na esperança de encontrar mais informações.

— Sim, isso mesmo. Na esperança de encontrar tudo, pra me livrar daquilo. Trouxe tudo pra cá e despejei o material numa recicladora de lixo.

— Ah, fala sério! — Eve revirou os olhos. — Você é tão burro assim? Ninguém vai cair nessa. Você trouxe o material pra cá, recriou a substância. Admita, pelo amor de Deus. Assuma! A assistente da Promotoria vai pressionar por várias sentenças consecutivas de prisão perpétua pra você, em uma prisão fora do planeta. Não existe pena maior que essa. Coloca pra fora, conta tudo, e aí pode ser que você tenha uma chance de ficar em uma prisão aqui mesmo, no planeta. Vai poder escrever a porra de um livro, dar entrevistas aos jornais. Você vai conseguir *se tornar* alguém! Mostre que tem colhões pra fazer isso, Lew.

— Eu ia me matar. Usaria o que ele fez para me destruir. Perdi a cabeça por algum tempo. Já não tinha certeza se iria funcionar, mas levei a substância comigo pro bar. Ia esperar até que o lugar estivesse quase vazio, mas o Joe não queria ir embora. Perdi a paciência. Eu me levantei pra sair e aquela mulher esbarrou em mim. Foi ela que bateu no frasco, e ele caiu. Entrei em pânico e saí.

Ele cobriu o rosto com as mãos.

— Todas aquelas pessoas.

— Você fabricou a substância? — repetiu Eve. — Você a levou pro bar?

— Sim. Que Deus me ajude, sim! — disse ele, no instante em que Reo entrou pela porta.

— A assistente da Promotoria Cher Reo está entrando na Sala de Interrogatório! — declarou Eve para o gravador. — Pegue uma cadeira. Lew está nos divertindo com contos de fadas.

— Como você pode ser tão insensível? — indagou ele. — Tão fria?

— Eu? Você é o campeão disso. Lew acaba de confessar que criou o alucinógeno e o levou para o bar.

— Eu estava traumatizado! Pretendia me matar!

— Existem maneiras mais fáceis de fazer isso — lembrou Eve. — Você também quis se matar quando pegou outro frasco do alucinógeno e o entregou a Jeni Curve sem que ela soubesse?

— Não me lembro disso. Tenho tido uns apagões na memória. Resultado do choque. Do estresse! Quero falar com o seu superior!

— Ah, pelo amor de Deus! — Eve bateu com força na mesa e se inclinou até quase encostar-se no rosto dele. — Você precisava de alguém que carregasse a substância lá pra dentro, e ela era útil. Você inventou aquela história sobre um cara de preto. Você era esse cara, Lew. Você! Sabe quantos prédios naquela rua têm câmeras de segurança? Você acha que conseguiu evitar todas elas?

— Sua idiota! Não tinha como câmera nenhuma me pegar.

— Não? Tem certeza. Sua memória está clara quanto a isso?

— Não sei. Você está me confundindo. Quero falar com o seu comandante. Não quero mais falar com você.

— Você pode falar comigo — sugeriu Reo. — Sou assistente da Promotoria, meu nome é Cher Reo.

— E você acha que eu vou falar com uma assistente? Uma *secretária* qualquer?

— Isso mesmo, mostre a ela, Lew — disse Eve, circulando-o. — Mostra quem está no comando aqui. Quem é a porra do chefe! Você matou cento e vinte e sete pessoas, pelo amor de Deus, sem que uma gota de sangue caísse em você! E aí ela entra rebolando aqui com esse terninho feminino e esses sapatos sedutores e espera que você dê a ela toda a sua atenção?

Eve continuou:

— Isso é besteira, tudo bobagem. Você deixou uma cidade inteira alarmada, e fez isso só porque podia, não por causa de alguma bobagem maluca de fim do mundo, como o seu avô despirocado. Você tem ofertas de livros e de filmes que estão pra chegar. Eles vão bater na sua porta e jogar dinheiro em cima de você. Sem falar na fama. Todo mundo vai conhecer o seu nome e temê-lo. É isso que você quer, não é? A atenção e o respeito que você merece.

— Isso mesmo! Não vou mais falar com um bando de mulheres idiotas.

— Vamos lá, Lew, mostre pra gente que você tem colhões. Eu quero um pouco de emoção. Quando o verdadeiro promotor chegar aqui, ele vai saber que está lidando com um *homem*. Um homem que exige respeito. Não um fracote como Joe Cattery. Aquela vagabunda da Nancy Weaver ia dar uma promoção pra ele, e não pra você. Era hora de mudar o jogo. Era hora de nivelar o campo. E todos aqueles idiotas do happy hour, entornando um monte de drinques pela metade do preço. Aposto que eles deixaram você enjoado. Tem muitos outros exatamente como eles por aí, mas você... Você é especial. Já era hora de as pessoas começarem a tratar você da maneira como você deveria ser tratado.

Ilusão Mortal

— Joe não era nada. Era um lacaio.

— Isso mesmo, isso mesmo! Você deve ter ficado muito puto quando ele recebeu aquele grande bônus.

— *Meu* bônus. A Weaver me fodeu.

— Aquela vagabunda. — Ele não está mais se controlando, avaliou Eve. Está encurralado, furioso, está cedendo. — E não era só pelo dinheiro, não mesmo, né? Era uma questão de princípios. O que foi que você fez, Lew? Por favor, me impressione. Você tinha a fórmula, tinha o diário... todos aqueles segredos dentro daquela capa marrom desbotada. Claro, nós encontramos isso. — Ela manteve os olhos firmes quando ele piscou. — Meu pessoal disse que você realmente conseguiu montar tudo, Lew. Eu fico pensando no tempo, no esforço e no planejamento que foram necessários pra construir aquele laboratório e equipá-lo. Sem falar nos riscos! Isso é que é ter colhões! É perigoso lidar com LSD, misturar com outras substâncias, juntar todas as partes e peças. Isso exige inteligência e colhões. É preciso *imaginação*. As pessoas vão falar sobre Lewis Callaway ao longo de gerações!

— Agora você admite. — Ele apontou o dedo para ela. — Você admite isso.

— Sim, eu estava brincando com você antes. Ninguém nunca vai esquecer o que você fez, nem quem você é. Meu Deus, Lew, você acaba de entrar em um grupo restrito, seleto e famoso. Conte pra mim tudo que você fez. Eu nunca vou me esquecer.

Ele fez que não com a cabeça e se virou de novo, mas sua respiração estava rápida, e seus olhos, calculistas.

Estamos quase lá, pensou Eve.

— Você fez tudo isso? — interrompeu Teasdale. — Se conseguir provar que você fez isso, minha agência vai ficar bem interessada. Eles querem pessoas como você trabalhando para eles, sr. Callaway. Em cargos de altíssimo nível.

— Espere só um minuto, cacete! — reclamou Eve.

— Tenente, estamos falando sobre segurança global. Os meus superiores... e isso engloba os mais altos gabinetes... me deram autorização pra persuadir o sr. Callaway a considerar uma oferta de trabalho, caso ele nos traga provas e forneça detalhes que não deixem margem pra dúvidas de que ele perpetrou esses eventos.

— Trabalhando pra Homeland? — indagou Eve.

— Os talentos de Menzini com certeza foram úteis. Meus superiores acreditam que os seus talentos seguirão os do seu avô.

— Que trabalho legal! — Eve fulminou Teasdale com o olhar.
— Isso é alguma armação secreta do governo? Matar pessoas? Eu devia saber que você jogaria assim, agente Teasdale. Você deixou que eu fizesse todo o trabalho pra no final aparecer aqui só para pegar o prêmio.

— Os que têm habilidade e aptidão para tais assuntos são muito mais úteis trabalhando conosco. — Teasdale simplesmente deu de ombros. — A Homeland valoriza a criatividade e, como você mesma afirmou com propriedade, quem tem colhões. Mas não posso discutir mais nada além disso sem evidências sólidas e uma declaração do sr. Callaway.

— Meu avô trabalha pra Homeland? Ele ainda está vivo e trabalha pra vocês?

Teasdale demonstrou empolgação.

— Não tenho autorização para dizer mais nada sobre esse assunto, no momento. Não tenho essa autoridade.

— Eu devia saber que você iria me sacanear — disse Eve, com um tom de voz amargo.

— Prioridades, tenente. E poder. A escolha é sua, sr. Callaway.

— Você achou que tinha me derrubado — zombou ele, olhando pra Eve. — Você não sabe com quem está lidando. Toda a minha vida eu soube que havia alguma coisa a mais dentro de mim, algo diferente. Eles tentaram me segurar.

— Eles? — quis saber Eve.

Ilusão Mortal   395

— Meus pais. Mas eu sempre conseguia o que queria, sabia obrigar as pessoas a fazer o que eu queria... ou a pagar por isso. Eu sabia que não receberia muito mais deles. Eles não são nada. São gente comum. E quando... quando eu descobri de onde veio esse meu dom, fiquei feliz. Finalmente! Joguei até o fim, fingindo que me importava. Mas as pessoas precisavam pagar.

— Joe Cattery, Carly Fisher?

Com um sorriso cauteloso, Callaway cruzou os braços.

— Exijo imunidade.

— Eu não posso autorizar isso. — Reo acrescentou um leve tom de desespero na voz. — Meu chefe precisa autorizar...

— A oferta da Homeland tem precedência sobre a voz de assistentes — avisou Teasdale, com ar presunçoso. — Assim que o sr. Callaway me fornecer as informações necessárias, estou autorizada a lhe fazer essa oferta. As pessoas precisavam pagar — repetiu, para Callaway. — E você tinha os meios pra isso.

— Eu tinha tudo que precisava. Cattery, Fisher, eles apertaram os botões errados, não foi? Mexeram com a pessoa errada, e pela última vez. Isso é o que posso trazer pra mesa de negociações — disse a Teasdale. — Tenho os meios e o cérebro pra fazer da Homeland a agência mais poderosa dentro ou fora do planeta.

— Estou ouvindo.

— Qual é a oferta? Quero ouvir em voz alta.

— Isso depende do que você me disser e do que poderá ser comprovado. O que posso dizer é que a Homeland está muito interessada e intrigada com os seus "supostos" talentos.

— Que piranha burocrática — murmurou Eve, e conseguiu um sorriso frio de Teasdale.

— Passamos por cima de você, tenente. Caso o sr. Callaway decida cooperar conosco, é claro.

— Eu tenho os meus termos — avisou Callaway a Teasdale.

— Certamente podemos discutir todos os seus termos, mas exigimos provas de que você não só tinha os meios, mas que também de fato arquitetou e executou esses ataques.

— Todos eles fizeram o que eu queria, não fizeram? Fizeram o que eu os obriguei a fazer. Todos naquele bar e naquele lixo de café dançaram conforme a *minha* música. Isso é o que vocês vão conseguir comigo — disse ele a Teasdale. — Alguém que faz o trabalho e entrega resultados.

— O que você obrigou eles a fazer, sr. Callaway? — quis saber Teasdale.

— Fiz com que eles matassem uns aos outros. Foi um massacre. Eles viveram os medos deles e morreram lutando. Estava tudo nos diários e nas anotações do meu avô. As ideias religiosas loucas dele? Vocês não precisam mais se preocupar com isso a partir de agora. Não sou maluco e não acredito em ninguém além de mim mesmo.

— Ah, isso é importante. Meus superiores vão querer ter certeza disso.

— Aquele idiota do Joe, sempre sentado, resmungando da esposa e dos pirralhos. E eu pensei: você não vai ficar deprimido por muito mais tempo, seu idiota. Eu queria pegar a Weaver também, mas ela foi embora, fugiu dali pra trepar. Eu me conformei com o Joe e o restante deles. Aquele bartender de merda, a vagabunda da garçonete, aquela *burra* e os amigos. Tudo que eu tive que fazer foi colocar o frasco no bolso dela quando ela esbarrou em mim. O frasco já estava aberto. Leva alguns minutos pra fazer efeito, e eu calculei precisamente os segundos, como num relógio. Isso prova quanto sou bom. Fiquei com um pouco de dor de cabeça, mas só isso. Eu estava lá fora, ao ar livre, quando o efeito se espalhou. E simplesmente continuei andando.

— Você sintetizou a substância sozinho?

— Isso foi meio complicado — disse ele, fazendo que sim com a cabeça para Teasdale. — Mas não é tão difícil encontrar os

Ilusão Mortal

ingredientes, principalmente se você não estiver com pressa. Tive que construir o laboratório. Ele é pequeno. Eu não me importaria de brincar com outras ideias em um laboratório melhor. Tenho talentos especiais. — Ele bateu no peito com o polegar. — Acho que herdei isso do velho.

— Vou repassar tudo isso aos meus chefes — respondeu Teasdale.

— Acho que posso aperfeiçoar a fórmula pra que ela dure mais tempo e comece a fazer efeito mais depressa. O segundo ataque teria tido um resultado melhor se os efeitos tivessem começado mais rápido. Mas como a polícia chegou lá e começou a dar rajadas de atordoar nas pessoas, isso diminuiu a contagem final.

— Como você escolheu o segundo local?

— Escolhi por causa daquela aquela vaca da Fisher. Ela achou que ia subir na empresa me usando como escada? Ela e a Weaver estavam sempre tramando e planejando pra me deixar pra trás. — Ele fez o gesto de bater na mão aberta, como um árbitro de boxe que declara um vencedor da luta. — Isso tudo acabou.

— E a sua segunda realização. Como foi planejada?

— Eu não queria entrar lá, porque isso daria aos policiais um motivo pra desconfiar de mim. Viu só como eu penso em tudo e descubro as abordagens certas? Eu simplesmente esperei pela entregadora. Ela é burra como uma porta, aquela lá. Eu falei com ela, pedi que mandasse preparar um sanduíche pra mim e reservasse uma mesa. Disse que precisava dar um pulo na farmácia, mas que em poucos minutos estaria lá. Dei um abraço de agradecimento nela e enfiei o frasco aberto no bolso dela. Feito e resolvido! Peguei meu pão árabe e voltei pro escritório.

— Quem você iria atacar em seguida? — perguntou Eve. — Só por curiosidade.

— Por que não? Tem um restaurante italiano perto do escritório. Appetito. A Weaver vai muito lá. Tudo que eu teria que fazer seria verificar a agenda dela pra confirmar quando ela teria um encontro lá. Já até tinha feito amizade com uma das garçonetes. Eu usaria ela como portadora da substância. Com esses três nomes eliminados, eu subiria na empresa e assumiria o lugar de Weaver. Agora, eles podem ficar chupando dedo. A perda deles é o ganho da Agência Homeland.

— É verdade — concordou Teasdale.

— Isso já é o suficiente, Reo? — indagou Eve.

— Ah, eu diria que é mais do que suficiente, e veio para mim em uma bandeja de prata.

— Peabody, chame dois guardas pra te ajudar a levar o Lew pra ser fichado. Acho que ele não vai se mostrar muito solícito.

— Sim, senhora.

— Vocês que se fodam! — Ele se inclinou para trás na cadeira e sorriu para Eve quando Peabody saiu. — Eu não vou passar tempo nenhum preso, nem uma única noite. Agora eu estou com a Homeland.

— Não, você está muito enganado, seu burro.

— Você é que está fodida, sua vagabunda. Quando é que eu vou encontrar os chefes da Homeland, agente?

— Sinto muito, sr. Callaway, se eu lhe dei a impressão de que a minha oferta vai acontecer antes do cumprimento das suas sentenças. A Homeland acredita que você será muito útil para nós, mas só se acontecer um milagre médico e você sobreviver a cento e vinte e sete sentenças de prisão perpétua. E sentimos que você nos será muito útil servindo aproximadamente a mesma quantidade de tempo em uma instituição federal.

— Você me disse que...

— Acredito que a gravação vai provar que não dei detalhes específicos sobre a oferta. De qualquer modo, mentir durante uma entrevista ou interrogatório é aceitável, e até mesmo encorajado. Acredito, sr. Callaway, que é você quem está fodido. Estou muito feliz por ter desempenhado um pequeno papel nisso.

Eve se preparou para a luta quando ele se levantou.

— Por favor, tente me agredir. É a minha vez — disse a Teasdale. Só que enquanto ela falava, Peabody entrou com dois guardas.

— Ah, bem, quem sabe da próxima vez.

— Quero um acordo! — gritou Callaway, lutando ao ser agarrado pelos braços.

— Claro. Volte a me pedir isso depois de cumprir, digamos, umas setenta sentenças de prisão perpétua — propôs Reo, e sorriu para ele como uma gata selvagem. — Aí então conversaremos.

— Eu quero um advogado!

— Deixe ele ligar pra um representante depois de ser fichado — ordenou Eve a Peabody. — Bom trabalho, agente.

— Digo o mesmo, tenente. Ele estava orgulhoso mesmo. Você tinha razão.

— Sim, é ambicioso. Você estava certa ao propor uma possível oferta da Homeland.

— Vou me reportar ao meu superior e lidar com a papelada do meu lado. — Teasdale soltou um longo suspiro. — Depois eu gostaria de tomar um drinque bem grande.

— Eu entendo. Mais uma coisa: O Menzini ainda está vivo?

— A informação que tenho é que ele morreu há alguns meses.

— Ok. Estarei por aqui. — Ela se virou para Reo: — Sem acordos com ele, certo?

— Que acordo o quê! Ele confessou tudo com detalhes. Se conseguir um advogado decente, ele vai tentar melhorar a situação alegando insanidade ou deficiência mental.

— Ele não é louco nem deficiente — disse Mira. — Fiz uma sessão com ele aqui mesmo nesta sala, oficialmente. Não é legalmente insano e tem plena consciência de que fez algo errado, imoral e ilegal. Não vai conseguir uma sentença que o condene a um estabelecimento para pessoas insanas. É a consciência dele e a moral que estão deficientes, não a mente dele.

— Bom saber disso. Terei todos os registros prontos pra você dentro de uma hora — disse a Reo.

— Vou esperar. Por falar nisso... os meus sapatos são sedutores?

— Eu estava seguindo um tema.

— Tudo bem. — Reo virou o pé e olhou para baixo. — Mas eles são fabulosos.

— São mesmo — concordou Mira.

— Eu ia dizer o mesmo sobre os seus sapatos, doutora. Essa cor está linda!

— Poderíamos evitar falar de sapatos incríveis numa sala que ainda cheira a fazedores do mal, por favor?

— Foi você que começou — comentou Reo, antes de se voltar mais uma vez para Mira. — A senhora tem algum tempo pra me repassar suas descobertas sobre ele, doutora? Eu pago uma bebida pra você no saguão.

— Isso me parece ótimo. Que tal, Eve?

— Eu vou cuidar da papelada.

Eve saiu atrás delas e viu Roarke ao lado do comandante.

— Olá, senhor.

— Bom trabalho, tenente. Muito bem.

— Obrigado, senhor. Tínhamos uma boa equipe que dedicou muitas horas e muita habilidade a esse caso.

— Concordo. Eu vou elogiar toda a equipe. Faremos um comunicado pra imprensa e vamos fazer uma curta coletiva dentro de uma hora. Você precisa estar lá. — Ele sorriu para ela, pela primeira vez em dias, com brilho nos olhos. — Sei que parece punição, mas é importante informarmos o público e você deve comparecer.

Ilusão Mortal

— Sim, senhor.

— Depois disso, sugiro que você vá pra casa e aproveite a noite. Eu vou fazer isso.

— Eu me pergunto se ele quis dizer que também vai fazer muito sexo — comentou Roarke, quando Whitney já estava longe demais para ouvir.

— Por favor, não me faça pensar nessa imagem. Preciso ver o que você trouxe da casa de Callaway.

— O material está protegido na sua sala, menos os eletrônicos. Feeney levou todos eles pra DDE. Eu queria ver você fazer esse interrogatório, então vim aqui pra baixo. Mas vou voltar à DDE pra trabalhar mais um pouco no material. O canalha criptografou tudo. Não é muito complicado, mas vamos demorar um tempinho pra obter todas as anotações e todos os comentários.

— Tudo o que pudermos obter vai pesar contra ele, mas não creio que haja pressa. Mesmo assim, acho que ainda vou demorar algumas horas.

— É só me avisar quando estiver pronta pra gente ir pra casa. Vamos aproveitar nossa noite.

— Esse código eu decifrei — disse ela enquanto seguia em direção à sua sala.

Capítulo Vinte

Ela parou na sala de ocorrências para falar com Sanchez e Carmichael.

— Bom trabalho o de vocês, ao encenar aquela briga. Já podem atuar.

Sanchez a encarou com um olhar penetrante.

— Você achou que eu estava atuando?

Ela apenas ergueu as sobrancelhas e o olhou fixamente.

— Se não foi isso, você estava pedindo uma suspensão de trinta dias.

Carmichael abafou o riso.

— Eu disse pra você não bancar o engraçadinho. A tenente sempre vence, Sanchez. É por isso que ela é tenente.

— Bem, que droga. — Com um sorriso, Sanchez encolheu os ombros. — Ele já era?

— Sim, já foi fichado e preso. Podem voltar a dividir seus casos com os outros colegas, desde que me avisem quem está investigando o quê.

— Podemos passar pro Baxter o caso do bêbado que apodreceu no apartamento infestado de gatos durante oito dias? Preciso me vingar dele.

— Por mim, tudo bem.

— Então o sufoco valeu a pena.

Ela os deixou e foi para a sua sala. Sim, o novo membro de sua equipe não só se encaixava bem no ritmo, pensou Eve, como parecia trabalhar com os outros havia anos.

Ela considerou o que fazer por um momento, então pegou o *tele-link*.

— Nadine falando, seja rápida! Estou no meio de uma reunião com a produção.

— Aposto que você vai querer sair da sala por alguns minutos.

Um lampejo de irritação surgiu, mas logo se dissipou e ela avisou a todos:

— Preciso atender a essa chamada. Continuem a reunião.

Eve esperou até Nadine sair da sala e fechar a porta.

— Por favor, me diga que vocês já efetuaram a prisão.

— Efetuamos. Espere. Daqui a uma hora, vamos dar uma declaração e uma entrevista coletiva. Estou dando a notícia antes a você porque os dados que você desenterrou me ajudaram.

— Eu quero um nome e as acusações oficiais.

— Não posso fornecer isso, Nadine, você sabe que eu não posso. Mas você pode entrar no ar e dar a notícia em primeira mão. Algo como: "Segundo uma fonte da Polícia de Nova York, acaba de ser preso e acusado um suspeito dos assassinatos em massa cometidos no On the Rocks e no Café West. Um comunicado oficial será emitido a qualquer momento. Detalhes logo em seguida."

— Você vai começar a escrever as minhas falas agora?

— É o melhor que posso fazer, no momento. Não me peça uma entrevista exclusiva. Vou negar porque estou cansada pra cacete. Quero só encerrar o caso de vez e ir pra casa. Peça a entrevista depois.

Ilusão Mortal

— Ele agiu sozinho? Me diz isso, pelo menos?

— No momento, não temos nenhuma razão para acreditar o contrário. Ele já confessou tudo. Isso é uma notícia grande, Nadine. Detemos, prendemos e acusamos um indivíduo e ele confessou ter perpetrado os ataques que resultaram na morte de cento e vinte e sete pessoas. É melhor você adiar a sua reunião, divulgar isso correndo e vir à entrevista coletiva pra imprensa, aqui na Central.

— Pode apostar sua bunda de caçadora de assassinos em massa que eu vou fazer exatamente isso. Mais tarde a gente se fala.

— Bem mais tarde — acrescentou Eve, quando a tela apagou.

Ela não tinha mentido sobre estar cansada, pensou Eve. Agora que o caso fora resolvido, cada músculo cansado que ela reprimira desde que entrara no On the Rocks doía ainda mais e tentava derrubá-la como a uma pedra.

Mas concluiu que isso ainda teria de esperar. Queria escrever pessoalmente o relatório da prisão. Mas antes precisava dar uma olhada na caixa com os diários e documentos que a equipe de busca tinha apreendido e registrado.

Abriu a caixa, colocou sua rubrica no lacre e se sentou para analisar a *memorabilia* da loucura.

Os discursos religiosos no diário simplesmente a irritaram. A maneira como os sedentos de poder, glória ou satisfação de desafiar os outros com suas crenças particulares tinham usado Deus como uma arma de intimidação e medo a deixou perplexa.

Não que eles fizessem isso, mas sim que alguém os quisesse ouvir.

Se Deus realmente tivesse tempo para sair por aí batendo em alguém, ela gostaria que ele começasse com os idiotas hipócritas que inflavam seus próprios egos em seu nome.

Supunha que fora esse o motivo pelo qual Deus criara os policiais.

Menzini tinha preenchido muitas páginas com seus garranchos, pregando sobre os escolhidos, detalhando os estupros rituais de meninas e chamando-os de "iniciações" ou "purificações".

Divagava sobre sua missão divina de expurgar os impuros, os pecadores, os indignos e falava da missão sagrada de preparar o caminho para o fim dos tempos. E de seus planos de repovoar a terra com os justos, após o expurgo global.

Detalhava seus experimentos e suas frustrações com os fracassos. Um deles resultou numa explosão que matou um assistente e cegou outro.

Isso também era, ao que parecia, culpa de Deus... ou sua vontade. Era um teste dirigido a Menzini, visando forjar sua determinação.

— Sim, tudo tem a ver com você, seu idiota.

Ergueu os olhos quando Peabody entrou.

— Acabei de chegar à parte em que Menzini está louvando a Deus por ter mostrado a ele como criar a substância. Ele a testou em alguns prisioneiros, incluindo um menino de dezesseis anos. Chamou a substância de "Ira de Deus" e estava muito orgulhoso disso.

— Parece que o Callaway herdou isso de forma natural. Meu Deus! — O horror cobriu o rosto de Peabody e ela ficou vermelha.

— Sinto muito, Dallas, falei sem pensar.

— Não se preocupe, isso não me incomoda. Ele tem isso por dentro, mas todos nós temos algo assim. Até mesmo uma adepta da Família Livre cheiradora de margaridas feito você tem um galho podre na sua árvore genealógica, em algum lugar. O importante é o que fazemos com as coisas que herdamos e apesar delas.

— Sim. — Peabody soltou um suspiro. — Eu não cheiro margaridas. Elas nem têm cheiro. Gosto de peônias, caso você esteja listando flores pra me oferecer como recompensa.

— Claro, vou colocar isso agora mesmo na minha lista de compras.

— Você não tem uma lista de compras.

— Exatamente. Callaway chamou um advogado?

— Ainda não. Ele se fechou por completo, tipo bloqueio total. Isso me deu um mau pressentimento, então eu o coloquei na solitária sob vigilância, para evitar um suicídio.

— Muito bem. Nós queremos ele seguro e protegido. Whitney... ou provavelmente Tibble... fará uma declaração oficial. Eles esperam que a gente participe da entrevista coletiva.

— Eu não me importo. Vai ser bom mostrar às pessoas que está tudo bem e que fizemos nosso trabalho. McNab está trabalhando na criptografia dos aparelhos eletrônicos de Callaway. Vou esperar por ele antes de cair fora daqui. A equipe de buscas já voltou — acrescentou. — Estão combinando de sair para tomar umas cervejas.

— Vou dispensar essa comemoração. Só quero... desfrutar de uma noite em casa.

— Se você mudar de ideia, eles vão ao Blue Line. Os policiais merecem comemorar uma grande vitória em um bar de polícia. Você quer que eu guarde lugar pra você?

Oferta tentadora, pensou Eve, mas... não.

— Vou começar a fechar tudo. Você pode pegar os registros de Reo e uma cópia do registro de tudo que foi retirado do apartamento de Callaway. Vamos enviar alguém devidamente autorizado pra trazer todos os eletrônicos do escritório dele pra minha sala.

— Posso dizer a Reo para cuidar disso.

— Por mim, tudo bem. Por enquanto, peça a um guarda pra ir lá e lacrar tudo. Assim que a notícia se espalhar, algum xereta pode querer entrar lá e bisbilhotar.

— Deixa comigo. Encerrar tudo parece bom, Dallas, mas... — com um encolher de ombros triste, Peabody olhou para os papéis sobre a mesa de Eve.

— Você gostaria de estar se sentido melhor, não é? Aposto que tem uma lista de alvos no computador dele, com os locais que ele planejava atacar e as pessoas que marcou para eliminar. Depois de ler tudo isso, pense em todas as pessoas que vão poder continuar vivendo suas vidas em paz, e você vai se sentir melhor.

— Sim. Só de pensar nisso já me sinto melhor.

— Então, sai daqui pra eu trabalhar.

Ela se esforçou para ler o relatório da prisão, copiou, arquivou e adicionou tudo à pasta do caso. Pensou em ler os outros diários. Aquilo não era exatamente uma leitura leve, pensou, mas ela precisava ver e saber.

Levantou-se da cadeira com a intenção de tomar mais um café e leu o recado que acabara de chegar ao *tele-link* da mesa.

"Apresente-se à sala da mídia, tenente, junto com a detetive Peabody e qualquer outra pessoa que considerar apropriada."

— Estou a caminho.

O café fica para mais tarde, prometeu a si mesma. Ou talvez seja melhor uma taça ou duas de vinho fresco. E muito sexo.

E depois, dormir. Dormir muito, até não aguentar mais

Ela se levantou, olhou para a sala de ocorrências e declarou:

— Vocês todos fizeram um bom trabalho. Isso inclui os detetives Carmichael e Sanchez, e todos os outros policiais que assumiram a carga extra para podermos apanhar esse filho da puta. Quem quiser ou precisar de uma folga ou ir embora mais cedo para casa... Caiam na real! Temos muito trabalho acumulado.

Ela curtiu os gemidos e as reclamações murmuradas.

— O comandante Whitney nos convocou pra entrevista coletiva. — Ela apreciou o pânico moderado e os ombros curvados de policiais perfeitamente sensatos que afundaram em suas cadeiras como se isso os tornasse invisíveis.

— Peabody e eu vamos assumir esse encargo porque tenho outras atribuições para o restante de vocês. Mas quando tiverem

Ilusão Mortal 409

acabado de preencher a papelada ou no fim do turno, o que acontecer primeiro, deem o fora daqui e vão tomar uma cerveja.

Baxter bateu palmas.

— Agora sim! Vamos ao Blue Line, Dallas. Traga o Roarke.

— Pra ele pagar a conta? Acho que não. Vou pra casa descansar um pouco. — Ela flagrou Reineke revirando os olhos.

— Algum problema, Reineke?

— O quê? — Ele piscou ao olhar para ela e desviou o olhar. — Não, senhora. Problema nenhum aqui.

— Ótimo. Peabody, venha comigo.

Como ela já esperava, a sala da coletiva para a imprensa zumbia. Já estavam ali Tibble, Whitney, Mira, Teasdale e o sempre impecavelmente bem-vestido Kyung.

Tibble tirou os olhos de suas anotações e embolsou-as antes de cruzar o salão para lhe estender a mão.

— Parabéns, tenente e detetive. Um trabalho consistente.

— Tínhamos uma equipe consistente, senhor.

— Mostrar todos os policiais que participaram da investigação juntos daria umas belas fotos — comentou Kyung.

— Eles precisam de um descanso.

— Claro. Por mim, sei que vou dormir mais tranquilo essa noite sabendo que Lewis Callaway está atrás das grades.

— Eu preciso de um pouco mais que isso. Secretário — disse Eve, olhando para Tibble. — O senhor conhece o diretor Hurtz. A agente Teasdale diz que ele é um homem honrado. Existe uma fórmula capaz de matar em massa. Como Menzini esteve sob custódia até sua morte recente, acreditamos que a fórmula existe e está enterrada cm algum lugar nos arquivos da Homeland.

— Eu nunca vi nem ouvi falar dessa substância — insistiu Teasdale — até este caso.

— Acredito em você — disse-lhe Eve. — Mas isso não significa que o material não esteja lacrado em algum lugar. Também existe a cópia da fórmula num diário protegido, na minha sala. Nosso chefe de tecnologia de laboratório está trabalhando em um antídoto, e provavelmente vai inventar um... não importa se a Homeland já tenha feito isso ou não. Precisamos de um acordo, agente Teasdale, entre o seu chefe e o meu. Não sou ingênua a ponto de acreditar que seu pessoal vai destruir todos os vestígios da referida fórmula, mas deve existir algum acordo que nos garanta que essa fórmula permanecerá lacrada e fora de circulação.

— Você terá esse acordo. — Tibble olhou para Eve, depois para Teasdale e de volta à tenente. — Dou-lhe a minha palavra.

— Sim, senhor.

Eve acreditava que ele manteria a sua palavra. Quanto a Hurtz, ela queria acreditar, só que... a política e as posições mudavam ao longo do tempo. Ela pediria a Roarke que ficasse de olho nas coisas em seu equipamento não registrado. E ela também tinha uma repórter extraordinária guardada no bolso, caso chegasse a hora de colocar a boca no trombone.

— Vamos todos dormir melhor agora — disse ela, olhando mais uma vez para Kyung.

— Ouvi falar que você está com os pais de Callaway — comentou ele.

— Sim, eu os levei a um esconderijo para passarem a noite. Comandante, gostaria de levá-los de volta ao Arkansas amanhã de manhã, de forma rápida e discreta, e em seguida providenciar pra que os policiais locais lhes forneçam alguma proteção até nos certificarmos de que os ventos se acalmaram.

— A Homeland cuidará disso — garantiu Teasdale.

— Eles vão precisar fazer uma declaração — disse Kyung. — Eu poderia ajudá-los com isso, caso estejam dispostos.

— Isso seria bom. Eles são pessoas decentes. Do jeito que as coisas estão, tudo já vai ser muito difícil para eles. Peabody, cuide disso depois que terminarmos aqui.

Ilusão Mortal 411

— Nossa intenção era esperar pelo prefeito. — Kyung sorriu.
— Mas ele ficou retido assim que a notícia da prisão vazou.
— Ah, ficou?

O sorriso dele se ampliou.

— O Canal 75 divulgou a história há cerca de trinta minutos. Deram poucos detalhes, mas isso foi o suficiente para muitos repórteres invadirem o gabinete do prefeito. Ele vai se conectar conosco do seu gabinete. Primeiro, o secretário Tibble fará uma breve declaração, seguido pelo comandante Whitney. Você e sua equipe de investigação serão nomeados em seguida, assim como a agente Teasdale e a Agência Homeland. Ah, chegou a assistente da Promotoria, Cher Reo.

— Desculpe, eu me atrasei um pouco — disse Reo. Entrou apressada, jogando para trás sua nuvem de cabelo louro. — A notícia foi divulgada quando o meu chefe estava saindo do tribunal. Ele está falando com os repórteres lá. Vou representar a Promotoria durante a coletiva.

— Perfeito! — Kyung inclinou a cabeça e lançou a todos um sorriso brilhante. — Cinco mulheres fortes e bonitas, e todas desempenham um papel importante para garantir a segurança da cidade. É uma excelente imagem. Podemos entrar?

A sala estava lotada, mas Eve já esperava por isso também. As câmeras giraram seus focos e clicaram, as filmadoras piscaram enquanto Tibble subia ao púlpito. Alto, magro e imponente, ele ficou em silêncio até que a sala se aquietou.

— Hoje, após uma investigação exaustiva e intensa, o Departamento de Polícia e Segurança de Nova York, com a cooperação da Agência Homeland, prendeu e indiciou o indivíduo supostamente responsável pelas mortes ocorridas no bar On the Rocks e no Café West. Diante da preponderância de evidências reunidas pela equipe investigativa chefiada pela tenente Dallas, tendo como consultora a agente Teasdale, da Homeland, Lewis Callaway confessou o planejamento, a intenção e a execução dos crimes.

Eve apenas acompanhou a declaração de Tibble e a de Whitney; de repente, as perguntas voaram sobre ela como corvos enlouquecidos.

Ela queria ir para casa, percebeu. Queria muito ir embora dali. Queria o silêncio, o conforto, a indulgência da familiaridade.

Respondeu a todas as perguntas que lhe foram apresentadas e se perguntou intimamente — como sempre fazia — por que tantos daqueles jornalistas perguntavam exatamente a mesma coisa com frases ligeiramente diferentes.

— Tenente, tenente Dallas! — Sou Kobe Garnet, da *New York News*. —Você interrogou Callaway?

— Sim, interroguei o suspeito, acompanhada pela detetive Peabody, a agente Teasdale e a doutora Mira.

— Ele disse o porquê? O motivo de fazer isso?

— Disse, sim. Não estou autorizada a relatar os detalhes do interrogatório nem da confissão do suspeito, pois isso poderia prejudicar o caso da Promotoria, quando ele for a julgamento.

— Mas as pessoas querem saber o porquê.

— Os motivos de Callaway serão divulgados oportunamente, a critério do promotor. O porquê é importante. E é importante não apenas para o departamento, a fim de garantir a prisão e a confissão do criminoso, mas também para o promotor, para que ele consiga obter um veredicto favorável perante a Justiça. É também importante para os sobreviventes dos ataques e para as famílias daqueles que não sobreviveram. Eles todos devem entender que isso é importante para nós. Mais que tudo, eles todos devem saber que Lewis Callaway já está atrás das grades. O Departamento de Polícia de Nova York e a Promotoria farão tudo que estiver ao nosso alcance para garantir que ele permaneça assim.

Ela respondeu a mais repórteres, assim como os outros, até se sentir completamente exausta.

Quando seu *tele-link* vibrou no bolso, ela fez menção de atendê-
-lo. Talvez pudesse usar aquilo como desculpa para se afastar do
palanque e cair fora. Mas quando enfiou a mão no bolso para fazer
isso, Kyung se adiantou e deu por encerrada a sessão de tortura
da imprensa.

Alguns repórteres saíram correndo, outros continuaram a fazer
perguntas — sempre esperançosos. Aliviada, Eve saiu logo atrás
de Whitney.

— Bom trabalho, tenente — disse-lhe ele. — Vá para casa
agora e descanse um pouco.

— Ficarei mais que feliz por fazer isso, senhor.

Ela se virou, pegou o *tele-link* que ainda vibrava e notou que
Peabody fazia o mesmo.

Algo em suas entranhas se agitou.

Assim que ela atendeu o *tele-link,* McNab — também com o
seu aparelho na mão — entrou correndo.

— Tenente, precisamos de você agora mesmo na DDE.

Whitney colocou a mão no ombro de Eve para mantê-la no
lugar.

— O que aconteceu, detetive? — quis saber ele.

— Olá, senhor. Quebramos o código da criptografia. Callendar
analisou as anotações do diário dele e descobriu detalhes sobre
os encontros de Callaway com a sua avó, Gina MacMillon. Ela
ainda está viva!

— Peabody, quero que você me consiga o que temos sobre Gina
MacMillon. Teasdale, levante tudo que vocês tiverem sobre ela.
Quando e onde eles se conheceram? — indagou Eve.

— Ainda não tenho todos os detalhes. Assim que Callendar
descobriu isso, alertou Feeney. Tentamos ligar pra vocês, na esperança de repassar essa informação antes da declaração à imprensa.

— Tarde demais. O nome dele já foi divulgado. Comandante,
preciso resolver isso.

— Vai! Eu mesmo vou pra lá assim que conseguir.

— Já peguei as informações básicas — disse Peabody, correndo atrás de Eve. — Ela foi declarada morta no ataque em que a sua filha, agora Audrey Hubbard, foi raptada. Seus restos mortais foram cremados segundo a sua vontade. Isso era comum em circunstâncias como esta.

— Causa da morte! — exigiu Eve, forçando a passagem para entrar em um elevador. — Quem identificou o corpo?

— Vai demorar um pouco pra eu descobrir...

— Ela levou um tiro no rosto — afirmou Teasdale, lendo a informação em seu tablet. — William e Gina MacMillon foram identificados por uma vizinha, Anna Blicks, que morreu de causas naturais em 2048.

— O rosto dela explodiu. Sua vizinha a identificou pelo tipo de corpo, cabelo, roupas, joias. Se você está na porra da sua casa, quem mais poderia ser? Droga! Foi ela quem incentivou Callaway a agir. Esse foi o verdadeiro gatilho. Não foi a vontade que ele tinha de descobrir mais sobre o avô, pelo menos no início. O gatilho foi a avó.

— Mas... Por que ela encenou a própria morte? — perguntou Peabody.

— Eu preciso pensar, eu preciso pensar! Coloquem guardas extras vigiando Callaway. Agora!

— Menzini pode ter arranjado tudo isso — ponderou Teasdale. — Ele a queria de volta, e também a criança; localizou onde ela estava e matou alguém em seu lugar, para que ninguém procurasse por ela.

— Não. Não. As mulheres não importavam muito pra ele. A criança tinha o sangue dele e era parte da nova ordem mundial, era parte do novo começo. Mas a mãe não era importante. Foi ela quem fez tudo. Voltou pra casa por alguma coisa, sob as ordens de Menzini. Teve de convencer seu marido de que estava arrependida, que tinha sofrido lavagem cerebral, que tinha sido estuprada. Ela estava apavorada e tinha uma bebê no colo. Ele abriu a porta.

Ilusão Mortal

— Em recompensa por todos aqueles meses? — questionou Teasdale.

— Menzini precisava de alguém de fora, alguém que pudesse canalizar dinheiro, suprimentos e informações pra ele. Como diabos eu posso saber, eu não estava lá. Mas não é assim que funciona? Informantes, células adormecidas em organizações secretas, agentes duplos?

Ela saiu correndo do elevador e disparou em direção a DDE.

— Está tudo no laboratório, Dallas. — Correndo depressa ao lado dela, McNab a ultrapassou, liderando o caminho.

Eve avistou Feeney atrás do vidro, andando de um lado para o outro, seus cabelos espetados em mechas despenteadas em tons de prata e cinza. E viu Callendar, seu rosto sombrio em contraste com a sacudida de bunda que ela dava diante de um monitor onde fazia passar várias telas com o dedo.

Eve não viu Roarke até entrar pela porta, atrás de McNab. Ele estava curvado sobre o computador de uma estação de trabalho; executava comandos manualmente e ordenava outros por voz. Os xingamentos que ele murmurava em irlandês mostravam que estava em uma luta corporal contra o tempo para avançar no trabalho.

— Sinto muito, tenente — disse Callendar, interrompendo o trabalho e se mexendo. — Se eu tivesse sido mais rápida.

— Esqueça isso. Faça uma revisão do que já levantou.

— Assim que decodificamos tudo, peguei as anotações do diário. Eu não estava com muita pressa porque já tínhamos prendido o Callaway. A primeira parte era só um monte de besteira sobre como ele era especial, diferente e importante. Estava com o ego inflado e escreveu que agora entendia por que sempre se sentira especial. Então, começou a falar sobre a avó. Ela marcou um encontro com ele, fingindo ser uma cliente, no bar do St. Regis Hotel. Você mesma deve ler, Dallas.

Ela ordenou que o segmento fosse exibido no telão.

Ela era linda, para uma mulher da sua idade. Rosto forte, olhos azuis penetrantes. Suas joias eram discretas, mas de boa qualidade. Pude ver que era uma mulher de posses e de muito bom gosto. Pediu um martini, o que combinava com ela. Admito que a achei fascinante antes mesmo de saber a verdade. Ela manteve a voz forte, como era o seu rosto em um tom baixo e envolvente. Precisei me inclinar em direção a ela para conseguir escutá-la.

Ela me perguntou o que eu sabia sobre o meu legado. Pareceu uma pergunta estranha, mas os clientes costumam fazer perguntas estranhas, e ela estava pagando a conta. Contei a ela tudo sobre meu avô — a parte do herói de guerra sempre impressiona as pessoas. Relatei como ele e minha avó tinham saído da Inglaterra e ido para os Estados Unidos, a fim de dar início a uma nova vida.

Antes que eu conseguisse começar a falar dos meus pais — eu sempre enfeito essa parte, porque eles são figuras entediantes, não passam de pessoas comuns, na verdade —, ela me interrompeu e disse que tudo que eu sabia era mentira.

Ela me disse o nome dela — Gina MacMillon. Não tinha sido esse o nome que ela mencionara quando solicitou o encontro. Eu tinha uma vaga lembrança do nome, mas não o conectei de imediato à mulher que disseram ser minha tia-avó, que tinha morrido nas Guerras Urbanas.

Ela, aquela mulher com olhos atraentes, me disse, então, que era a minha avó verdadeira. Contou que o meu avô tinha sido um grande homem. Não só o soldado que não fazia mais do que seguir as ordens dadas por outros, mas um grande homem. Um visionário, um líder. E um mártir.

Eu não devia ter acreditado nela, mas acreditei. Isso explicava muita coisa. Ela e este grande homem tinham trabalhado juntos, tinham lutado juntos, foram amantes. A criança que eles geraram, a minha mãe, tinha sido raptada;

Ilusão Mortal   **417**

ela própria foi levada e mantida prisioneira pelo ex-marido. Tentou escapar muitas vezes com a criança. Em certo momento, o homem que a capturara bateu nela e a deixou, para que morresse sozinha. Embora ela tentasse voltar para a criança, para o meu avô, o mundo estava em pedaços. Ela descobriu que o governo tinha capturado meu avô e não teve escolha, a não ser se esconder.

Com um novo nome e uma nova identidade, ela lutou para sobreviver. Por fim se casou, e muito bem. Usou os recursos obtidos graças a esse casamento para tentar encontrar a criança que lhe fora roubada. Depois de anos procurando, ela me achou. Ela entendeu que a filha estava perdida para ela. As mulheres — a maior parte delas — eram fracas, mas seu neto, que era muito parecido com o homem que ela amava, tinha sido encontrado.

Perguntei o que ela queria de mim. Nada, afirmou. Em vez disso, ela tinha muito para me dar, para me contar, para me ensinar. Em mim, ela viu o potencial e o poder tirado dela e de meu avô.

O nome dele era Guiseppi Menzini.

— Tem mais coisas, tenente — disse Callendar. — Muito mais.

— Preciso saber o nome que ela está usando, e de uma descrição da rotina e do lugar onde mora.

— Ele não fala nada disso, pelo menos eu não vi nada disso. Não li tudo, mas pesquisei. Ele se refere a ela como "Gina" ou "avó". Descobri que ele começou o diário porque ela contou a ele que Menzini mantinha diários, e ele procurou por esses registros quando ela mandou. Ela disse que eles eram o legado dele, sua porta de entrada pro poder. E ela sabia que a mãe dele os tinha guardado.

— Ela inventou um monte de mentiras — disse Eve. — Menzini foi um herói, e MacMillon, que a perdoou e aceitou o filho de outro homem como seu, foi um vilão. Ela contava com o sentimento e a lealdade da meia-irmã por ela. Queria que ela guardasse tudo dela, e acreditasse que ela morrera tentando salvar a criança. Que vaca! Peabody, leve Baxter e Trueheart ao bar do hotel St. Regis, com uma foto de Callaway. Talvez alguém se lembre da pessoa com quem ele se sentou no dia em que escreveu isso no diário. Demora um pouco para contar toda essa história. Callendar, onde mais eles se encontraram?

— Na casa dela. Ele não diz onde fica. Mas conta que ela enviou uma limusine para buscá-lo. Isso fez com que ele se sentisse uma figura especial. A maneira como ele fala sobre isso no diário, sobre o passeio de carro ao longo do rio e a vista da casa dela... fabulosa e espetacular... parece que ela mora no Upper East Side. Prédio com porteiro, saguão imenso, elevador privativo, condomínio de luxo. Ah, e ele gostou quando viu que ela só tinha empregados androides, nenhum empregado humano.

— Então, ela tem muito dinheiro ou acesso a toda essa grana. Ela o procurou e tem planos. Ela fez ele se sentir importante, exatamente o que ele queria. Ela sabia disso. Sabia exatamente chegar nele.

— Ela já o vem estudando há algum tempo — acrescentou Teasdale.

— É por isso que nossa pesquisa sobre as drogas e os equipamentos não apareceram nas buscas financeiras dele. Ela bancou tudo. Pode ter conseguido tudo pra ele, e pode ter fontes que Strong não conseguiu encontrar. Talvez fora do país, ou, lá no fundo, com alguns de seus antigos contatos dos tempos do Cavalo Vermelho.

— Mas por que, depois de todos esses anos?

— Menzini morreu há alguns meses, certo? Talvez isso tenha servido de gatilho *pra ela*. Vou perguntar isso quando a encontrar. Ela o treinou, ela o ensinou. Ela acendeu o fósforo. — Enquanto refletia sobre tudo isso, os olhos de Eve se estreitaram. — Ele está na carceragem agora, tentando descobrir a melhor forma de entrar em contato com ela. Sabe que sua avó rica vai contratar os melhores advogados. Ele deve estar achando isso.

— Mas ela não vai fazer isso — disse Teasdale.

— Não, claro que não. Ele foi apanhado, não tem mais uso pra ela. A morte de Menzini desencadeou isso? — perguntou-se Eve. — Será que isso é algum tipo de vingança da parte dela? Ou talvez um tributo? Porra! — Ela passou as mãos pelos cabelos.

— Nós rodamos um programa de envelhecimento — disse Feeney. — Descobrimos como deve estar a aparência dela agora, só que...

— Ela deve ter modificado o rosto — completou Eve. — Há muito tempo. Ela simulou a própria morte, não pode ter mantido o mesmo rosto. Já deve saber que o pegamos. Será que ela vai se preocupar com a possibilidade de que ele a entregue?

— Por que não a entregaria? — perguntou Teasdale, e pela primeira vez desde que Eve a conheceu, a agente parecia ligeiramente angustiada. — Isso daria a ele uma moeda de troca.

— Ele é inteligente o bastante pra saber disso e ficar com essa carta na manga. Se ela não aparecer pra salvá-lo ou comprar a sua saída, ele com certeza vai entregá-la.

— Ela vai sumir no mundo. Não é culpa sua — disse McNab para Callendar. — Foi só falta de sorte. Mas ela tem dinheiro e recursos, então vai sumir de vista.

— Comece a investigar todos os jatinhos particulares reservados ou colocados em preparação de voo desde a entrevista coletiva. Vamos começar a investigar apartamentos nos condomínios caros do Upper East Side que tenham vista pro rio, saguão sofisticado e porteiro.

— E que tenham um terraço — lembrou Callendar. — Ele escreveu que os dois tomavam drinques no terraço dela, voltado para o leste. Ele via a Ilha Roosevelt de lá.

— Ela não tem como ajudar o Callaway — lembrou Teasdale. — Se tentar fazer isso, nós vamos pegar ela. Mesmo que não tente, ainda estamos com ele. A Homeland certamente vai usar todos os recursos pra localizá-la, mas eu não entendo o motivo de tanta urgência.

— Ela tem a fórmula.

— Suspeito que a fórmula esteve com ela o tempo todo. Mesmo que com apenas uma parte, com apoio financeiro ela poderia ter criado a substância e a usado antes.

— E nós acabamos de dar a ela motivo pra usá-la.

— Por causa dele? — Teasdale balançou a cabeça para os lados. — Eu não acredito que ela tenha tanta afeição por ele.

— Menzini está morto. A filha é inútil, não representa nada para ela. Mas o neto? É o legado dela. Ele já mostrou para ela duas vezes que existe um pouco de Menzini nele. Como ela não pode chegar até ele, vai querer vingança. Merda, merda! — Eve pegou o *tele-link*. — Weaver e Vann. Talvez ela queira terminar o serviço que ele começou.

Ela ligou para o correio de voz de Weaver, deixou uma mensagem urgente, e conseguiu entrar em contato com Vann.

— Olá, tenente. Ouvimos tudo sobre Lew. Eu não consigo acreditar que...

— Onde você está? — perguntou Eve.

— Em casa. Fechamos o escritório e...

— Não saia daí. Não abra a porta pra ninguém até que meus guardas cheguem.

— Por quê? Não estou entendendo.

— Não precisa entender. Fique dentro de casa, com a porta trancada. Onde está Nancy Weaver?

— Não sei. Ela estava muito chateada, naturalmente. Imagino que tenha ido pra casa.

— Fique dentro de casa — repetiu Eve, e ligou para Jenkinson. — Vá para o apartamento de Stevenson Vann. Mantenha-o em segurança dentro de casa até segunda ordem. Ninguém entra e ninguém sai. Envie Sanchez e Carmichael para a casa de Nancy Weaver. Se ela estiver em casa, mantenha-a lá dentro. Se não estiver, quero ser informada imediatamente. Pode ir. Agora.

Ela foi na direção de Whitney assim que ele entrou.

— Preciso que Mira e Reo sejam protegidas. Bem como o secretário de Segurança Tibble e o senhor, comandante. Gina MacMillon pode ter como alvo as pessoas que pegaram seu neto.

— Vou cuidar disso.

— O que sabemos sobre ela? — indagou Eve. — É uma mulher atraente com setenta e muitos anos, ou oitenta e poucos. Rica. Paciente. Meu Deus, ela parece uma aranha, um soldado treinado. Pior que isso, é uma espécie de agente operacional. Será que conseguiu entrar em contato com Menzini enquanto ele estava vivo?

— Não sei dizer. — Mais uma vez, Teasdale pareceu ligeiramente angustiada. — Duvido muito.

— Por que ele não foi executado? Eles ainda faziam isso naquela época. Era um criminoso de guerra, um assassino em massa, um sequestrador de crianças, um estuprador, entre outras coisas.

— Quer o meu palpite? Ele era útil.

— Para fazer armas químicas e biológicas?

— É possível. Sua mente era distorcida, mas ele era brilhante em algumas áreas.

— Talvez a ponto de ter encontrado um jeito de falar com ela. Pra manter a chama acesa. O mundo não acabou, mas isso não significa que ele devia parar de tentar. Ou mudar o foco. Ele ganhava a vida vendendo armas químicas. Talvez seja assim que ela o descobriu.

O rosto de Teasdale se iluminou.

— Vou começar uma busca por revendedores conhecidos que estejam na faixa etária dela.

— Deixem isso de lado. — Roarke se sentou de volta e arrancou a tira que lhe prendia o cabelo. — Eu a encontrei.

— Como? Por Deus! — Eve quase saltou sobre ele. — Quero ver.

— Tinha uma pintura no escritório de Callaway. A única peça com bom gosto ou estilo naquele lugar. Isso me surpreendeu na hora, mas não pensei mais no assunto. Demorei um pouco, mas achei ela. Na tela.

Eve franziu o cenho diante da imagem na bela escada de degraus enfeitados com flores e uma fonte na base. A cena mostrava um prédio antigo, um cenário que lhe pareceu europeu.

— Não estou entendendo.

— Esta é a Escadaria da Praça da Espanha, em Roma.

— Menzini atacou em Roma e foi preso lá.

— Foi disso que eu me lembrei, com um certo atraso. Essa pintura foi feita um pouco antes da guerra por um artista italiano que morreu no ataque de Menzini.

— Muita coincidência, e coincidências desse tipo não existem.

— Foi o que pensei. Consegui rastrear o proprietário original desse quadro por meio de uma seguradora. É uma peça muito bonita e faz parte de uma coleção. Pertence a Gina M. Bellona. Bellona é a antiga deusa romana da guerra. Vou colocar uma foto na tela.

— Aí está ela — murmurou Eve.

Atraente, sim. Ossos fortes, suavemente cobertos por uma pele cor de oliva, uma mecha de cabelo escuro artisticamente raiada de prata. Está listada como viúva de um tal de Carlo Corelli.

— Descubra o que aconteceu com Carlo Corelli — ordenou a Peabody, quando sua parceira apareceu. — E faça isto em movimento. Conseguimos a porra do endereço dela em Nova York. Upper East Side... boa sacada, Callendar. Teasdale, quero que você fique por aqui, monitorando qualquer ligação externa que Callaway solicite. E use toda a sua magia pra localizar qualquer

Ilusão Mortal 423

transporte particular que ela possa ter, e prepare-se. Se ela estiver tentando desaparecer em pleno ar, vamos impedi-la.

— Pode deixar que eu cuido disso. Vou enviar uma equipe de risco biológico pro condomínio onde ela mora.

— Prepare tudo, mas segure-os até chegarmos lá. Você consegue bloquear as contas dela mais rápido do que nós. Faça isso.

— Deixa comigo.

— Vou requisitar uma equipe da SWAT — anunciou Whitney. — Quero aquele prédio protegido.

— Sim, senhor. Vou chamar Baxter e Trueheart. Acho que isso é o suficiente pra derrubar uma senhora idosa.

— Você terá mais um ajudante. Vou com você, tenente — avisou Roarke.

— Você fez por onde. Vamos embora!

Capítulo Vinte e Um

Eve trabalhava enquanto caminhava, e sua mente ficava imaginando etapas e estratégias.

— Peabody, continue investigando tudo sobre Gina Bellona. Quero saber se ela tem outras casas e propriedades. Se sim, quero que a polícia local receba mandados de busca e apreensão. Quero saber de todo e qualquer veículo que ela tenha... de terra, mar e ar. Quero uma lista completa dos parentes, empregos ou negócios, e até os nomes dos malditos animais de estimação que ela possa ter.

Ela pegou seu *tele-link* do bolso e ficou agradecida porque, para variar, aquele elevador lhe oferecia um pouco de espaço para respirar.

— Reo — disse, sem preâmbulos, assim que a assistente da Promotoria apareceu na tela. — Você e Mira estão protegidas?

— Sim, estamos na sala de conferências. O que...

— Só me escuta. Preciso de mandados agora mesmo para todas as casas, empresas e veículos de Gina Bellona, também conhecida como Gina MacMillon. Estamos a caminho da residência principal dela, em Nova York, e entraremos lá com ou sem mandado. Faça isso rápido, Reo. Ela é uma ameaça iminente pras pessoas e pras propriedades de Nova York. Se ela sair da cidade, vai ser uma ameaça iminente pra todo o mundo.

— Você vai receber esses mandados.

— Economize tempo e use o *tele-link* da sala de conferências. Quero falar com a Mira.

— Olá, Eve — disse Mira, ao atender o seu *tele-link*.

— O sr. Mira está em casa?

— Ele está dando uma aula noturna na Columbia. Ele...

— Eu vou providenciar isso, não se preocupe. Preciso que a senhora vá se encontrar com Callaway. Preciso que o mantenha ocupado e distraído, conversando com ele. Não diga nada sobre a avó. A senhora sabe o que fazer e dizer. Basta mantê-lo ocupado. Não quero que ele sequer tente entrar em contato com MacMillon antes, durante ou depois de a prendermos.

— Entendi. — A voz de Mira permaneceu calma, mas o medo surgiu em seus olhos. — Você acha que ela tentaria machucar a minha família?

— Ela não teve tempo de planejar nada nesse sentido, mas eu vou me certificar de que todos estejam protegidos. Prometo. Ela precisa de tempo e espaço pra se organizar e pesquisar. Não vamos dar esse tempo a ela, mas também não vamos correr riscos. Vá falar com Callaway.

Ela desligou e usou o *tele-link* mais uma vez para organizar os detalhes de proteção de todas aquelas pessoas. Roarke colocou a mão em seu braço.

— Pronto. — Ele saiu do elevador com ela, na garagem. — Enviei equipes de segurança privada pra família de Mira, pro apartamento de Peabody e McNab, pra casa de Reo e assim por diante.

Ilusão Mortal   **427**

— Os policiais é que tinham que fazer esse trabalho — comentou ela, e respirou fundo. — Obrigada.

— É uma preocupação a menos pra você e pro Departamento de Polícia.

— Ok. — Ela deixou a questão de lado. — Quero saber quais são as dimensões do apartamento... planta baixa, saídas e sistemas de segurança. Eu vou dirigindo, vamos pra lá na velocidade máxima, com a sirene ligada até chegarmos perto; só então vou desligar as luzes e a sirene.

— Velocidade máxima é uma das minhas coisas favoritas.

Peabody teve uma rápida chance de engolir em seco antes de Eve sair da garagem.

— Gina Bellona — começou ela. — Além do apartamento daqui ela tem uma casa em Londres, um apartamento em Paris e uma *villa* na Sardenha. Seu marido, já falecido, foi nomeado cavaleiro por sua contribuição pra ciência e pras obras humanitárias.

— Ciência... — repetiu Eve, enquanto ativava o modo vertical da viatura e sobrevoava um nó que se formara no tráfego.

— Carlo Corelli. Mãe britânica, pai italiano, tem dupla cidadania. É um cientista cujos trabalhos básicos são em química molecular. Seu pai foi um dos fundadores das Indústrias Biotech.

— Um dos líderes no seu campo de atuação — comentou Roarke, enquanto trabalhava em novas pesquisas. — Eles criam inovações e desenvolvimento de órgãos sintéticos, vacinas contra o câncer, remédios pra fertilidade e pesquisa autoimune. Construíram centros de saúde em áreas onde a medicina e os cuidados em saúde eram um luxo ou simplesmente inexistente.

— Farmacologia... Lidam com muitas pesquisas de drogas.

— Sem dúvida.

— Perfeito pra ela. Como Corelli morreu, Peabody?

— Escorregou no chuveiro, sete meses atrás.

— Mais ou menos na época em que Teasdale nos contou que Menzini morreu. Aposto que Corelli teve ajuda pra escorregar no chuveiro.

— A morte foi considerada acidental, mas parece que sua primeira esposa e os filhos reclamaram da viúva. Eu provavelmente consigo achar alguma matéria sobre isso em revistas de fofoca.

— Ela se casou com ele e ficou rica; teve acesso a todas as drogas que queria... e especialistas ao seu alcance. Menzini morreu e ela acabou com Corelli. Agora quer fazer essa homenagem a Menzini, ou vingança, ou seja lá o que for. Tirou Corelli de cena, recebeu uma bela herança e se mudou pra Nova York.

— Onde mora em um apartamento dúplex muito espaçoso — interpôs Roarke. — Elevador privativo e um saguão imenso. Entradas e saídas secundárias na parte sul. E uma porta adicional no segundo andar. Tem video-segurança em todas as entradas. Tem também um elevador interno no apartamento. Existem terraços externos no primeiro e no segundo andares, e um bem maior no terraço do segundo andar. O prédio fica na esquina da rua 52 com a Terceira Avenida, esquina sudeste.

— O que mais existe nesse andar?

— Três outros apartamentos, um em cada canto do prédio. — Ele continuou a trabalhar de modo rápido, com frieza e foco, enquanto Eve dirigia feito uma louca. — Há um elevador central, uma área de manutenção e arrumação, onde há elevadores de serviço. Mais três escadas: uma ao norte, outra ao sul e a terceira na área de manutenção.

— Entendi. Peabody, envie a Reo as informações sobre as propriedades de MacMillon.

— Ela também tem uma limusine e um carro aqui em Nova York, além de um jatinho particular. — Um pequeno *"Aii!"* escapou dos lábios de Peabody quando o carro passou por um espaço apertado no tráfego confuso. — Ela tem um 4x4 na Sardenha e um iate, além de automóveis menores em Londres e Paris. A Biotech tem instalações aqui em Nova York: um complexo industrial em Long Island e um escritório na Park Avenue. Ah, e mais uma sala em Jersey City.

— Pegue tudo isso e envie pra Reo. Peça mandados. Faça com que os mandados cheguem a todos os policiais europeus. Ela pode adicionar o peso da Homeland e de Tibble pra colocar tudo isso em ação. Quero todos os veículos dela devidamente localizados e apreendidos.

— Ah, merda! Tudo bem, estou bem — murmurou Peabody, balbuciando orações quando eles saltaram sobre um trio de táxis da Cooperativa Rápido. — McNab já localizou o jatinho dela e está me mantendo atualizada. Estamos todos trabalhando nisso.

— Vamos encurralá-la! — declarou Eve, desligando as sirenes e seguindo em velocidade normal pelo restante do caminho.

— Acho que acabei de perder uns dois quilos e meio só de líquidos — anunciou Peabody, enxugando o suor do rosto. — De repente me deu vontade de comer alguns cannolis. Não sei por quê.

Com uma risada, Roarke se virou no banco da frente e sorriu para ela.

— Vou comprar uma dúzia de cannolis pra você, minha coisa preciosa.

— Cannolis? Pelo amor de Deus! — Eve estacionou na zona de carga e descarga em frente ao prédio. O porteiro, muito elegante de roupa vermelha e dourada, confundiu o DLE de Eve com uma lata velha qualquer e saiu correndo em direção a ela.

— Você não pode estacion...

— Posso, sim! — Eve exibiu seu distintivo enquanto abria a porta do carro.

— O que é isso?...

— Eu pergunto, você responde. Gina Bellona. Ela está em casa?

— A sra. Bellona? Ela não saiu nem mandou tirarem o seu carro da garagem. O que significa...?

— Há quanto tempo você está na portaria?

— Há cinco horas. Eu teria visto se ela tivesse saído. Eu mesmo abri a porta pra ela há cerca de três horas, quando ela voltou das compras.

— Ok. Os outros moradores do andar dela estão? Eles estão em casa?

— Os Cartwright estão na África, foram fazer um safári; o sr. Bennett ainda não voltou do trabalho, mas a sra. Bennett e o menino saíram há cerca de uma hora. O sr. Jasper acabou de subir. A mulher e o filho já estão lá em cima.

— Qual é o número do apartamento deles?

— É o 5204. — Seus olhos se arregalaram quando três carros pretos e brancos e dois veículos da SWAT surgiram, rugindo. — Qual é o problema? Meu Deus!

— Peabody, se você já terminou de sonhar com aqueles cannolis, peça a Curtis para levar você até o administrador do prédio e comece a agitar as coisas. — Ela seguiu em direção ao comandante da SWAT. — Oi, Lowenbaum.

— Oi, Dallas. Noite fria.

— Vai esquentar daqui a pouco. — Eve já tinha trabalhado com ele antes, sabia que era um profissional firme e inteligente. Como seus homens, ele usava uma armadura negra, um capacete e carregava uma arma de atordoar de longo alcance. Seus olhos, de um cinza suave e aparentemente tranquilo, examinaram o prédio. — Você já analisou as plantas baixas dos apartamentos?

— Sim, de todos eles. — Ele pegou um chiclete e Eve se lembrou, por algum motivo, de que ele gostava do sabor mirtilo. O homem ofereceu o chiclete a ela. Quando ela recusou com a cabeça, ele colocou um deles na boca e pegou o seu tablet.

Eles se agruparam em torno das plantas baixas.

— Meu assistente de tecnologia vai desligar o sistema de segurança dela — informou Eve a Lowenbaum. — Assim que a sua equipe proteger a entrada do prédio, preciso que vocês esperem um pouco.

Ela pegou seu *tele-link* e imprimiu o mandado.

— Vamos lá. Tem uma equipe de risco biológico a caminho, mas não vou esperar por eles. Peça ao seu coordenador que os guie até onde eu estiver, assim que chegarem.

— Temos respiradores bucais. Você quer um?

— Não. Eles deixam um gosto horrível na boca.

— Eu que o diga. — Ele acenou com a cabeça e bateu no fone de ouvido. — Meus homens dizem que estamos tendo problemas com o som e a imagem do local. Ela está com os bloqueios de som ligados e as telas de privacidade acionadas.

— O lance é o seguinte, Lowenbaum. Minha equipe vai entrar, a equipe que você reuniu entra atrás de nós e nos ajuda. Ela entrou em casa antes do anúncio da imprensa e não deixou o prédio por aqui. Se estiver lá, nós a prendemos e a atordoamos, se necessário.

Ela hesitou por um momento.

— Você me conhece, certo?

Ele sorriu para ela.

— Um dia eu achei que iria conhecer você melhor, mas isso não aconteceu. — Ele se virou e lançou um sorriso para Roarke. — Ela não me deu sinal verde.

Roarke sorriu de volta para ele.

— Pode-se dizer que eu também tentei.

— Por Deus! — Eve balançou a cabeça. — Quero que você faça parte da equipe que vai entrar logo atrás de nós, e se eu mandar você atordoar a mim e à minha equipe, faça exatamente isso.

— Esse pedido é... incomum.

— Pode ser, mas faça exatamente isso. Em cada cômodo que entrarmos vamos abrir todas as portas e janelas. Vamos explodi-las, caso estejam trancadas ou com a tela de privacidade acionada. Já volto para explicar melhor. — Ela girou, moveu-se rápido e procurou Baxter e Trueheart. — Eles têm respiradores bucais. Pode ser que vocês queiram usá-los.

— Esse troço deixa um gosto ruim na boca por horas — reclamou Baxter.

— A escolha é de vocês. Vamos pegar o elevador central. Roarke, desligue o elevador privativo dela. Trueheart, vá até o apartamento 5204, tire a família de casa e leve todo mundo pra baixo, lá pra rua. Baxter, você e Peabody entrem no apartamento 5203, e abram todas as portas e janelas. Se ela estiver no corredor lá de cima, podem prender ou interceptá-la. Roarke e eu vamos entrar no apartamento 5202. Lowenbaum tem homens cobrindo os terraços e eles também estão se posicionando agora mesmo pra proteger todas as saídas.

— Uma velha senhora, certo? Uma avó? A minha ainda faz a melhor torta de maçã do mundo.

— Ela não é o tipo de vovó que prepara tortas. Vamos lá!

Os homens de Lowenbaum cuidaram para que o saguão ficasse seguro e vazio. Roarke bloqueou os elevadores um por um, enquanto as equipes anunciavam suas posições.

— Você não está com colete à prova de balas, tenente — observou Trueheart, e começou a remover o seu para entregar a Eve.

— Fique com o seu. O meu casaco é mágico.

Quando Trueheart começou a argumentar, Peabody se virou para ele e disse:

— É sério. O casaco é mágico mesmo.

— Ok, chega de falar. — Ela saltou com Trueheart e Roarke em um saguão branco e dourado. Apontou para o teto antes que as portas se fechassem, deixando Peabody, Baxter e os outros. Mostrou para Trueheart o apartamento 5204. Fez que não com a cabeça quando um membro da SWAT avançou com um aríete e apontou para Roarke.

Ele estudou as fechaduras enquanto pegava suas pinças.

Ilusão Mortal

Lowenbaum sorriu mais uma vez quando as fechaduras cederam silenciosamente.

Novamente, ela concordou com a cabeça para Roarke e ergueu três dedos. Dois. Um!

Eles abriram a porta com força. Eve se abaixou e girou a arma para os lados em arco, enquanto Roarke cobriu a parte de cima do ambiente, a seguir se separaram quando a swat entrou rapidamente atrás deles.

— Abram as portas do terraço! — Ela já notara que a sala de estar estava vazia antes de avistar o androide no chão de uma ampla sala de jantar.

Sentiu o cheiro de fios queimados no ar e notou os circuitos destruídos que saíam da parte de trás da cabeça do que tinha sido um androide doméstico.

Já era, pensou Eve. Eles tinham chegado tarde demais. Viu a confirmação disso ao entrar com sua arma em punho em uma espécie de cozinha imensa, toda em tons de verde-claro e dourado.

Ela não teve a preocupação de arrumar o espaço, notou Eve, mas tinha deixado os queimadores, tubos, condutores e potes à vista.

Estivera preparando uma receita. E não era nenhuma torta de maçã.

Ouviu os gritos de "Limpo!" *Sim, está tudo limpo*, pensou. *Ela limpou tudo e levou o veneno com ela.*

Roarke entrou logo atrás.

— Contei dois androides, ambos com os circuitos destruídos. E tem um cofre vazio, que foi deixado aberto.

— Ela deixou tudo isso de cenário pra gente. É um grande "fodam-se". — Ela enfiou a arma no coldre. — Tem dinheiro, identidade falsa e eu tenho certeza de que também tem os meios e contatos pra mudar de cara. Ela está fora da cidade ou se escondeu até conseguir mudar de aparência e de identidade.

— A saída de serviço — concluiu Roarke. — Foi assim que ela escapou. Não foi detectada, ou então subornou alguém pelo caminho.

— O jatinho dela foi bloqueado, ela não vai conseguir escapar pelo ar. — Eve pegou o *tele-link*. — McNab, você já localizou os outros veículos de MacMillon?

— Bloqueamos os dois, Dallas. O que...

— Ela sumiu. Fique em posição. Alerte a segurança pra proteger as outras famílias e os apartamentos daqui — disse a Roarke. — Vamos examinar cada centímetro desse lugar. McNab, preciso de gente em todas as instalações da Biotech em Nova York e Nova Jersey. Ponha detetives eletrônicos nessa busca, verifique todos os discos de segurança em busca de qualquer imagem da suspeita. Ela está armada e é perigosa.

Desligou o *tele-link*.

— Ela não teve muito tempo aqui. Mas lhe dei uma vantagem, uns minutos extras quando eu estava dando a Nadine as informações sobre a prisão do neto. Droga! Porra! Quanto da substância ela preparou? Por quê? Por que ela simplesmente não sumiu?

Começou a andar de um lado para o outro.

— Ela poderia ter saído numa boa pela frente do prédio, mas não fez isso. Queria que a gente perdesse tempo, armando toda esta operação, imaginando que ela estaria em casa. Mas isso também fez com que ela perdesse algum tempo. Um tempo que ela poderia ter usado pra entrar em seu jatinho e fugir. Agora, nós impedimos a saída de todos os seus veículos e bloqueamos suas contas.

— Suspeito que ela tenha fundos disponíveis, escondidos em algum lugar.

— Sim, mas desperdiçou todo esse tempo em vez de fugir.

— Ela ainda não está a fim de sair de Nova York.

— Porque tem um alvo. Algo grande. Não é a prefeitura, porque ela jamais conseguiria chegar lá perto, muito menos hoje. A

Central de Polícia também não, pelo mesmo motivo. Ela sabe que os sistemas de segurança já reconhecem o rosto dela.

Peabody entrou.

— Parece que ela embalou algumas coisas. Joias, pelo visto. Tem um cofre vazio no quarto principal e alguns sinais de que ela, ou alguém, vasculhou o closet com pressa.

— Ela está planejando fugir. Pegou objetos de valor e roupas. Ninguém se preocupa com essas coisas, a não ser que acredite que vá precisar delas.

— Não me parece plausível ela simplesmente ter abandonado o neto — disse Peabody. — Sumir e ele que se dane.

— Acho que ela está pouco ligando pro neto, porque o que está em jogo é o plano maior. Tem a ver com os princípios, a missão. O foco é Menzini.

— Eu acho que ela está preocupada com o Callaway, sim. Tem uma foto dele em um porta-retrato em cima da cômoda lá no quarto dela. E mais uma ou duas no segundo quarto. Encontrei umas roupas masculinas também. Bonitas e novas. Acho que são do tamanho dele. Ela me parece... não sei... como se gostasse dele e sentimental.

Eve seguiu em frente e caminhou pela sala de estar.

— Seu pessoal já pode recuar, Lowenbaum, mas esperem mais um pouco. Fiquem de prontidão.

Ela subiu as escadas de dois em dois degraus.

Na suíte principal, também decorada em tons dourados com toques de verde e azul-claro, a foto de Callaway estava em um porta-retrato dourado, sobre uma cômoda antiga. De frente para a cama, reparou Eve. Ela queria vê-lo, queria olhar para o rosto do neto antes de dormir.

— Esta foto foi tirada aqui. — Ela pegou o porta-retrato e caminhou até as amplas janelas. — No terraço, provavelmente. Dá para ver o rio atrás dele. Pegue a outra foto! — ordenou a Peabody, e circulou pelo quarto com a foto na mão.

— Como se gostasse dele, sentimental. Será que eu estou errada?... Talvez, pode ser. Ele tem o sangue dela. Tem o sangue de Menzini. É homem. Bonito, está em boa forma, não é burro. E está disposto a matar. Está disposto a seguir os passos do avô. Menzini morreu, e o que sobrou para ela? Callaway. A filha nada mais é do que a mulher que lhe gerou o neto. As pessoas depositam suas esperanças e sonhos nos seus descendentes.

Ela pegou a segunda foto quando Peabody a trouxe, correndo. Mostrava Callaway com um sorriso largo, o braço em volta da cintura da avó. *Será que era orgulho o que havia em seus olhos?*, perguntou-se Eve. *Afeição? Ambição?*

Talvez tudo isso.

— Ela deu a ele tudo que tinha — refletiu Eve. — Os meios para destruir. Deixou que ele começasse com seus inimigos, seus concorrentes, aqueles que considerava obstáculos em seu caminho. Não, essa não é a missão, não é a crença principal. Isso é pessoal. Uma indulgência. Ela o deixou desenvolver pânico e medo para o próprio bem, não pela missão maior. Depois, eles seguiriam em frente, juntos, querendo algo maior e melhor. Será que era isso? Será que ela, ao longo do caminho, desenvolveu sentimentos verdadeiros por ele? Seu neto, sua única família digna. Não, ela não vai deixá-lo com a corda no pescoço.

— O que é que ela pode fazer? — perguntou Peabody. — Não consegue chegar onde ele está.

— Verdade, mas mesmo assim preparou uma ótima moeda de troca, bem aqui na cozinha dela. Pode terminar o que ele começou, pode seguir o plano dele, fazer o que planejou como próximo passo. Nancy Weaver. Aquele restaurante. Qual era o nome mesmo? Era... Appetito!

Ilusão Mortal

Nancy Weaver pegou no braço de seu par, enquanto passeavam pela calçada. A sensação do ar noturno, frio e fresco, batendo em sua pele era maravilhosa.

— Obrigada, Marty.

— Pelo quê?

— Por me agradar.

Ele riu e mudou de posição para passar um braço em volta da cintura dela.

— Eu pensei que a gente agradasse um ao outro.

— A gente agrada. Só sei que eu estava muito mal quando apareci na sua porta.

— Você passou por uns dias horríveis. Foram dias difíceis pra todo mundo, mas pra você foi pior.

— Tem sido um pesadelo, e eu não conseguia acordar dele. Quando soube que aquele Lew... Meu Deus, como é que eu trabalhei com ele esse tempo todo e não sabia quem ele era, não enxerguei?

— Dizem que, geralmente, as pessoas que são mais próximas não enxergam.

— Pode ser, mas eu fui treinada pra ler as pessoas. Que droga, Marty, eu sou boa nisso! Ou achei que fosse. Nunca percebi nada disso nele. Lew pode ser difícil, temperamental e irritantemente passivo-agressivo, mas, Marty, ele matou todas aquelas pessoas. E também gente nossa. Nossos colegas... Joe e Carly.

— Pensar nisso só vai deixar você chateada de novo.

— Não consigo parar de pensar nisso. Bem, consegui durante um tempo. — Ela sorriu para ele. — E pensar que eu quase cancelei nosso encontro hoje à noite.

— Estou feliz por você não ter cancelado... não só pela nossa diversãozinha antes do jantar, mas porque você não deve ficar sozinha agora.

— Eu simplesmente saí do trabalho. — Ela inclinou a cabeça em direção ao ombro dele. — Não conseguia mais ficar lá. Andei, andei e acabei na sua porta... duas horas mais cedo. Foi bom pra mim, admito, mas preciso pensar em todos os outros na empresa. E... meu Deus, nem liguei meu *tele-link* de novo.

— Deixa ele desligado. — Ele a abraçou com um pouco mais de força, para reconfortá-la. — Dê a si mesma essa noite. Você pode ir pra lá amanhã e dar apoio a todos os outros.

— Isso me parece um pouco egoísta.

— Falando na condição de ceo da Stevenson & Reede, eu digo que isso não é egoísmo, só é sensato. Você precisa de um pouco de espaço pra respirar, Nancy. E eu também. Vamos levar semanas, meses até, pra descobrirmos todas as consequências do que aconteceu.

— Preciso entrar em contato com Elaine, a mulher de Joe, amanhã. Tenho que ver como ela está. Precisamos fazer algo por ela, Marty. Por ela e pela família de Carly. Pelas outras famílias também. Ainda não sei o que a gente pode fazer. Não consigo pensar direito.

Ele a puxou um pouco mais junto dele.

— Garanto a você que estamos trabalhando exatamente nisso. Aproveite esse momento pra respirar um pouco. Vamos tomar uma boa garrafa de vinho e curtir um jantar gostoso. Você fica na minha casa esta noite e conversaremos melhor sobre tudo isso.

— Se eu não tivesse marcado um encontro com você naquela noite... naquela noite em que todos nós fomos ao bar...

Ele se inclinou e beijou o alto da cabeça dela.

— Não pense mais nisso. Você está em segurança. Está comigo. E Lewis Callaway está sob custódia policial. Ele nunca mais vai machucar ninguém.

— Graças a Deus. — Ela conseguiu sorrir para ele quando chegaram à porta. — Estou feliz por você ter me convencido a descer e jantar aqui, no final das contas. É outro tipo de diversão. Acho que preciso disso.

— Nós dois precisamos.

Eles entraram no restaurante e foram envolvidos pelos sons, os aromas e as luzes. Conforto, pensou Weaver. Ela aproveitaria tudo que conseguisse e tentaria afastar o pensamento de Lew e todo o pesadelo por mais uma ou duas horas.

O *maître* veio em sua direção com as mãos estendidas.

— Srta. Weaver, é tão bom ver você! Não se preocupe com nada. Sua assistente ligou para confirmar a sua reserva.

— Ah, mas eu não...

— Já temos o seu vinho preferido pronto, com os nossos cumprimentos. Queremos que você relaxe. Queremos que saiba que valorizamos você e estamos felizes por você estar segura e bem.

— Oh, Franco. — Seus olhos se encheram de lágrimas. — Muito obrigada.

— Agora, simplesmente relaxe e aproveite a noite. Por aqui, por favor.

Weaver piscou para disfarçar as lágrimas e agarrou a mão de Marty com mais força. E não percebeu a mulher mais velha no bar, atraente, bebendo um martini, olhando para ela com duros olhos azuis.

No bar, Gina colocou a mão em sua bolsa e acariciou com os dedos os três frascos que havia preparado... e a faca de combate que Menzini lhe dera uma vida antes.

Outra vida, ela pensou, que agora se fechava e formava um círculo completo.

Ela faria aquilo ali, naquela noite, pelo seu neto. A vagabunda que não deixou ele ser feliz, não deixou ele atingir o seu potencial pagaria um preço alto por isso, enquanto a polícia vasculhava o seu apartamento... se é que eles tinham conseguido chegar tão longe.

Eles iriam bloquear suas contas, sem dúvida. Mas ela tinha mais, tinha muito mais. Tinha o dinheiro, as joias, uma nova identidade e os passaportes, tudo trancado, naquele momento, no carro que havia roubado.

Ela ainda não tinha perdido o jeito.

E quando a cidade estivesse novamente em pânico, depois que aquele pequeno banho de sangue passasse e sua vitória pessoal fosse reconhecida, ela estaria com a vantagem.

Reivindicaria o crédito pelos três incidentes em nome do Cavalo Vermelho. Guiseppi ficaria orgulhoso. Em seguida, ela exigiria a libertação imediata de Lewis Callaway, ou haveria outro ataque. Mais pessoas morreriam.

Se eles se mantivessem irredutíveis, ela atacaria outra vez. Por fim, eles se renderiam, ela sabia disso. A polícia, o governo, todos eles eram fracos; todos estremeciam diante do julgamento frio da opinião pública.

Ela arrasaria Nova York, se fosse necessário, para garantir a libertação do seu neto e de sua família. Pelo legado de Menzini.

Havia o suficiente para ela preparar mais, e para tanto precisava apenas de um lugar tranquilo.

Teria que mudar de rosto novamente, é claro. Mas isso era fácil de resolver e não seria a primeira vez que aconteceria.

Assim que Lewis estivesse livre, ela iria decidir o que faria em seguida. Ainda havia pessoas com quem podia contar, ameaças que podia fazer e estragos que podia causar.

Mas antes, a vingança.

Pensou em esperar até que Weaver fosse ao toalete. Mulheres fúteis como ela sempre iam ao toalete para conferir a maquiagem e o cabelo. Talvez ela devesse simplesmente cortar a garganta da mulher. Já conseguia imaginar, dava para sentir o jorro quente de sangue em suas mãos.

Fazia tempo ela não sentia aquele fluxo quente de sangue nas mãos.

Mas essa não seria a forma certa, por mais satisfatório que lhe parecesse. Ela queria que Weaver matasse e fosse morta, que gritasse de medo e de raiva. Para morrer do jeito que Menzini idealizara.

Só que ela precisava saber. Tinha que morrer sabendo por que morrera, e por obra de quem. Sim, Lewis merecia isso.

Ela descruzou as pernas e pousou o copo no balcão. Elegante e predatória, passou por entre as mesas do restaurante até a mesa de Weaver e, mais uma vez, colocou a mão dentro da bolsa.

Deslizou para a mesa ao lado do seu alvo e espetou a ponta da faca levemente na lateral do corpo de Weaver.

— Eu estou com uma faca contra a barriga dessa mulher — anunciou, em tom descontraído, para Marty. — Se você tentar qualquer coisa, vou arrancar as tripas dela antes que alguém consiga me impedir. Sorriam, vocês dois. Sorriam pra mim e um pro outro.

— O que é que você quer? — Weaver tentou se esquivar, mas congelou quando a pressão da faca aumentou.

— Quero que vocês dois coloquem as mãos na mesa. Quando o garçom chegar, você deve pedir mais uma taça de vinho pra sua velha amiga... sua boa amiga Gina. E sorriam.

— Por que você está fazendo isso? Quer dinheiro? — perguntou Marty.

— Pessoas como você, gente com poderes mesquinhos, sempre pensam em dinheiro. Seu dinheiro não significa nada pra mim e vai significar menos ainda quando o Cavalo Vermelho cavalgar novamente.

— Não estou entendendo. — Na mesa, as mãos de Weaver tremeram. Ela travou uma batalha amarga para estabilizá-las.

— Sou a avó de Lewis e vou te cortar todinha como um peixe — murmurou, ao perceber o susto instintivo de Weaver. — E vou cortar o seu saco fora — avisou a Marty. — Sou muito boa com facas, e muito rápida. Agora sorriam. Vocês estão muito felizes por terem encontrado uma velha amiga.

Weaver invocou cada fragmento de controle que ainda lhe restava e forçou seus lábios a se abrirem de leve quando o garçom parou ao lado da mesa.

— Tony, você poderia trazer mais uma taça? Minha amiga vai se juntar a nós.

— Claro, agora mesmo.

— Boa menina — elogiou Gina. — Eu realmente já sinto que somos velhas amigas. Lewis falou tanto sobre você. Contou que você dormiu com os homens certos até chegar ao poder e o manteve longe do sucesso a cada passo. E falou sobre esse restaurante, o seu favorito. Ficou bem fácil encontrar você.

— Você ligou pra cá e disse que era minha assistente.

— Lewis jamais dormiria com você, então você fez tudo que era possível pra sabotar a carreira e conter o avanço dele. Muito típico. Coisa de mulher.

Debaixo da mesa, Weaver pressionou seu pé no de Marty.

— Ele me assustava. Toda aquela inteligência, as ideias que ele tinha eram muito inovadoras. Você deve ter muito orgulho dele.

— Você acha que pode brincar comigo, sua vagabunda? — Ela desligou a expressão de ferocidade e religou o charme quando o garçom voltou com a taça. — Ah, obrigada! Foi uma coincidência maravilhosa encontrar vocês aqui hoje. — Ela sorriu para o garçom enquanto ele servia o vinho. — Vamos fazer um brinde.

— Gina — disse Marty, baixinho. — A Nancy estava só cumprindo ordens e diretrizes superiores. Ela não teve escolha· Eu sou o CEO da Stevenson & Reede. Se você precisa culpar alguém, deveria culpar a mim.

— Marty... — pediu Weaver.

— Isso não é um amor... e revoltante? Ele está tentando bancar o herói. Bebam o vinho. Vocês dois! Somos apenas três velhos amigos compartilhando uma garrafa de vinho. — Ela pegou a sua própria taça, tomou um gole e disse: — *Salute*.

Capítulo Vinte e Dois

— Estou vendo ela. — Do outro lado da rua, Eve focou os binóculos pelo vidro estreito da porta do restaurante. — Estão na cabine lá de trás, canto oeste. Ela colocou Weaver contra a parede. Também estou vendo um homem de olhos e cabelos castanhos, de quarenta e tantos anos, sentado do outro lado da mesa.

— Sim, também estou vendo — declarou Lowenbaum, enquanto examinava a multidão e o movimento da rua. Olhou para a esquerda e para a direita. Policiais já trabalhavam para bloquear o quarteirão, redirecionar o tráfego de veículos e de pedestres. Satisfeito com o que viu, fechou os olhos por um momento para sentir o vento no rosto, calcular sua direção e a velocidade.

— A janela não é muito grande — informou Eve.

— É o suficiente. O lugar é muito movimentado. Talvez eu mande alguns agentes à paisana para preparar o terreno. Se fizermos isso do jeito certo, talvez a gente consiga um tiro certeiro.

— Ela está com uma arma apontada para Weaver. Não dá pra ver direito, mas certamente tem alguma coisa ali. Além disso, ela tem a porra daquela substância. Se você atirar nela, pode ser que ela mate Weaver antes de cair. E talvez libere o veneno.

Considerando as opções, Eve baixou os binóculos.

— Talvez a gente consiga tirar todo mundo de lá de dentro antes de a substância fazer efeito, ou talvez tenhamos de atordoar um bando de civis delirantes enquanto eles tentam se matar por causa do ravióli. Talvez ela tenha misturado alguma outra merda à mistura, não dá pra ter certeza de qual é o efeito que esse troço pode ter.

— Isso é um problema — disse Lowenbaum, com seu jeito descontraído, enquanto abaixava seus óculos de atirador para olhar para Eve. — Precisamos resolver esse problema.

— De forma direta. Você me coloca um grampo na roupa, eu entro lá e falo com ela.

— E se ela tiver uma pistola embaixo da mesa e te matar?

— Duvido. — Eve pareceu imaginar a objeção furiosa de Roarke atrás dela. Ele nem precisava verbalizar o que sentia, pois o ar fervilhava com a sua indignação. — Eu chego lá dentro e me sento com eles. Ela vai saber que o lugar está cercado e vai querer negociar.

— Temos que seguir as regras do jogo, Dallas. Não vamos dar a ela outro refém, muito menos uma refém policial.

— Eu conheço as regras do jogo e, às vezes, elas precisam ser flexíveis. Pense nisso como um confronto. Uma espécie de... como se chama mesmo...? Um impasse mexicano.

— Sério? O restaurante é italiano, mas a gente não precisa acabar num duelo romano.

Eve sorriu ao ouvir isso.

— Weaver é só um passo pequeno para ela, uma etapa. Ela tem planos maiores e o principal deles é salvar o neto. Ela investiu

Ilusão Mortal

emocionalmente nele e podemos usar isso a nosso favor. Eu posso usar isso. Vou entrar lá devidamente grampeada e vamos saber a carta que ela tem na manga. Terei uma chance de derrubá-la se estiver lá, sem colocar os civis em perigo. Ligue pra Mira, ela pode me ajudar com essa situação.

— Vamos cobrir as saídas e entrar pela cozinha.

— Sim, com isso eu concordo. Mas alguém tem que chegar bem perto dela pra tirá-la de perto de Weaver e do homem e impedi-la de liberar a substância.

— Vou colocar o meu melhor homem, que no caso sou eu mesmo, em posição para atingir o alvo. Se ela fizer um movimento errado, vou dar a mim mesmo o sinal verde para agir. Temos cerca de setenta pessoas lá dentro, mais uma quantidade desconhecida de pessoas na cozinha. Se for necessário, nós colocamos todo mundo para dormir.

— Vamos ver se a gente consegue evitar isso.

— Ela conhece o seu rosto. — Eve girou ao ouvir a voz de Roarke e reparou na raiva dura em seus olhos. — Se tiver uma arma, como certamente tem, o que a impedirá de usá-la quando você chegar a três metros de distância?

— Vou resolver isso. Peabody, tire essas suas botas idiotas.

— Minhas botas? Mas...

— Você acha mesmo que um par de botas de cowboy cor-de--rosa vai servir de disfarce? — questionou Roarke.

— É só o começo — retrucou ela. — Peabody, manda pra cá esses óculos escuros de arco-íris bobos. E também quero o seu cachecol. — Ela puxou o item de vestimenta listrado de Peabody. — Enrole-o na minha cabeça ou sei lá, faça uma coisa no estilo Família Livre.

— Peraí, tenente! — Sem esperar consentimento, Roarke a pegou pelo braço e a puxou de lado. — Isso tudo é besteira.

— Não é, não! Estou usando o meu casaco mágico.

— Mas ele não protege a sua cabeça dura.

— Olha aqui... Não podemos ver o que ela tem por baixo daquela maldita toalha de mesa. Talvez esteja com os dedos numa pistola de atordoar. O mais provável é que seja uma faca. Ela pode furar Weaver a qualquer momento, mas é mais provável que apenas a machuque ou a incapacite tempo suficiente para que consiga liberar a substância e sair de lá. Posso desviar a atenção dela e fazê-la falar. Ela vai querer negociar, pra libertar Callaway. Ele é o seu legado, a sua esperança para o futuro.

— Essa negociação pode ser feita daqui.

— Roarke, tem crianças lá dentro. Se ela lançar essa merda no ar, não sabemos a velocidade com que ela se manifesta em crianças, mas deve ser mais rápido. Crianças são pequenas e leves. Sabe, eu não vou me arriscar a manter uma distância segura enquanto crianças são envenenadas e talvez ataquem a cara da mamãe com o garfo do macarrão antes de a gente conseguir controlar a situação.

— Que inferno, essa situação!

— Podemos tirar alguns de lá de dentro. Ela está de costas pra cozinha, podemos tirar os clientes lá de dentro em silêncio, enquanto ela estiver focada em mim. Sou o elemento-surpresa, porque até agora ela acha que está no comando. Vou mudar o equilíbrio da situação, isso vai atordoá-la. Ela vai ter que repensar a estratégia.

— Se você entrar, eu também entro.

— Escuta...

Ele segurou o rosto dela com as mãos.

— Se você vai, eu vou. Isso não está aberto a negociações. Se vamos ser mandados pro inferno ou ficar malucos por causa do veneno, faremos isso juntos.

— Droga! Droga! Mas você vai ter que parecer menos rico e menos lindo.

Isso o fez sorrir.

Ilusão Mortal 447

— Farei o melhor que puder.

— Grampeie o Roarke também — ordenou ela a Lowenbaum.

— Peabody, me dá as suas botas.

— Elas não vão caber em você.

— Eu me viro.

Ela ficou imóvel enquanto o detetive eletrônico de Lowenbaum instalava o microfone e o fone de ouvido nela. Ao enfiar os pés nas botas cor-de-rosa, Eve percebeu que Peabody tinha razão. Elas estavam muito apertadas, mas o mais estranho é que as laterais estavam folgadas. Mas ela conseguiria aguentar.

— É só pra eu conseguir chegar à mesa — explicou à sua parceira, quando Peabody começou a enrolar o cachecol em sua cabeça.

— Você podia ao menos ficar estilosa. Tem certeza de que quer fazer isso?

— Tenho certeza de que o cachecol esquisito e os óculos coloridos vão me ajudar a atravessar o salão.

— Dallas.

— Tenho certeza! Quero você lá nos fundos, Peabody, na cozinha. Vamos tirar as pessoas do restaurante e preciso que você mantenha tudo tranquilo e silencioso. E quando eu mandar, entre. Não antes, Peabody! Você, Baxter e Trueheart só podem avançar quando eu mandar, e depois que Lowenbaum der o sinal. Não antes disso.

— Entendido.

Ela se inclinou um pouco e baixou a voz.

— Lowenbaum vai me atordoar, caso seja necessário. Estou contando com você para cuidar de Roarke.

— Ai, caraca!

— Se der tudo errado e a substância for liberada, você deve atordoá-lo e tirá-lo lá de dentro. Isso não é só uma ordem, Peabody, é o pedido de uma amiga. Derrube Roarke e tire ele lá de dentro. Quero que você me prometa isso!

— Tudo bem, prometo. Vou fazer isso. E você também.

— Os homens de Lowenbaum vão salvar a policial antes. Não estou preocupada com isso.

Pelo menos não muito, pensou Eve, ao colocar os óculos com lentes de arco-íris.

— Estou parecendo muito idiota?

— Na verdade, você está bem descolada. — Peabody deu uma pequena sacudida na ponta do cachecol. — Tipo urbano-boêmio chique.

— Meu Deus! Doutora Mira? A senhora está aí?

— Estou, sim. — A voz rouca e tensa da médica saiu pelo fone de ouvido. — Acho que esse é um risco desnecessário.

— É um risco calculado. Estou protegida. Vejo uma criança em uma cadeirinha de bebê espalhando molho de espaguete no próprio rosto, a três metros do alvo. Assim que estiver em posição, me oriente. Pode me parar, doutora, se eu tomar o rumo errado na conversa com ela. Quero deixar a Gina focada em mim até colocarmos o maior número possível de civis em segurança.

— Ela é um soldado, antes de qualquer coisa, Eve. Vai se sacrificar pela missão.

— Estou contando que a prioridade da missão seja salvar Callaway. Lowenbaum, estamos prontos?

— Em posição!

Eve olhou em volta. Eles tinham trabalhado rápido para proteger e isolar toda a área. Alguns curiosos já estavam colados às faixas e às barreiras móveis, prontos pra curtir alguma diversão. Lowenbaum estendeu-se sobre o posto de tiro, com a arma apontada.

— Se você tiver que me atordoar, não mire no corpo. Esse casaco é à prova de balas — avisou Eve.

— Não brinca!

— Estou falando sério. Mais tarde eu te mostro.

— Está muito movimentado lá dentro — avisou ele a Eve. — Os garçons estão passando perto da mesa onde os três estão. A mesa está bloqueando parcialmente o alvo. Se você puder mover a mesa um pouco, eu agradeceria.

— Pode deixar comigo. — Ela se virou na direção de Roarke, que vinha na direção dela, e teve de girar os olhos pra cima.

Ele tinha se livrado do paletó e trocado o sobretudo por uma jaqueta de couro falsa que pegou de alguém. Prendera o cabelo para trás num rabo de cavalo e usava um gorro vermelho onde se lia "I ♥ NY".

— Quanto você pagou por esse gorro ridículo?

— Muito mais do que ele vale.

— Bem, pelo menos você não parece tão rico. — Ela pegou as mãos dele. — Vamos pegar essa vaca. Estamos saindo, Lowenbaum.

— Entendido.

— Aposto que a massa daqui é boa — comentou Roarke, quando eles atravessaram a rua.

— Quem sabe a gente pode pedir pra viagem quanto tivermos terminado. Estou vendo o alvo com clareza daqui — anunciou Eve, ao chegar à porta. — Estamos entrando no restaurante agora.

— Equipe Alfa, podem seguir!

Pela cozinha, pensou Eve, quando ela e Roarke entraram e foram recebidos pelo barulho feliz e pelos aromas envolventes. Ela deslizou a mão para dentro do bolso quando o *maître* de olhos alegres se aproximou.

— Sejam bem-vindos.

Ela mostrou o distintivo antes de ele ter chance de continuar.

— Concentre-se em mim. Qual o seu nome?

— Eu... Franco. Tem algum problema?

— Tem, sim, e eu preciso que você continue prestando atenção em mim, e que ouça e faça exatamente o que eu disser. Você é um cara controlado, Franco?

— Eu... é, acho que sou.

— Então, aguente firme. Tem policiais entrando na cozinha agora, pelos fundos. Eles vão colocar toda a sua equipe em segurança. Ei, continue olhando pra mim. Tem uma mulher na mesa do canto oeste, lá no fundo.

— Isso, a senhorita Weaver. Só que...

— A mulher que está ao lado dela. Ela é muito perigosa e, provavelmente, está armada. Calma, Franco. Quando chegarmos à mesa onde eles estão, eu vou chamar a atenção dela, e quero que você, bem devagar e de forma muito silenciosa, comece a tirar as pessoas das mesas que estão no ponto cego dela e leve todo mundo pra cozinha, pra que elas saiam do restaurante. Uma mesa de cada vez. Diga aos clientes que eles foram escolhidos para uma promoção especial, invente qualquer coisa. Leve todos pra cozinha e nós tiraremos as pessoas de lá. Faça o mesmo com a sua equipe, um de cada vez. Sem tumulto. Você consegue fazer isso, Franco?

— Consigo. Mas a senhorita Weaver...

— Eu vou cuidar dela. Agora, antes disso. Está vendo a mesa bem em frente à senhorita Weaver, aquela com o bebê todo ensopado de molho e o garoto maior que está fingindo comer os legumes? Tire aquela família de lá agora. Faça alguma coisa pra distraí-los, diga que você tem algo especial pra eles na cozinha. Algo pras crianças, está bem? Sorria muito, diga que é uma bela surpresa. Entendeu?

— Entendi.

— Agora. Cara feliz, Franco.

O sorriso dele pareceu um pouco amarelo, mas Eve achou que estava convincente. Esperou que ele fosse até a mesa. Na verdade, ele bateu palmas ao chegar, um toque simpático. Eve notou que Gina voltou sua atenção para o *maître* e avaliou a situação, mas logo se concentrou em outra coisa.

— Estamos entrando — avisou ela ao microfone, quando a família e as crianças agitadas se levantavam da mesa.

Ilusão Mortal

Ela vagou pelo salão e viu que Gina a olhou, mas só de relance. No minuto em que a porta da cozinha se fechou atrás da família, ela foi direto até a mesa.

— Nancy! Nancy Weaver, é você mesmo?!

Ela soltou uma risada e aproveitou a surpresa momentânea de Gina para se sentar ao lado do homem.

— Quem diria que eu ia encontrar vocês aqui assim. Como vocês estão?

— Eu... Eu estou bem. — Os olhos de Weaver se arregalaram ao reconhecer Eve, mas ela se manteve surpreendentemente firme. — Estamos ótimos.

— Você parece muito bem, mesmo — concordou Eve, enquanto Roarke pegava uma das cadeiras da mesa que tinha vagado e se colocava em um ângulo certo, ao lado de Eve.

— Sinto muito — disse Gina, de forma seca —, mas estamos numa reunião de negócios. Vocês terão que colocar os assuntos em dia outra hora.

— Ah, não seja uma desmancha-prazeres, Gina. Tenho uma arma apontada pra você debaixo da mesa. Use a sua arma em Nancy ou faça qualquer movimento errado e eu atiro em você. Vamos só conversar.

Com o canto do olho, ela viu Franco murmurar para as pessoas em uma mesa lateral, fora do campo de visão de Gina. Para manter a atenção focada em si mesma, Eve tirou o cachecol e arrancou os óculos, dizendo:

— Ah, assim está melhor.

— Tem uma quantidade de Ira de Deus aqui que vai transformar esse lugar em um Armagedom.

— Vamos todos tentar nos matar antes que a equipe da SWAT posicionada do lado de fora atordoe todo mundo e nos deixe sem sentidos. Mas qual é a necessidade disso? Vamos evitar toda essa bagunça, sim? Coloque a arma na mesa.

— Nunca! Antes disso eu vou cortá-la, como se fosse um pêssego maduro.

É uma faca então, pensou Eve. Melhor que uma pistola de atordoar.

— Nancy não é importante — disse Mira no ouvido de Eve. — É só uma distração.

— Você vai furar uma executiva subalterna. E daí? Assim que você fizer isso, vai ser eliminada. Você é inteligente demais pra perder sua vantagem.

O rosto esculpido de Gina não exibia nada além de determinação fria.

— Eu tenho três frascos dessa vantagem.

— Demonstre respeito por ela — aconselhou Mira. — Abra as negociações.

— Você tem a faca e o queijo na mão, e nós queremos evitar outro incidente. Tem crianças aqui, Gina.

Ela sorriu.

— Isso mesmo, e elas são mais sensíveis à substância. Vocês não vão conseguir detê-las a tempo. E se decidirem atordoá-las, vão ter de lidar com a fúria das outras pessoas.

— Agora você me pegou. O que você quer?

— Quero que a operação policial seja desmontada. Quero pessoas como ele... — disse ela, apontando para Roarke. — Sim, agora eu já sei quem você é. Quero que as pessoas como ele sejam atiradas na rua e que todo o dinheiro e os bens materiais que ele acumulou com tanta avidez sejam destruídos.

— Ela está testando você — alertou Mira. — Chame a atenção dela para o neto, questões pessoais.

— Isso está acima do meu nível de negociação. Mas você pode me pedir uma coisa que eu possa realmente conseguir. Eu também estou em jogo, Gina. Vamos ser realistas. Se você atacar este lugar e todas essas pessoas, eu vou parecer uma idiota, porque acabei

Ilusão Mortal

de anunciar a prisão de um culpado. Lew vai continuar preso, é claro, e você morre, mas eu também vou morrer.

— Quero falar com meu neto.

— Isso talvez eu consiga providenciar.

— Quero que ele venha aqui. Um encontro cara a cara. Quero que ele seja trazido até aqui.

— Isso vai levar algum tempo. E depois? Se eu conseguir trazê-lo, ele vai entrar na zona de perigo, como todos nós. Talvez você não ligue pra isso e nem se a Ira de Deus agir nele.

— Quero ver o meu neto! Aqui e agora! Depois, nós dois vamos sair daqui levando como escudos a executiva subalterna e o canalha ganancioso com quem você se casou.

— Escute, vou ser sincera com você: a executiva subalterna é dispensável, mas eu sou muito apegada ao meu canalha ganancioso.

— Como você pode dizer uma coisa dessas? — Por baixo da mesa, Weaver pisou no pé de Eve duas vezes, em sinal de parceria. — Você é uma policial! Deveria me proteger!

— Cresça, garota — rebateu Gina. — Policiais são policiais, sempre corrompidos pelo poder. Traga o Lewis até aqui e providencie o transporte pro meu jatinho... que deverá ser liberado para voo imediato. Senão vou transformar esse lugar num hospício, com crianças homicidas e tudo o mais.

— Você já devia saber como as coisas funcionam, Gina. Ceda um pouco pra receber um pouco. Você está me pedindo pra soltar um assassino em massa... na verdade dois, se contarmos você... além de desistir de dois civis. E o que você está me oferecendo em troca?

Eve fez uma breve pausa.

— Vamos começar com um acordo simples — sugeriu Eve, colocando a arma sobre a mesa. — Minha arma em troca da sua. Pegue a minha pistola, ela é menos letal, mas funciona bem. Em troca, você me entrega a sua faca.

— Que porra é essa, Dallas! — reclamou Lowenbaum.

— Essa é uma demonstração de cooperação e *confiança* — respondeu Eve, sem tirar os olhos de Gina. — Prefiro que você não espalhe o sangue de Nancy pelo chão.

Quando Gina esticou o braço para pegar a arma, Eve segurou a mão dela, agora sobre a arma.

— Quero ver a faca, antes.

De olhos inexpressivos, mas com um sorriso que brincava nos cantos da boca, Gina puxou a faca para cima da mesa.

— Os frascos estão na minha outra mão — avisou. — Se tentar qualquer coisa, eu jogo eles no chão e quebro todos eles. O efeito não vai ser lento porque eu usei o triplo da dose usual. Sabe as crianças que estão aqui? Elas não vão entrar na brincadeira, vão simplesmente morrer. A infecção vai matá-las, ou no mínimo causar um dano cerebral.

— Como posso saber que você não tem nada além de frascos vazios na outra mão?

Gina ergueu o braço e girou o pulso para exibir os três frascos com líquido.

— Se eu jogar esses frascos no chão, você vai ter um desastre maior do que o sangue dessa vagabunda nas suas mãos.

— Ok. — Para mostrar cooperação, Eve levantou as duas mãos e deu a Gina a chance de pegar a arma.

Gina encostou a pistola contra a garganta de Weaver.

— Você sabe o que essa arma em força máxima pode fazer, se eu apertar o gatilho? Ela morre!

— Você não quer isso, certo, Gina? — Eve deixou sua voz vacilar um pouco, como se tentasse adiar a ação para ganhar tempo. — Essa não é a maneira certa de tirar Lew da cadeia.

— Traga Lew *aqui*! E você! — Ela apontou com o queixo para Roarke. — Levante-se e venha pra cá, bem aqui.

— Faça o que ela diz — disse Eve, baixinho. — Ela tem toda a vantagem.

Ilusão Mortal

— Isso mesmo!

— Ele está bloqueando a minha linha de tiro — avisou Lowenbaum, quando Roarke se levantou.

— Tudo bem, tudo bem. Vamos manter tudo sob controle. Pode confiar em mim.

— Confiar em você? — Gina riu. — Eu quero que você se foda! Diga para eles trazerem Lew. Quero que eles recuem, todos os malditos policiais. Vou sair daqui com meu neto, com esta cadela e com o seu homem.

— Roarke... — tentou Eve.

— Está tudo bem. — Os olhos dele se encontraram com os de Eve. — Eu entendo.

— Você não entende nada — rebateu Gina. — Mas vai entender.

— Leve a mim! — Com um tom de apelo na voz, Marty se inclinou para a frente. — Deixe a Nancy e me leve. Sou eu que está no comando da empresa. Ela recebe ordens minhas. Sou eu a pessoa que você quer.

— Quer que eu leve você? Resolveu ser o herói de hoje? Saia da mesa! E você, fique de joelhos com as mãos atrás da cabeça. Quanto a você, mexa a sua bunda! — ordenou a Weaver, levantando-se em seguida, mas se mantendo protegida da estreita janela de vidro por Roarke.

— O que é que você está fazendo, Eve? — quis saber Mira. — Diga a ela que você vai conseguir trazer o neto dela.

— Eu não quero que ninguém se machuque, essa é a prioridade aqui. — Bem devagar, Eve saiu da cabine. — É por isso que quase todos os clientes foram retirados do restaurante. Olhe em volta, Gina. Só tem umas vinte pessoas aqui e... Opa, estão todos saindo pela porta da frente.

— Então a morte dela vai estar nas suas mãos — respondeu e apertou o gatilho. Nancy soltou um grito e então olhou, de boca aberta.

— Ah, acho que me esqueci de mencionar que a arma estava descarregada. — Eve pegou outra arma no bolso. — Mas essa aqui está carregada.

— Pode me atordoar! — gritou Gina. — Vá em frente e esses frascos cairão no chão. Você vai virar essa arma contra o seu próprio homem.

— Acabou, Gina. Se você jogar esses frascos no chão, meus amigos do lado de fora cuidarão de todos nós, vão nos obrigar a tirar uma soneca forçada. Não é nada agradável, mas eu posso aguentar numa boa.

— Fale por você — reclamou Roarke.

— Experimente fazer isso! Veja como o efeito disso é rápido. Experimente! Pode me atordoar e vamos descobrir quem vai sair vivo daqui.

Eve teve um rápido flash do seu sonho, do rosto da sua mãe, daquele mesmo ódio cruel.

— Não vou atordoar você. Vamos tentar de outro jeito. — Ela virou o cabo da arma para Gina, como se fosse oferecê-la. No instante em que Gina olhou para baixo, Eve usou a mão esquerda para lhe aplicar um golpe rápido e violento com os nós dos dedos. E teve a satisfação de ver o sangue jorrar em abundância do nariz de Gina.

Quando ela caiu para trás, sua mão se abriu e os frascos voaram. Preparado para isto, Roarke pulou para a frente os pegou a poucos centímetros do chão.

— Só pra garantir — disse ele.

— Boa.

— Obrigado. Só que agora estou com um pouco de dor de cabeça. Brincadeira — disse ele, depressa, quando Eve girou sua arma de atordoar na direção dele. — Estou brincando.

— Rá-rá! Pode entrar, Lowenbaum! — chamou Eve, aproximando-se de Gina e rolando a mulher ainda zonza que gemia. — O alvo está imobilizado.

Ilusão Mortal

— Estou vendo. Todas as equipes, o alvo foi derrubado e está imobilizado. Todos em posição.

— Obrigada pela ajuda, doutora Mira.

— Você poderia ter me dado uma imagem mais clara do que pretendia.

— Uma parte foi reação ao incentivo que recebi. Os olhos dela me fizeram agir daquele jeito. Eu reagi aos olhos dela. — Eve virou Gina de barriga para cima, depois a puxou com força colocando-a sentada. E olhou nos olhos dela mais uma vez. — Você é velha e lenta, tanto física quanto mentalmente. Perdeu seu jeito e sua boa forma. Talvez por causa de tantos anos levando uma vida boa, a mesma vida boa que você diz desprezar. Você teria infectado crianças, e as crianças são a nova esperança, a base, o princípio. Mas você as teria infectado para alcançar seu objetivo. Seu foco nunca foi os deuses vingativos ou o Apocalipse. Seu foco era o sangue, a morte e a sua revolução distorcida. Você permitiu que eu enxergasse isso no seu semblante e, sem perceber, me deu uma vantagem.

— O momento do seu fim chegará.

— Sim, vai chegar, mas você não fará parte disso. Como você é meio século mais velha, o seu fim provavelmente virá primeiro. Não importa o tempo que você ainda tem de vida, vai passar todo ele numa cela. Igualzinho ao seu neto. Igualzinho ao legado de Menzini.

— Haverá outros.

— Você pode sempre sonhar.

— Baxter, você e Trueheart podem levar essa senhora.

— Fico feliz em servir.

— Ela sabe a fórmula — murmurou Roarke.

— Sim, e é por isso que a agente Teasdale e a Homeland vão providenciar acomodações muito especiais pra ela. Acho que Menzini deixou uma cela vaga por lá.

— Vai ser duro pra ela.

— Imagino que sim.

— E o que você quer que eu faça com isso? — perguntou ele, estendendo os frascos.

— Caraca! Vamos trazer a equipe de risco biológico aqui, *o mais rápido possível*! Peabody, alerte Teasdale sobre a nossa nova prisioneira. A Polícia de Nova York vai, de bom grado, repassar a prisioneira, seu histórico e todos os procedimentos à Homeland.

— Entendi. Só que... posso pegar as minhas botas de volta?

Eve se sentou para tirá-las.

— Ah, estou com fome — percebeu. — Socar velhinhas malucas sempre me deixa com fome.

— Aposto que eles têm cannolis muito bons aqui — comentou Roarke, sorrindo para Peabody enquanto ela calçava as botas.

— Uau, seria ótimo!

— Eu gostaria de pagar o jantar para todos vocês — ofereceu Weaver, sentada encolhida junto de Marty, enquanto um paramédico a examinava.

— Obrigada, mas fica pra próxima. Você estava certa sobre saber gerenciar uma crise, quando a questão é importante. Você cuidou de si mesma, de vocês dois.

— Eu estava apavorada. Achei que fosse morrer.

— Mas não morreu e lidou bem com tudo isso. Precisamos que vocês passem na Central pra fazer uma declaração. Pode ser amanhã.

— Estaremos lá — garantiu Marty.

— Será que Lew... sempre foi o que agora sabemos que ele é ou a culpada foi aquela mulher? Ela fez dele o que ele é?

— Eu diria que é um misto das duas coisas. Vão para casa. — Eve os deixou, foi até Lowenbaum para cumprimentá-lo e pegar suas botas, que tinham ficado com ele. — Obrigada.

Ilusão Mortal

— Eu estava com ela na mira.

— Tinham muitos civis em risco potencial e eu queria conduzi--la para que, pelo menos, tivéssemos uma chance de pegar os frascos.

— Belo golpe de esquerda.

— É o meu favorito.

Alguém gritou:

— Tenente! — Eve e Lowenbaum se viraram ao mesmo tempo.

— Ele é da minha equipe — disse Lowenbaum.

— Um cara aqui atrás quer pagar um jantar pra gente. Podemos aceitar?

— Ah, eu comeria alguma coisa. Vejo você na próxima, Dallas.

Roarke foi até onde ela estava e fez um carinho nas costas de Eve.

— Para qual das suas casas estamos indo agora?

— Vou passar na Central antes. Preciso encerrar o caso, conversar com Teasdale e fazer uma visita rápida a Lew. Quero contar a ele, pessoalmente, que a vovó não vai resgatar ele. Isso é mesquinho, eu sei. Mas eu mereço um pequeno mimo depois de tudo.

— Por falar em mimos, preciso de um momento na cozinha do restaurante.

— Você está prestes a ganhar uma dúzia de cannolis — disse Eve para Peabody, quando ele saiu.

— Awn... — Peabody flexionou seus pés com as botas. — Só vou parar de pensar em cannolis amanhã. Talvez nem amanhã.

— Você acertou quanto aos sentimentos dela por Callaway. Era o seu ponto fraco.

— Quase todo mundo tem um ponto fraco. — Peabody se levantou. — Srta. Weaver, eu posso providenciar pra que um policial a leve de volta pra casa.

— Obrigada. — Weaver encostou a cabeça no ombro de Marty. — Agradeço muito, mas preciso ficar sentada aqui mais um pouquinho, até ter certeza de que minhas pernas vão me aguentar. Depois eu gostaria de ir a pé pra casa. — Ela inclinou o rosto para Marty. — Tudo bem?

— Tudo bem.

Roarke saiu da cozinha com uma grande sacola de comida para viagem.

— O que é isso? — quis saber Eve.

— Um monte de comida, eu acho. Eles estão acabando de embrulhar os seus cannolis, Peabody.

— Hummm! Obrigada.

Roarke se virou para Eve e, discretamente, cobriu com a mão o gravador que ela usava na lapela.

— E quanto àquele papo de sexo até enjoar...

— Ainda está na agenda. Peabody, termine tudo por aqui. Vou tratar da transferência oficial da presa. Depois que acabar, vai pra casa. Você está liberada.

— Aleluia!

— Só uma pergunta — disse Roarke, quando Eve desligou seu gravador. Ele a pegou pelo braço e a levou para fora. — Você desativou sua arma principal. E quanto à secundária?

— Estava em modo de atordoamento médio. Não dá pra matar alguém, mesmo com contato direto sobre a jugular, com a arma nesse modo. Foi a opção que me pareceu mais segura, caso fôssemos infectados.

— Concordo. Você sabia que eu tinha uma arma.

— Sim, sabia. — Ela lançou-lhe um olhar de soslaio quando eles chegaram ao carro. — Ela estava em modo de atordoamento médio?

— Sim, foi a opção que me pareceu mais segura. — Ele pegou o rosto dela entre as mãos e, apesar de ela estremecer, com medo de algum policial ver aquilo, beijou-a de forma lenta, suave e demorada. — Quero manter você do meu lado, até o fim dos meus dias.

— Consigo viver com isso. E estou muito feliz pelo dia de hoje estar quase acabando.

Ela entrou no carro e esticou as pernas. E enquanto ele dirigia, ajustou ambas as armas para o modo leve.

Era mais seguro assim.

Este livro foi composto na tipografia Adobe
Garamond Pro, em corpo 13/16, e impresso em
papel offset no Sistema Cameron da
Divisão Gráfica da Distribuidora Record.